狭隘和包容

李保平 著

河北出版传媒集团
河北人民出版社
石家庄

图书在版编目（CIP）数据

狭隘和包容 / 李保平著. -- 石家庄 : 河北人民出版社，2021.6
ISBN 978-7-202-15335-2

Ⅰ. ①狭… Ⅱ. ①李… Ⅲ. ①散文集—中国—当代
Ⅳ. ①I267

中国版本图书馆CIP数据核字(2021)第013520号

书　　名	**狭隘和包容**
著　　者	李保平
责任编辑	甄　洁
美术编辑	王　婧
封面设计	雨　林
责任校对	付敬华
出版发行	河北出版传媒集团　河北人民出版社 (石家庄市友谊北大街330号)
印　　刷	河北新华第一印刷有限责任公司
开　　本	787毫米×1092毫米　1/16
印　　张	21.5
字　　数	246 000
版　　次	2021年6月第1版　　2021年6月第1次印刷
书　　号	ISBN 978-7-202-15335-2
定　　价	49.00元

XUYAN 序言

收入本书的31篇文字，凝结了笔者近来读书读史的点滴思考收获。汇编为一本书稿时，并未打算再写点什么，待看过二校样之后，才感到应该写篇序言。

这些文字虽是独立成篇，互不统属，或谈心性、品格、器量、涵养；或谈情感、信念、祸福、名声；或言忌讳、逆鳞、奇遇、躺枪；或道忠臣、良臣、争名、逃名；或论官德、私德、利己、公道；或云敢说实话、会说实话；或讲未卜先知、视死如归；或话六经注我、我注六经；均围绕人生在世的活法话题而展开。俗话说:“不是一家人，不进一家门。”文章也是如此，有内在的逻辑联系的文字编入一本书，方才显得贴切；倘若在专论养花种草的书里硬塞进去一篇议论美国总统大选的文字，势必突兀得会让人感到不舒服。

古代文人有句口头禅:“难得浮生半日闲”，那是因为他们没有机会体悟退休生活的乐趣。生活在太平盛世，退休后一身轻松，酷爱读书的我得以终日与书为伴沉湎在书本当中，无暇分心去理会周遭的喧哗是非，颇有几许“不知有汉，无论魏晋”的心境。慵懒的身体可以通过散步走路而保持康健，富裕的时光可以通过神交古人而变得充实起来，唯有尚且健全的思维无法总是按着暂停键不松手，只有不间断地思考一些哪怕是不着边际玄而又玄的所谓人生问题，才能长期保持其灵光，倘若能把思维的火花随手记录下来而与人们分享，便是退休老人最有益的精神享受。

“夫物芸芸，各复归其根。”古往今来纷纷攘攘的世间客，手里握着的都是一张单程票，从生到死，没有回头路可走。“一失足成千古恨，再回首已百年身。”“世间没有后悔药，莫为错过而后悔。”唯其如此，想什么说什么做什么才会成为永远的考试卷，表达的艺术、倾听的学问、心胸器量的大小、抗击打能力的强弱，才会成为衡量做人的尺度。

人生的多样性和世界的多样性、世事的多样性一样，既足以勾起人们的求知欲好奇心，又使人泥潭深陷欲罢不能。同样是物竞天择适者生存法则的宠儿，有的多灾多难不得其死，有的却无灾无病生荣死哀；同样是赤胆忠心服侍刚愎雄猜之主，有的直言无忌备受信用，有的却因不知忌讳而丢官丢命；同样是命中注定遭遇小人蒙受屈辱，有的若无其事波澜不惊，有的却耿耿于怀睚眦必报；同样是人在官场身不由己，有的逆来顺受徒唤奈何被躺枪，有的却奋起抗争不惧生死捋逆鳞；同样是名利场中人，有的看破红尘逃名逃遁，有的却鬼迷心窍争名恋栈；同样是置身化外，有的尊奉老子恬淡冲和，有的皈依佛教冒死争名。潜心于古代典籍当中，诸如此类的人物掌故几乎随处可见纷至沓来目不暇接。不言而喻，倘若阅读者本人没有什么特殊的利益驱动，“应无所住而生其心”，则便会自然而然地由这些文字而生发联想，即便自个没有多少深切的体会感受，也会下意识地想和古书里的古人对话交流，扯上几句。本书的31篇文字，大抵就是在这样一种特殊的情景模式中断续产生出来的。其中有的题目自己思考了许多年方才动笔，有的则是读书时即兴而发即兴而写，有的查找了许多资料，有的则凭借印象一气呵成。

唐太宗李世民曾经说过，他经常使用三面镜子来防止自己犯错误：“夫以铜为镜，可以正衣冠；以古为镜，可以知兴替；以人为镜，可以明得失。”孔子云：“三人行，必有我师焉。”老子曰：“故善人者不善人之师，不善人者善人之资，不贵其师，不爱其资，虽智大迷，是谓要妙。”虚心向古人、先人、今人包括自己身边的人学习，借鉴他们做人做事表达倾听的经验教训利钝得失，是古圣先贤的谆谆教诲。煌煌经史子集古今图书为人们提供了浩瀚如海的形态各异的经典案例，而冷峻的现实生活又总是从各个角度对人们提出警示忠告。“世事洞明皆学问，人情练达即文章。”人生有涯而知识无涯，多视角多维度不懈学习的空间实在太大，以至于人们穷毕生精力也只能获得一鳞半爪。“任尔弱水三千，只取一瓢而饮。”本书侧重谈论的，仅是围绕心性品格气度襟怀理想信念追求价值观，鉴赏古人的言语行事，开拓自己视野的话题。如果用过去的习惯术语来套，可以界定为人生修养一类的书籍。在某种意义上可谓是消闲读物，但倘若转换角度，也许有一定的积极意义。

“理论是灰色的，生活之树常青。”歌德的这句名言放之四海而皆准。尽管也晓得“理论一旦掌握群众，就会变成物质力量”，但我还是迷信那句老话：“讲道理不如讲故事。”理解和把握抽象的道理固然重要，但曾经发生过的历史典故却更生动更丰富更能吸引人更能诠释说明其中蕴含的道理。如果只是浅尝辄止一滑而过，自然无法从具体进入到抽象，也就不会明了历史典故后面所蕴藏的哲理。如果不满足于听故事看热闹，而喜欢由此及彼比较分析寻根究底，便会有意想不到的收获。如果这种寻根究底分析思考本身具有某种针对性，就会产生“以人为镜，可以明得失”的积极效应。循着这一想法，书中的文字多是讲故事的，为强化想要陈说的意思，不仅选择了许多情景模式相近的历史掌故，同时还不厌其烦地选择了一些看似互相反对实则相反相成的历史掌故。大概讲述了近千个历史人物历史典故的这本小书，可以说是一本特殊的历史掌故集，对读者朋友开阔视野转换思维，也许不无助益。

由于笔者才疏学浅孤陋寡闻，在从前做编辑为人作嫁的岁月里，常常为校核书稿中的引文出处而生发出许多莫名的苦恼。姑且不说有的文章大家学富五车，凭印象随手写出的引文出处让责任编辑查核时如坠雾里云中哭笑不得，单是那些似是而非的过于随意的简化标注，便令人望书兴叹并徒然耗费许多宝贵的时光。譬如古书引古书，多有过于简略只写书名的，《册府元龟》《太平御览》中介绍引文出处即是如此；又譬如，有的著作中虽然写了引文的书名篇名，在原书目录里却很难查找，有关史书引文出处常见此类情形，原书《列传第几》中有某某，却未将其大名写入篇名，引者却直接写为《某某列传》，倘若此引文出自《宋史》，光是翻看其目录就得消费一个多小时。古人皓首穷经，对古书特别精通，这样作注也许不是问题，但在今人手上，却成了不大不小的问题：由于可供今人阅读的东西太多，对典籍自是难以得到古人的精通水准，于是这些虽然做了标注但语焉不详的出处便平添出许多困难。为了一段话居然要查核大半天一整天甚至好几天，虽然不好意思对外人道，却成了我编辑生涯中难以忘怀的痛。故而，本书在讲述历史掌故援引古文时，便力图避免给读者增添不必要的麻烦，而采用一律变换引文字体的方式以便于读者识别，并尽可能详细地注明出处，方便读者随手查核。毋庸讳言，笔者的本意自是通过陈述这些历史故事（也有极少数是来自古典文学名著或者笔记小说当中虚构的掌故），为读者提供几个不尽相同的参照系，进而认识古人用坎坷困顿乃至生命的教训书写的历史掌故所蕴含的人生哲理。至于《圣之清者和无益之臣》《六经注我和我注六经》《无住生心和大誓宏愿》《利己和公道》《隐士逃名和和尚争名》数篇，则是笔者对传统儒释道文化之异同问题的思考，在叙述方式上，同样遵循了通过讲故事来诠释道理的思维框架。

“世事洞明皆学问，人情练达即文章。”人生涵养气度格局是一个深奥的理论问题，更是一个实践问题。讲故事讲道理至多是指出了一条路径，问题的关键在于实践。坐而论道，似乎豁然开朗心明眼亮什么疑惑都没有了；起而行之，却依旧会产生这样那样始料不及层出不穷的问题。一如南宋诗人陆游所云：“纸上得来终觉浅，绝知此事要躬行。”

走笔至此，悠然想起了南宋大词家辛弃疾的名词《丑奴儿·书博山道中壁》：

少年不识愁滋味，爱上层楼。爱上层楼，为赋新词强说愁。　　而今识尽愁滋味，欲说还休。欲说还休，却道天凉好个秋！

从大学毕业参加工作迄今，这首辛词一直是我最喜欢的古词之一，因为这首词画龙点睛般地将人生阅历不同阶段的感受说了个清清楚楚明明白白。谈论人生涵养问题，也很难跳出辛弃疾画出的框架。当人们经历了一些幸与不幸仿佛有所醒悟，而喋喋不休谈古论今絮叨修养话题的时候，很大程度上依旧尚未参透“愁滋味”，故而或多或少带有某种“为赋新诗强说愁”的成分。当人们力图继续在人生旅途上有所作为的时候，进行这种思考和谈论这些问题的功利性特征便非常明显，所谓“事不关心，关心则乱”，故而即便讲得头头是道，也很难真正跳出当局者迷的窠臼。

当人们步入晚年不再有心雄万夫之念，习惯了以闲云野鹤的角色看待世事，以纯粹旁观者的身份说道这些话题的时候，就不复存在辛弃疾所说的“欲说还休”般的苦涩，或许才能真的达到“旁观者清”的境界。

马克思有句名言：“哲学家们只是用不同的方式解释世界，而问题在于改变世界。”逻辑的力量是放之四海而皆准的。相对于整个世界，人生涵养无疑是沧海一粟，但纵论人生涵养话题，光是满足于明白清楚还远远不够，问题的关键在于改变，在于扬长避短，自觉克服自身心性品格脾气性格表达倾听等诸多方面的缺点，最大限度地实现自身的人生价值。故而可以说，离开了践行、改变而谈论人生涵养，即便是口吐莲花头头是道，也没有多少积极意义。

相形于格物致知学习知识，涵养功夫是一个更为艰难的课题。通过有意识的学习借鉴，人们的修养水准说话方式处事方式交往方式可能会有明显的改变和提高，适应生活适应环境适应社会的能力可能会不断增强，但“山难移性难改”，有些心性脾气性格方面的特质，的确是很难改变过来的。伍子胥一生迭遭坎坷，直到被迫自刎，也没有改变其盛气凌人咄咄逼人的烈丈夫脾气；子路有孔子这么一位伟大的老师耳提面命，有师弟颜回这样的好榜样，却未能纠正其发言轻率行事鲁莽的毛病。世界上的事情是复杂的，个人的修养见识如何未必就一定能决定自己的生死祸福，人们之所以常常将碍难左右的富贵贫贱生死祸福归之于不可猜测的命运，就是因为决定权往往操在别人手上。文种不听范蠡良言相劝而窝囊地死去，被后人视作政治见识迟钝的典型而饱受诟病；刘伯温恬淡不争功成身退，照样被当权者逼得饮鸩而亡；赵普劝谏宋太祖口不择辞，“陛下何以能负周世宗”？却没有给自己带来任何麻烦；袁凯费尽心机回答明太祖问话，却招致主子的猜忌厌恶，只能靠装疯卖傻苟延残喘。诸如此类的事例不胜枚举，当事人的幸与不幸生死须臾，究竟是涵养见识使然，抑或压根与涵养见识无关？

对于上述形而上的历史难题，实在难以通过列举实例求得答案。无怪乎司马迁在《史记·伯夷列传》中大发感慨牢骚：或曰："天道无亲，常与善人。"若伯夷、叔齐，可谓善人者非邪？积仁絜行如此而饿死。且七十子之徒，仲尼独荐颜渊为好学。然回也屡空，糟糠不厌，而卒蚤夭。天之报施善人，其何如哉？盗跖日杀不辜，肝人之肉，暴戾恣睢，聚党数千人，横行天下，竟以寿终，是遵何德哉？此其尤大彰明较著者也。若至近世，操行不轨，专犯忌讳，而终身逸乐，富厚累世不绝。或择地而蹈之，时然后出言，行不由径，非公正不发愤，而遇祸灾者，不可胜数也。余甚惑焉，倘所谓天道，是邪非邪？

西哲认为，人的本能是趋利避害。中国古代则盛行"天下攘攘，皆为利来；天下熙熙，皆为利往"之说。受趋利避害的本能所左右，人们言语行事总喜欢往好处想，包括学习古代贤哲的涵养气度处世方法方式，克服自身缺憾，改善人际关系等，也或多或少地带有明哲保身远离祸患诸事顺遂的主观动机。但世俗社会是复杂的，社会关系是复杂的，许多事态的发展演变往往并不取决于一种因素，而是多种因素交相起作用。善于借鉴先人的经验教训，不断改变自己，提高自身的涵养功夫交际能力语言艺术，的确可以在许多时候避开无谓的祸患，收到积极的效果，但在另外一些场合却无济于事，"是福不是祸，是祸躲不过"。仅仅从功利性出发来谈论人生修养培育涵养功夫，极容易和残酷的社会现实形成难以接受的巨大反差。

因为人的本质并非是“单个人所固有的抽象物”，而是“一切社会关系的总和”，故而，人生涵养并非纯粹是单个人的事情，而是和良心、道义、责任、使命紧密联系着的。学习和借鉴前人的经验教训，努力提高人生涵养人生品位，并不仅仅是为了个人趋利避害自我保全，而是为了更好地实现自己的人生价值。为了实现明确的人生目标，做出一番事业，不枉在世间走一回，而自重自爱委曲求全忍受屈辱逆来顺受和光同尘，用古人的语言叫做“不以泰山之躯与顽石争高下”，用革命导师列宁的话说叫做善于“为了更好地一跃而后退”。生命或长或短只有一次，她的真正价值意义在于付出和奉献。学会“忍死须臾”，并不是践行什么活命哲学、存在哲学，珍惜生命、爱护生命绝不是人生的全部，在需要献出生命的时候毫不踌躇，不为生死之事皱眉头，“苟利国家生死以，岂因祸福避趋之”，才是人生的最高境界。

倘若本书有一两篇文字一两个掌故，抑或是一两句话，能在读者那里引起共鸣，则私心将引为荣幸。

是为序。

李保平

庚子小寒写于无事斋

MULU 目录

狭隘和包容／001

波澜不惊　见胸怀也见品性／020

反目成仇和不出恶声／029

未卜先知和当局者迷／043

留恋和逃遁／056

隐士逃名与和尚争名／072

被情所恼和为情所困／083

同为刺客殉名声　身后名声何不同／087

雷霆雨露寻常见　最难窥测帝王心／098

人心最难测　生死一转念／109

山居可选择　祸福不由己／115

圣之清者和无益之臣／128

不为忠臣为良臣　说来容易行来难／139

遇和不遇／151

平戎策和种树书 / 160

文人的冲动和君主的逆鳞 / 169

心有不甘和视死如归 / 178

走狗烹和狡兔死 / 195

奇货可居与奇祸不期 / 205

徒唤奈何话躺枪 / 213

出恭也有奇遇 / 220

一样父子情　别样价值观 / 229

熟视无睹和不知忌讳 / 234

敢说实话和会说实话 / 242

既要听其言　更要观其行 / 258

信然和惘然 / 265

学问和偏见 / 273

利己和公道 / 283

私德和官德 / 298

六经注我和我注六经 / 310

无住生心和大誓宏愿 / 318

后记 / 328

狭隘和包容

人在世间来去匆匆地走一回，实际上是在特定的社会关系当中来去匆匆地走一回，马克思以哲学语言说人是社会关系的总和，的确精准无比。毫不夸张地说，人的学识涵养、价值追求、信念品性、生活质量等等，都可以透过其如何处理人际关系而次第展现出来。对于如何处理复杂的人际关系，古人有过无数尝试实践，作过许多经典论述，留下了许多永不消失的掌故，让后人充满了驰骋想象的空间。其中，以直报怨和以德报怨便是儒家和道家的两种不同主张。

儒家圣人孔子主张以直报怨、以德报德。《论语·宪问篇》载："或曰：'以德报怨，何如？'子曰：'何以报德？以直报怨，以德报德。'"道家鼻祖老子则主张恕道，提倡报怨以德："大小多少，报怨以德。"（《道德经》第六十三章）儒家虽然主张以直报怨，但在实践中同样倡导涵养包容，鄙薄锱铢必较、睚眦必报。

"讲道理不如讲故事"。与其费神费力地进行抽象枯燥的学理思辨，不如关注历史上真实发生过的各类人物事件。在那些直到今天依旧具有鲜活感和生命力的掌故里，既积淀了历史的厚重，又给人多方面的启迪，诸如认识发生在古人身上的狭隘和宽容，以及识世道人心之纷纭繁杂不可思议。

先天遗传和后天陶冶对于人之各不相同的心胸器量究竟存在着何种关系，分别占据多大权重，恐怕是一个剪不断理还乱、碍难厘清的问题。回望历史上的相关人物掌故，往往既和当事者的心性有关，又和当事者的修养识见有关，故而可以说，狭隘和宽容既是一个人性的课题，生理遗传学的课题，又是一个心理行为学的课题，政治社会学的课题。愈是静下心来品味那些积淀下来的相关人物掌故事件，便愈能领会到这一点。

春秋时期宋国大将华元位高权重声名显赫，为他驾车的御者羊斟只是一个小角色，但就是这个小角色一时不忿为嘴伤心挟嫌报复主人，而让宋国军民受到了极大的伤害。

鲁宣公二年（前607）春，郑国国君奉楚国之命，令公子归生率军前去征讨宋国。宋国大将华元奉命率宋军与入侵的郑国军队对峙于大棘一带，交战前夕，华元下令宰杀牛羊犒劳将士。将士们都分到了新鲜的羊肉，偏偏遗忘了御者羊斟。倘若换成别人，十有八九不会把没吃到羊肉的小事放在心上，但心胸狭隘的羊斟则引为奇耻大辱，并冥思苦想如何报复主人华元。第二天两军交战时，御者羊斟看了一眼斗志昂扬的统帅华元，心里暗暗说道："畴昔之羊，子为政；今日之事，我为政。"（《左传·宣公二年》）然后便疯狂地驾驶着战车驶入敌军阵中。郑军将士随即一拥而上，把华元团团围住。郑军迅速抓住战机发动进攻，群龙无首的宋国军队一败涂地。羊斟"以其私憾，败国殄民"的罪恶行径，创造了"残民以逞"这个词汇，同时被牢牢地钉在了历史的耻辱柱上。

比起小角色羊斟来，刘毅曾经在东晋末年显赫一时，于晋安帝义熙八年（412）夏出任荆州刺史，都督荆、宁、秦、雍四州军事，并兼管江州。而江州刺史庾悦早先和刘毅有过一段过节。在刘毅还是一介无名之辈时，庾悦就是司徒右长史。有一天，闲居京口的刘毅几个人在一个名叫东堂的处所比赛射箭时，庾悦率领一群人前来东堂大摆筵席，刘毅乞求给他一小块鹅肉吃，庾悦非但不给，还让人把他赶了出去。刘毅兼管江州以后，庾悦变成了他的下属。鼠肚鸡肠的得势小人刘毅马上把报复当年的一饭之仇提上日程，巧立名目上奏朝廷，免除了庾悦的军职，并不断找碴儿斥责庾悦失职。庾悦不久便得了疽痈，在万般痛苦中结束了自己的生命。为报复当年的一饭之仇，而将庾悦置于死地，刘毅心肠之歹毒令人不齿。

羊斟和刘毅虽相隔千载，其心地之狭隘却相差无几，考其缘由，居然都是为嘴伤心，因为对方未能满足自己一时的口腹之欲而长久不能释怀，竟至于干出人所不齿之事来。比起这些因物欲伤心而图谋报复的家伙来，因自己的虚荣心受到刺激而怀恨在心落井下石的更是大有人在，东汉时陷害伏波将军马援的驸马梁松即是其中一个。

马援有次患病，文武大臣纷纷前来探望，马援总是以礼相待，驸马、黄门郎梁松前来问候时竟拜倒在病床前。因为和梁松的父亲是好朋友，视梁松为侄儿的马援便没有回谢，梁松因此认为马援故意轻视自己而恨意难消。建武二十四年（48），马援率军出征五溪时遭遇暑疫，因感染暑疫而病殁于军中。虎贲中郎将梁松奉命前来代行监军之职，遂借题发挥，上书朝廷，将兵败之责全推到马援身上，让死后的马援受尽了屈辱。若干年后，马援的妻儿“草索相连，诣阙请罪”，光武帝刘秀拿出梁松的书信让他们看：“方知所坐，上书诉冤，前后六上，辞甚哀切，然后得葬。”（《后汉书·马援列传》）

马援因无意中伤害了驸马梁松的虚荣心招致疯狂报复，寇准也因口不择言伤害了权臣丁谓的自尊心而遭遇晚年不幸。天禧三年（1019），迭经起落的寇准再度拜相，以丁谓为参知政事，充当其副手。寇准很早便赏识丁谓，还是在李沆任首相时，寇准便多次举荐丁谓，因李沆不予起用，寇准曾当面责问李沆。李沆回答说："顾其为人，可使之在人上乎？"寇准情急之下，口不择言地反诘道："如谓者，相公终能抑之使在人下乎？"李沆微微一笑，说道："他日后悔，当思吾言也。"（《宋史·李沆列传》）

丁谓做了参知政事后，对恩公寇准的感激之情更加明显。一次宴会，寇准不小心胡须上沾了菜汤，丁谓随即站起来亲自为寇准擦胡须。寇准笑着说道："参政国之大臣，乃为官长拂须邪？"（《宋史·寇准列传》）寇准万万没有想到，他在公开场合说的这句无心之言，已经严重伤害了丁谓的虚荣心自尊心，而使丁谓在心里恨透了他。因丁谓在真宗面前竭力说寇准的坏话，天禧四年（1020）六月，寇准被免去宰相一职，随后又被贬为太常卿，出知相州，旋被贬为道州司马。真宗赵恒死后，宰相丁谓玩弄鬼蜮伎俩，企图不露痕迹地结果寇准性命。只是因为被寇准一眼看穿才未能如愿。其后寇准被流徙到雷州，当担任司户参军，丁谓也被罢相，贬黜为崖州司户参军。贬官丁谓必须路过雷州，才能到达崖州，于是，奸佞小人丁谓便有了"若见雷州寇司户，人生何处不相逢？"的尴尬。丁谓和寇准之间的爱恨恩仇角色转换，不知诱发出天下读书人多少喟叹！

嫉妒心常常使人丧失理性而变得狭隘起来，甚至做出歇斯底里的丑行。春秋时齐襄公就是这样一个货色。公元前698年齐釐公去世，太子诸儿继位，史称齐襄公。公子纠随即跑到鲁国避祸，公子小白则跑到莒国避祸。留在齐国的只有齐襄公的堂兄公孙无知。因为齐釐公在世时过于宠爱侄儿公孙无知，让其“衣服礼秩如适”“秩服奉养比太子”，由此诱发了太子诸儿强烈的嫉妒仇视心理。齐襄公继位后，为发泄胸中郁积许久的怒火而公开羞辱公孙无知，下令取消了他享有的特权。齐襄公十二年（前686），公孙无知在隐忍12年之后，和大夫连称、管至父联手发动宫廷政变，弑杀了齐襄公，随即悍然自立为君。诚所谓恶人自有恶人磨，公孙无知仅做了几个月的齐国国君，又被大夫雍廪所弑杀。

东汉末年一代枭雄袁绍杀害谋士田丰一事，因《三国演义》的渲染而尽人皆知。官渡之战前夕，别驾从事田丰向袁绍建言不可轻率地和曹军决战，雄心万丈的袁绍非但不听，反而将他关进监狱：“丰恳谏，绍怒甚，以为沮众，械击之”，扬言等获胜之后再处置他。官渡战败后，袁军将士纷纷捶胸痛哭，都说：“假如别驾田丰在军中，一定不会失败。”将士的抱怨传到袁绍耳中后，袁绍顿生悔意，感到无颜与田丰相见。谋士审纪乘机挑拨说：“丰闻吾军败，拊手大笑，喜其言之中也。”斯言一出，心胸狭隘的袁绍为之色变，马上改变了主意，对僚属说道：“我没有采用田丰的计策，果然受到他的嗤笑。”随后，便下令杀害了田丰。身在牢狱之中的田丰对袁绍的阴暗心知之甚深，当有人前来恭贺他将被重新重用时，田丰则平静地告诉来人说：此言差矣。“若军有利，吾必全，今军败，吾其死矣。”（《三国志·魏书·董二袁刘传》）

因嫉妒心重而寻找借口杀人，是三国时“治世之能臣，乱世之奸雄”曹操的拿手好戏，诛杀许攸和孔融即是明证。许攸原是袁绍麾下谋士，与丞相曹操是故交，在官渡之战中投奔曹操，出卖了袁绍的核心机密，曹操遂率军连夜偷袭乌巢，烧毁了袁绍的粮草，反败为胜。曹军攻打冀州时，又是许攸献计使曹军顺利攻下了城池。此后许攸几次在酒席上直呼曹操的小名说："卿不得我，不得冀州也。"习惯于卸磨杀驴的曹操口上称是，心中却渐生嫌意，杀心顿起，喜欢逞口舌之快的许攸很快便死于非命。至于以不孝的罪名诛杀大儒孔融，更显示了曹操心性狭隘歹毒的一面。曹操在挟天子以令诸侯之初，为笼络人心而将北海相孔融调到京师任太中大夫。生性耿介的孔融不仅因政见不同屡屡和曹操争执，并因鄙视曹操的人品而经常奚落他。曹军攻破袁绍老巢邺城后，曹氏父子曾经闹了一出争抢袁熙之妻甄氏的丑闻。孔融便写信给曹操，称"武王伐纣，以妲己赐周公"。曹操向孔融请教此语出自哪部经典。孔融毫不客气地回答说："以今度之，想当然耳。"看到孔融竟敢如此肆无忌惮地挖苦讥讽自己，睚眦必报的曹操暗暗起了杀心。随着羽翼日趋丰满，曹操遂指使丞相军谋祭酒路粹诬构孔融，然后以不忠不孝大逆不道的罪名，杀害了孔融及其全家。

鲁迅先生在《魏晋风度及文章与药及酒之关系》中，曾以辛辣的笔触揭示了曹操的阴暗心理：

> 他杀孔融的罪状大概是不孝。因为孔融有下列的两个主张：第一，孔融主张母亲和儿子的关系是如瓶之盛物一样，只要在瓶内把东西倒了出来，母亲和儿子的关系便算完了。第二，假使有天下饥荒的一个时候，有点食物，给父亲不给呢？孔融的答案是：倘若父亲是不好的，宁可给别人。——曹操想杀他，便不惜以这种主张为他不忠不孝的根据，把他杀了。倘若曹操在世，我们可以问他，当初求才时就说不忠不孝也不要紧，为何又以不孝之名杀人呢？然而事实上纵使曹操再生，也没人敢问他，我们倘若去问他，恐怕他把我们也杀了！

天地虽大，拓不宽名利客的器量心胸；典籍虽多，载不尽人世间的爱恨情仇。回望历史，许多心底狭隘之人之所以不顾一切地发泄私愤，并不是和对方有什么深仇大恨，只不过是为一些鸡毛蒜皮的小是小非小过节而大动干戈，这类“鸡虫之争”并非总是发生在小人物身上，而经常发生在那些大富大贵的大人物身上。魏文帝曹丕便是这群丑陋者当中的一个。

提起魏文帝曹丕，人们首先想到的是他对其亲弟弟曹植的生死相逼：煮豆燃豆萁，豆在釜中泣：本是同根生，相煎何太急！单是整治乃弟曹植，还不足以说明曹丕的心胸狭隘，因为他们之间曾经争夺过太子之位；审视曹丕修理其叔父曹洪和曾经得罪过他的官员鲍勋的歹毒手段，则不难发现曹丕虽然贵为天子，肚子里装着的不过是一颗睚眦必报的小人之心。

曹丕还是太子时，西部都尉鲍勋负责审理曹丕小舅子犯罪一案，曹丕找到鲍勋，请求他法外开恩，赦免其内弟，认死理的鲍勋却没给曹丕面子。因此，曹丕心里与鲍勋结下了梁子。曹丕篡汉称帝后，鲍勋多次犯颜直谏，批评曹丕好大喜功，因而加深了曹丕对他的忌恨。曹丕亲率大军征伐吴国时损兵折将，退到陈留一带驻扎。太守孙邕晋见魏文帝后，顺道去看望好友鲍勋，穿行时无意越过了刚刚树立的界标。军营令史刘曜要追究孙邕的过失，负责执法的鲍勋以营垒尚未建成为由，劝阻刘曜不予追究。曹丕获悉后立马下诏，将鲍勋交廷尉治罪。廷尉建议判处鲍勋5年徒刑，协同审案的几位官员认为处理过重，坚持应处罚2斤黄金。曹丕勃然大怒曰：“勋无活分，而汝等欲纵之！”（《资治通鉴·魏纪二》）尽管一干元老重臣一起上表请求留鲍勋一条活命，但曹丕还是处死了鲍勋。

曹洪是曹操的弟弟，作战勇猛，深受曹操器重，长期手握重兵，官居骠骑将军。曹丕做太子时，曾向这位爱财又吝啬的叔叔开口借100匹绢，爱财如命的曹洪却没有满足他的要求。曹丕称帝后总想找机会整治修理曹洪，却苦于抓不住把柄。其后曹洪府上的宾客犯了法令，曹丕立即以此为由头，将曹洪关在狱中，并判处其死刑。满朝文武一叠声地请求曹丕法外开恩，曹丕的母亲卞太后也急红了眼，责备曹丕不应忘了曹洪曾救过曹操的性命，并威胁郭皇后说："如果皇上今天处死曹洪，我明天就要他废掉你这个皇后！"曹丕这才勉强保留了曹洪一条性命，但免去了他的官职，削去了他的爵位和封地。直到此时，曹洪才尝到了吝啬的苦果，领教了什么叫做狭隘和狠毒。

刘裕是东晋王朝的掘墓人，又是南朝宋国的缔造者，更是一位有名的心胸狭隘之人。公元403年窃国大盗桓玄篡晋自立，改元永始，以刘裕为盟主的东晋诸侯联军迅速讨逆，桓玄伪政权随之瓦解，东晋朝政随之握在了刘裕手中。刘裕主政后快意恩仇，重用王谧，杀害了刁逵。这二人迥然不同的结局皆与早先和刘裕的交往有关。

刘裕起初仅是一个不起眼的小官，且为人轻浮狡狯，品行不端，许多有社会地位的人都不愿意和他交往，只有王谧认为刘裕是个奇才。无所事事的刘裕曾痴迷于赌博，与爱好此道的刁逵成了赌友。有次，刘裕输了钱还不起，赢家刁逵便把他捆绑在拴马桩上出气。王谧看见后一边责备刁逵，一边为刘裕松绑，并替他还清了赌债。刘裕因此而感激恩人王谧，对刁逵则怨恨不已。刘裕率军征讨桓玄时，豫州刺史刁逵脚踩两只船。桓玄兵败后，刁逵做了俘虏。主持朝政的刘裕联想起遭受刁逵欺凌的往事，立刻下令处死了刁逵，并诛杀其全家。身为东晋司徒的王谧也不忠于东晋政权，却做了桓玄王朝的开国功臣。当刘裕大军占领建康后，头脑活泛的王谧马上牵头上表，请求任命刘裕兼领扬州牧。刘裕则投桃报李，任命王谧为侍中，兼司徒、扬州刺史、录尚书事。于是，王谧不仅没有受到桓玄的牵连，而且官运亨通，高官照做不误。对于刘裕得势如此不加掩饰地酬恩报怨，名士萧方曾评论说："蛟龙潜伏，鱼虾亵之。是以汉高赦雍齿，魏武免梁鹄，安可以布衣之嫌而成万乘之隙也！今王谧为公，刁逵亡族，酬恩报怨，何其狭哉！"（《资治通鉴》卷一百一十三）

"聪明难，糊涂尤难，由聪明转入糊涂更难。"清人郑板桥的这句名言告诉人们宽容殊非易事，需要练就"揣着明白装糊涂"的涵养功夫。而春秋时楚庄王主导的"绝缨会"，便是古人"揣着明白装糊涂"的绝妙范本。《韩诗外传·卷七》将这一掌故写得活灵活现：

楚庄王赐其群臣酒，日暮酒酣，左右皆醉，殿上烛灭，有牵王后衣者，后扢冠缨而绝之，言于王曰："今烛灭，有牵妾衣者，妾扢其缨而绝之，愿趣火视绝缨者。"王曰："止。"立出令曰："与寡人饮，不绝缨者，不为乐也。"于是冠缨无完者，不知王后绝冠缨者谁，于是王遂与群臣欢饮乃罢。后吴兴师攻楚，有人常为应行，合战者五，陷阵却敌，遂取大军之首而献之。王怪而问之曰："寡人未尝有异于子，子何为于寡人厚也。"对曰："臣先殿上绝缨者也，当时宜以肝胆涂地，负日久矣，未有所效，今幸得用，于臣之义，尚可为王破吴而强楚。"

王后手上握有非礼之人的冠缨为凭证，楚庄王完全可以严加惩处，可他却大度地搞了一场“绝缨会”，没让肇事者当众出丑。到后来楚军与吴军作战时，那人“合战者五，陷阵却敌，遂取大军之首而献之”。楚庄王这次“揣着明白装糊涂”，换来了对方的以死相报。

东汉光武皇帝刘秀也有过一次类似之举：在和王郎对峙时，王郎表面上占据优势，刘秀部属中不少人便脚踩两只船，暗中和王郎书信往来。待到刘秀大获全胜以后，这些信件便被作为证据送到了刘秀面前。“五月甲辰，拔其城，诛王郎，收文书，得吏人与郎交关谤毁者数千章。光武不省，会诸将烧之，曰：‘令反侧子自安！’”（《后汉书 · 光武帝本纪上》）在掌握了部下与王郎暗通书信的证据后，刘秀尽管很生气，但出于稳定军心、安定人心的考量，却在众将面前将这些书信统统付之一炬，来了个清楚不了糊涂了。

明人冯梦龙在《智囊全集 · 上智部 · 通简》中评论上述掌故时，列举了发生在南北朝时的一个掌故：

> 宋桂阳王休范举兵浔阳，萧道成击斩之。而众贼不知，尚破台军而进。宫中传言休范已在新亭，士庶惶惑，诣垒投名者以千数。及到，乃道成也。道成随得辄烧之，登城谓曰：“刘休范父子已戮死，尸在南冈下。我是萧平南。汝等名字，皆已焚烧。勿惧也。”冯梦龙认为，萧道成焚烧书信，“亦是祖光武之智”。

“青出于蓝而胜于蓝。”北宋太宗赵匡义更是将“揣着明白装糊涂”演绎得天衣无缝。“孔守正拜殿前都虞候。一日，侍宴北园，守正大醉，与王荣论边功于驾前，忿争失仪。侍臣请以属吏，上弗许。明日俱诣殿廷请罪，上曰：‘朕亦大醉，漫不复省。'"(《智囊全集·上智部·通简》)因为喝醉了酒，殿前都虞候孔守正和官员王荣在太宗面前争吵得一塌糊涂，这在古代叫作"庭前失仪"，太宗却泰然处之。第二天，孔守正、王荣酒醒后前来请罪时，赵匡义竟然风趣地说自己也记不起这回事了，"朕亦大醉，漫不复省"。如此大度地"揣着明白装糊涂"，真是可爱复可钦。

"我一意孤行，笑骂由人，非但不加申辩，而且充耳不闻。"佛罗伦萨诗人但丁写进《神曲》中的这一诗句，同时诠释了发生在某些人身上的宽容精神的心理学原因。《宋史·吕蒙正列传》记载了传主的两则逸事：

蒙正初入朝堂，有朝士指之曰："此子亦参政耶？"蒙正阳为不闻而过之。同列不能平，诘其姓名，蒙正遽止之曰："若一知其姓名，则终身不能忘，不若毋知之为愈也。"时皆服其量。……

蒙正初为相时，张绅知蔡州，坐赃免。或言于上曰："绅家富，不至此，特蒙正贫时勾索不如意，今报之尔。"上命即复绅官，蒙正不辨。后考课院得绅实状，复黜为绛州团练副使。及蒙正再入相，太宗谓曰："张绅果有赃。"蒙正不辨亦不谢。在西京日，上数遣中贵人将命至，蒙正待之如在相位时，不少贬，时人重焉。(《宋史·吕蒙正列传》)

年轻的吕蒙正仕途顺遂，但拜相后初入朝堂便遭遇同僚讥讽："此子亦参政耶？"这句脱口而出的轻蔑讥讽之言，无疑深深伤害了春风得意的吕蒙正的自尊心，但他却装作没有听见而从容走了过去。同事要为他鸣不平，诘问其姓名，又被吕蒙正制止并道出了自己不想知道对方姓名的理由："若一知其姓名，则终身不能忘，不若弗知之为愈。""君子耻闻小人之恶"，吕蒙正的言行为这句古语作了入木三分的诠释。而吕蒙正对待因蔡州知州张绅贪赃案而被人诬陷的前前后后，更是让人对其大度包容的君子之风仰慕之至。这里要特别提醒一下，吕蒙正不想知道出言讥讽自己的同僚的姓名，是因为他深知自己一旦知道了对方的姓名，便难以忘怀，在潜意识中便会起作用。故而，吕蒙正不肯知道对方的姓名，反映了他自身的涵养功夫尚未到达炉火纯青的水准。

唐代高官娄师德教导乃弟"唾面自干"的故事尽人皆知。武则天长寿二年（693）春正月，娄师德的弟弟被任命为代州刺史，赴任之前辞别时，娄师德问道："吾备位宰相，汝复为州牧，荣宠过盛，人所疾也，将何以自免？"乃弟回答说："自今虽有人唾某面，某拭之而已，庶不为兄忧。"娄师德愀然曰："此所以为吾忧也！人唾汝面，怒汝也；汝拭之，乃逆其意，所以重其怒。夫唾，不拭自干，当笑而受之。"（《资治通鉴》卷二百五）娄师德的本意是告诫乃弟，只有在内心里不把羞辱当回事，坦然对待羞辱，才能化解对方的敌意。

娄师德坦然接受同僚李昭德奚落他的绰号"田舍子"，则生动地说明了他具有超强的忍耐力。有天，他和同僚李昭德一起上朝，因自己过于肥胖跟不上李昭德的脚步，被李昭德脱口恚骂道："为田舍子所留！"娄师德听后不怒反笑，回答说："吾不田舍，复在何人？"（《新唐书・娄师德列传》）后人欧阳修因此而认为"师德宽厚"，称赞他"深沉有度量，人有忤己，辙逊以自免，不见容色"。在人家损毁自己时，不仅不以为忤，不和人家争辩，而且和颜悦色，主动贬损，"逊以自免"。面对这样的主儿，谁能不转怒为喜，一笑置之？说来容易行来难，娄师德待人处世之敦厚，承受力之强，足以令后来人吕蒙正自愧弗如。

“海纳百川，有容乃大；壁立千仞，无欲则刚。”古代许多贤哲之所以能忍人所不能忍、容人所不能容，追根溯源，就在于他们念兹在兹的所思所想没有一己之私欲，故而才能轻松自如地化解那些在常人心中无法兼容的私人恩怨。唐朝中兴名将郭子仪，就是这样一位值得人们永远仰慕敬重的伟人。安史之乱爆发后，郭子仪临危受命，担任天下兵马副元帅，指挥唐军先后收复了长安、洛阳两京，因功勋卓著而“进位中书令”。随后，肃宗命令郭子仪与河东节度使李光弼等九节度使联合讨逆，却“不立元帅，唯以宦官鱼朝恩为观军容宣慰使”，致使60万唐军围攻相州而惨败。因宦官鱼朝恩推卸责任，郭子仪被解除了兵权，长期赋闲。后来前方战事吃紧，才重新执掌兵权。大历四年（769）正月郭子仪从河中回京，鱼朝恩忽然邀请他去长安章敬寺游玩。居心叵测的宰相元载乘机派人对郭子仪说鱼朝恩不怀好意，以此来离间郭子仪和鱼朝恩。郭子仪赴约前，部下要求裹甲相随，以防不测。郭子仪坚决不允，说道：“我是朝廷大臣，如果没有天子的命令，他哪里敢暗害我！如果他受王命而来，你们去干什么呢？”说完，便带着十几名家僮前去赴约了。在章敬寺迎候的鱼朝恩见了，十分惊奇，郭子仪便把前后经过告诉了他。多年忌恨、中伤郭子仪的鱼朝恩深受感动，痛哭流涕地对郭子仪说道：“如果您不是长者，能不怀疑我吗？”“君子坦荡荡，小人长戚戚。”郭子仪以简单对复杂，轻描淡写地征服了以陷害忠臣为能事的权宦鱼朝恩。须知，在“人心隔肚皮，里外不相知”的官场上，让好人佩服并不难，和小人冰释前嫌，令小人衷心感佩，才是难之又难的事体。

郭子仪用真诚感化了宵小之徒鱼朝恩，王旦则相忍为国，大度包容才华冠世却又为人刚褊任性的名臣寇准。王旦和寇准都是宋代名相，几度同朝共事，却处得不大融洽。寇准性情过于刚褊，做了副宰相以后不注意处理同事间的关系，不尊重首相王旦，多次在真宗面前说王旦的长短，王旦却经常在真宗面前称赞寇准。真宗心有不平，遂对王旦说道："卿虽称其美，彼专谈卿恶。"王旦反应平静，从容回答道："理固当然。臣在相位久，政事阙失必多。准对陛下无所隐，益见其忠直，此臣所以重准也。"(《宋史·王旦列传》）随后发生的几件事，令寇准彻底见识了王旦的胸襟气度：

"中书有事送密院，违诏格，准在密院，以事上闻。旦被责，第拜谢，堂吏皆见罚。不逾月，密院有事送中书，亦违诏格，堂吏欣然呈旦，旦令送还密院。准大惭，见旦曰：'同年，甚得许大度量？'旦不答。"（同上书）过了一些时日，真宗决定将寇准罢相外放。过于爱面子的寇准遂托人请求王旦帮忙，"求为使相"。王旦大吃一惊，当即回绝道："将相之任，岂可求邪！吾不受私请也。"寇准认定王旦不肯帮忙，心中难以释怀。几天后，朝廷任命寇准为武胜军节度使、同平章事、判河南府。寇准进宫谢恩时动情地对真宗说道："非陛下识臣，安能至此？"真宗告诉他如此任命乃是由于王旦全力举荐的缘故，寇准方才恍然大悟，"准愧叹，以为不可及"。(《宋史·寇准列传》）寇准到了地方上以后，细节上一向不检点的他又险些惹出了大麻烦："生辰，造山棚大宴，又服用僭侈，为人所奏。"真宗赵恒勃然大怒，幸赖有首相王旦在真宗面前一再为他解释开脱，寇准才侥幸逃过了一劫。

天禧元年（1017）秋七月王旦病危时，真宗前往探视，问他说："卿万一不讳，朕以天下付之谁乎？"王旦先是说"知臣莫若君”，后来在真宗的一再询问下，才用了全身的力气举起笏板说道：“以臣之愚，莫如寇准。”帝曰：“准性刚褊，更思其次。”旦曰：“他人臣所不知也。”（《纲鉴易知录·宋纪》卷六七）显而易见，王旦之所以总是宽容举荐寇准，并不是出于私谊，而是出于对大宋王朝的无限忠诚。

南非黑人领袖曼德拉创造过一则著名掌故：曼德拉蹲过多年监狱，饱受狱警的虐待。1990 年 2 月 11 日曼德拉获释，4 年后当选成为南非第一位黑人总统。当选那天，参加典礼的有来自 140 个国家和地区的 6000 名宾客，其中有三名当年看守过他的狱警。曼德拉邀请这三位特殊的客人起立，真诚地向他们致敬，并感谢监狱生活对自己性格的磨砺。接着，曼德拉说了一段耐人寻味的名言：

> 当我走出囚室、迈过通往自由的监狱大门时，我已经清楚，自己若不能把悲痛与怨恨留在身后，那么我其实仍在监狱之中。

这段话诠释了曼德拉以国家为己任的博大胸怀，可视为他狱中悟道的重要收获。

透过煌煌典籍不难发现，人的心胸器量并不是一个衡量，常常充满了变数，有时候如同海绵容纳水分，有时候却又因人而异针尖对麦芒。宋代大文豪苏轼便是这样一个矛盾着的集合体。苏轼很早便步入了仕途，却承受了宦海生涯无穷无尽的颠簸困顿，为此他赋诗自嘲曰：身似已灰之木，心如不系之舟。若问平生功业，黄州惠州儋州。在晚年贬徙海南的日子里，饱经宦海沉浮的他感慨生活教会了他如何与各色人等善处，曾经自豪地对人说过：“我上可以陪玉皇大帝，下可以陪卑田院乞儿，在我眼中天下没有一个不是好人。”

最能说明苏轼胸怀博大的，当属他居然能够包容一心想要置他于死地的政敌章惇。同年进士及第的苏轼和章惇曾是相交甚密的朋友，在稍后的新旧党争中虽分属不同阵营，但当苏轼身陷乌台诗案生死未卜之际，担任潮州知州的章惇却能够毅然上书论救。待到章惇做了宰相以后，出于对潜在对手苏轼的嫉妒，终于在私人交谊和政治分野之间做出抉择，而对身为元祐党人的苏轼疯狂打压迫害，直至将其贬黜到海南岛，必欲将之置诸死地而后快。与章惇心胸狭隘行事乖张截然不同，苏轼却总是不念旧恶，始终以宽厚的态度对待章惇及其家人。元符三年（1100）朝廷下诏赦免元祐党人，作恶多端的章惇罢相，次年被贬徙雷州。北归途中的苏轼闻讯后没有幸灾乐祸，而是修书托人给章惇，告诉他如何适应雷州气候，多备药物，颐养天年。南宋文人刘克庄在阅读了苏轼和章惇的来往书信后，感慨于苏轼的以德报怨，说道：“君子无纤毫之过，而小人忿忮，必致之死；小人负丘山之罪，而君子爱怜，犹欲其生。此君子小人之用心所以不同欤！”

苏轼胸怀之广大，足以包容奸佞邪恶小人章惇，却曾和一代大儒程颐闹得不可开交。由于性格使然，程颐在担任崇政殿说书后，动辄“以师道自居，侍上讲，色甚庄，以讽谏，上畏之”，“议论褒贬，无所顾避”，为许多大臣所反感，苏轼亦是其中之一。元祐元年（1086）九月初一，司马光去世，朝廷命程颐主持丧事，“洛学”领袖程颐和“蜀学”领袖苏轼遂当面发生冲突：

明堂降赦，臣僚称贺讫，两省官欲往奠司马光。程颐言曰：“子于是日，哭则不歌，岂可贺赦才了，却往吊丧？”坐客有难之曰：“孔子言哭则不歌，即不言歌则不哭。今已贺赦了却往吊丧，于礼无害。”苏轼遂戏程颐

云："此乃枉死市叔孙通所制礼也。"众皆大笑。其结怨之端，盖自此始。(《皇宋治迹统类》)

原本可以避免的苏、程之间的矛盾冲突不仅未能避免，而且很快演变为两大门派之间的纷争。"苏轼不悦于颐，颐门人贾易、朱光庭不能平，合攻轼。胡宗愈、顾临诋颐不宜用，孔文仲极论之，遂出管勾西京国子监。久之，加直秘阁，再上表辞。董敦逸复摭其有怨望语，去官。绍圣中，削籍窜涪州。"(《宋史·道学列传一·程颐》)同样是一代正人君子饱学之士文坛领袖，竟然弄得如此剑拔弩张，全然看不见任何谅解包容的长者之风，莫非是文人相轻的历史积习使然？

由北宋苏轼、程颐两位名门正派人士的结怨难解，联想到了唐代名相娄师德和狄仁杰之间的不解之解。史称："狄仁杰未辅政，师德荐之，及同列，数挤令外使。"面对狄仁杰一连串过分的行为，娄师德却逆来顺受，了无半句怨言。女皇武则天曾面询狄仁杰"娄师德有无知人之明"，狄仁杰回答说："臣尝同僚，未闻其知人也。"可见狄仁杰对娄师德的偏见竟然如此之深，武则天遂告诉他说："朕用卿，师德荐也，诚知人矣。"待到看过娄师德举荐自己的奏章，狄仁杰方才惭愧万分："娄公盛德，我为所容乃不知，吾不逮远矣！"(《新唐书·娄师德列传》)

有比较方能鉴别，回味娄师德和狄仁杰、苏轼和程颐之间的交往过节，方才意识到，切不可仅仅停留在以君子小人之分的肤浅认知上，以为心底狭隘的都是小人、豁达包容的都是君子。即便是名副其实的方正之士，相处之下，同样有豁达和狭隘的分别，而涵养功夫修养境界的差异也由此显现出来。

说到涵养功夫之高深，不能不提及毕生践行忠恕之道的北宋名臣范纯仁。身为一代名臣范仲淹之子，范纯仁成年后顺利步入庙堂，于元祐三年（1088）拜相。纵览《宋史·范纯仁列传》所载的几桩事体可以发现，范纯仁奉行忠恕之道，并非刻意为之，而是出乎天性。

有个名叫种古的官员曾诬告范纯仁，被朝廷查明后予以停职处分。范纯仁觉得他是一个可用之才，便举荐他为永兴军路钤辖，又荐知隰州。不仅如此，范纯仁还经常因种古而自咎："先人与种氏上世有契义，纯仁不肖，为其子孙所讼，宁论曲直哉！"苏轼、韩维、王觌先后因言获罪，范纯仁尽量为他们开脱，想方设法予以保护。蔡确遭贬黜后，因《车盖亭诗》而受到言官弹劾，太师文彦博拟将其从严治罪，范纯仁力排众议，在太后面前反复为蔡确求情，朝廷才将其从轻发落。元人脱脱对范纯仁救蔡确之举感慨良深："纯仁救蔡确一事，所谓谋国甚远，当世若从其言，元祐党锢之祸，不至若是烈也。"

宰相吕大防和范纯仁共事时几次排挤过他，奸臣章惇得势后吕大防被贬黜外放。待到朝廷颁布大赦令时，章惇却不同意赦免吕大防。年逾古稀的范纯仁奋起抗争，上疏为吕大方陈情。"疏奏，忤惇意，诋为同罪，落职知随州。明年，又贬武安军节度副使、永州安置。"患疾失明的范纯仁"闻命怡然就道"，并在途中开导诸子不要迁怒怨恨章惇。奔赴贬徙之所永州过江时翻了船，范纯仁和船上的人衣服尽湿。范纯仁便借用眼前的这一意外变故点化家人，开拓他们的视野。"难道这也是章惇所为吗？"这一千古之问，远胜许多以德报怨的佛家故事。范纯仁生前曾经多次讲述过自己的做人心得：

> 吾平生所学，得之忠恕二字，一生用不尽。以至立朝事君，接待僚友，亲睦宗族，未尝须臾离此也。

人虽至愚，责人则明；虽有聪明，恕己则昏。苟能以责人之心责己，恕己之心恕人，不患不至圣贤地位也。

惟俭可以助廉，惟恕可以成德。(《宋史·范纯仁列传》)

讲述这些历史掌故时，似乎明白了许多道理；当人们想把隐身于这些掌故背后的线索理出个头绪时，却又感到迷茫。天性、遗传、修养、环境、亲情、道义、利益、理想、欲望等等，无疑都具有特定的影响作用，简单地做出非此即彼的结论未免会失之武断。特别是当居心叵测的野心家、翻云覆雨的政客们把狭隘和宽容作为一种工具娴熟把玩的时候，天真善良的人们很难看出个中真伪善恶，反而会轻易被人家所驱使。试看历史上的权奸大恶名、利场上的顶级高手，诸如王莽、曹操、司马懿，他们的哪一招哪一式不是处于需要，而是出乎至诚？然则如此深奥的问题，绝非这篇小文所能陈说清楚。就此打住。

波澜不惊　见胸怀也见品性

左列钟铭右谤书，
人间随处有乘除。
低头一拜屠羊说，
万事浮云过太虚。

晚清名臣曾国藩的这首《沅甫弟四十一初度·之十》作于同治三年（1864）八月。沅甫即曾国藩的九弟曾国荃。曾氏兄弟俩都是镇压太平天国起义军的刽子手，主帅曾国藩运筹策于帷幄之中，骁将曾国荃则率军队冲锋在前。同治三年六月十六日，曾国荃率湘军挖掘地道，攻陷天京城，终结了历时10余年的太平天国运动。双手沾满太平军将士鲜血的曾氏兄弟因此加官晋爵，曾国藩加太子太保衔，赐封一等侯爵；曾国荃加太子少保衔，赐封一等伯爵。其后，行事张扬眼高于顶的曾国荃因功高多谤，而怨气难平。是年八月曾国荃41岁生日时，兄长曾国藩特意赋诗13首，宽慰劝勉这位心高气傲的九弟，而以其中这一首最有名流传最广。

曾国藩的这首哲理诗意味悠长，直言不讳地告诉乃弟说，你攻陷天京，功成名就，居室的左面挂满了朝廷的褒奖状，但切不可忘记，在主子居所的右边还放着许多中伤诋骂我们的诽谤书札。人世间的荣辱、祸福、进退、得失，总是处在变动转换之中。只要能向春秋时期楚国隐士屠羊说那样不忘初心，淡泊名利，就会将尘世上的是非毁誉等视同天空中变幻不居的浮云。

经兄长点拨，曾国荃选择了功成身退，以病重为由申请开缺回籍，朝廷很快允准。几年后，曾国荃重返官场，历任要职，成了清末朝廷大员中明哲保身的翘楚之一。明眼人一看即知，曾国荃的明哲保身之举，是在乃兄曾国藩的指点教诲下进行的，他自己并没有如此之广阔的胸怀，更没有如此崇高的品性。

如果人们只是习惯于循着曾国藩的思路走，便只能在明哲保身淡泊名利功成身退的框子里转悠；倘若人们用自己的头脑独立思维，则可以从曾国藩的这首诗中体味出别样的含义。

曾国藩用《庄子·让王篇》所讲的屠羊说婉拒接受楚昭王赏赐不肯做官，坚持干老本行继续摆摊卖羊肉的典故，来点化启发其九弟曾国荃淡泊名利，足见其用心良苦。《庄子·让王篇》关于屠羊说的文字并不长，却具有永久的生命力，不妨转引如下：

> 楚昭王失国，屠羊说走而从于昭王。昭王反国，将赏从者。及屠羊说。屠羊说曰："大王失国，说失屠羊。大王反国，说亦反屠羊。臣之爵禄已复矣，又何赏之有。"
>
> 王曰："强之。"屠羊说曰："大王失国，非臣之罪，故不敢伏其诛；大王反国，非臣之功，故不敢当其赏。"
>
> 王曰："见之。"屠羊说曰："楚国之法，必有重赏大功而后得见。今臣之知不足以存国，而勇不足以死寇。吴军入郢，说畏难而避寇，非故随大王也。今大王欲废法毁约而见说，此非臣之所以闻于天下也。"
>
> 王谓司马子綦曰："屠羊说居处卑贱而陈义甚高，子綦为我延之以三旌之位。"屠羊说曰："夫三旌之位，吾

知其贵于屠羊之肆也；万钟之禄，吾知其富于屠羊之利也。然岂可以贪爵禄而使吾君有妄施之名乎？说不敢当，愿复反吾屠羊之肆。”遂不受也。

浏览斯文不难发现，作者讲述这一寓言故事，意在说明人各有志而贵有自知之明。隐士屠羊说能够做到始终不为功名利禄所动，其人格之高尚，品性之高洁，非平常人所能望其项背。如果他不是登高望远志不可夺，而稍微把持不定，便会被楚昭王收入麾下，变成楚国的高官。就此而言，曾国藩和曾国荃皆望尘莫及，因为他们都欣然接受了清王朝的赏赐，做了高官，选择了在清王朝的体制内生存。曾国藩以楚国贤人屠羊说为例，只不过是退而求其次，要求乃弟曾国荃不要过分贪恋富贵名利，而要看淡一些，学会收手退出。曾国荃虽然仅仅学了屠羊说的一点皮毛，却因及时退步抽身而得以自我保全。

屠羊说是庄子寓言里的人物，故而对于历史上是否确有其人的问题大可一笑置之。春秋时期晋国的志士介子推，却是一位见诸史籍的历史伟人，“介子推割股奉君”“介子推功成不言禄”的掌故，更是家喻户晓人人皆知。

晋文公重耳是春秋五霸之一，但在成为晋文公之前曾经流亡在外长达 19 年。因为重耳享有贤公子的名声，晋国许多才华横溢的名士都自愿追随他流亡各国，介子推就是其中的一个。在重耳君臣流亡途中最艰难的时候，介子推默默地“割股奉君”，而使人刮目相看。《韩氏外传》介绍说：“晋文公重耳亡过曹，里凫须从，因盗重耳资而亡。重耳无粮，馁不能行，子推割股肉以食重耳，然后能行。”

待到重耳返回晋国成为晋文公，封赏从难功臣时，却没有赏赐介子推。“晋侯赏从亡者，介之推不言禄，禄亦弗及。”（《左传·僖公二十四年》）介子推没有等来赏赐，却看清了许多名利客争功邀赏的丑恶嘴脸，于是选择了不争功不言禄，和老母亲一起归隐绵山。晋文公获悉后悔不迭，遂派人四处寻找，官兵来到绵山放火烧山，企图以此逼迫介子推出山，讵料介子推母子宁可被活活烧死，也不肯出山。介子推母子死后，尘世间便有了为纪念他们而增加的“寒食节”。

两相比较，屠羊说表现在面对楚昭王的赏赐诱惑，心如止水波澜不惊，介子推则表现在面对绵山四周的熊熊大火从容不迫不为所动。如果说屠羊说的故事表现了古代隐士的定力和智慧，那么，介之推母子焚身绵山，则彰显了古代隐士可望而不可即的高尚品格和不可撼动的志向气节。正是由于介子推母子把志向气节看得高于一切，才有可能面对熊熊山火而波澜不惊大义凛然视死如归，进而展现了生命的价值意义。“人乞祭余骄妾妇，士甘焚死不公侯。贤愚千载知谁是，满眼蓬蒿共一丘。”宋代文人黄庭坚的诗句，铿锵有力地道出了世人对介子推的景仰之情！

介子推、屠羊说心如止水波澜不惊反映在不肯委屈自己的心志出仕做官，而东晋名臣谢安波澜不惊“任凭风浪起，稳坐钓鱼台”的名士风度，则在国家生死存亡之际大放异彩。

谢安，字安石，号东山。出身于名门望族。自幼“神识沉敏，风宇条畅”，成年后不屑于谋求官位，而纵情于山水之间，表现出一种令时人叹为观止的“东山风度”。据史书所载，谢安曾先后四次拒绝做官。等到他步入仕途，东晋王朝正面临着一次空前的生死危机。大将军桓温剪除重臣庾亮，将篡夺皇位提上日程。公元 371 年，桓温断然废黜皇帝司马奕（晋废帝），改立司马昱为帝，史称晋简文帝。公元372年，简文帝一病不起，统兵在外的桓温随即举荐侍中、吏部尚书、中护军谢安为顾命大臣。简文帝死后，太子司马曜继位（即晋孝武帝）。桓温因此恨透了顾命大臣谢安和王坦之。次年春二月，桓温率兵回到京城，屯兵于新亭。谢安、王坦之奉诏出城相迎。“是时，都下人情汹汹，或云欲诛王、谢，因移晋室。”

谢安、王坦之两位顾命大臣出城后高下立判：“坦之甚惧，安神色不变，曰：‘晋祚存亡，在此一行。’”见到桓温后，王坦之“流汗沾衣，倒执手版”；谢安“从容就席”，神色坦然。入座后，谢安责备桓温说：“安闻诸侯有道，守在四邻，明公何须壁后置人邪？”桓温笑着回答：“正自不能不尔。”“遂命左右撤之，与安笑语移日。”（《资治通鉴》卷一百三）生死关头，最能看出一个人的秉性、修养、品格、风度。谢安由于早已置个人生死于度外，故而敢于不卑不亢地面对咄咄逼人的枭雄桓温，而王坦之由于害怕丢了自家性命，故而在关键时刻掉了链子。而谢安的高贵气质与名士风度，也因此而名垂史册。

谢安留给历史最大的文化遗产，是他运筹帷幄、指挥东晋军队以少胜多、大败前秦苻坚的百万大军，夺取了淝水之战的胜利，并在捷报传来之际，于轻描淡写之间留下了“小儿辈遂已破贼”的千古名言。由于这个典故世人耳熟能详，故而不再赘述，只是援引史书的几处画龙点睛之笔：当谢玄等大破苻坚的捷报送到谢安手上时，谢安正在和客人下围棋。“看书既竟，便摄放床上，了无喜色，棋如故。”客人沉不住气了，问谢安前方战事如何，谢安不慌不忙地回答道：“小儿辈遂已破贼。”客人听到了这一天大的喜讯，自然知道自己该干什么了。围棋终了，客人告辞。谢安起身“还内，过户限，心喜甚，不觉屐齿之折”。（见

《晋书·谢安列传》)

“唯大英雄能本色，是真名士自风流。”一代名士谢安，在东晋王朝面临灭顶灾难之际波澜不惊的言行举止，将古人“喜怒不形于色”的涵养功夫惊人定力挥洒到了极致。

回望历史，北宋名臣寇准在澶渊之役时举重若轻力挫强敌的言行，堪与谢安在淝水之战中指挥若定大破苻坚相媲美。

寇准字平仲，华州下邽人。19 岁考中进士步入仕途，曾多次拜相多次被罢黜。真宗咸平六年（1003），寇准第二次被任命为宰相。景德元年（1004），爆发了震惊天下的澶渊之役。是年九月，辽国 20 万大军大举南侵，一路势如破竹，“陷德清军，逼冀州”，兵锋直抵澶州（今河南濮阳）城下。面对不可一世的强敌，朝中许多官员力主逃跑避其锋锐，主战派寇准却显得不慌不忙，游刃有余：“边书告急，一夕五至，寇准不发，饮酒自如。”真宗闻之极为恐慌，召见寇准商议对策。寇准回答说：“陛下欲了此，不过五日耳。”“因请帝幸澶州，同列惧欲退，准止之，令候驾起。帝难之，欲还内，准曰：‘陛下入，则臣不得见，大事去矣！请无还。’”（《纲鉴易知录·宋纪》卷六六）并和首相毕士安等一起，力劝真宗御驾亲征。真宗渡过黄河到达澶州北城时，宋军将士“踊跃欢呼，声闻数十里。”对面的辽军官兵则面面相觑，“相视惊愕，不能成列”。

返回黄河南岸前，真宗将军事指挥权完全交给了寇准，同时要人随时禀报寇准的行踪。当获悉寇准每天在澶州城上与人饮酒下棋后，真宗忐忑不安的心才放了下来，高兴地对人们说道：“准如此，吾复何忧？”（《宋史·寇准列传》）敌我双方对峙十数日以后，辽军发动攻城攻势，辽军主帅达揽被宋军的乱箭射中，当场毙命。辽军主帅阵亡，群龙无首，将士无心恋战，遂溃败而去。辽国只得派遣使臣向宋国求和。于是，便有了让北宋君臣引为自豪的澶州大捷。

寇准有我无敌指挥若定举重若轻的名将风度，不是表现为不肯出仕做官，而是表现为在国家危若累卵的千钧一刻之际，挺身而出担当大任，舍生忘死站在战争的最前沿，用自己的大无畏让内心惊恐不已的宋真宗定下心来，而使北宋将士取得了澶渊之役的胜利。

唐代文武双全的高官娄师德，则在看待官场上的进退出处和处理人际关系方面，表现出了一种令人肃然起敬的淡定包容。

提到娄师德，人们首先会想起那个有名的娄师德教导乃弟“唾面自干”的故事。武则天长寿二年（693）春正月，娄师德迁升为副宰相，不久，其弟也被朝廷任命为代州刺史。乃弟赴任辞行时，娄师德叮咛说：“吾备位宰相，汝复为州牧，荣宠过盛，人所疾也，将何以自免？”乃弟涵养功夫颇为了得，立即回答道：“自今虽有人唾某面，某拭之而已，庶不为兄忧。”娄师德闻言愀然不悦，说道：“此所以为吾忧也！人唾汝面，怒汝也；汝拭之，乃逆其意，所以重其怒。夫唾，不拭自干，当笑而受之。”（《资治通鉴》卷二百五）

翻阅新旧唐书可知，娄师德允文允武，身兼将相，是唐代屈指可数的抗蕃名将，其统兵打仗坐镇一方的时间远比在朝中做宰相的时间长，他的仕途生涯相对顺畅，一生中只有一次被贬职，还是因为打了败仗。就是这次遭受贬职，娄师德宠辱不惊的度量修养和宽厚品性得以充分显现。《资治通鉴》卷二百五载，武则天万岁通天元年（696）春天，左肃政大夫、知政事、肃边道行军副总管娄师德与王孝杰率军和吐蕃军队交战时打了败仗，受到朝廷严厉惩处，被贬徙为原州员外司马。娄师德原本有一定的心理准备，却没想到处分竟如此之重。在签署文书时，他看后吃惊地说道："官爵尽无邪！"既而曰："亦善，亦善。"不复介意。在个人名利攸关的官爵面前能如此看得开，把持得定，没有常人难以比拟的博大开阔胸怀，是很难做到的。此后不久，心胸开阔的娄师德又被朝廷重用，官复原职。

最能说明娄师德肚量和涵养的，是他包容名相狄仁杰的故事。史称："狄仁杰未辅政，师德荐之，及同列，数挤令外使。"自己举荐的人做了首相后却总是排挤自己，这种大跌颜面的事情如果放在别人身上，肯定会愤愤然且多少有所发泄，而娄师德却若无其事坦然受之，了无半句怨言，更不曾和他人说过一言半语。女皇武则天发觉后，当面询问狄仁杰：娄师德有无知人之明。一向瞧不起娄师德的狄仁杰回答说："臣尝同僚，未闻其知人也。"看到狄仁杰对娄师德的偏见如此之深，女皇方才把话挑明，对狄仁杰说道："朕用卿，师德荐也，诚知人矣。"并把娄师德当初举荐狄仁杰的奏章拿给狄仁杰观看。狄仁杰这才惭愧万分："娄公盛德，我为所容乃不知，吾不逮远矣！"（《新唐书·娄师德列传》）据《资治通鉴》卷二百六所载，武则天是在圣历二年（699）秋八月，娄师德作古以后，才向狄仁杰提及此事的。女皇武则天和狄仁杰谈论此事的时间，不论是娄师德依然健在，还是他已经撒手人寰，都不影响世人认识娄师德的胸襟气度。

山不言自高，水不言自深。一个人品性好坏修养高低肚量大小，既可以在大是大非面前彰显出来，也会通过处理日常琐碎的人际关系自然而然地表现出来。面对首相狄仁杰的误会偏见排挤打压，娄师德波澜不惊淡然应对，既不为自己辩解表白，也不为曾经举荐过狄仁杰而闹心后悔。借用伟大的佛罗伦萨诗人但丁《神曲》里的话叫作："一意孤行，笑骂由人，非但不加申辩，而且充耳不闻。"而正是这些细微具体的琐事，让世人见识了娄师德的胸怀和品性。

反目成仇和不出恶声

若问人生在世，感触最深的是什么？恐怕会有各种不同的答案。只要略加分析，便不难发现，感触最深的话题当属或者简单或者复杂不断变化着的各种人际关系。而一想到这个问题，眼前便清晰地浮现出马克思的那段名言："人的本质不是单个人所固有的抽象物，在其现实性上，它是一切社会关系的总和。"

人为万物之灵长，和世间万事万物一样具有其自然属性，但决定人之为人的，则是其社会属性。因为人无法彻底与世隔绝，"弃世而独立"，而必须生存于特定的社会关系当中，故而便注定不能随心所欲，而要受各种社会关系的左右制约，乃至出现"原本想进这个房间，结果却进了另一个房间"的情形。虽然如此，人之为人的主观意志欲望能动性却也不容小觑，于是乎面对同样的冷峻现实，同样置身于"九还七返鱼游网，四谛三空兔入罝"的巨大社会关系网之中，不同的人却会作出迥然不同的选择，以至衍生出匪夷所思的不同结局。探究如此深奥的哲学命题虽远非笔者的学力所能企及，但要写出这篇文字却需要援引先哲的格言指明路径。只有在"人是社会关系的总和"这个命题下面，才便于看清楚古往今来在人际交往人际关系方面上演的一幕一幕。

"人生若只如初见，何事秋风悲画扇？等闲识得故人心，却道故人心易变。骊山语罢清宵半，泪雨霖铃终不怨。何如薄幸锦衣郎，比翼连枝当日愿。"清人纳兰性德的这首词作世人耳熟能详，倘若我们不只是把它当成一首闺怨情词来品读，而是将之扩大到人际交往情感变化决裂诸方面，便不难品味出词中写状了人们相互之间由相识而绝交的痛入骨髓的苦楚。

亲密和疏远、结交和绝交的情感变化，既是人际交往中屡见不鲜重复上演的悲喜剧，也让各色人等都怀有既如鲠在喉不吐不快、又言之伤心欲言又止的感悟。俗云“言者心之声”，于是乎便衍生了许多相关的人生喟叹。诸如：

古人结交惟结心，此心堪比石与金。
金石易销心不易，百年契合共于今。
今人结交惟结口，往来欢娱肉与酒。
只因小事失相酬，从此生嗔便分手。
嗟乎大丈夫，贪财非义非吾徒。
陈雷管鲍难再得，结交轻薄不如无。
水底鱼，天边雁，高可射兮低可钓。
万丈深潭终有底，只有人心不可量。
虎豹不堪骑，人心隔肚皮。休将心腹事，说与结交知！
自后无情日，反成大是非。（钱彩《结交行》）

瞿塘嘈嘈十二滩，此中道路古来难。
长恨人心不如水，等闲平地起波澜。（刘禹锡《竹枝词之七》）

贵友高车照簪组，富友黄金轻粪土。
二友方论富贵交，以漆倾胶入心腑。
一朝金尽囊无馀，门前不见簪组车。
贵人今车底似昔，早失黄金旧时客。

由来结交要势均，一轻一重难为人。
滔滔世上耳馀辈，寂寥管鲍今埃尘。
交情以势不以义，今日虽同明日异。
君子结交自有持，贱贫富贵不我移。（强至《结交行》）

朋友以义合，久要贵不忘。结交或匪人，驺虞化为狼。
君不见市井人，杯酒忽相得，倾肝泻胆无所惜。
一朝需求不称意，口里驱蛩心上蚝。
更闻背语触疑心，墙角车轮亦生翅。
君不见耳与馀，又不见田与窦，
当其得意时，刎颈以相就。
宁知嫌隙反掌成，坐令衽席生戎兵。
古人重结交，晏子真其人。
伾文执谊，羊豕之合，死生弃置安足陈。（刘基《结交行》）

昔时韩生有艳妻，其君使筑青陵台，南山有乌不肯来。
乌鹊虽小禽，不受鸾凤猜。
以此筑台成，二人葬寒灰，举国见之悲且哀。
悲且哀，断人肠，坟上连理树，变为两鸳鸯。
扼吭交颈绮翼张，春风蛱蝶花飘扬。
君不见郦吕结交日，朝为刎颈暮抛掷，
如此结交复何益。（刘梦阳《结交行》）

酌君金兕觥，听我结交行。
今人结交只结面，三杯浊酒倾生平。
酒酣拔剑多意气，死生患难毋相弃。

出门酒醒各东西，此情便已生同异。
结交难，重可悲，人情反覆谁能知。
笑谈各已藏矛戟，对面真如隔九疑。
君不见陈馀与张耳，当年刎颈徒为尔。
又不见鲍叔与夷吾，千载相知能有几。
仇隙多生谑浪间，睚眦起在刀锥里。
翟公宾客竟如何，一旦门前张雀罗。
田文座上客常满，一朝失势皆分散。
结交行，难重陈，世途处处皆荆榛。
今朝相对且饮酒，明日悠悠行路人。（徐渭《结交行》）

因为人大多在人际交往情感变化方面都有过碍难言传的切肤之痛，故而这个话题在古代典籍之中随处可见，见诸文字的感受认识更是琳琅满目不胜枚举。“任尔弱水三千，我只取一瓢而饮。”笔者于此不打算泛泛地谈论结交绝交现象，只想关注古人对于绝交的两种不同选择不同态度：反目成仇和不出恶声。

不出恶声被视为古代君子在直面绝交时表现出来的一种良好修养。据《史记·乐毅列传》所载，“古之君子，交绝不出恶声”一语，出自乐毅的《报燕惠王书》。乐毅是战国后期杰出的军事家，魏将乐羊后裔。屡受强邻齐国侵凌的燕昭王将其延请到燕国，担任上将军，于燕昭王二十八年（前284）统帅赵、楚、韩、魏、燕等五国联军讨伐齐国，连下齐国70余城池，由此名震天下。燕昭王死后，燕惠王继位，功高震主的乐毅受到猜忌，为求自保而投奔赵国。赵惠文王立即“封乐毅于观津，号曰望诸君。尊宠乐毅以警动于燕、齐”。失去了国之干城乐毅的燕国则祸不单行，被齐将田单率军大举反攻，悉数收复沦陷了的70余座齐国城池。燕惠王害怕赵国乘机让乐毅统军进攻燕国，遂修书一封，派人前去指责乐毅。于是，深知燕惠王心病所在的乐毅便写了著名的《报燕惠王书》，向燕惠王表明自己的心迹。斯文文字不长，堪称字字珠玑，于此全文转引于下：

臣不佞，不能奉承王命，以顺左右之心，恐伤先王之明，有害足下之义，故遁逃走赵。今足下使人数之以罪，臣恐侍御者不察先王之所以畜幸臣之理，又不白臣之所以事先王之心，故敢以书对。

臣闻贤圣之君不以禄私亲，其功多者赏之，其能当者处之。故察能而授官者，成功之君也；论行而结交者，立名之士也。臣窃观先王之举也，见有高世主之心，故假节于魏，以身得察于燕。先王过举，厕之宾客之中，立之群臣之上，不谋父兄，以为亚卿。臣窃不自知，自以为奉令承教，可幸无罪，故受令而不辞。

先王命之曰："我有积怨深怒于齐，不量轻弱，而欲以齐为事。"臣曰："夫齐，霸国之馀业而最胜之遗事也。练于兵甲，习于战攻。王若欲伐之，必与天下图之。与天下图之，莫若结于赵。且又淮北、宋地，楚、魏之所欲也，赵若许而约，四国攻之，齐可大破也。"先王以为然，具符节南使臣于赵。顾反命，起兵击齐。以天之道，先王之灵，河北之地随先王而举之济上。济上之军受命击齐，大败齐人。轻卒锐兵，长驱至国。齐王遁而走莒，仅以身免；珠玉财宝车甲珍器尽收入于燕。齐器设于宁台，大吕陈于元英，故鼎反乎磿室，蓟丘之植植于汶篁。自五伯已来，功未有及先王者也。先王以为慊于志，故裂地而封之，使得比小国诸侯。臣窃不自知，自以为奉命承教，可幸无罪，是以受命不辞。

臣闻贤圣之君，功立而不废，故著于春秋；蚤知之士，名成而不毁，故称于后世。若先王之报怨雪耻，夷万乘之强国，收八百岁之蓄积，及至弃群臣之日，馀教未衰，执政任事之臣，修法令，慎庶孽，施及乎萌隶，皆可以教后世。

臣闻之，善作者不必善成，善始者不必善终。昔伍子胥说听于阖闾，而吴王远迹至郢；夫差弗是也，赐之鸱夷而浮之江。吴王不寤先论之可以立功，故沉子胥而不悔；子胥不蚤见主之不同量，是以至于入江而不化。

夫免身立功，以明先王之迹，臣之上计也。离毁辱之诽谤，堕先王之名，臣之所大恐也。临不测之罪，以幸为利，义之所不敢出也。

臣闻古之君子，交绝不出恶声；忠臣去国，不洁其名。臣虽不佞，数奉教于君子矣。恐侍御者之亲左右之说，不察疏远之行，故敢献书以闻，唯君王之留意焉。

于是燕王复以乐毅子乐间为昌国君；而乐毅往来复通燕，燕、赵以为客卿。乐毅卒于赵。

燕惠王和乐毅虽然生活在世风日下的战国时期，但他们身上的古人之风依旧依稀可见。乐毅用书信向燕惠王表明心迹之后，并没有重新返回燕国，燕惠王看了乐毅的书信后不再听信谗言，也没有怀疑乐毅之子乐间的忠诚，而让其承袭乃父的昌国君封号，彼此之间谁也没有数落对方的不是。对于世人来说，比这个掌故更为重要的，是乐毅留下的“古之君子，交绝不出恶声”这句名言。

发生在东汉末年的“管宁割席”，是古人绝交不出恶声的又一生动例证。《世说新语 · 德行篇》载：

> 管宁、华歆共园中锄菜。见地有片金，管挥锄与瓦石不异，华捉而掷去之。又尝同席读书，有乘轩冕过门者，宁读书如故，歆废书出观。宁割席分坐，曰：“子非吾友也。”

相传管宁是春秋著名政治家齐国相国管仲的后人，生活在东汉末至三国时期，早年与华歆、邴原交好，三人号称一龙，华歆为龙头，邴原为龙腹，管宁为龙尾。相处日子久了，生性恬淡无心富贵功名的管宁透过几件小事，看出他和华歆志不同道不合，根本不是一路人。于是断然采用了割席分坐的方式与其绝交，明确告诉华歆说：“你不是我的朋友。”此后，生逢乱世的管宁多次婉拒朝廷官聘，而以讲学授徒终老一生。华歆则投身官场，一门心思做官，先是在汉灵帝时举孝廉，任郎中，因病去官后又被大将军何进征召为尚书郎。此后又投入挟天子以令诸侯的曹操曹丞相怀抱，历任议郎参司空军事、尚书、侍中、尚书令、御史大夫。曹丕称帝，迁任司徒。魏明帝即位，晋封博平侯。卒谥敬侯。华歆一生显赫，生荣死哀，却因人品不怎么样而饱受诟病。后人之所以不认可华歆，和管宁割席大有关系。遍查史籍，管宁和华歆两人绝交后各走各的路，一生再无交集，但不论是权势显赫的华歆，还是名满天下的管宁，相互之间却都没有指责议论过对方。在一定意义上可以说，管宁和华歆的人际交往，对何谓古人提倡的“君子绝交，不出恶声”，作了生动的诠释。

魏晋时期名士嵇康和山涛绝交却不绝情的历史掌故，更是令人一读三叹，感慨系之。魏晋时期特殊的政治人文环境造就了许多仅仅属于那个时代的特殊现象，其中便包括“越名教而任自然”的魏晋玄学，而名士嵇康和山涛皆名列领袖魏晋玄学的“竹林七贤”之中。嵇康成年后迎娶曹操曾孙女长乐亭主为妻，以曹魏宗室女婿的身份步入官场，年纪轻轻便官居中散大夫，世称“嵇中散”。由于朝廷实权逐渐转移到了手握兵权的司马氏父子兄弟手中，嵇康不甘心与之同流合污助纣为虐为虎作伥，又心知碍难与之相抗衡，于是便将兴趣精力转移到养生自娱方面，撰写专著《养生论》，并提出著名的“越名教而任自然”理论。潜心林泉的嵇康狂放任性，不肯屈身奔走于朝中权贵之间，而土木形骸，不自藻饰，恬静寡欲，含垢匿瑕，潜心老庄，弹琴咏诗，自足于怀，不惟经常游走山林，而且喜欢上了打铁冶炼技艺且乐此不疲，活脱脱是一个“越名教而任自然”理论的自觉践行者。

对于嵇康内心深处的痛苦，好友山涛居然没有真正看清楚。深谙人情世故、迷恋功名富贵的山涛选择了和当政者司马师、司马昭兄弟合作，做了尚书吏部郎，不久又调任大将军从事中郎。离任时，山涛全力荐举好友嵇康出任他原来的职务。嵇康获悉后十分恼火，认为山涛并不真正了解自己。一向以涵养好闻名的他一反常态，愤而撰写了名动天下的《与山巨源绝交书》，宣布和山涛绝交：

> 闻足下欲以吾自代，虽事不行，知足下故不知之也。恐足下羞庖人之独割，引尸祝以自助，故为足下陈其可否。
>
> 老子、庄周，吾之师也，亲居贱职；柳下惠、东方朔，达人也，安乎卑位。吾岂敢短之哉！又仲尼兼爱，不羞执鞭；子文无欲卿相，而三为令尹，是乃君子思济物之意也。所谓达能兼善而不渝，穷则自得而无闷。以

此观之，故知尧、舜之居世，许由之岩栖，子房之佐汉，接舆之行歌，其揆一也。仰瞻数君，可谓能遂其志者也。故君子百行，殊途同致，循性而动，各附所安。故有“处朝廷而不出，入山林而不反”之论。且延陵高子臧之风，长卿慕相如之节，意气所托，亦不可夺也。

吾每读《尚子平、台孝威传》，慨然慕之，想其为人。加少孤露，母兄骄恣，不涉经学，又读《老》《庄》，重增其放，故使荣进之心日颓，任逸之情转笃。阮嗣宗口不论人过，吾每师之，而未能及。至性过人，与物无伤，惟饮酒过差耳，至为礼法之士所绳，疾之如仇雠，幸赖大将军保持之耳。吾以不如嗣宗之资，而有慢弛之阙；又不识物情，暗于机宜；无万石之慎，而有好尽之累；久与事接，疵衅日兴，虽欲无患，其可得乎！

又闻道士遗言，饵术黄精，令人久寿，意甚信之。游山泽，观鱼鸟，心甚乐之。一行作吏，此事便废，安能舍其所乐，而从其所惧哉！

夫人之相知，贵识其天性，因而济之。禹不逼伯成子高，全其长也；仲尼不假盖于子夏，护其短也。近诸葛孔明不迫元直以入蜀，华子鱼不强幼安以卿相，此可谓能相终始，真相知者也。自卜已审，若道尽涂殚则已耳，足下无事冤之令转于沟壑也。

吾新失母兄之欢，意常凄切。女年十三，男年八岁，未及成人，况复多疾，顾此悢悢，如何可言。今但欲守陋巷，教养子孙，时时与亲旧叙离阔，陈说平生，浊酒一杯，弹琴一曲，志意毕矣，岂可见黄门而称贞哉！若趣欲共登王涂，期于相致，时为欢益，一旦迫

之，必发狂疾。自非重仇，不至此也。既以解足下，并以为别。(《晋书·嵇康列传》)

在这篇文字中，嵇康“因自说不堪流俗，而非薄汤、武”，公然表明了与当政者司马昭的不合作心态。书信的内容不胫而走，迅速在官场上传播开来，史称权倾天下的大将军司马昭“闻而怒焉”。其后不久，嵇康因在吕安、吕巽兄弟案件中仗义执言，狡诈小人钟会乘机挑唆司马昭将其逮入狱中，旋加杀害。耐人寻味的是，嵇康在临死之前，既没有把儿子托付给亲兄嵇喜，也没有托付给友人阮籍、向秀，而是托付给了他曾经写过绝交书的山涛，并对儿子嵇绍说：“山公尚在，汝不孤矣。”嵇康的这一托付重逾千钧，充分说明了他对已经公开绝交了的友人山涛的了解信任，充分说明他和山涛的情分并没有随着绝交书而一刀两断。山涛也没有辜负嵇康的生死相托，一直对嵇绍特别眷顾。18 年后，经山涛大力举荐，嵇绍被晋武帝征召，做了晋朝的忠臣。嵇康和山涛之间的交谊，既表现了古人所谓的“道不同不相为谋，术不同不相为用”，又表现了他们身上碍难割舍的友谊情分，远远高出了“绝交不出恶声”的标准。

历史上因种种原因分手绝交反目成仇的事例不胜枚举，春秋时期烈丈夫伍子胥和谗臣伯嚭留给世人的印象极为深刻。

在吴国声名显赫的相国伍子胥和太宰伯嚭早年都是楚国高官子弟，又先后遭受奸臣陷害而亡命天涯。伍子胥家族的灭门惨祸发生在前，伯嚭家族的悲剧发生在后。伍子胥逃亡到吴国站稳脚跟不久，亡命途中的伯嚭也辗转来到了吴国。于是，难弟伯嚭得到了难兄伍子胥的多方帮助提携。在吴王阖庐时代，伯嚭一直是伍子胥的忠实朋友。夫差即位之后，颇有才干的伯嚭受到重用，被任命为太宰。此后，贪弊无厌的伯嚭被越国勾践君臣设计收买，充当越国的代言人，蛊惑吴王夫差姑息养奸。忠诚刚烈疾恶如仇的伍子胥气恨不过，多次与伯嚭发生政见冲突，心怀鬼胎的伯嚭便与伍子胥反目成仇，使用种种卑劣伎俩窥测伍子胥行踪，千方百计地污蔑构陷，必欲将之置诸死地而后快。史载，伯嚭在侦知伍子胥出使齐国时将儿子留在该国后，马上在吴王夫差面前狠狠地攻讦伍子胥居心叵测。“且嚭使人微伺之，其使于齐也，乃属其子于齐之鲍氏。夫为人臣，内不得意，外倚诸侯，自以为先王之谋臣，今不见用，常鞅鞅怨望。愿王早图之。”(《史记·伍子胥列传》)

吴王夫差早已对伍子胥心怀不满，尤其担心在他亲率大军前去和齐国交战时，相国会在国内起兵举事。听了伯嚭的谗言后，盛怒之中的夫差立刻派使臣前去赐伍子胥“属镂之剑”，令其自尽。性情刚烈的伍子胥自尽前心有不甘，无比悲怆地仰天叹息道：“嗟乎！谗臣嚭为乱矣，王乃反诛我。我令若父霸。自若未立时，诸公子争立，我以死争之于先王，几不得立。若既得立，欲分吴国予我，我顾不敢望也。然今若听谀臣言以杀长者。”（同上书）

不难看出，伍子胥死前对于自己全力提携到吴国政治舞台中心的无耻同乡伯嚭，已经没有任何私人情感，只是痛恨他吃里爬外祸乱国家；而对于昏君夫差，伍子胥则浮想联翩言之伤心怨愤无尽。赴死前夕，伍子胥对伯嚭已然恨入骨髓，对夫差却爱恨交织依旧怀有一言难尽的复杂情感。“正邪自古成冰炭，毁誉于今判伪真。”由于伍子胥和伯嚭之间的交恶，属于政见之争正邪之争，他们之间的分道扬镳反目成仇不共戴天，也被后人视为正邪不两立的典型事例。

秦汉乱世之际枭雄张耳和陈馀由刎颈交变势利交最后生死相搏，则是古代因绝交而反目成仇的极端案例。在浩如烟海的史籍中，叙述人际交谊由好变坏的名篇，当属司马迁的《史记·张耳陈馀列传》。

大梁人张耳和陈馀在贫贱时濡沫涸辙，志趣相投，年轻的陈馀像对待父亲一样侍奉年长的张耳，史称二人“相与为刎颈交”。秦灭魏国以后，曾悬赏缉拿他们二人，“张耳、陈馀乃变名姓，俱之陈”，互相扶持，共度时艰。待到陈胜、吴广率领的起义大军进入陈地，张耳、陈馀毫不踌躇地参加了起义队伍。在义军攻下邯郸后，武臣自立为赵王，任命张耳为右丞相，陈馀则成了手握兵权的大将军。不久，秦将章邯统率的大军已经兵临邯郸城下，张耳保护赵王退守巨鹿城，被秦军重兵包围。陈馀率军数万闻讯赶来，驻扎在巨鹿城北。困在巨鹿城中的张耳日夜企盼陈馀杀退秦兵，陈馀却因敌众我寡兵力悬殊而迟迟不敢贸然出兵。就在赵国君臣命悬一线之际，“项羽兵数绝章邯甬道，王离军乏食，项羽悉引兵渡河，遂破章邯。章邯引兵解，诸侯军乃敢击围钜鹿秦军，遂虏王离。”

巨鹿解围之后，张耳等出城面谢诸侯。张耳一见陈馀，立时火冒三丈，两人立刻发生了激烈的争吵。盛怒中的陈馀“乃脱解印绶，推予张耳。张耳亦愕不受。陈馀起如厕”。因为陈馀内急如厕，事情发生了意想不到的变化：“客有说张耳曰：‘臣闻‘天与不取，反受其咎’。今陈将军与君印，君不受，反天不祥。急取之！’张耳乃佩其印，收其麾下。而陈馀还，亦望张耳不让，遂趋出。张耳遂收其兵。陈馀独与麾下所善数百人之河上泽中渔猎。由此陈馀、张耳遂有郤。”

张耳听信高参们的馊主意，借陈馀赌气而夺了他手中的兵权，把原本可以解释清楚冰释前嫌的误会变成了永远也无法解开的死结，陈馀由此认定张耳的真实目的是为了与他争夺权力，将他排挤出局，因而断然将自己一直视为父辈的刎颈交张耳视为最大的仇敌，必欲除之而后快。接下来发生的一幕一幕，几乎都是陈馀出于复仇心理而对张耳还以牙眼：张耳从项羽入关后，受封为常山王，而陈馀则仅仅受封为侯，封赏不公令陈馀怒上加怒，由此而引发了日后陈馀和齐王田荣一同叛楚，借齐王之军袭击并赶走张耳，“复收赵地，迎赵王于代，复为赵王”，赵王立陈馀为代王。张耳失败后走投无路，被迫投奔刘邦；当刘邦想要联合赵王共同讨伐项羽时，陈馀开出的条件竟然是：“汉杀张耳乃从。”——流氓出身的刘邦当即找了个和张耳长相类似的人做了替死鬼，陈馀这才出兵相助汉王——等到发觉张耳并没有死时，陈馀立马率军叛汉；汉三年，韩信与张耳一起攻打赵国，拿下井陉，“斩陈馀泜水上，追杀赵王歇襄国。汉立张耳为赵王”。至此，张耳与陈馀之间的争斗方告结束。

司马迁在叙述了张耳、陈馀的交谊演变后，感慨于他们的“乡者相慕用之诚，后相倍之戾”，认为张耳、陈馀之交属于典型的势利交。太史公的这一看法得到了世人的广泛认可，但也有人不肯苟同。清人林伯桐和吴敏树均认为，对于张耳和陈馀，司马迁以利责之似过矣。“张耳、陈馀所争者大，非为私也。其始则多疑心，其后则各负气耳。”（《史记蠡测》）“当陈馀投印之时，张耳若不乘便收取，虽交分少疏，何至便相仇杀？”（《柈湖文集·书张耳陈馀传》）由多疑而负气而相互算计而生死相搏势不两立，张耳、陈馀交恶之后恚恨之声不绝于耳，委实折射了缺少心量感情用事的赳赳武夫的气质血性。

张耳、陈馀反目成仇不依不饶至死方休，固然表现出了某种愚不可及的狭隘性，比起历史上那些绝交不出恶声的古人来，在涵养器量方面的差距固然不可以道里计，但他们毕竟没有掩饰自己的真实爱憎，其喜怒爱憎皆没有藏着掖着，都反映在明面上。比起历史上那些蛇蝎心肠心口不一口是心非处心积虑笑里藏刀口蜜腹剑借刀杀人用软刀子杀人之徒，譬如战国时期陷害同窗好友孙膑的庞涓、借秦王之手对同门师兄韩非痛下杀手的李斯，他们毕竟还表现得光明磊落，不像后者那样以玩弄鬼蜮伎俩暗箭伤人为能事。就此而言，他们的快意恩仇生死相搏，多少还有几分丈夫气概，或者说还有一些人性的味道！

未卜先知和当局者迷

北宋改革家文学家王安石有诗曰："学如吾子何忧失，命属天公不可猜。"把自然和社会生活中说不清道不明的现象归之于天意，乃是古往今来许多政治家思想家经常挂在嘴边上的遁词。或许正是由于这个缘故，才有了各种各样的崇拜，诸如图腾崇拜、权力崇拜、金钱崇拜、英雄崇拜、智慧崇拜等等。回望历史上那些未卜先知被人顶礼膜拜的传奇人物，他们受人景仰不是由于力大无比披坚执锐冲锋陷阵所向无敌，而是由于神机妙算未卜先知慧眼识人智慧超人，换言之，不是以武力威震天下而是以智慧赢得人心。姜子牙、管仲、范蠡、黄石公、张良、陈平、曹操、诸葛亮、司马懿、袁天罡、李淳风、刘伯温等，便是国人心目中永远的智多星。

对于未卜先知这种特殊的本领，古人有各种不同的诠释，一种说法认为，精通占卜星相术可以使人预知过去未来，识别各色人等的秉性命运；一种说法认为，知鉴人事无须钻龟祝蓍，只需要在实践和时间的长河中认真留意，诗圣白居易有言，"试玉要烧三日满，辨材须待七年期"；一种说法认为，"至诚之道，可以前知"；还有一种说法则认为，具备未卜先知特异功能的人与众不同，生有异秉，如此等等，不一而足。实际上，未卜先知之人固然高出常人许多，但也不是不可思议的神仙，并非先天生而知之，而是在后天学而知之的，只不过是因为他们智商特别高，特别有学问，又具有丰富的实践经验，故而能够看穿常人看不透的表象，径直抓住事情的本质。而由于他们所作出的断言结论，往往能被时间和实践所证实，故而周围的人们既匪夷所思，又佩服得五体投地，随之便产生了所谓的崇拜甚至迷信。

除开那些以精通术数著称的相士而外，世人相对熟悉的，恐怕是范蠡、张良、诸葛亮、司马懿、曹操、刘伯温等相继活跃在政坛上的历史人物了，而由于《三国演义》的惊人影响力，诸葛亮、曹操、司马懿更为世人所耳熟能详。倘若沉下心来读书思索，又会发觉，即便智商高超如诸葛亮、曹操、司马懿，在人物鉴别方面，同样也有看走眼的时候。所谓“旁观者清，当局者迷”，即便智慧如诸葛亮、曹操、司马懿等人，也无法侥幸成为例外。

“诸葛大名垂宇宙，宗臣遗像肃清高。”“鞠躬尽瘁，死而后已。”“出师未捷身先死，长使英雄泪满襟。”诸葛亮是世人公认的精神偶像，鲁迅先生甚至认为《三国演义》中的诸葛亮“多智而近妖”。即便罗贯中费尽心思写状诸葛亮的“高大全”形象，还是写了他的一些重大失误，写了他招致后人非议的一些重要决策。譬如临终时安排马岱斩杀大将魏延，就被后人视为是素有知人之明之称的诸葛亮政治生涯中的一大败笔。

魏延字文长，弋阳平氏人，初为东汉末荆州牧刘表麾下将领，后投奔长沙太守韩玄。赤壁大战后，关羽率兵攻打长沙，韩玄部下大将黄忠交战时和关羽惺惺相惜，被韩玄识破，待要将黄忠开刀问斩之际，魏延挺身而出营救黄忠，斩杀韩玄，归降关羽，从此成为刘备麾下的知名战将。

《三国演义》第 53 回云：当关羽引魏延归来复命时，刘备喜出望外，孔明却“喝令刀斧手推下斩之”。而诸葛亮要斩杀魏延的缘由，就是因为精通骨相的他看出“魏延脑后有反骨”。书中透过诸葛亮和刘备对话，道出了他对魏延的认识：“食其禄而杀其主，是不忠也；居其土而献其地，是不义也。吾观魏延脑后有反骨，久后必反，故先斩之，以绝祸根。”仔细品味这段小说家言，不难看出诸葛亮是打心眼里看不起魏延卖主求荣的行径，故而借“反骨”说事，给魏延一个下马威，让他有所畏惧而已。

何谓“反骨”？按照古人的说法，反骨是指枕骨，又名后山骨。上面突出处，称为“脑杓”。下面耳后突起者，名“完骨”。一些人枕骨突起，就具备了反骨的基础，侧面看他们的头像，就像一个刻意夸张了的问号。同时，反骨也可以指额头特别突出者，叫额前反骨，民间俗称“锛儿头”。至于魏延是否真的长有反骨，正史不载。

虽然魏延甫一投奔刘备便吃了诸葛亮一闷棍，但因“三军易得，一将难求”，刘备占领巴蜀以后，战功卓著的魏延依旧受到重用。刘备入川，魏延以战功迁牙门将军。刘备自称汉中王后，没有把镇守汉川的重任交给张飞，而是出人意料地提拔魏延为督汉中镇远将军，领汉中太守。刘备登基称帝后，晋升魏延为镇北将军。蜀汉建兴元年（223）后主刘禅继位，封魏延为都亭侯。诸葛亮率兵六出祁山，魏延更是历任前部先锋、领丞相府司马、凉州刺史、前军师征西大将军等要职。因为诸葛亮用兵过于谨慎，且一直对其怀有戒心，致使魏延内心常有怀才不遇之憾。“延每随亮出，辄欲请兵万人，与亮异道会于潼关，如韩信故事，亮制而不许。延常谓亮为怯，叹恨己才用之不尽。延既善养士卒，勇猛过人，又性矜高，当时皆避下之。唯杨仪不假借延，延以为忿，有如水火。”（《三国志·蜀书·魏延传》）对于魏延诸如此类的言行，心细如发举轻若重的诸葛亮自是看在眼里，记在心上，无形中加重了对魏延的猜忌。

蜀汉建兴十二年（234），诸葛亮在五丈原病故前夕，因对他始终认为有反骨的魏延放心不下，而特意作了安排。“秋，亮病困，密与长史杨仪、司马费祎、护军姜维等作身殁之后退军节度，令延断后，姜维次之；若延或不从命，军便自发。”（同上书）

诸葛亮死后，魏延果然不听杨仪军令，魏延、杨仪的矛盾急速加剧，而酿成一场惊天事变：

亮适卒，秘不发丧，仪令祎往揣延意指。延曰：“丞相虽亡，吾自见在。府亲官属便可将丧还葬，吾自当率诸军击贼，云何以一人死废天下之事邪？且魏延何人，当为杨仪所部勒，作断后将乎！”因与祎共作行留部分，令祎手书与己连名，告下诸将。祎绐延曰：“当为君还解杨长史，长史文吏，稀更军事，必不违命也。”祎出门，驰马而去，延寻悔，追之已不及矣。延遣人觇仪等，遂使欲案亮成规，诸营相次引军还。延大怒，搀仪未发，率所领径先南归，所过烧绝阁道。延、仪各相表叛逆，一日之中，羽檄交至。后主以问侍中董允、留府长史蒋琬，琬、允咸保仪疑延。仪等槎山通道，昼夜兼行，亦继延后。延先至，据南谷口，遣兵逆击仪等，仪等令何平在前御延。平叱延先登曰：“公亡，身尚未寒，汝辈何敢乃尔！”延士众知曲在延，莫为用命，军皆散。延独与其子数人逃亡，奔汉中。仪遣马岱追斩之，致首于仪，仪起自踏之，曰：“庸奴！复能作恶不？”遂夷延三族。（同上书）

裴松之注援引了《魏略》中的说法，却又不予认可：

诸葛亮病，谓延等云："我之死后，但谨自守，慎勿复来也。"令延摄行己事，密持丧去。延遂匿之，行至褒口，乃发丧。亮长史杨仪宿与延不和，见延摄行军事，惧为所害，乃张言延欲举众北附，遂率其众攻延。延本无此心，不战军走，追而杀之。臣松之以为此盖敌国传闻之言，不得与本传争审。

《三国志》《资治通鉴》皆云，蜀将马岱是奉杨仪之命前来追杀魏延的，并非诸葛亮生前处心积虑地将马岱安排在魏延身边。但因《三国演义》刻意渲染马岱受军师遗命于军前斩杀魏延，"魏延反，马岱斩"遂成了家喻户晓的知名典故，诸葛亮慧眼识反骨的本领也因此而被极度神化。

魏延虽然死于马岱刀下，但是史家并不认为他真的要谋反，陈寿在《三国志·蜀书·魏延传》中即明确指出："原延意不北降魏而南还者，但欲除杀仪等。平日诸将素不同，冀时论必当以代亮。本指如此。不便背叛。"司马光在《资治通鉴·魏纪四》中沿袭《三国志》的说法，云："始，延欲杀仪等，冀时论以己代诸葛辅政，故不降魏而南还击仪，实无反意也。"

毋庸讳言，诸葛亮先入为主地认定魏延有反骨不可重用，对魏延的人生悲剧影响极大。但历史却证明，诸葛亮在魏延的问题上实际上是当局者迷。如果他认定魏延日后必反，为什么不早些动手铲除这个隐患呢？如果他心知军中无大将的蜀国需要借重魏延这位可遇而不可求的将才，为什么会把内心的天平偏向杨仪一边呢？在犹豫不决中，诸葛亮一直对魏延委以重任，却又在临死前以莫须有的揣测挖掘了埋葬魏延的大坑，这一切固然说明了诸葛亮的过人智商，同时也说明了他心中挥之不去的犹豫苦恼。颇具讽刺意味的是，诸葛亮借丞相府参军长史杨仪之手铲除了脑后长有反骨的魏延，却没有推荐胃口极大的杨仪担任朝廷要职，率领大军平安班师归来后，没能当上丞相或中书令的杨仪“怨愤形于声色，叹咤之音发于五内”，竟至口无遮拦，后悔当初没有率军投奔魏国，而被废为庶人。诸葛亮虽然看出杨仪性情狷狭难当大任，一定没有想到他会破罐子破摔，走到这步田地。杨仪的结局出人意料，既令九泉之下的诸葛丞相蒙羞，又为诸葛亮之当局者迷提供了新的佐证。走笔至此，悠然想起了曾国藩《冰鉴·神骨》里的几句话：“文人论神，有清浊之辨。清浊易辨，邪正难辨。”看来，“邪正难辨”不仅对常人而言是个大难题，即便是对智慧象征的诸葛亮而言，同样也是一个异常艰难的实践问题。

如果说诸葛亮因为过于迷信骨相学，认定脑后长有反骨的魏延日后必定会造反，死前设计了一出“魏延反，马岱斩”，结果冤枉了并没有造反的魏延，那么，稍早于他的“治世之英雄，乱世之奸雄”曹操，则因为生性多疑，当局者迷，而让一副“狼顾相”的司马懿侥幸生存下来，最后让司马父子篡夺了曹氏天下。

司马懿生长于富贵家族，史称其“少有奇节，聪朗多大略，博学洽闻，伏膺儒教”。面对东汉末年天下大乱的局面，“常慨然有忧天下心”，但却不肯贸然出仕。曹操在占据“挟天子以令诸侯”的有利地位、担任司空之后，大力延揽人才，曾让人去延请司马懿。司马懿则因“不欲屈节曹氏”，便“辞以风痹，不能起居”，予以回绝。曹操担任丞相后，又下令要司马懿来朝中担任文学掾，并特别交代使者：“若复盘桓，便收之。”聪明过人的司马懿权衡利弊，只能改变初衷，乖乖地前来京城就职。以善于使用人才名世的曹丞相对司马懿颇为器重，“于是使与太子游处，迁黄门侍郎，转议郎、丞相东曹属，寻转主簿。”“魏国既建，迁

太子中庶子。每与大谋，辄有奇策，为太子所信重。”（《晋书·宣帝纪》）

但这并不说明司马懿已经获得了曹操的绝对信任。身为旷世奸雄，狡诈多疑的曹操堪称是历史上罕见的权术高手，对麾下人才向来是既重用又不信任。荀彧是其心腹智囊，多次被曹操称之为“孤之张子房”。在曹操操控朝政以后，荀彧即被任命为侍中、尚书令。仅仅因为在曹操晋位为魏公一事上荀彧持有异议，便被曹操毫不客气地送上了黄泉路。荀彧下场如此，孔融、杨修的结局更是惨不忍睹。一肚子智谋韬略的司马懿整天看着这一幕一幕，自然要琢磨在曹丞相手下讨生活的生存之道。饶是司马懿对曹操毕恭毕敬，说话办事中规中矩，不敢越雷池半步，还是逃不过曹操的法眼。

《晋书·宣帝纪》载：曹操生前始终对司马懿怀有戒心，“魏武察帝有雄豪志，闻有狼顾相，欲验之。乃召使前行，令反顾，面正向后而身不动。”据说曹操晚年曾梦见三马同槽，心里很是厌恶。曾经专门向世子曹丕做过交代：“司马懿非人臣也，必预汝家事。”由此可见，曹操内心深处，是不放心司马懿的。

司马懿能够在心狠手辣的曹操手下存活下来，固然是因为曹操也是人，也有看走眼的时候，更重要的是因为司马懿具有自知之明，知道自己根本不是曹操的对手，压根没有篡权夺位的非分之想，处处谨言慎行，表现得忠心耿耿，无可挑剔使然。对此，王夫之在《读通鉴论·三国》中曾作过精辟的分析：“司马懿之初起为文学掾，岂夙有夺位之心哉？魏无人，延懿而授之耳。懿之视操，费能若也。曹之威力，割二袁，俘吕布，下刘表，北归乌桓，而懿无其功；曹迎天子于危乱之中，复立汉之社稷，而懿无其名；魏有人，懿不能夺也。”

不论如何，对于阅人无数心狠手辣公然宣称“宁教我负天下人，毋教天下人负我”的曹操而言，留下司马懿的性命无疑是给曹氏天下留下了致命的隐患。这说明曹操的胸怀要比诸葛亮宽广许多，虽然对司马懿的狼顾相存有戒心，却更相信眼见是实，没有像诸葛亮执意要铲除魏延一样结果司马懿的性命。如果说诸葛亮对魏延的处置表明他迷惑于骨相说而无法自拔，那么，曹操放了司马懿一马，则说明他的迷惑源自太过相信自己的眼睛。

曹丕称帝后，尽管没有忘记乃父的遗嘱，始终不肯让司马懿掌握兵权，却一直借重司马懿的才干，不断提升他的官职。黄初七年（226）五月，曹丕临终前召见“中军大将军曹真、镇军大将军陈群、征东大将军曹休、抚军大将军司马宣王，并受遗诏辅嗣主”。（《三国志·魏书·文帝纪》）司马懿父子后来篡夺曹魏的江山社稷，即始肇于此。王夫之便认为：“魏之亡，自曹丕遗诏命司马懿辅政时。”（《读通鉴论·三国》）

曹丕才略不如乃父，狡诈多疑却承继了曹操的真传。曹操在心底里不信任司马懿，曹丕对司马懿也是一种有保留的信任。关于这一点，可以从他在位的前几年里迟迟不肯授司马懿以兵权重任上看得出来。晚年的曹丕之所以重用司马懿，有其难以言说的苦衷。曹丕、曹植兄弟之间争夺太子之位虽然以曹丕胜出而告终，但却留下了无穷的后遗症。曹丕遗命让曹真、陈群、曹休和司马懿共同辅政，其真实目的是为了防范曹植兄弟。而任命陈群、司马懿为辅政大臣，是为了防止曹真坐大。于是，狡诈多疑的曹丕便在咽气之前玩了这么一手。曹丕的用心固然良苦之至，可惜机关算尽的他无论如何也想不到，他的这个临终遗诏是何等的愚蠢！导致了何等严重的后果！

还是王夫之说得到位：“魏之亡，亡于孟德偏爱植而植思夺嫡之日，兄弟相猜，拱手以授之他人，非一旦一夕之故矣。”（《读通鉴论·三国》）正是因为曹操当年偏爱曹植，诱发了曹丕、曹植的兄弟相争，进而促成了文臣谋士的派系争夺，以至于曹丕后来只得利用他人来制衡曹氏兄弟。王夫之目光深邃看得远，一语道出了司马懿时来运转的远因。

魏明帝曹睿在位期间，司马懿建立的功绩可圈可点：在对东吴的几次战事中，建立了可堪称道的战功；接着以迅雷不及掩耳之势长途奔袭，平息了孟达的叛乱；采取以逸待劳、坚守不战的策略拖垮了蜀军，累死了蜀军主帅诸葛亮；随后又成功平定了辽东太守公孙渊的叛乱。故而曹睿对司马懿越来越倚重，史称他们二人“君臣相得”，心心相印。景初三年（239）正月，明帝曹睿临终前向太尉司马懿托孤，命他与大将军曹爽一起辅佐新君曹芳。曹睿的临终遗命，使司马懿多年的媳妇熬成婆，为司马父子后来篡魏自立，埋下了伏笔。

曹芳即位不久，司马懿即被剥夺实权迁为太傅。于是，老谋深算的司马懿运用韬光养晦之术，以退为进，称疾不朝，通过欺骗的手段彻底麻痹了对手。嘉平元年（249）春正月，司马懿利用大将军曹爽等陪同魏帝曹芳前往高平陵祭奠的机会，在都城洛阳发动政变，一举诛杀了曹爽及其党羽，将曹魏的军政大权完全控制在自家父子手中。司马懿通过这次血腥清洗，为其子孙日后取代曹魏清理门户，打牢了基础。但他本人直到老死也没有背叛曹魏政权。

有句古话叫作：“谁笑到最后，谁笑得最好。”后人以此来反观曹操和司马懿（包括他们的后人），自然不难看出成败输赢。强势的曹操一生敢说敢做，了无任何顾忌：“若天命在孤，孤其为周文王乎！”却始终没有看清楚司马懿的真面目，而长期被这位极为擅长的韬光养晦功夫所蒙蔽；“隐雄”司马懿一生都在韬晦忍让，始终将爱恨亲仇深藏于心底，却成功地含笑于九泉。一失足成千古恨，再回首已百年身。即便曹操泉下有知，为自己当初一时迷惑，未能诛杀司马懿而痛心不已，也只能徒唤奈何！

胜利者是不需要辩白的。在曹氏父子翁孙的身边潜伏成功的司马懿和他的儿子司马师、司马昭，完全有理由讥讽曹氏父子翁孙有眼无珠聪明反被聪明误。不过在司马昭、司马炎当政时期，在察人论事上同样犯有聪明一世糊涂一时难以挽回的错误。而这个让司马昭、司马炎父子贻笑千古的人，就是后来十六国时期的前赵开国皇帝刘渊。

刘渊，字元海，新兴匈奴人，冒顿后裔。其祖先冒顿是势力很强大的匈奴王。因西汉初高祖刘邦对匈奴采取“和亲”政策，“以宗女为公主，以妻冒顿，约为兄弟，故其子孙遂冒姓刘氏。”东汉末，刘元海的父亲刘豹被部族推举为左贤王。曹操当政时，将匈奴分为五部，“豹为左部帅，其余部帅皆以刘氏为之”。五部“皆居于晋阳汾涧之滨”。(《晋书·载记第一》) 刘元海自幼即好学不倦，志向甚高，曾对同门师兄弟朱纪、范隆直抒胸臆：“吾每观书传，常鄙随、陆无武，绛、灌无文。道由人弘，一物之不知者，固君子之所耻也。二生遇高皇而不能建封侯之业，两公属太宗而不能开庠序之美，惜哉！”汉初的儒生随何、陆贾名冠一时，而刘元海却批评他们生逢明君却未建封侯之业；周勃、灌婴皆汉初名将，后来皆位极人臣，刘元海却责备他们缺少学问，未能在振兴教育上有所作为。

自魏主曹芳以降，朝中实权逐渐落到司马父子手中。司马昭主政以后十分赏识刘元海，一度打算委任刘元海率兵征吴，平定东南之事，近臣孔恂、杨珧竭力反对说：“臣观元海之才，当今惧无其比，陛下若轻其众，不足以成事；若假之威权，平吴之后，恐其不复北渡也。”紧接着，他们又抛出两句分量极重的话来：“非我族类，其心必异。任之以本部，臣窃为陛下寒心。若举天阻之固以资之，无乃不可乎！”（《晋书·载记第一》）司马昭听后不置可否，却不再提及命刘元海统军伐吴之事。由此可知，老奸巨猾的司马昭内心深处已经对刘元海起了戒心，故而没有授他以兵权。这种做法明显和当年曹操、曹丕父子防范司马懿如出一辙。

待到司马炎篡位自立，建立西晋王朝，鲜卑人在树机能统领下大举攻晋，秦州、凉州相继失陷，尚书仆射李憙建议起用刘元海，委以将军名号，让其率匈奴五部西进讨伐鲜卑人，收复失地，又是孔恂旧调重弹：“元海若能平凉州，斩树机能，恐凉州方有难耳。蛟龙得云雨，非复池中物也。”晋武帝司马炎听后，便不肯让刘元海统兵西征。于是，刘元海这个天生的异类，便被长期闲置，成了所谓的池中之物。齐王司马攸甚至请求索性除掉刘元海，以绝后患。并说：“陛下不除刘元海，臣恐并州不得安宁。”幸亏有人站出来为刘元海辩护，反对随意杀人，刘元海才侥幸留下了一条性命。后因刘元海的父亲刘豹去世，刘元海才得以接任左部帅一职，并于太康末年被任命为北部都尉，后迁为建威将军、五部大都督，封汉光侯。元康末年，成都王司马颖镇守邺城时，上表加封刘元海为行宁朔将军、监五部军事。此后晋惠帝与成都王司马颖兵戎相见，为了抵御各地的进攻，成都王司马颖又任命刘元海为北单于，参丞相军事。直到此时，刘元海才有了一展怀抱的空间。他以召集匈奴所部相助司马颖为名回到左国城，立即就任了匈奴大单于。

永兴元年（304），刘元海正式即汉王位，年号元熙。为了收买人心，刘元海独出心裁地追尊蜀国后主阿斗为孝怀皇帝。永嘉二年（308），刘元海自称皇帝，改元永凤。

明眼人一看便知，刘渊刘元海之所以能在西晋初期咸鱼翻身般地跃上龙门，成为震惊天下的前赵皇帝，所走的路径和当年司马氏父子几近相同。而他的成功，不论从哪个视角来看，都是西晋当政者司马氏的奇耻大辱。

古语有云："用人不疑，疑人不用。"这个准则实际上是倡导人与人之间的相互真诚相互信任。但是在世俗社会里，大量存在着的是"既用又疑，疑而复用"，这乃是人际关系越来越复杂、信任系数越来越低的反映。诸葛亮、曹氏父子、司马氏父子都是通古博今阅人无数智商极高未卜先知的一时人杰，却同样在这个问题上泥潭深陷看似聪明实则迷惑以至于无法自拔。诸葛亮对魏延是如此，曹操、曹丕、曹睿对司马懿是如此，司马昭、司马炎对刘元海也是如此，魏延脑后的反骨、司马懿的狼顾相、刘元海的"非我族类，其心必异"，都让他们长期生存在上司无休止的猜忌怀疑之中，而他们表现形式不同的巨大优长和韬晦权术，又相助他们解脱了一次次生死劫。良可叹息的是，用人处事一生唯谨慎的诸葛亮，临死前为提防魏延背叛所做的安排部署，虽然如愿以偿，却让根本没有造反之心的魏延蒙冤九泉；大开大阖足智多谋的奸雄曹操因临死前没有处死潜在的对手司马懿，而为司马父子篡夺曹魏政权埋下了伏笔；司马昭、司马炎尽管都笃信"非我族类，其心必异"，不肯让匈奴血统的刘元海掌握兵权，却没有寻找借口斩草除根，而使得刘元海在西晋八王之乱时背晋自立，建立了前赵王朝。《晋书》则将刘元海、石勒、重华、冉闵、苻坚、慕容氏等相继自立僭称帝王的历史变局，归咎在刘元海身上，“抑元海为祸首云”。

人是环境的产物，即便是大智大慧之人也无法逃脱特定时代环境诸多主客观因素的局限，也会出现当局者迷的现象。上述几则历史公案，即是启人视野开人心智的绝妙例证。

留恋和逃遁

古人崇尚“立德立功立言”，向往功成名就扬名显亲，“君子疾没世而名不称焉”，倡导“学而优则仕，仕而优则学”，“学成文武艺，售与帝王家”。似乎可以这样说，古代绝大多数读书人的注意力和兴奋点主要表现在读书做官上。无论是历经坎坷痴心不改愈挫愈奋以死抗争，还是笑骂由人好官我自为之；不论是明哲保身装疯卖傻，还是辞官隐居终老林泉；抑或是处心积虑追求利益最大化，企图既要实惠又要名声，其症结都系在“仕途”二字上面。

在漫长的古代社会里，儒佛道三家对人们影响最大，其创始人孔子、释迦牟尼和老子又都曾与官场有过很深的因缘。孔子政治抱负宏大，曾经做过鲁国的司寇，此后率领弟子们长时间地周游列国，不是为了浏览山川秀美，而是想寻觅合适的政治舞台，只是因为生不逢时，才委屈自个儿做了一介教书先生。释迦牟尼血统高贵，是古印度迦毗罗卫国净饭国王的太子，如果没有拯救整个世界的宏大誓愿，他原本可以顺利继承王位尽情享受荣华富贵的。老子生活在春秋时期，做过周朝的守藏室史，也可以说是一位官场中人。因看到周王朝逐渐衰败而选择了离去，在出函谷关（一曰散关）西游时，被关令尹喜强留，而写下了著名的《道德五千言》。因为有《道德五千言》存世，老子遂被尊称为道家以及后来的道教的创始人。

在古代世袭制中，具有天然的血统优势的王子释迦牟尼与官场的决裂最坚决也最彻底；只是一名史官的老子并不留恋仕途，而是审时度势主动选择退出归隐；一度做过高官的孔子，后来则怀抱着一肚子的不情愿游离于官场边际。这三位对人类历史发生过深远影响的思想巨人，以他们毕生的活动轨迹，清晰地画出了仕宦人生的两条不同曲线。

在以商末王子比干为代表的崇尚使命责任重道义轻生死的仁人志士身上，焕发着一种扑面而来的“知其不可为而为之”的士大夫情怀：“君有过而不以死争，则百姓何辜！”古人眼里的忠臣，首先是指王子比干等一类人士，而此类忠臣孽子的故事，又历来层出不穷史不绝书。他们的真正高尚之处，在于其发自内心的敬重仕宦这种职业，甘愿不惜一切代价恪守其责任使命，对头上那顶官帽子并不留恋——只要他们多少留恋自己的官帽子，就必然表现出某种程度不等的私心私欲，就会患得患失欲言又止怕字当头，而无从做到“苟利国家生死以，岂因祸福避趋之”。

站在网络信息时代回望历史，以王子比干为代表的古代官员精英群体，堪称是从投身仕途那天起便终身嫁给了仕途，并且无怨无悔以身相许至死方休。他们的思维方式生存逻辑虽然过于简单，但理想信念之坚定对君主对国家之忠诚不渝，则足以与天地同在与日月争辉。这些连自己的身家性命都豁得出去的精英群体，除尚有“忠臣死社稷”“赢得生前身后名”的价值观念而外，实在没有多少个人的私欲。“无欲则刚。”因无私欲，所以不论他们所面对的是倒行逆施口含天宪的暴君，骄纵跋扈欺上瞒下的权臣，还是口蜜腹剑居心叵测的同僚，都敢于义无反顾地奋起抗争，“舍得一身剐，敢把皇帝拉下马”。关龙逄、伍子胥、屈原、王陵、陆逊、赵绰、方孝孺、海瑞、杨继盛等，皆是此类正直无畏舍生忘死的斗士。他们前赴后继地倒在官场的血泊中，并不意味着他们不明白自己这样做随之而来的可怕后果，更不意味着他们依旧对官场一往情深恋恋不舍，相反，恰恰说明他们业已彻底厌倦了自己置身其中的官场，故而悲壮地死去才被他们视为最后的归宿。用孔子的话来说叫作："求仁得仁，又何怨。"（《论语·述而》）

相形于王子比干等大写的仁人志士不惜"我以我血荐轩辕"，密密麻麻数不胜数的当属那些对官场情感过于浓郁之人。虽然他们栖身滞留官场的理由目的各不相同，但有一个共同点是确定无疑的，这便是：官场这个磁场对他们有着难以想象的吸引力，能让他们流连忘返，"虽九死其犹未悔"。笔者于此无意深入梳理分析，只是着重审视其中的两类特别留恋者。

一类是下意识地把自己融入了官场融入了政治，将"天生我材必有用"理解为只有在官场上才能为自己的才华找到用武之地，故而对官场产生了难以言传的留恋情感，甘愿在官场中消耗自己的青春年华乃至余生岁月。春秋战国时期民风淳朴，仕人风尚也同样淳朴，尚且敢于奉行"良禽择木而栖，良臣择主而事"，君臣之间自主选择性强，故而，许多怀才不遇之士到处奔走寻找机会而后时来运转长才得展，百里奚、管仲、范蠡、文种、鲁仲连、苏秦、张仪、吴起、孙膑等皆是其中翘楚。孔子他老人家便生活在这个时代，一方面他奉行"邦有道则仕，无道则隐"，另一方面他又坚持不懈地周游列国，心系仕途，以期抓住机遇实现其大行王道于天下的理想抱负。即便是周游列国绝粮陈蔡被人讥为"丧家犬"，他也没有气馁过。倘若天遂人愿，孔子肯定会首先选择做一位杰出政治家，只是因为生不逢时，才不得已退而求其次，成了一位无与伦比的教育家思想家。翻阅《论语》，所谓“道不行，乘桴浮于海”（《论语·公冶长篇》），不过是他老人家排遣心头郁闷的激愤之词；“鸟兽不可与同群，吾非斯人之徒与而谁与？”（《论语·微子篇》）才是他念兹在兹的所思所想。

战国时楚国三闾大夫屈原因为血统高贵才华出众，很早便步入政坛，官居左徒，深受楚怀王器重。一心要在政坛上大展怀抱的他万万没有想到，等待着他的竟然是一个又一个机关陷阱。从楚怀王轻信佞臣上官荆尚谗构陷害将其放逐开始，屈原的仕途生涯充满坎坷迭遭贬徙。在楚怀王、楚顷襄王、公子子兰、郑袖、上官荆尚等上下内外狼狈沆瀣交相迫害下，日夜盼望云消日出的屈原却一迁再迁，被放逐于偏远的湘沅之地。如果怀有“此处不留人，自有留人处”的念头，怀有“道不行，乘桴浮于海”的想法，逐臣屈原便不难自我解脱。但因为不肯放弃自己忠君爱国忧国忧民的赤子情怀，其中也包括不肯放弃自己一直眷恋的仕途生涯，故而屈原历尽艰难痴心不改，“虽九死其犹未悔”。《史记·屈原贾生列传》载，在屈原极度绝望迷惘之际，隐士渔父曾经出言相劝，要他审时度势和光同尘高举远遁，屈原却宁可选择沉江而死，也不肯斩断自己的信念追求以及对仕途的留恋：

屈原至于江滨，被发行吟泽畔。颜色憔悴，形容枯槁。渔父见而问之曰：“子非三闾大夫欤？何故而至此？”屈原曰：“举世混浊而我独清，众人皆醉而我独醒，是以见放。”渔父曰：“夫圣人者，不凝滞于物而能与世推移。举世混浊，何不随其流而扬其波？众人皆醉，何不餔其糟而啜其醨？何故怀瑾握瑜而自令见放为？”屈原曰：“吾闻之，新沐者必弹冠，新浴者必振衣，人又谁能以身之察察，受物之汶汶者乎！宁赴常流而葬乎江鱼腹中耳，又安能以皓皓之白而蒙世俗之温蠖乎！”

大唐名相狄仁杰是中国古代屈指可数的大政治家，也是一个投身仕途便不再回头的职业政客。在高宗李治时代，狄仁杰便以精于断案闻名于世。武则天称帝后为打击朝中异己势力，重用酷吏周兴、来俊臣者流，大兴冤狱，无数人头落地。天授二年（691），地官侍郎同凤阁鸾台平章事（相当于副宰相）狄仁杰被构陷入狱。在严刑拷打面前，为保住性命，狄仁杰违心地诬认了谋反的罪名。后经女皇武则天过问，狄仁杰方才从死牢获释，侥幸逃过一劫。当女皇问他为何要诬认自己犯有谋反大罪时，狄仁杰回答道：“如果不承认谋反之罪，我就会死在酷刑拷掠之下。”此后，狄仁杰从彭泽县令做起，而迁升到宰相，竭尽全力辅佐女皇，为天下百姓做了许多好事，被武则天视为“国老”。在女皇晚年为立太子举棋不定之际，狄仁杰充分利用他的威望和影响力，晓之以理，动之以情，劝说武则天下定决心，立其子庐陵王李显为天子，为再造李唐王朝立了大功。“为了更好地一跃而后退”，是古往今来无数政治家军事家经常采用的一种手段，但效果却迥然不同：在许多软骨头怕死者的口中，只不过是一句遁辞；而在通权达变政治情结浓郁的狄仁杰身上，却绽放出了夺目的光辉！

回望北宋名臣寇准、范仲淹的仕途轨迹，在仰慕他们高尚人格崇高志向时，同样可以看到他们对官场执着不舍的留恋情结。做大官、干大事、享大名是旷世大才寇准毕生的梦想追求，著名的澶渊之役让他在一定程度上实现了这一梦想追求，多次拜相多次被罢黜又让他承受了常人难以承受的苦楚。最让他铭心刻骨徒唤奈何的，当属他晚年遭奸臣丁谓陷害，从宰相高位上贬黜雷州司户参军。其诗作《秋》白描般地写出了他内心的无边苦闷："自古名高众毁归，又应身退是知机。林风惊断西窗梦，一夜愁声忆翠微。"感慨是这样感慨，但直到生命的最后一息，他也没有和官场彻底切割。

允文允武的范仲淹于宋真宗大中祥符八年（1015）进入仕途，十多年间先后三次遭受贬黜，却愈挫愈奋，斗志昂扬，誓言"宁鸣而死，不默而生"。其后因西北战事吃紧，范仲淹被朝廷起用，率军奋战于西北战场。战事缓和后范仲淹和韩琦、富弼等被仁宗调回京城，委以重任。庆历三年（1043）八月，参知政事范仲淹意气风发，以天下为己任，大刀阔斧地开始了历史上称之为"庆历新政"的变法改革。因保守势力过于强大，"庆历新政"中途夭折。从庆历四年（1044）到皇祐四年（1052），范仲淹迭遭贬黜，由徙知邠州而改徙邓州，而改徙杭州，而改徙青州，病重之际又请求改知颍州，最后死在前往颍州途中。尽管晚景是如此凄凉，范仲淹也没有抱怨过朝廷，更没有主动请求辞官致仕，而始终不忘忧国忧民，始终不忘在新职位上履职尽责。在其名作《岳阳楼记》中，范仲淹饱含深情地道出了他心系江山社稷天下苍生的士大夫情怀："不以物喜，不以己悲；居庙堂之高则忧其民，处江湖之远则忧其君。""先天下之忧而忧，后天下之乐而乐。"

另一类官场留恋者则表现为一种处心积虑不择手段乃至如蝇逐臭般的畸形变态。说到此类人物，便不能不提及为做官成名而不择手段的吴起。吴起是战国时期的著名军事家，其军旅生涯却始于凶残歹毒的"杀妻求将"。卫国人吴起原本是孔门弟子，曾师从曾参、子夏，却并未被儒家学说所吸引，而是投在鲁国国君麾下，渴望在崇尚武力的战国时期率兵打仗博取功名。鲁君打算拜他为将攻打齐国，又因他的妻子是齐国人而产生了疑虑。吴起闻讯，当即杀死了自己的妻子，以此来换取鲁君信任。史称："吴起欲就名，遂杀其妻，以明不与齐也。鲁卒以为将。"(《史记·孙子吴起列传》)鲁军大败齐军后，吴起却因"杀妻求将"而遭到鲁国众多大臣交口攻讦，于是离开鲁国到了魏国。在魏国，吴起如愿以偿，获得了魏文侯重用，担任河西郡守，多次击败秦军。魏文侯死后，吴起在魏国内讧中落败，不得已逃到了楚国。在楚悼王的支持下，担任楚相的吴起鼎力推行"吴起变法"，由此开罪了楚国宗室大臣。楚悼王一死，吴起便做了楚国宗室大臣们刀下冤魂。

战国纵横家苏秦、张仪醉心名利，毕生都在鸡蛋上跳舞而乐此不疲。苏秦早年即向往读书做官，曾为读书而"锥刺股"，是一位典型的励志少年。此后由一介书生游说列国，历经千辛万苦，身挎六国相印衣锦还乡时，因兄嫂"前倨而后恭"生发感慨，道出了他痴恋官场追求功名富贵的真实心态："此一人之身，富贵则亲戚畏惧之，贫贱则轻易之，况众人乎？且使我有洛阳负郭田二顷，吾岂能佩六国相印乎！"(《史记·苏秦列传》)张仪和苏秦师从鬼谷子先生读书，是苏秦的同门师弟，也是一位锲而不舍的官迷。张仪下山后时乖运蹇，被楚国相国昭阳怀疑是偷盗"和氏璧"的窃贼而受尽凌辱，回到家中时妻子说他都是读书惹的祸，他却让妻子看看他的舌头还在不在，接着说了两个字："足矣！"此后张仪凭借其一张嘴和变换百出的鬼蜮伎俩，翻云覆雨朝秦暮楚，和师兄苏秦相互配合，导演了操控战国群雄合纵连横的历史大剧。尽管他们的言行为正人君子所不齿，乃至于所到之处都有生命之虞，但他们还是津津有味地坐在火山口上，继续玩弄在鸡蛋上跳舞的游戏，直到最后黯然消失。

出现在苏秦、张仪身后的李斯，不仅官大权大，做官的欲望更大。李斯早年只是一个无足轻重的上蔡小吏，却独出心裁地发现了“厕中鼠”和“仓中鼠”的命运差异，由此做出了自己的人生抉择：“人之贤不肖譬如鼠矣，在所自处耳！”（《史记·李斯列传》）此后，李斯凭借其聪明才干，来到秦国，写了著名的《谏逐客令》，为秦王嬴政采纳，官居廷尉，主政秦国。其间，出于保住自己权力地位的阴暗心理，李斯蛊惑秦王诛杀了同窗好友韩非。二十多载光阴下来，李斯辅佐秦王扫平六合剪灭群雄一匡天下，建立大秦帝国，自己则做了秦国丞相。秦始皇三十七年（前210）七月，始皇帝嬴政沙丘驾崩后，贪恋权势富贵的李斯担心公子扶苏继位后，大将蒙恬会取代他为丞相，出于一己之私欲，实权在握的丞相李斯竟然做了宦官赵高的帮凶，纵容公子胡亥篡位称帝。惜乎人算不如天算，贪权恋位的李斯最后也因赵高设计陷害而走上了断头台。

出于如蝇逐臭般的变态心理，寡廉鲜耻的名利客犹如过江之鲫，数不胜数。北宋神宗皇帝支持宰相王安石主持变法，一批官迷们的丑陋嘴脸因此而在天下人面前暴露无遗，宁州通判邓绾就是其中一个。邓绾见朝廷重用王安石，便认定讨好巴结王安石就是升官发财的终南捷径，于是主动上书朝廷，称赞青苗法、免役法深得民心，并写信给王安石，使用各种花言巧语溜须拍马吹捧奉承。结果被调到京城，做了京官。他的成都同乡鄙视其为人，谁也不肯前来向他道贺，却骂他为无耻之徒。邓绾听后了无羞愧之色，竟然恬不知耻地说道：“笑骂由他笑骂，好官我自为之。”王安石被贬黜后，邓绾马上和王安石切割，并和新主子吕惠卿联手，企图置王安石于死地。神宗熙宁八年（1075）王安石重任宰相，邓绾又厚着脸皮前来投靠，并出面控告吕惠卿诸多奸佞不法情事。吕惠卿被贬徙为陈州太守后，邓绾又上书神宗，认为对吕惠卿的处分太轻，结果吕惠卿被逮捕入狱。在恶狗邓绾那里，压根没有是非善恶之分，也没任何原则操守，他所做的一切，都是围绕着保住自己的官帽子展开的。

邓绾为了自家的功名富贵不惜朝秦暮楚，像疯狗一样狂吠乱咬，宋元之际的无耻文人留梦炎则更加心机歹毒令人齿冷。留梦炎和文天祥都是南宋理宗时的状元，又都做过南宋小朝廷的丞相。随着南宋王朝的彻底倾覆，二人走出了两条截然不同的道路。识时达务的留梦炎投降了挥戈南向势不可挡的元军，担任元朝吏部尚书、翰林学士承旨，成了元世祖身边的红人。不识时务的文天祥却临危受命，组织力量节节抵抗元军南下，结果非但未能挽狂澜于既倒，自己也成了阶下囚，被元军押解到了京城北京。元世祖处于收揽人心的考量，先是要留梦炎等降官前去做工作，自己又亲自出面，均未能使文天祥回心转意。贰臣王积翁等打算联名上疏，请求元世祖允准让文天祥出家做道士。与留梦炎商量时，留梦炎却坚决反对，并振振有词地说道："天祥出，复号召江南，置吾十人于何地？"（《宋史·文天祥列传》）留梦炎的话说得再直白不过了：乞请元世祖留文天祥一命事小，保住自己的荣华富贵事大；为了自己长享富贵，就不能吝惜友人文天祥的性命。不惜用友人的性命来换取自己的荣华富贵，乃是此类官场名利客的不传之秘，竟然让贰臣留梦炎一不留神给说了出来！

在古人那里，逸民、隐逸、高士、逸士、隐士是同一序列的概念。为帝王将相作家谱是古代所谓正史的主旋律，忙里偷闲叙述寥若晨星的隐士人生，则为正史增添了另外一道风景。仔细看去不难发现，远离仕途的隐士和醉心仕途的官员看似走在两条不同的道路上，实则都和官场这个原点有着千丝万缕的联系，并围绕着这个原点而展开。官员们的表现五花八门匪夷所思，隐士们的多姿多彩也让人眼花缭乱如坠雾里云中。于此，仅着重审视真隐士和假隐士两种类型。

“许由洗耳”分明是一个遥远的传说，古人却坚信是历史的真实。远古明君尧帝在位时，获悉隐居深山的许由具备治理天下的优秀品行才能，便要传位于他。许由回绝后，尧又提出让他出山担任九州牧。许由忍受不了这个刺激，便跑到深山里，用河水冲洗自己的耳朵。这就是“许由洗耳”的故事梗概。许由坚决不肯做官原本值得充分肯定赞赏，没想到却受到了另一位隐士巢父冷峻的批评。《高士传》载：“洗耳于颍水滨。时其友巢父牵犊欲饮之，见由洗耳，问其故。对曰：‘尧欲召我为九州长，恶闻其声，是故洗耳。’巢父曰：‘子若处高岸深谷，人道不通，谁能见子。子故浮游，欲闻求其名誉，污吾犊口。’”牵犊上流饮之。隐士巢父登高望远，看到了许由的麻烦怪不得别人，是和他喜欢浮游，渴望获得好名声分不开的。透过巢父精辟的言语，不难看出他对“大隐无名”的见解之深邃。明人陈继儒在《小窗幽记》中进一步点明了隐士躲避祸患的真谛：“鸟栖高枝，弹射难加；鱼潜深渊，网钓不及；士隐岩穴，祸患焉至？”话说回来，虽然许由比起巢父来要略低一个层次，但他能做到像躲避瘟疫一样躲避做官，在世人看来，已经是非常了不起的真隐士了。

商周之际的逸民伯夷、叔齐兄弟被管仲、孔子再三褒扬，孟子则称之为“圣之清者”，司马迁将他们的事迹排在《史记·列传第一》。伯夷、叔齐血统高贵，是商代孤竹国君初之子，如果没有后来的重大变故，他们注定是小国君臣，注定享受荣华富贵。孤竹国君初去世前，想让小儿子叔齐继位为君；乃父死后叔齐却要把君位让给兄长伯夷，伯夷因此而逃离孤竹国，叔齐随后也离开了孤竹国；国人只得拥立先君的中子继位为君。因为他们兄弟俩辞让的是孤竹国国君之位，故而令人钦佩。隐居在北海之滨的伯夷、叔齐，在赶赴西伯姬昌的辖地途中，和武王讨伐商纣王的大军不期而遇。伯夷、叔齐遂叩马而谏，当然未能劝阻武王。周朝底定天下后，伯夷、叔齐“义不食周粟。隐于首阳山上，采薇而食之”（《史记·伯夷列传》），直到被活活饿死。逸民伯夷、叔齐兄弟绝非浪得虚名，他们不仅逃遁自己的故国孤竹国，而且为坚决不做新王朝的顺民付出了生命的代价。

“不为五斗米折腰”的田园诗人陶渊明，称得上是秦汉魏晋南北朝时期众多隐士的杰出代表。陶渊明名潜，字元亮，号五柳先生，世称靖节先生。东晋名将大司马陶侃之曾孙。陶渊明成年后历任江州祭酒、镇军参军、彭泽令等职。因不满政坛黑暗，曾多次弃官不做，其中最有名的则是东晋义熙二年（406），担任彭泽令时那次的挂冠抉择。郡遣督邮至，吏白应束带见之。潜叹曰：“我岂能为五斗米折腰，拳拳事乡里小人邪！”义熙二年，解印去县，乃赋《归去来》。（《晋书·陶潜列传》）这次挂冠使陶潜青史留名，“不为五斗米折腰”从此广为流传。东晋朝廷后又请他做官，“征著作郎，不就。”晋入南朝刘宋时代后，陶渊明更是一心归隐田园，纵情于山水之间，创作了大量诗词散文，成为“古今隐逸诗人之宗”。史称：“潜弱年薄宦，不洁去就之迹，自以曾祖晋世宰辅，耻复屈身后代，自高祖王业渐隆，不复肯仕。所著文章，皆题其年月，义熙以前，则书晋氏年号，自永初以来唯云甲子而已。”（《宋书·隐逸列传》）隐居生涯让“躬耕自资”

的陶渊明承受了许多苦楚，更让后人见识了他的恬淡从容。不论是“饥来驱我去，不知竟何之”（《乞食》），“竟抱固穷节，饥寒饱所更”（《饮酒·其十六》），还是“采菊东篱下，悠然见南山”（《饮酒·其五》），抑或是“久在樊笼里，复得返自然”（《归园田居·其一》），都足以令人神往，足以令人景仰他的伟岸。

古人有曰：“君子绝交，不出恶声。”陶渊明和仕途绝交而不出恶声，的确显示出一种极其难得的君子之风。相形之下，明末清初的反清斗士吕留良与清朝官场彻底切割，则表现为另外一种情形。吕留良又名光轮，一作光纶，字庄生，一字用晦，号晚村，别号耻翁、南阳布衣、吕医山人等。出生于官宦之家的吕留良来到世间后家庭迭遭变故，更大的不幸则是在他17岁那年铭心刻骨的亡国之痛。吕留良毅然在家乡浙江参加义军，抵抗清军入侵。义军被清军镇压后，吕留良被迫亡命他乡隐居行医，其后辗转回到家乡。顺治十年（1653），他参加清廷的科举考试成为诸生，步入了清王朝体制之内。康熙五年（1666），以明朝遗民自诩的吕留良拒不参加考核，被清廷革除诸生。吕留良从此绝意仕途，归隐故乡崇城郊南阳村东庄，提囊行医，与友人潜心学问，设馆授徒，并通过评选八股文，宣传其严“夷夏之防”等政治主张。康熙十七年（1678），清廷开博学鸿词科笼络名士，浙江首荐吕留良，吕留良却誓死不从。康熙十九年（1680），清廷下诏征聘天下山林隐逸，嘉兴郡守再次举荐吕留良。吕留良被逼无奈，毅然削发为僧，取法名耐可，字不昧，号何求老人，隐居讲学。康熙二十二年（1683）八月，目睹反清复明毫无希望的吕留良含恨辞世。在长期的隐居岁月中，他留下了大量火药味极强的诗文，“醒便行吟埋亦可，无惭尺布裹头归”（《耦耕诗》）堪称既是隐士又是战士的吕留良的心路写照。更加令人扼腕痛惜的是，饮恨终天的吕留良死后近半个世纪，又受曾静谋反案牵连，被雍正皇帝亲自下令剖棺戮尸枭示，子孙后代或斩首或流放或为奴，成为古代专制统治者惩治持不同政见的文化人的最极端最卑劣最惨烈的一幕。

在古人看来，隐士是个好字眼，在芸芸众生那里有个好口碑。于是便有许多心思活泛头脑灵光的读书人开始在出仕和隐居之间徘徊，企图二者得兼。单是留意南朝刘宋文学家袁淑所撰《真隐传》的书名，便可以想见在魏晋南北朝时期假隐士已经屡见不鲜，所以袁淑才用“真隐”为书名，以区别于那些滥竽充数的假隐士。

生活在南朝宋、齐、梁时代的“山中宰相”陶弘景，可谓是做官和隐居二者得兼的幸运者。陶弘景出身于世家大族，弱冠之年便投身仕途，做了刘宋朝廷的官员。萧道成篡宋自立建立南齐王朝后，陶弘景在新政权中继续做官，先后出任巴陵王、安成王、宜都王等诸王侍读。南齐永明十年（492），37 岁的陶弘景上表辞官，挂朝服于神武门，退隐江苏句容句曲山，并将曲山称为茅山，自号华阳隐居。12 年后，隐居山中的陶弘景在萧衍行将禅代南齐之际，不失时机地派遣弟子前去，为萧衍登基称帝贡献了新的国号——“梁”。梁武帝萧衍即位后，多次派人前往茅山延请陶弘景出山。陶弘景却不为所动，屡请不出。萧衍感念陶弘景的帮忙不添乱，于是乎“恩礼愈笃，书问不绝，冠盖相望”。“国家每有吉凶征讨大事，无不前以咨询。月中常有数信，时人谓为山中宰相。”史称，陶弘景“隐居茅山达 45 年之久，享年 81 岁。梁武帝诏赠中散大夫，谥贞白先生”。（《南史·隐逸列传下》）生逢乱世选择遁世隐居而又关注天下大势，注重和最高统治者搞好关系，陶弘景确实将这一切做到了极致。

谢灵运赶上了晋宋易代，却没能活到南齐诞生。魏晋时代门阀士族大行其道，谢灵运便出生于东晋望族陈郡谢氏，其祖父谢玄就是在淝水之战中率领晋军大败前秦苻坚的名将。因父亲谢焕先于乃祖而死，故在谢玄亡故后，小灵运便承袭了乃祖的康乐公爵位，后出任大司马行军参军、抚军将军记室参军等职。晋宋易代后，按例谢灵运降封为康乐侯，担任散骑常侍，转太子左卫率。才华冠世的谢灵运自命不凡，却常怀英雄无用武之地之叹。等到他被排挤出京任永嘉太守时，便索性纵情山水任意而为，根本不以公务为念。史称：

> ……出为永嘉太守。郡有名山水，灵运素所爱好。出守既不得志，遂肆意游遨，遍历诸县，动逾旬朔。理人听讼，不复关怀，所至辄为诗咏以致其意。在郡一周，称疾去职，从弟晦、曜、弘微等并与书止之，不从。灵运父祖并葬始宁县，并有故宅及墅，遂移籍会稽，修营旧业。傍山带江，尽幽居之美。与隐士王弘之、孔淳之等放荡为娱，有终焉之志。每有一首诗至都下，贵贱莫不竞写，宿昔间士庶皆遍，名动都下。(《南史·谢灵运列传》)

后经宋文帝三次征召，谢灵运怀揣一腔梦想重返朝廷。但每天所做的不过是“每侍上宴，谈赏而已”，或者是做些文书工作，撰写《晋史》等。谢灵运于是装病，再次回到故乡隐居，寄情山水，在不屑入世和不甘遁世之间矛盾纠结，他的许多传世诗作，都明显带有这一无法摆脱的痕迹。后来，这位不安分的旷世大才被朝廷以叛逆的罪名杀害了。一代伟人毛泽东曾经深刻地分析过谢灵运游移不定的内心世界：“此人一辈子矛盾着。想做大官而不能，‘进德智所拙’也。做林下封君，又不愿意。一辈子生活在这个矛盾之中。晚节造反，矛盾达于极点。”

世称“诗佛”的王维生于名门望族，能诗会画工书法懂音乐，开元九年（721）中进士，任大乐丞。时间不长，便受伶人舞黄狮子牵连而被贬为济州司仓参军，直到开元二十三年（735），才被宰相张九龄拔擢为右拾遗，历监察御史，累迁给事中。在随后的安史之乱中，做了俘虏的王维被迫出任伪职，在安禄山政权中任给事中。战乱平息后旋被捕下狱，因担任刑部侍郎的弟弟王缙请求削官为兄长赎罪、加之肃宗怜悯而得以宽宥，“下迁太子中允。久之，迁中书子，三迁尚书右丞”。（《新唐书·文艺列传中》）遭逢乱世的王维很懂得明哲保身，身为官员的他前后两次隐居，一次住在长安城外的终南山，另一次是他晚年居住在离长安不远的蓝田县的“辋川别墅”。有意思的是，他虽然在山水名胜之地隐居，却没有与官场切割辞官不做，而是一方面拿着朝廷俸禄，一方面享受隐逸的高名，隐仕得兼，两不耽误。从王维的诗文中，不难看出他的小智慧小算计。南北朝的田园诗人陶渊明因不肯为五斗米折腰，而使自己处于极端贫困的境地。世人纷纷称赞陶渊明的高风亮节，王维却不以为然，讥讽说：“近有陶潜，不肯把板屈腰见督邮，解印绶弃官去，后贫。《乞食诗》云：‘叩门拙言辞。’是屡乞而多惭也。尝一见督邮，安食公田数顷。一惭之不忍，而终身惭乎！”这段话不仅道出了王维对陶渊明气节志向的不屑，也道出了他自己恋栈官场的心理根源。

读《新唐书》《旧唐书》《资治通鉴》，每每为官迷卢藏用一语道破假隐士曲线做官的终南捷径而思绪联翩：“此中大有捷径，何必天台？”世界之大无奇不有，假隐士不光是官迷们有意为之，甚至可能是统治者的刻意创造。安帝元兴二年（403），楚王桓玄认为其精心策划的窃国篡逆行将就绪，突然想起需要有几位隐士出来为改朝换代做粉饰，于是找到了西晋隐士皇甫谧的第六代孙子皇甫希之，双方达成协议：由官方供给皇甫希之全部生活费用，让他隐居到深山之中，随后又以朝廷的名义征召皇甫希之出山做著作郎，并让皇甫希之坚决推辞，拒绝出山，弃官不做；此后朝廷再下达诏书，表彰皇甫希之，称他为当今的高士。于是，隐士皇甫希之便成了桓玄手中的道具，而被世人鄙视为“充隐”。桓玄窃国的成败不足称道，他所促成的“充隐”典故却耐人寻味：人世间真真假假真假难辨，连隐士也可以造假，关键在于专制统治者是否需要！

上述几则掌故不过是一个引子，通过重温这些谙熟于心的人物谙熟于心的掌故，人们脑海中很自然会激活更多似曾相识的古人似曾相识的掌故。诚然，这些历史人物历史掌故作为一个个有形的具象，业已成为过往；但作为无形的精神的存在，却一直没有消失，而执拗地积淀在史籍中，存活在今人身上。哲人有言，任何历史都是当代史。如果从这个层面去拓展自己的思维想象力，那么，上述看似早已远去的陈年往事，或许可以给人无限的启迪，可以通过神交古人准确地认识我们原先看不清楚迷惑不解的身边的人和事。

隐士逃名与和尚争名

天地间究竟有没有造物主众说纷纭莫衷一是，但“物竞天择、适者生存”却是不争的自然法则；不惟自然界是如此，人类社会也概莫能外。放眼看去，在浩瀚如海的古代典籍当中，诸多不可思议的诡秘事件都曾经在那里存在着。俗话说，条条大道通罗马，尽管古往今来无数有心人各自从迥然不同的视角观察品味探寻，却均有其独到的发现和收获。从争名和逃名这一视角出发进行观察品味探寻，同样是如此。

长期占据我国古代社会主流意识形态地位的传统文化总是鼓动倡导积极入世建功立业名垂不朽，《左传》即提出所谓的人生三不朽：“太上有立德，其次有立功，其次有立言，虽久不废，此之谓不朽。”孔子则旗帜鲜明地呼吁呐喊：“君子疾没世而名不称焉。”自汉武帝罢黜百家独尊儒术以降，投身仕途建功立业光宗耀祖青史留名逐渐成了天下读书人的首要选项，进而形成了天下士人熙熙攘攘拥挤争竞在一条华山道路上的历史奇观。

北宋著名改革家王安石曾惑于名缰利锁而赋诗述怀：“男儿独患无名耳，将相谁云有种哉！”允文允武的南宋大词家辛弃疾则赋词言志：“了却君王天下事，赢得生前身后名。”坦然为已经灭亡了的南宋王朝殉难的民族英雄文天祥，更是置个人生死于度外而直抒胸臆：“人生自古谁无死，留取丹心照汗青。”不言而喻，古人所争的具体内容可能各不相同，争功争名争利争女人争面子应有尽有，抽象概括起来，则可以笼统地归结为所争的是一种人生信念价值追求（不论是正面的积极的，还是负面的消极的），说白了就是争一口气。所谓“人争一口气，佛争一炷香”，如此而已。

对古人思想意识影响巨大的主要是儒释道三家。将眼界放在今生今世、主张积极入世奋发有为建功立业的儒家（其后逐渐演变成了儒教），自是容易激发人们的功名心进取心争竞心，进而演绎出古代人生的主要乐章；将着眼点放在来生来世、主张出世修行的佛家（即佛教），和将注意力放在今生今世、主张摆脱俗世纷争修炼长生不老之术的道家（其后逐渐演变成了道教），相对而言有助于让人看淡眼前的一切，淡漠功名心进取心争竞心，于是乎在诸多俗世争竞面前，便显得超脱许多。但还是那句老话说的对，世界上的事情是复杂的。闭着眼睛想当然，注定会离开生活的真实；唯有沉下心来读书读史，方才会真正把握历史本身的内在脉搏。

笔者此刻所思考的，不是泛泛的世间名利客所演绎的大同小异的争名逐利，而是一种相对罕见的极为个性化的有趣现象：隐士逃名与和尚争名。

说到隐士逃名，就不能忽略人们赞不绝口的上古高士许由、巢父。据说许由洗耳、巢父洗耳发生在尧帝时代，因尧帝获悉许由品行高尚而想让他继承国君之位，抑或是出山担任九州牧之职；而究竟发生在何处，正史阙载，见诸于《庄子》、东汉人蔡邕的《琴操·河间杂歌》和魏晋人皇甫谧的《高士传》，且诸说不一。一说发生在河南登封市箕山洗耳河，一说发生在山西黎城县板山洗耳河。

据《高士传》所载，尧帝当面对隐士许由表示说要以国相让，许由拒绝后即逃往深山，遁耕于中岳颍水之阳，箕山之下；尧帝转而派人前去延请许由出山担任九州牧，许由不欲闻之，洗耳于颍水滨，被好友巢父遇见并批评了一番。时其友巢父牵犊欲饮之，见由洗耳，问其故。对曰："尧欲召我为九州长，恶闻其声，是故洗耳。"巢父曰："子若处高岸深谷，人道不通，谁能见子。子故浮游，欲闻求其名誉，污吾犊口。"牵犊上流饮之。许由死后，安葬在箕山之巅，尧封许由为箕山山神，配食五岳。在《琴操·河间杂歌·箕山操》中，许由碰上的不是巢父，而是另一位隐士樊坚；樊坚问明缘由后，做出了和巢父相同的举止，"于是樊坚方且饮牛，闻其言而去，耻饮于下流"。倘若浏览《庄子》之《逍遥游》《天地篇》《徐无鬼》《大宗师》诸篇文字，则不难发现，《高士传》《琴操·河间杂歌·箕山操》中关于许由洗耳的传说，皆取材于《庄子》。

在上述传说中，不做国君不做九州牧而逃名的许由显然不及巢父高明，因为他逃名归隐做得并不彻底，尚有好名之心，而且被人们发现并流传开来，所以尧帝才会以大位相让或请他做九州牧。故而被彻底看穿俗名的大隐士巢父一语击中要害。2000余年后，明人陈继儒在《小窗幽记》中将上古时代的隐士逃名信念推到了极致："鸟栖高枝，弹射难加；鱼潜深渊，网钓不及；士隐岩穴，祸患焉至？"

生活在商末周初的伯夷、叔齐是两位才高行洁的隐士逸民，《史记》将《伯夷列传》排在70篇《列传》之首以示景仰。据司马迁介绍，伯夷、叔齐是古代孤竹国君的两个儿子，乃父生前想让叔齐继承大位，乃父死后，重视兄弟情谊胜过国君之位的弟弟叔齐和兄长伯夷相继逃离孤竹国，前去投奔西伯姬昌，却在路上与姬昌之子武王姬发讨伐商纣王的东征大军相逢。伯夷、叔齐遂拉住武王的马进行劝阻，却没有产生任何效果。武王大军推翻商纣王朝建立周王朝以后，“伯夷、叔齐耻之，义不食周粟，隐于首阳山，采薇而食之”。结果，坚决不食周粟的伯夷、叔齐便活活饿死在了首阳山上。伯夷、叔齐宁肯饿死，也不肯对周王朝俯首称臣的隐士风骨，无疑是古代社会一道亮丽的风景，他们也因此而成了世人心中永远的精神偶像，自孔子以降，不知有多少帝王将相名人墨客对之推崇备至，亚圣孟轲甚至将伯夷誉为“圣之清者”。但庄子却慧眼独具，批评伯夷为了赢得好名声而不珍惜自己的生命。“伯夷死名于首阳之下，盗跖死利于东陵之上，二人者，所死不同，其于残生伤性均也，奚必伯夷是而盗跖之非乎！天下尽殉也。”（《庄子·外篇·骈拇》）他还将伯夷、叔齐和贤士鲍焦、申徒狄、介子推、尾生的悲惨结局联系起来，痛切地指出：“此六子者，无异于磔犬流豕、操瓢而乞者，皆离名轻死，不念本养寿命者也。”（《庄子·杂篇·盗跖》）有道是他山之石可以攻玉，透过庄子的批评换个角度看问题，被儒家倍加推崇的伯夷、叔齐确实和当年的许由一样，在逃名脱俗方面尚欠火候。

身为道家创始人之一的庄子用其手中的神来之笔，将隐士逃名的心境演绎得淋漓尽致。《庄子·秋水篇》中的一则对话令人为之神往：

> 庄子钓于濮水。楚王使大夫二人往先焉，曰：“愿以境内累矣！”庄子持竿不顾，曰：“吾闻楚有神龟，死已三千岁矣。王巾笥而藏之庙堂之上。此龟者，宁其死为留骨而贵乎？宁其生而曳尾于涂中乎？”二大夫曰：“宁生而曳尾涂中。”庄子曰：“往矣！吾将曳尾于涂中。”

明确表示自己“宁生而曳尾于涂中”，而坚决不与权贵者合作，如此决绝态度，无疑是古代无数选择逃名遁形的隐士的最高境界。

翻阅皇甫谧撰写的《高士传》《隐士传》，以及正史中的《逸民列传》《隐逸列传》等，几乎历朝历代，都不乏逃名的隐士，尽管他们选择逃名的原因各不相同，有的是官场失意曾经为爱伤透了心，而决意归隐林泉；有的是遭逢乱世只求苟全性命于乱世，不求闻达于诸侯；有的是明哲保身急流勇退；有的是洁身自好不屑与奸佞之徒为伍；有的是心性使然视名利为草芥。如此等等，不一而足。于此复述一下发生在宋代隐士身上的三则轶事：

北宋大儒徐中行品行高洁，多次被友人向朝廷举荐。但他目睹奸臣章惇、蔡京等窃据国柄，排斥良善，为避免与奸佞之辈同流合污，遂决意隐居山中。徐中行的逃名之举，在别人眼中却有“避举要名”之嫌。于是，他不得不作出澄清：“人而无行，与禽兽等。使吾得以八行应科目，则彼之不被举者非人类与？吾正欲避此名，非要名也。”（《宋史·隐逸列传下》）

北宋著名隐逸诗人林逋，人称和靖先生，生性孤高恬淡，常年隐居西湖孤山，终生不仕不娶，惟喜植梅养鹤，人称“梅妻鹤子”。“逋善行书，喜为诗，其词澄浃峭特，多奇句。既就稿，随辄弃之。或谓：‘何不录以示后世？’逋曰：‘吾方晦迹林壑，且不欲以诗名一时，况后世乎！’”（《宋史·隐逸列传上》）寥寥数语，已然洗练生动地道出了林逋与世俗名利观念彻底决裂的隐士风流。

不欲以诗名一时的林逋固然伟岸，但还是让后人知晓了自己的名字。和他生活在同一时代的另一位隐士，则连自己的姓名也不肯留给后世，世人只知道他是一位松江渔翁。《宋史 · 隐逸列传中》所载堪称经典：

> 松江渔翁者，不知其姓名。每棹小舟游长桥，往来波上，扣舷饮酒，酣歌自得。绍圣中，闽人潘裕自京师调官回，过吴江，遇而异焉，起揖之曰："予视先生气貌，固非渔钓之流，愿丐绪言，以发蒙陋。"翁瞪视曰："君不凡，若诚有意，能过小舟语乎？"裕欣然过之。翁曰："吾厌喧烦，处闲旷，遁迹于此三十年矣。幼喜诵经史百家之言，后观释氏书，今皆弃去。唯饱食以嬉，尚何所事？"裕曰："先生澡身浴德如此。今圣明在上，盍出而仕乎？"笑曰："君子之道，或出或处，吾虽不能栖隐岩穴，追园、绮之踪，窃慕老氏曲全之义。且养志者忘形，养形者忘利，致道者忘心，心形俱忘，其视轩冕如粪土耳，与子出处异趣，子勉之。"裕曰："裕也不才，幸闻先生之高义，敢问舍所在。"曰："吾姓名且不欲人知，况居室耶！"饮毕，长揖使裕反其所，鼓枻而去。

不肯告诉别人自己的居所，连自己的姓名也不肯让人们知晓，世界之大，试问有几人能做得到？

从上古时代以降，为数寥寥的隐士们因脱俗逃名绝意仕途而获得了人们的广泛敬重，随之便产生了物以稀为贵的特殊效应。一方面是统治者出于网罗人才收揽人心的需要，而不惜放下身段千方百计礼聘隐士出山做官，这样的例子不胜枚举；另一方面则是一些工于心计的名利客们受到启迪，发现了一条沽名钓誉曲线做官的华山捷径，不待说，最有力的事例当属发生在唐睿宗时代的那则典故。唐朝时，位于京城长安附近的终南山上聚集了许多号称修道的隐士，时刻等候着朝廷征召，卢藏用就是其中一个。

不久，卢藏用便应召入京，做了高官，在官场上混得十分惬意。唐景云二年（711），在天台山清修的著名道士司马承祯也被睿宗延请入京，过了一段时日后，司马承祯坚决请求回天台山继续清修，睿宗挽留不住，遂让尚书左丞卢藏用负责送行。名利客卢藏用不理解真隐士司马承祯的真实想法，遂以己度人，指着终南山对司马承祯说道："此中大有佳处，何必天台？"司马承祯随即回敬道："以愚观之，此乃仕宦之捷境也。"他们的对话不胫而走，不仅衍生了"终南捷径"这个成语掌故，而且成了真逃名者鞭挞假逃名者的犀利武器。

如果说大体上归类于道家（道教）的隐士逃名的历史演绎令人一读三叹百感交集，那么，明白无误属于佛家（佛教）生涯里的和尚争名，则尤其让人匪夷所思。

与产生自中国本土的道教经历了一个漫长的演变过程不同，佛教由印度传入中国，一开始便具备了完整的宗教仪式规范，佛、菩萨、金刚、罗汉等级严明。即便不说这些，单是佛经中关于释迦牟尼佛最初来到人世间的记载，便充满了不可言传的尊卑色彩，昭示着宣扬众生平等的佛教世界实际上是一个尊卑森严的等级世界：佛祖甫一出生，便能步行，并有所谓的七步偈语，"天上天下，唯我独尊"。按照佛教的根本教义："一切众生，皆具如来智慧德相，只因妄想执着，不能证得"，认定四大皆空无助生心的佛教徒原本应该是与世无争的。然则佛教徒在中国的发展壮大，始终伴随着剪不断理还乱的竞争，主要表现为与其他宗教的竞争和佛教内部的竞争。

最能说明佛教徒为捍卫自身地位而与其他宗教争竞的，当属在唐初贞观年间上演的佛教徒智实法师关于道士和尚排列先后的抗争。

众所周知，李唐王朝建立后，出于政治方面的考量，别出心裁地利用姓氏做文章，攀宗引祖，硬说自己是春秋时期骑青牛出潼关留下《道德五千言》的老子李聃（李耳）的后裔，进而把具有巨大影响力的隐士道家道士道教信众悉数收入自家麾下。当此之时，佛教和道教皆大行其道，相互争竞，愈演愈烈。贞观十一年（637），太宗李世民下达一纸诏书，以老子为祖宗，明确道教优先于佛教，道士的名位及斋供行立应列在僧侣前面。太宗皇帝的这一举措，随即引发了天下僧侣多种形式的抗争，而以京师大总持寺智实法师为最。《大藏经·佛祖历代通载十一》对此作了详细记载：

帝幸洛京下诏曰："老君垂范义在清虚，释迦贻则理存因果。求其教也，汲引之迹殊途；论其宗也，弘益之风各致。然大道之兴肇于遂古，源出无名之始，事高有形之外，况是国家先宗，宜居释氏之右。自今已后，斋供行位至于称谓，道士女冠可在僧尼之前，庶敦返本之俗，畅于九有，贻于万叶。"京邑沙门各陈极谏，有司不纳。时有沙门智实者，洛下贤僧也。丰度隽颖内外兼明，携诸宿德，随驾表奏于关口，其略口："僧某等言，年迫桑榆，始逢太平之世；貌同蒲柳，方值圣明之君。窃闻父有诤子，君有诤臣，实等虽在出家，仍在臣子之列，有犯无隐，敢不陈之？伏见诏书，国家本系出自柱下，宗祖之风形于前典，颁告天下无德而称。今道士在僧尼之上，奉以周旋，岂敢拒诏？寻其老君，垂范治国治家，所佩服章初无改易，不立观宇不领门人，处柱下以全真，隐龙德而养性。今道士等不遵其法，所著冠服，并是黄巾之徒，实非老子之裔。行三张之鬼术，弃《五千》之玄言，反同张陵。谩行章醮，从汉以来，常以鬼道化于浮俗，妄托老君之后，即是左道之苗。若在僧尼之上，诚恐国家同流，有损国化。遂以道经及汉、魏诸史佛先道后之事，具陈如左。”帝壮其志于教，遣宰相岑文本谕旨遣之，实固执不奉诏，帝震怒，杖实于朝堂，民其服，流之岭表而卒，年三十有八。初，实得罪，有讥其不量进退者，实曰：“吾固知已行之诏不可易，所以争者，欲后世知大唐有僧耳。”闻者莫不叹惜。

智实和尚以一介普通出家人的一己之力与强大的皇权相抗争，自然是以卵击石，自不量力。可贵之处在于，智实和尚并非不清楚皇帝诏书既已公开颁行便不会轻易更改，其不管不顾地奋起抗争，只是为了维护佛教的无上地位，为了让后世之人知道大唐时代还有一个择善固执、威武不屈的和尚。说到底，智实和尚为佛教争名，不过是出家人尚未完全摆脱俗世定见，尚且存有某种程度的“妄想执着”而已。

中国古代的佛教弟子不仅与其他宗教争竞不休，在其内部，照样也是争斗得如火如荼。读《高僧传》《续高僧传》可知，修行有年的和尚们为了得到师父真传而互相争斗甚至设计陷害的例子屡见不鲜。禅宗五祖弘忍要传法于六祖惠能，却顾忌大弟子神秀而不敢公开，只能私下传授。《神会语录》云：“忍大师就碓上密说直了见性。于夜间潜唤入房，三日三夜共语。”师父弘忍密授袈裟之后，慧能为了躲避不测之祸而逃窜岭南，却遭到神秀同伙的长期寻逐，一直不得不在曹溪隐遁多年，后来才渐渐形成禅宗内部南宗和北宗并立的局面。南能北秀为争夺禅宗正宗地位而上演的一幕一幕，和尘世里赤裸裸的名利之争兵戎相见如出一辙了无二致。

神秀和惠能之间的争竞纠缠属于禅宗发展史上的重大事件，自是一言难尽，而被列为禅宗五十祖的活佛济公，之所以被人称为“癫僧”，也与同门之间的鸡虫之争息息相关。浏览《济颠大师醉菩提全传》，这些佛门不肖弟子的丑恶嘴脸跃然纸上，令人作呕。

济公俗名李修缘，在净慈寺出家后法名道济，终日嗜酒吃肉似痴若狂的他却深受慧远长老器重，临终前嘱咐将衣钵传授于济公。但济公在慧远长老死后五七日，仍然滞留他处未回来奔丧守灵。由此引起了僧人的公愤，遂以此为由发起了对济公的攻讦。济公对同门的贪嗔痴等阴暗心理了然于胸，故而举重若轻地满足了他们的贪欲。且看他如何处置慧远长老留给他的那些身外之物：

> 却说那首座对济颠说道：“济颠兄！这些衣钵，原是老师父传与你的，你若收去，就不必说，若是不要，是存在常住里公用，还是派匀了，分与众僧？”济颠道：“我却要他何用？常住自有，何消又存。既要送予众僧，谁耐烦去分他？不如尽他们抢了去，倒还爽快些。”那些众僧人听说一个“抢”字，便一齐动手，你抢金子，我抢银子，打成一团。我拿袈裟，你拿衲头，搅成一块。不管谁是师父，谁是徒弟，直抢得爬起跌倒，争夺个不成体统。济颠哈哈大笑，只见抢得多的和尚，头顶上互相碰出一个个爆栗。那些和尚一时无心理会，只是乱抢，一刹时，抢得精光。济颠道：“快活！快活！省得遗留在此，作师父的话柄。”又疯疯癫癫到处玩耍去了。

贪嗔痴等各种欲望一旦滋长开来便一发不可收拾，于是净慈寺众寺僧又与长老合谋驱逐济公出寺，设套让济公出面化缘。济公对此心知肚明，却又无可奈何，无法点化这些寺庙里的名利客，只得取了度牒，转投别处去了。于是乎，不屑于鸡虫之争的济公和尚便被他的同门们视为呆傻癫痴之人。虽然只是佛门弟子相争的冰山一角，却已经栩栩如生惟妙惟肖地说明：世间没有清净地，佛门充斥名利客。

由此可知，佛说一切众生皆具如来智慧德相，只因妄想执着，不能证得，是将形式上已然遁入空门的一干佛门信众佛家弟子佛教徒包括在内的。只要心中尚存争竞之心，不能彻底祛除浮名浮利等妄想执着，就无法真正做到跳出三界外，不在五行中。还是先哲老子说得到位：“夫唯不争，故天下莫能与之争。”

走笔至此，恍然开悟：儒释道三家在古代中国为名次先后不知争竞了多少个年头，儒家弟子说孔圣人至高无上，佛家弟子说佛门广大如来至尊，道家弟子则既宣扬其开山鼻祖李聃西行化胡之说，又不遗余力地炫耀唐皇李渊、李世民主动认祖引宗之事，虽然直到今天也没有争出个高下先后来，但读书人认可度最大的说法则是儒释道的排列次序。窃以为，也只有这种说法能多少平息世人的争竞心，因为老子本人压根就不在乎排名先后问题，因为他目光远大崇尚自然，深谙柔弱胜刚强，知雄守雌被褐怀玉不敢为天下先，柔弱似水甘处下游而攻坚强者无往而不胜。

被情所恼和为情所困

闲来无事天天轧马路逛公园，长时间地溜达散步消磨时光，竟然于不知不觉之间助推我实现了大脑内存的信息置换，行走之际不再寻思往昔挥之不去的烦心琐事，甚至连眼前不断更替的人影物景也无动于衷任其出入，自由浮现在脑海中的竟然变成了阔别已久的古人的诗词曲赋，如同天马行空般地被这些古代诗文左右着思绪，像是超然而又不尽超然地思索一些先前熟视无睹的奇怪问题。进入这个境界以后，方才对先贤苏轼的词文“长恨此生非我有，何时忘却营营”，有了进一层的体味和感悟。

“问世间情为何物，直教生死相许？”古代的文字大多围绕性情情爱而展开，既以情为出发点，又以情为落脚点，让世人读后思绪起伏百感交集。仔细探究便会发现，这不仅是语言文字的功能，更是见解思想的魅力。这里，姑且分享一下苏轼和纳兰性德的两首词留给我们的启迪和智慧。

宋代大文豪苏轼的词作《蝶恋花 · 春景》人们耳熟能详：

花褪残红青杏小。燕子飞时，绿水人家绕。枝上柳绵吹又少，天涯何处无芳草。　　墙里秋千墙外道。墙外行人，墙里佳人笑。笑渐不闻声渐悄，多情却被无情恼。

在这首词作的上半阕，苏轼用神来之笔写状词人的伤春惜春之情，其“天涯何处无芳草”一语，化用《离骚》中卜者灵氛劝慰屈原的话，“何所独无芳草兮，尔何怀乎故宇”，委婉地道出了心有块垒的词人的自我慰勉。因与本文要言说的被情所恼关系不大，故存而不论，单看其下半阕匠心独运，精心绘制出来的那幅词人被情所恼的图景。

词人所以被情所恼，缘于“墙里秋千墙外道。墙外行人，墙里佳人笑”。因为墙里有女子在荡秋千时发出了欢快的笑声，洋溢着美妙的青春旋律，使得行走在墙外的行人（词人）怦然心动，不由自主地停下脚步，专心致志地聆听和欣赏这银铃般的欢声笑语。

或许因为行人（词人）太过专注，如痴如醉，伫立良久，而墙里荡秋千的佳人已经离去；或许是佳人兴犹未尽，行人（词人）为了赶路而渐行渐远。总之，“笑渐不闻声渐悄，多情却被无情恼。”行人（词人）的心思无法平静下来，是由于他听到女子甜美的笑声而不由自主地动了感情。不待说，墙里的女子自然不会知晓外面的行人（词人）会如此枉自多情。于是乎，多情的男子便因无情的女子所苦恼。

苏轼发出如此深长的感慨，想必另有情由，但倘若我们不再跟随他的思绪，单是揣摩字面上的这一幕图景，便会发觉，这首词实际上描写了人际关系当中比较浅表层面上的被情所恼的情形。如果走在墙外面的，不是一位优哉游哉无所事事且又感情细腻极容易生发联想的行人（词人），而是一位饥肠辘辘的乞丐、负重而行的农人、心急如火忙着赶路的士兵，是决然不会生发这份闲情雅趣的。与宋代的围墙不同，时下许多公共场所都时兴透绿，隔离人们的不再是坚实的高墙，而是不妨碍彼此视觉的铁栅栏。况且公园里广场上披红着绿载歌载舞的场景比比皆是，却很少有行人能静下心来长时间地在一旁观赏。所谓“少所见而多所怪”，“见怪不怪，其怪自败”，故而在今人眼里，便很难看到古人苏轼笔下的“多情却被无情恼”现象了。

清人纳兰性德虽然没有苏轼名气大，却同样为后人留下了许多脍炙人口的诗词名篇。《山花子·风絮飘残已化萍》即是其中之一：

风絮飘残已化萍，泥莲刚倩藕丝萦。珍重别拈香一瓣，记前生。　人到情多情转薄，而今真个悔多情。又到断肠回首处，泪偷零。

纳兰性德号称清朝立国第一词手，这首词作堪称是他抒发无尽情思的代表作。纳兰性德的妻子卢氏是两广总督卢兴祖之女，婚后两人情好甚笃，但天妒佳人，卢氏在婚后三年时竟一病不起，撒手人寰，令纳兰性德从此生活在对亡妻的无尽思念缅怀当中。上述词作如泣如诉地写状了痛失爱妻后的纳兰性德是怎样的为情所困，胸中奔涌着怎样的愧疚之情！上半阕因景诱情，由荷塘败落而触景生情，一句“珍重别拈香一瓣，记前生”，便将词人珍惜爱情、情重心苦的思绪烘托出来。下半阕化用唐代诗人杜牧的名句“多情却似总无情”，径直道出“人到情多情转薄，而今真个悔多情（悔多情一作不多情）”，而毫不掩饰埋藏在自己心中的忏悔。这是因为妻子在世时，纳兰性德心中还惦念着表妹谢氏，而没有对妻子卢氏深情相待；妻子死后，纳兰性德方才悔悟，自觉对卢氏薄情，而把薄情和多情不着痕迹地联系起来。如今妻子已然作古，悔之莫及，尚且生活在人世上的纳兰性德却没法摆脱心中的愧疚，无法回避良知的谴责，而无日无夜地熬煎在为情所困之中，惆怅莫名。

或许是与始终无法从巨大的情感创伤中走出来有说不清的关

系，创作了许多传世名作的词家纳兰性德英年早逝，仅活了 31 岁。今人只要阅读一下他留下的《饮水词》《纳兰词》，便会深切地体悟他为情所困到了何等程度！在《青衫湿 · 悼亡》中，他心中为情所困的迷惘呼之欲出：

近来无限伤心事，谁与话长更？从教分付，绿窗红泪，早雁初莺。　当时领略，而今断送，总负多情。忽疑君到，漆灯风飐，痴数春星。

在《木兰花令 · 拟古决绝词》中，他为情所困的苦楚跃然纸上：

人生若只如初见，何事秋风悲画扇？等闲变却故人心，却道故人心易变。　骊山语罢清宵半，夜雨霖铃终不怨。何如薄幸锦衣郎，比翼连枝当日愿。

如果说，苏轼的“多情却被无情恼”，机智地写出了浅表层面的人间情感（包括情爱），那么，纳兰性德的“人到情多情转薄，如今真个悔多情”，则深刻而细腻地写状了较深层面的为情所困。

同为刺客殉名声　身后名声何不同

有句老话叫“人生识字糊涂始”，这可不是正话反说逗着玩，而是有不胜枚举的史实做支撑的。司马迁是我国古代首屈一指学识渊博的历史学家，留下了彪炳史册的史学巨著《史记》，又在其中多次倾吐自己心中悬而不决的疑团。譬如，在《史记·伯夷叔齐列传》中，他便以伯夷、叔齐为例，旗帜鲜明地对“天网恢恢，疏而不漏”“天道无亲，常与善人”的传统说教提出诘难：

或曰：“天道无亲，常与善人。”若伯夷、叔齐，可谓善人者非邪？积仁絜行如此而饿死！且七十子之徒，仲尼独荐颜渊为好学。然回也屡空，糟糠不厌，而卒蚤夭。天之报施善人，其何如哉？盗跖日杀不辜，肝人之肉，暴戾恣睢，聚党数千人横行天下，竟以寿终，是遵何德哉？此其尤大彰明较著者也。若至近世，操行不轨，专犯忌讳，而终身逸乐，富厚累世不绝。或择地而蹈之，时然后出言，行不由径，非公正不发愤，而遇祸灾者，不可胜数也。余甚惑焉，傥所谓天道，是邪非邪？

史学家司马迁的天道善恶报应之问，显系因一腔莫名悲愤所催发，虽然尚停留在感性的层面，却对人们突破传统说教直面人生独立思考问题，具有积极的启迪意义。闲来信手翻阅《史记·刺客列传》，且和《吕氏春秋·阖闾列传》中刺客要离刺杀公子庆忌的记载串联阅读，品味曹沫、专诸、豫让、聂政、荆轲和要离六位刺客的生前身后事，恍惚之际，原先以为清楚明白的地方又模糊起来，以至越想越糊涂，脑子里几乎乱成了一锅粥。本想不了了之，却又身不由己，欲罢不能。思考的焦点则集中在为什么同样是重义殉名，行刺失败者荆轲却比成功者要离等人知名度高影响力大？是不是世人的关注点及价值判断本身存有问题？

刺客曹沫是春秋时鲁国人，因力大勇敢而被鲁庄公任命为将军，随后在和齐国交战时三战三败。鲁庄公出于无奈，而在柯地和齐桓公会盟，意图割地求和，曹沫却由此而劫持齐桓公。《史记·刺客列传》载：

> 桓公与庄公既盟于坛上，曹沫执匕首劫齐桓公，桓公左右莫敢动，而问曰："子将何欲？"曹沫曰："齐强鲁弱，而大国侵鲁亦甚矣。今鲁城坏即压齐境，君其图之！"桓公乃许尽归鲁之侵地。既已言，曹沫投其匕首，下坛，北面就群臣之位，颜色不变，辞令如故。……于是桓公乃遂割鲁侵地，曹沫三战所亡地尽复予鲁。

作为将军在战场上丢掉的土地，却以刺客的身份没有伤人而在盟坛上全部收回，并为齐鲁两国争得了一段难得的和平相处，曹沫因此被后人视为天下第一刺客，所谓"森森戈甲拥如潮，仗剑登坛意气豪。三败羞颜一日洗，千秋侠客首称曹"，称赞的就是曹沫的感人事迹。此后，战国时赵国的蔺相如和魏国的唐雎，都曾因效仿曹沫力挫强敌而名动一时。

赵惠文王在位时得到了一块无价之宝和氏璧，却没有想到这块璧玉竟会给国家带来莫大的麻烦。一直想出兵吞并赵国却苦于找不到借口的秦昭王，遂以此为由写信给赵惠文王，表示愿意拿出 15 座城池交换和氏璧。于是，蔺相如临危受命，带着和氏璧来到秦国，据理力争，终于完璧归赵。到公元前 279 年，秦王与赵王相会于渑池，秦王乘机羞辱赵王，随侍在侧的蔺相如随即舍生忘死与之周旋，维护赵国的尊严。史称：

秦王饮酒酣，曰："寡人窃闻赵王好音，请奏瑟。"赵王鼓瑟。秦御史前书曰"某年月日，秦王与赵王会饮，令赵王鼓瑟"。蔺相如前曰："赵王窃闻秦王善为秦声，请奏盆缻秦王，以相娱乐。"秦王怒，不许。于是相如前进缻，因跪请秦王。秦王不肯击缻。相如曰："五步之内，相如请得以颈血溅大王矣！"左右欲刃相如，相如张目叱之，左右皆靡。于是秦王不怿，为一击缻。相如顾召赵御史书曰"某年月日，秦王为赵王击缻"。(《史记·廉颇蔺相如列传》)

唐雎的事迹发生在战国魏安厘王时期。强大的秦国巧立名目"欲以五百里之地易安陵"，魏安厘王无奈，派遣垂暮老人唐雎出使秦国，在秦国朝堂上和秦昭王发生激烈争论。《战国策·魏策四》载：

……秦王怫然怒，谓唐雎曰："公亦尝闻天子之怒乎？"唐雎对曰："臣未尝闻也。"秦王曰："天子之怒，伏尸百万，流血千里。"唐雎曰："大王尝闻布衣之怒乎？"秦王曰："布衣之怒，亦免冠徒跣，以头抢地耳。"唐雎曰："此庸夫之怒也，非士之怒也。夫专诸之刺王僚也，彗星袭月；聂政之刺韩傀也，白虹贯日；要离之刺庆忌也，仓鹰击于殿上。此三子者，皆布衣之士也，怀怒未发，休祲降于天，与臣而将四矣。若士必怒，伏尸二人，流血五步，天下缟素，今日是也。”挺剑而起。秦王色挠，长跪而谢之曰：“先生坐！何至于此！寡人谕矣：夫韩、魏灭亡，而安陵以五十里之地存者，徒以有先生也。”

不言而喻，在蔺相如和唐雎的身上，都充溢着一种曹沫式的有我无敌大无畏的刺客精神。

曹沫当刺客实际上只是客串，他的身份是职业军人。而专诸、豫让、聂政、荆轲和要离则不同，他们才是严格意义上的刺客。而在这五人当中，豫让又有别于其他四人，因为他先前曾做过晋国大夫范氏、中行氏和智伯氏的门客，随后才干起了刺客的营生。

专诸生活在春秋末年，他刺杀的是吴王僚。要离和专诸同时代，他刺杀的是吴王僚的儿子公子庆忌。豫让也生活在这一时代，他要刺杀的是晋国的上卿、后来做了赵国国君的赵襄子。聂政生活在战国时期，他刺杀的是韩国国相侠累。荆轲生活在战国晚期，他要刺杀的是秦王嬴政，即后来吞灭六国、一统天下的秦始皇。

从行刺的起因来看，专诸、要离、聂政和荆轲都是受人请托而行刺，属于被动型行刺；而豫让则不同，属于主动型的复仇行径。专诸和要离皆是经由伍子胥引荐给公子光（即吴王僚遇刺身亡后的吴王阖闾）的杀手，伍子胥引荐专诸是为了刺杀吴王僚，引荐要离是为了刺杀吴王僚的儿子公子庆忌；聂政是韩国大夫严仲子请来行刺国相侠累的；荆轲则是燕公子丹费尽心机才请来行刺秦王嬴政的杀手；豫让行刺赵襄子，是自己决意要为死去的主公智伯氏报仇雪恨。尽管在表象上各有不同，但实际上都是被

“士为知己者死”的古老情结所驱使所支配。

从刺杀对象的身份地位来看，吴王僚和秦王嬴政属于一个级别，都是诸侯王，但春秋时期的吴国已经目无天下共主周天子，而自称为王，到了战国末年，秦国不仅不把名义上的周天子放在眼里，更悍然吞灭了东周，其时称王多年的秦王早已梦想着要做一统天下的始皇帝；而吴王僚的儿子公子庆忌、晋国上卿赵襄子、韩国国相侠累，则稍低一个层次。

从行刺的手段来看，专诸和操纵行刺吴王僚的主谋元凶公子光配合默契，在公子光设计将吴王僚请到其府上做客时，专诸乔装打扮，利用端盘子上鱼做掩护，干脆利索地刺杀了吴王僚，创造了“鱼肠短剑刺吴王”的掌故。史书里的叙述可谓是惊心动魄：“四月丙子，光伏甲士于窟室中，而具酒请王僚。王僚使兵陈自宫至光之家，门户阶陛左右，皆王僚之亲戚也。夹立侍，皆持长铍。酒既酣，公子光详为足疾，入窟室中，使专诸置匕首鱼炙之腹中而进之。既至王前，专诸擘鱼，因以匕首刺王僚，王僚立死。左右亦杀专诸。”（《史记·刺客列传》）聂政则凭借自己的超人勇气，接受韩国大夫严仲子的请托后，独闯韩国权臣侠累的丞相府，径直仗剑刺杀了侠累：“杖剑至韩，韩相侠累方坐府上，持兵戟而卫侍者甚众。聂政直入，上阶刺杀侠累，左右大乱。所击杀者数十人，因自皮面决眼，自屠出肠，遂以死。”（同上书）要离、豫让行刺，使的都是苦肉计。要离的苦肉计是，用舍弃妻子家人性命，来换取公子庆忌的信任；豫让的苦肉计则是自残形体，“漆身为厉，吞炭为哑，使形状不可知，行乞于市”，行刺不成获赵襄子宽恕，然后再度躲藏在赵襄子所过之桥下行刺，如同飞蛾扑火，不死不休。荆轲的手段最为个别，手提着秦王悬赏重金缉拿的叛将樊於期的项上人头，怀揣着证明韩国打算向秦国投诚的地图，义无反顾地从燕国的易水河畔出发，前往秦国行刺。

从行刺的效果来看，专诸、要离、聂政均成功地刺杀了对象，而豫让和荆轲则未能达到行刺的目的。豫让数次行刺失败后，决心赴死，慨然陈说了一番“国士众人之论”：“臣事范、中行氏，范、中行氏皆众人遇我，我故众人报之。至于智伯，国士遇我，我故国士报之。”然后请求赵襄子允许他用宝剑刺其衣服，“于是襄子大义之，乃使使持衣与豫让。豫让拔剑三跃而击之，曰：‘吾可以下报智伯矣！’遂伏剑自杀。”（同上书）而荆轲因刺杀秦王不成，反被秦王击中。“秦王复击轲，轲被八创。轲自知事不就，倚柱而笑，箕踞以骂曰：‘事所以不成者，以欲生劫之，必得约契以报太子也。’于是左右既前杀轲。”（同上书）

刺客之不同于他人之处，在于能够置自己生死于度外，而将赴死视作归途。专诸、豫让、聂政、荆轲均死于刺杀对手的现场，要离在行刺后，居然被怀有惺惺相惜之心的庆忌于将死之际放了他一条性命。但虎口余生的要离并没有因此而苟延残喘，享受荣华富贵，而是以无比之决绝，毅然决然地结束了自己的生命：

> 要离得不死，归于吴。吴王大说，请与分国。要离曰：“不可。臣请必死！”吴王止之，要离曰：“夫杀妻子，焚之而扬其灰，以便事也，臣以为不仁。夫为故主杀新主，臣以为不义。夫捽而浮乎江，三入三出，特王子庆忌为之赐而不杀耳，臣已为辱矣。夫不仁不义，又且已辱，不可以生。”吴王不能止，果伏剑而死。（《吕氏春秋·纪·仲冬纪》）

无怪乎古人高度称赞要离是人世间难得的廉义之士：“要离可谓不为赏动矣，故临大利而不易其义；可谓廉矣，廉，故不以贵富而忘其辱。”（同上书）而聂政临死前对其姊聂荣的骨肉深情，更是感天动地震撼人心。他之所以“因自皮面决眼，自屠出肠，遂以死”，是因为顾及自己死后一旦被人辨认出来，便会牵累姊姊聂荣。聂政死后，韩国当局将其尸体悬挂在街头多日，悬赏重金却无人辨认。其姊聂荣为了让弟弟死后扬名天下，毅然不顾生死来到聂政尸体旁边哀伤自尽，让刺客聂政的至情至性永垂史册。

根据动机效果统一论的观点，上述几位刺客的水准高下立判：曹沫兵不血刃，便胁迫春秋五霸之首的齐桓公归还了侵占鲁国的土地，理应排在刺客之首；专诸、要离、聂政慷慨重义且不辱使命，成功刺杀了预定目标，应当紧随其后；豫让刺杀赵襄子虽未成功，但以一死光大了自己所遵循的“国士众人之论”，没有辱没刺客的名声，而且让“士为知己者死”的观念更加深入人心；唯有荆轲志大才疏学艺不精，不仅没有完成刺杀秦王的使命，徒然地丢了自家性命，而且连累樊於期等人死于非命，故而只能给古代刺客坐垫底。

对于荆轲的非议批评，由来已久。早在战国末年，荆轲刺秦死于非命以后，便有人直言不讳地批评他学艺不精，误人误己：“鲁句践已闻荆轲之刺秦王，私曰：‘嗟乎，惜哉其不讲于刺剑之术也！甚矣吾不知人也！曩者吾叱之，彼乃以我为非人也！’”（《史记·刺客列传》）

清代文人蒲松龄在《聊斋志异》中，曾用独到的眼光，对《史记·刺客列传》的几位传主做过品评，而将荆轲作为其嗤笑对象：“余读《刺客传》，而独服膺于轵深井里也。其锐身而报知己也，有豫之义；白昼而屠卿相，有鱄之勇；皮面自刑，不累骨肉，有曹之智。至于荆轲，力不足以谋无道秦，遂使绝裾而去，自取灭亡。轻借樊将军之头，何日可能还也？此千古之所恨，而聂政之所嗤者矣。”

反观司马迁《史记·刺客列传》中的“太史公曰”，虽然并没有给几位刺客排座次，却对后人关于荆轲的某些传闻做了澄清。并强调指出，这些刺客们能够名垂后世赢得世人的广泛敬重绝非偶然，乃是因为他们重义轻生，不欺其志，方才赢得了人们的广泛认可。

> 太史公曰：世言荆轲，其称太子丹之命，“天雨粟，马生角”也，太过。又言荆轲伤秦王，皆非也。始公孙季功，董生与夏无且游，具知其事，为余道之如是。自曹沫至荆轲五人，此其义或成或不成，然其主意较然，不欺其志，名垂后世，岂妄也哉！（同上书）

古人赞扬专诸、要离、豫让、聂政的诗作并不少见。南宋诗人陆游的《月下醉题》云：

> 生拟入山随李广，死当穿冢近要离。
> 一樽强醉南楼月，感慨长吟恐过悲。

明代官员于谦的《豫让桥怀古》曰：

> 豫让桥边策马过，当年意气未消磨。
> 人臣报主宜如此，死不成功可奈何。

明末文人陈子龙的《秋日杂感》云：

> 夜雨荆榛连茂苑，夕阳麋鹿下胥台。
> 振衣独上要离墓，痛哭新亭一举杯。

清初诗人王士祯的《题尤展成新乐府》曰：

> 千金匕首土花斑，儿女恩仇事等闲。
> 他日与君论剑术，要离冢畔买青山。

南宋诗人徐钧的《聂政》曰：

> 为母辞金义且仁，却甘为盗忍轻生。

若非有姊扬风烈，千古谁知壮士名。

相形之下，历代文人墨客似对荆轲给予了更多的关注，对他的赞美声不绝如缕，似乎荆轲才是古代刺客的真正代表。

诗仙李白将荆轲、专诸等侠客糅合在一首《结客少年场行》中，无疑颇具影响力：

紫燕黄金瞳，啾啾摇绿骏。
平明相驰逐，结客洛门东。
少年学剑术，凌轹白猿公。
珠袍曳锦带，匕首插吴鸿。
由来万夫勇，挟此生雄风。
托交从剧孟，买醉入新丰。
笑尽一杯酒，杀人都市中。
羞道易水寒，从令日贯虹。
燕丹事不立，虚没秦帝宫。
舞阳死灰人，安可与成功。

按照李白的开脱之辞，荆轲刺秦王未能成功乃是其搭档秦舞阳的过错，他自己反倒没有多大责任。

西晋文学家左思则在其《咏史》之六中，不遗余力地赞美荆轲云：

荆轲饮燕市，酒酣气益震。
哀歌和渐离，谓若傍无人。
虽无壮士节，与世亦殊伦。
高眄邈四海，豪右何足陈。
贵者虽自贵，视之若埃尘。
贱者虽自贱，重之若千钧。

生活在东晋末南朝刘宋初期的著名田园诗人陶渊明，以“不为五斗米折腰”名世，曾经饱含深情地赋诗赞美荆轲曰：

燕丹善养士，志在报强嬴。
招集百夫良，岁暮得荆卿。
君子死知己，提剑出燕京；
素骥鸣广陌，慷慨送我行。
雄发指危冠，猛气充长缨。
饮饯易水上，四座列群英。
渐离击悲筑，宋意唱高声。
萧萧哀风逝，淡淡寒波生。
商音更流涕，羽奏壮士惊。
心知去不归，且有后世名。
登车何时顾，飞盖入秦庭。
凌厉越万里，逶迤过千城。
图穷事自至，豪主正怔营。
惜哉剑术疏，奇功遂不成。
其人虽已没，千载有余情。（《咏荆轲》）

唐代诗人骆宾王赋诗歌咏荆轲云：

此地别燕丹，壮士发冲冠。
昔时人已没，今日水犹寒。

无须赘述，单是透过李白、左思、陶渊明、骆宾王等人的诗篇，便足以明白，刺客荆轲在世人心目中享有何等崇高不可撼动的影响力！

悠悠众口，众口悠悠。尽管我们心里觉得，这对专诸、要离、豫让、聂政等刺客来说多少有失公允，可是又只能徒唤奈何，因为无论谁人，也没有办法修正世人千百年来形成的思维偏见。

古人一贯提倡“不以成败论英雄”，可能是荆轲没有因为行刺失败而被人轻看的重要缘由。相形于其他刺客，荆轲刺秦情节更为曲折复杂，而他在易水河畔与燕太子丹道别时，“风萧萧兮易水寒，壮士一去兮不复返”的慷慨悲歌，更易于使人留下不可磨灭的印象，也可能是他获得人们极大同情景仰的重要原因。此外，还有一个因素至关重要，即他所要刺杀的秦王嬴政后来做了秦王朝的始皇帝，行刺对象的目标过大分量过重，无疑大大提高了刺客荆轲的身价。这和秦末群雄逐鹿，韩信因为在辅佐刘邦争夺天下建立西汉王朝过程中居功至伟，做了齐王、楚王，而使得当年逼迫贫困潦倒的韩信从其袴下穿行的那位不知名的淮阴屠户少年，在世人心中留下了深刻得不能再深刻的印象，是同一个道理。

“坐对真成被花恼，出门一笑大江横。”与其终日困扰在这个难以解开的历史话题当中，为古人愤慨不平，乃至于无法自拔，不如暂且放下，随手写将出来，以期就教于方家。见怪不怪，其怪自败。人世间千奇百怪不可理喻无法窥测难以解释的事情不知凡几，与其纠结，不如放下。

雷霆雨露寻常见　最难窥测帝王心

如果说在先秦诸子百家争鸣时期，法家韩非子是一位特立独行的天纵奇才，大概不会有什么异议。韩非子毫不掩饰地公然站在专制君主一边，不遗余力地为其出谋划策支招数，在当时的读书人群中也属凤毛麟角，品读洋洋洒洒言之有物可操作性极强的《韩非子》，恍惚感到，此人似乎是为襄助“人主”驾驭士人臣子而专程来到人世间的。虽然韩非子的眼光自始至终都紧盯着人主，急人主之所急，想人主之所想，但也不能武断地说他没有给天下读书人一丁点儿点拨提醒。谈及韩非子对志在仕途的读书人的善意提醒，人们便会不约而同地想到其著名的“逆鳞说”：

> 夫龙之为虫也，柔可狎而骑也；然其喉下有逆鳞径尺，若人有婴之者，则必杀人。人主亦有逆鳞，说者能无婴人主之逆鳞，则几矣。(《韩非子·说难》)

韩非子的“逆鳞说”之所以成了颠扑不破的千古名言，乃是因为“逆鳞说”入木三分地点中了历代封建帝王乃至大小统治者的软肋，形象生动地揭示了封建王朝总是一再上演君臣悲剧的原因，志士仁人忠臣烈士因此而丢失生命的难以数计，也还因为从古至今历朝历代的思想家政治家历史学家文人墨客都不约而同地认可这个说法，而没有提出过批评异议。只要查阅古代典籍便可以发现，在这个问题上，人们所使用的字眼词汇，也来自韩非子的语言，或者是演绎化用了韩非子的言辞。诸如“犯鳞”“婴鳞”“忤鳞”“撄鳞”“批龙鳞”“触龙鳞”等等，不一而足。

“逆鳞说”可谓是纯粹的帝王心理学，诠释的是封建“人主”极其阴暗难以言传的帝王心术。韩非子在谈论人主的逆鳞时，援引了发生在春秋时期卫灵公和宠臣弥子瑕之间的一个故事：

> 昔者弥子瑕有宠于卫君。卫国之法：窃驾君车者罪刖。弥子瑕母病，人间往夜告弥子，弥子矫驾君车以出。君闻而贤之，曰：“孝哉！为母之故，忘其刖罪。”异日，与君游于果园，食桃而甘，不尽，以其半啖君。君曰：“爱我哉！忘其口味以啖寡人。”及弥子色衰爱弛，得罪于君，君曰：“是固尝矫驾吾车，又尝啖我以余桃。”故弥子之行未变于初也，而以前之所以见贤而后获罪者，爱憎之变也。故有爱于主，则智当而加亲；有憎于主，则智不当见罪而加疏。故谏说谈论之士，不可不察爱憎之主而后说焉。（同上书）

在这个故事当中，弥子瑕的出格行为没有变化，仅仅是因为其主子卫灵公的主观爱憎情感前后截然不同，幸臣弥子瑕便莫名其妙地获罪并受到惩处。韩非子讲述这个故事，显然是想说明人主反复无常的爱憎心理，就是那片碍难辨认的所谓“逆鳞”。

自古帝王皆寂寞，从来高处不胜寒。在冷漠的封建政治生活中，历朝历代的帝王们由于其高高在上君临天下的角色存在，决定了他们拥有常人难以想象难以揣测的权术机心，而朝中的大小官员仅凭其经验判断，又很难准确无误地捕捉拿捏人主的脉搏，即人主不断变化着的阴暗心理，故而芸芸臣子虽然都把注意力放在人主身上，却很难看清主子们的“逆鳞”的确切位置，因而很难做到避免触犯它。由于长期占据主导地位的儒家文化不遗余力地提倡宣扬绝对的忠君观念，把忠孝仁义绝对化，总是喋喋不休地倡导“武死战，文死谏”，将以死劝谏看作是人臣的分内之事，故而围绕人主的“逆鳞”，衍生出了数不清的历史掌故。一部封建王朝宫廷政治史，在很大程度上就是注解人主的“逆鳞”、诠释臣子们一言难尽的“逆鳞”情节的。有关这方面的格言警句俯拾皆是，诸如：

言为身文，感义忘身。不有忠胆，安轻逆鳞。（《旧唐书·列传第二十五》）

处困休摇尾，怀忠壮犯鳞。（杜牧诗句）

有策不敢犯龙鳞，窜身南国避胡尘。（李白诗句）

仰头惊凤阙，下口触龙鳞。（白居易诗句）

虚名仅可欺横目，戆论曾经犯逆鳞。（陆游诗句）

溅血九原仍化碧，批鳞一疏独流丹。（邵长蘅诗句）

援引上述文字别无他意，只是想说明古人对于“逆鳞”问题特有的关注程度。

面对眼花缭乱的众多掌故，想要理出一条清晰可辨的头绪来殊非易事。循着韩非子人主爱憎好恶阴晴无定的说法看去，似乎可以厘清许多官场悲喜剧。

春秋时期宋国佞臣寺人柳精于揣摩主子心理。公元前 531 年冬腊月，对其长期言听计从的宋平公死后，心知自己多次触犯储君太子佐凶多吉少，便利用伺候太子佐守灵的机会，挖空心思“炽炭于位”，相助太子佐熬过寒冷，轻而易举地化解了太子佐长年淤积在胸中的怨气。国丧过后，成了宋元公的太子佐，竟然忘记了自己曾多次赌咒发誓要杀死佞臣寺人柳，反而将他留在身边，做了新宠。

与寺人柳形成鲜明对比的，是东汉末期的谋士许攸。许攸原本是袁绍麾下的谋士，在袁绍和曹操两军对垒的官渡之战中，背叛旧主投靠了曹操，献计让曹军偷袭袁绍粮草大营乌巢，曹军因此而反败为胜。后来曹军攻打冀州时，许攸又献计决漳河水灌城，让曹军攻下了冀州。于是，和曹操是多年朋友的许攸恃功而骄，出言不慎，无意之中触犯了曹操的逆鳞。史称：许攸恃功骄嫚，尝于众坐呼操小字曰："卿非我，不得冀州也！"操笑曰："汝言是也。"然内不乐，后竟杀之。（《资治通鉴》卷六十四）许攸之死说明所谓的古旧之交靠不住，恃功自傲乃自寻死路。一代奸雄怎么可能长期容忍许攸这样的狂傲之徒撄其逆鳞？在擅于过河拆桥卸磨杀驴的曹操喜怒爱憎一转念之际，许攸的项上人头便掉在了地上。

"苟利国家生死以，岂因祸福避趋之。"清代名臣林则徐的这句著名诗作画龙点睛般地写状了古代的士大夫精神风骨，关龙逄、比干、随季梁、陈泄冶、楚申胥、伍子胥等堪称个中翘楚。韩非子曾经对他们的死因做过透彻的分析，认为他们皆死于犯颜强谏，并对他们不讲究劝谏的方法方式提出了批评："昔关龙逄说桀而伤其四肢，王子比干谏纣而剖其心，子胥忠直夫差而诛于属镂。此三子者，为人臣非不忠，而说非不当也。"（《韩非子·人主》）"若夫关龙逄、王子比干、随季梁、陈泄冶、楚申胥、吴子胥，此六人者，皆疾争强谏以胜其君。……虽身死家破，要领不属，手足异处，不难为也。"（《韩非子·说疑》）韩非子所言虽不无道理，却经不起反复推敲。

如果将关龙逄、比干、伍子胥等人含冤而死，归咎于不讲究劝谏艺术触犯人主逆鳞使然，那么，春秋时期越国大夫文种、明朝开国功臣刘伯温不仅功勋卓著，始终对其主子忠心耿耿，而且没有说过任何对主子不恭敬的言语，更不用说冒犯天威触动逆鳞了，饶是如此，依旧没有逃脱越王勾践或者明太祖朱元璋的毒手。对于文种和刘伯温来说，他们的卓越功勋、旷世大才和崇高威望，已经成了其主子不敢轻忽的心病。由于担心他们的存在会对自己的君主宝座构成威胁，故而勾践或朱元璋一定要将他们除之而后快。

南朝刘宋时期的辅政大臣檀道济、刘休仁先后含冤而死，同样不是因为他们心怀不轨，而是因为功高震主遭受猜忌使然。南朝司空檀道济和宋文帝刘义隆曾亲密无间地合作共事多年，到元嘉十三年（436）却出现了裂痕，常年重病的宋文帝因担忧自己死后没人可以驾驭檀道济，为了自家江山社稷不变姓氏而下诏处死了他。檀道济临死之际怒不可遏，发出了“乃复坏汝万里之长城”的怒吼。刘休仁是宋文帝刘义隆第12子，在拥立宋明帝刘彧登基称帝稳定政治局势中居功至伟，是宋明帝最得力的辅臣。后因宋明帝担心其死后刘休仁会篡夺皇位，便设下圈套毒死了有功无罪的刘休仁。

“君子非罪，怀璧其罪。”文种、刘伯温、檀道济、刘休仁连一丁点儿的非分之想也没有，却没来由地相继死于非命，实在是文种、刘伯温、檀道济、刘休仁的功勋、才干、智谋、威望无形之中成了他们的巨大包袱，而触犯了勾践、朱元璋、刘义隆、刘彧身上那块见不得人的肮脏丑陋的逆鳞使然。

韩非子认为，人主的逆鳞是不可触犯的，一旦触犯，则必死无疑。在史籍中，如此鲜血淋淋的悲情故事比比皆是，明成祖即位时诛杀方孝孺十族可谓是一个最典型的例子。方孝孺是明太祖朱元璋所器重的读书人，明惠帝即位后对其予以重用，做了惠帝身边的文胆。燕王朱棣起兵靖难前夕，其高参、僧人姚广孝便“以孝孺为托，曰：‘城下之日，彼必不降，幸勿杀之。杀孝孺，天下读书种子绝矣。’成祖颔之。”朱棣占领南京后，让方孝孺为他起草称帝草诏，方孝孺却宁死不从，投笔于地，且哭且骂曰：“死即死耳，诏不可草。”（《明史·方孝孺列传》）方孝孺的宁死不屈深深刺痛了朱棣，恼羞成怒的朱棣不仅让方孝孺死得很惨，而且诛杀了方孝孺十族，比历史上罕见的株连九族还多出一族。但在方孝孺那里，则是求仁得仁，死而无憾。

与方孝孺抱定必死决心怒撄燕王朱棣逆鳞不同，许多官员上疏弹劾权奸大恶，主观上并没有触怒人主的动机，仅是于无意之中触犯了人主平时隐而不现的逆鳞，同样会招致不测之祸。明代打虎斗士杨继盛的人生悲剧即是典型一例。

杨继盛弹劾权奸严嵩，发生在嘉靖三十二年（1553）。明世宗朱厚熜因虑及边患连绵不断，而起用主张积极抗战的杨继盛，将他由诸城知县调南京户部主事，迁刑部员外郎，转兵部员外郎。杨继盛“抵任甫一月，草奏劾嵩，斋三日乃上奏。”（《明史·列传第九十七》）直陈严嵩犯有十罪、五奸，罪不容诛，建议：“召问景、裕二王，令其面陈嵩恶，或询诸阁臣，谕以勿畏嵩威，重则置之宪典以正国法，轻则谕令致仕以全国体。内贼去，而后外贼可除也！”（《纲鉴易知录·明纪》卷八）

杨继盛的奏折虽令世宗为之震撼，但“召问景、裕二王”（指景王朱载圳、裕王朱载垕）之语，却触犯了他的中枢神经。杨继盛却书生气十足地解释说：“奸臣误国，非二王谁不畏惧严嵩呢！”因此之故，杨继盛没能扳倒严嵩，却把自己送进了监狱，最后悲壮地倒在了血泊之中。一望即知，杨继盛尽管没有触犯世宗朱厚熜逆鳞的主观故意，却因为无形中触犯了世宗难以言传的忌讳心病，而让世宗的天平倒向了权奸严嵩一边。

有比较才能鉴别。如果说，杨继盛之死是被严嵩四两拨千斤巧妙地利用了他的政治单纯，那么，严嵩的垮台，则是因为徐阶把准了世宗朱厚熜的心脉，小心翼翼地避开了他的逆鳞。

史称，擅权乱政多年的权相严嵩能屈能伸，很会借世宗之手来排挤打压和铲除自己的政敌。“帝英察自信，果刑戮，颇护己短，嵩以故得因事激帝怒，戕害人以成其私。张经、李天宠、王忬之死，嵩皆有力焉。前后劾嵩、世蕃者，谢瑜、叶经、童汉臣、赵锦、王宗茂、何维柏、王晔、陈垲、厉汝进、沈链、徐学诗、杨继盛、周鈇、吾时来、张翀、董传策等皆被谴。经、链用他过置之死，继盛附张经疏尾杀之。他所不悦，假迁除考察以斥者甚众，皆未尝有迹也。”（《明史·列传第一百九十六》）直到嘉靖四十一年（1562），辅臣徐阶暗中指使御史大夫邹应龙上疏弹劾，严嵩才被迫致仕，其子严世蕃也被追究治罪。但世宗却念及旧情，不让人们落井下石，并发话说：“严嵩已退，伊子已服罪，敢有再言如应龙者俱斩！”（《纲鉴易知录·明纪》卷八）接任首辅大臣的徐阶审时度势，一方面继续麻痹严嵩父子，一方面则谋划如何将严嵩父子置于万劫不复之地。不久，御史林润等依据严嵩父子贪腐不法及冤杀杨继盛、沈链等，写成疏状，意图以此给严嵩父子致命一击。当有司将狱词疏稿呈徐阶审定时，徐阶当即发问：你们是想让严世蕃生还是想让其死，并挑明了说，杨继盛、沈链的案件是严嵩“巧取上旨”而定的，“今显及之，是彰上过也。”随后徐阶亲自删改草稿，删去杨继盛、沈链两案，独写严世蕃、罗应龙交通倭寇、潜谋叛逆情事。疏上，世宗雷霆震怒，命斩世蕃、应龙于世。严世蕃死后，家产被抄，苟延残喘的严嵩衣食无着，“寄食墓舍以死。”显而易见，如果没有徐阶暗中操控，而误打误撞地触犯了世宗的心结，事情就会适得其反。

诡异的是，在诸多特定情形之下，人主的逆鳞也并非绝对不可冒犯，有的人斗胆冒犯，不仅相安无事，还会受到重用，真个应了“富贵险中求”那句老话。

譬如，战国末期说客之风盛行，秦王嬴政因察觉韩国人郑国潜入秦国从事间谍活动而怒不可遏，遂迁怒于所有列国来客，颁布了措辞严厉的《逐客令》，罢黜所有列国来秦之人的官职，并统统驱逐出境。面对盛怒之中的秦王，李斯动身回国前，毅然写了《上谏逐客书》，援引秦国的历史和现实，有理有据地为前来秦国寻求进身之阶的列国人才做辩护，恳请秦王收回成命。一纸《上谏逐客书》没有让秦王嬴政暴跳如雷，反而让他读后为之感动，“乃除逐客之令，复李斯官，卒用其计谋，官至廷尉。”后来又让他做了秦国的宰相。借助于秦王提供的政治平台，李斯将自己的平生才学发挥到了极致。

李斯如此侥幸，大唐名臣魏征也不例外。魏征原本是太子李建成的亲信，官居太子洗马，在太子和秦王李世民明争暗斗矛盾白炽化之际，魏征曾多次鼓动太子当断则断，抢先下手除去李世民。玄武门兵变过后，胜利者李世民快意恩仇，一口气杀了不少人，魏征也是他手中一只待宰的羔羊。史称，李世民将魏征传召至秦王府中，怒气冲冲地责问：“汝离间我兄弟，何也？”魏征不卑不亢地回答说：“皇太子若从征言，必无今日之祸。”李世民听后不怒反喜，“改容礼之，引为詹事主簿。”（《旧唐书·魏征列传》）于是，便有了后来的贞观之治，留下了君臣相得双赢的千古佳话。

文起八代之衰的大文豪韩愈因反对宪宗李纯盲目崇拜佛教，

带头迎佛骨，而写下了著名的战斗檄文《谏迎佛骨表》，公然忤逆宪宗的意志，引发宪宗皇帝的冲冠之怒，而将其贬为潮州刺史。“一封朝奏九重天，夕贬潮州路八千。欲为圣朝除弊事，肯将衰朽惜残年”，韩愈的诗句即是其当时的心路写照。颇具戏剧性的是，因为谙熟仕途潜规则的韩愈到达潮州后马上写了一封谢表，言辞恳切地承认错误，居然取得了宪宗的谅解，随后又将其调回京城做官。

李斯和嬴政、魏征和李世民、韩愈和李纯之间的这种君臣佳话，虽然不是孤例，但若和比比皆是的伴君如伴虎根本没道理可讲的君臣悲剧相比较，又确属凤毛麟角。历史上出过不少残暴又怪癖的暴君，且举前秦皇帝苻生为例。

前秦寿光二年（356）初冬的一天，苻生夜里鲜枣吃多了，第二天早上感觉不舒服。太医令程延庆前来把脉后，回禀说：“陛下您没有别的病，只是枣吃多了。”苻生听后却勃然大怒，说道：“你又不是圣人，怎么知道我吃多了枣？”说完，竟将太医令拉出去杀了。可怜程延庆至死也不会明白，自己究竟说错了什么。次年春，有天夜里苻生梦见大鱼食蒲草。第二天，他忽然想起长安城里传着一首歌谣：“东海大鱼化为龙，男皆为王女为公。”于是，苻生下令逮捕太师、录尚书事、广宁公鱼遵，认为鱼遵将是与他争夺天下的人，随后就把鱼遵和他的儿子孙子们全都杀害了。这些无辜的受害者当然也不会明白，他们什么时候触犯了暴君苻生的逆鳞！鱼遵无端遇难，令金紫光禄大夫牛夷心惊肉跳，遂请求出任荆州刺史。苻生却任命牛夷为中军将军，并戏弄他说：“牛的性情迟重，善于拉车；虽然没有千里马走得快，却能够拉动很重的物质。”牛夷说：“牛虽然拉的是大车，却没有经过险峻的山坡；

愿意负重一试，才能知道能不能建立业绩。”苻生笑着说道：“多么爽快呀！你嫌现在的责任不重吗？我可以把鱼遵的职位给你。”牛夷害怕做鱼遵第二，回家后便自杀了。有一天，苻生问身边的人说：“自从我君临天下以后，你在外面听到了些什么？”一个想讨好的人回答说：“圣明之世，赏罚得当，天下之人全都在歌颂太平。”苻生听后大怒，说道：“你这是在谄媚我！”说完，便将其拉出去砍了脑袋。第二天，苻生又问左右在外面听到了什么，一个汲取了别人教训的侍从回答道：“人们认为陛下的刑罚过了头。”苻生勃然大怒，说道：“你是在毁谤我！”说完，就下令将其斩首。苻生的倒行逆施，激起了天怨人怒，很快在苻坚发动的政变中身首异处，结束了其可耻罪恶的一生。

封建专制虽然催生了许多倒行逆施恣意妄为草菅人命的君主，但苻生这样不可理喻的疯狂暴君毕竟为数甚少，称之为封建君主当中的另类一点儿也不过分。不过，在封建专制下，即便是一些颇有头脑的帝王，其言其行，也往往令人无从揣测。明太祖朱元璋既是一代有作为的开国之君，同时又是一位心性歹毒的刚愎雄猜之主，其心机之缜密，行事之怪癖，往往令人不寒而栗。朱元璋称帝时以大力惩治贪腐名世，而他对清官曾秉正的惩处却令人发指。

据《明史·列传第二十七》载，曾秉正于明洪武初荐授海州学正。洪武九年（1376），因上疏言事受到朱元璋赏识，“召为思文监丞。未几，改刑部主事。十年擢陕西参政。会初置通政司，即以秉正为使。在位数言事，帝颇优容之”。孰料没过多久，曾秉正便因忤逆皇上的旨意而被罢官。为官清廉的曾秉正囊中羞涩，竟到了常人难以想象的地步，为了凑足回乡的路费，他忍痛卖了自己四岁的女儿。这个消息不胫而走，人们无不为之惋惜痛心。而刻薄寡恩的朱皇帝获悉后，非但没有引发同情悲悯之心，反而暴跳如雷，“帝闻大怒，置腐刑，不知所终”。按照常情常理推断，不遗余力反腐倡廉整肃吏治的朱元璋应该对曾秉正这样的清官肃然起敬才对，却为何反而起了杀心对其处以腐刑呢？想来想去，无非是朱元璋的项上有片名之曰变态虚荣心的逆鳞。清官曾秉正卖女凑钱回乡，意味着官员们若不贪腐，势必一贫如洗，在朱元璋眼里，曾秉正这样做，是变着法子撄他的逆鳞打他的脸。于是，才会对曾秉正施以腐刑。

“君恩若雨露，君威若雷霆。”白居易的诗作明显化用了古代人臣对君主的认知和理解，“雷霆雨露，皆是君恩”的观念，在古代早已深入人臣的骨髓当中。浏览史籍，封建君主阴晴不定时而雨露时而雷霆一直是病态社会中的常态现象，人们对此已经见怪不怪。但倘若认真品味众多雷霆现象之成因，认真思索构成人主逆鳞的基本要件，则每每因人因事因时因环境因心境因七情六欲不断转换变化而异，很难一言以概之，总有虽然不在此山中，依旧不识庐山真面目之憾。

想来很是滑稽，一个一生为封建君主出谋划策的思想者法家韩非子，居然一本正经地提出了一个在封建体制下永远都不可能化解的所谓触犯人主逆鳞问题。而深谙人臣之道宣讲“逆鳞说”的哲人韩非子自己，到死也未必清楚自己究竟触犯了秦王嬴政哪片逆鳞。封建时代人主的个人意志爱憎喜怒哀乐情感变化不仅凌驾于封建律法之上，可以恣意妄为草菅人命，而且无情地践踏着封建社会的律法制度，最后导致了封建体制的终结，催生了真实意义上的法治时代。只有在法律高于一切重于一切大于一切的民主法治时代及平民时代，长期令人谈虎色变的逆鳞现象，才会变得无关紧要不足轻重，才会成为人们茶余饭后说古论今的扯淡话题。

人心最难测　生死一转念

不知何故，回望春秋时期的烈丈夫伍子胥，总会联想到那个为相助他逃难而沉江自尽的不知姓名的渔丈人。

伍子胥出身名门，父亲是楚国太子太傅伍奢。伍奢被奸臣费无忌陷害含冤入狱后，楚王又派人前来诱捕他的两个儿子，企图斩草除根。面对奉命前来诱捕他们的官吏，生性孝慈的长子伍尚选择了顺从入狱陪父赴死，“刚戾忍詢”的次子伍员伍子胥则选择亡命出逃以求日后报仇雪恨。亡命途中，留下了“伍子胥过昭关，一宿白了头”的掌故。过了昭关又被长江阻隔，身后追兵呼啸而来，困在大江边上的伍子胥一筹莫展。危难之际，亏得有位渔父赶来，伸出援手，相助伍子胥度过了一场劫难。《吴越春秋》如是记载渡江后伍子胥和渔丈人的特殊心态：

> 子胥既渡，渔父乃视之有其饥色。乃谓曰：“子俟我此树下，为子取饷。”渔父去后，子胥疑之，乃潜身于深苇之中。有顷，父来，持麦饭、鲍鱼羹、盎浆，求之树下，不见，因歌而呼之，曰：“芦中人，芦中人，岂非穷士乎？”如是至再，子胥乃出芦中而应。渔父曰：“吾见子有饥色，为子取饷，子何嫌哉？”子胥曰：“性命属天，今属丈人，岂敢有嫌哉？”

这段文字，将渔丈人帮助落难伍子胥的赤热心肠，和伍子胥此际对谁都不敢深信的警惕戒心，描绘得活灵活现呼之欲出。

二人饮食毕，欲去，胥乃解百金之剑以与渔者："此吾前君之剑，中有七星，价直百金，以此相答。"渔父曰："吾闻楚之法令：得伍胥者，赐粟五万石，爵执圭，岂图取百金之剑乎？"遂辞不受。谓子胥曰："子急去勿留，且为楚所得？"子胥曰："请丈人姓字。"渔父曰："今日汹汹，两贼相逢，吾所谓渡楚贼也。两贼相得，得形于默，何用姓字为？子为芦中人，吾为渔丈人，富贵莫相忘也。"子胥曰："诺。"既去，诫渔父曰："掩子之盎浆，无令其露。"渔父诺。

心存感激的伍子胥无以言谢，只能将随身携带的祖传佩剑赠予渔丈人聊表寸心，不料渔丈人却产生误解，当即脱口说出："楚国之法，得伍胥者赐粟五万石，爵执珪，岂徒百金剑邪！"渔丈人的教训令伍子胥更为感佩其人格高尚，接着询问渔丈人的姓字。闻听之下，渔丈人的回答高明之至："今日汹汹，两贼相逢，吾所谓渡楚贼也。两贼相得，得形于默，何用姓字为？子为芦中人，吾为渔丈人，富贵莫相忘也。"

心思缜密且心存余悸的伍子胥，因担心追兵从渔丈人口中发现自己的行踪，又多叮咛了一句："掩子之盎浆，无令其露。"渔丈人慨然允诺。待伍子胥甫一走开，渔丈人便用无比决绝的方式结束了自己的性命：

子胥行数步，顾视渔者已覆船自沉于江水之中矣。

对于一个随时都可能落入楚国追兵之手的亡命者来说，伍子胥的叮咛不难体谅，也无可挑剔。那么，应允伍子胥所请之后，摆在渔丈人面前的，是否仅有沉江自尽这一条绝路呢？显然未必。与伍子胥萍水相逢的渔丈人肯冒险搭救伍子胥渡江，已然是义薄云天之举；过江后不肯接受伍子胥的馈赠，不肯说出自己的姓名，更属古人所激赏的卓尔不群的高风亮节；伍子胥请求“掩子之盎浆，无令其露”，根本没有让渔丈人以死封口的意思。应允伍子胥请求后的渔丈人为何要毫不踌躇地沉江自尽呢？个中缘由，只能任由后人驰骋想象。

这位没有留下姓名的渔丈人，显然是春秋时期一位修养极高的隐士或重义轻生的侠士，否则便很难理解他告别人世的方法方式。正是因为隐士或侠士渔丈人愤世嫉俗，太过同情伍子胥的悲惨不幸，而又极为敬重伍子胥的才干名声，才会在生死一转念之际，甘愿用自己的性命来让伍子胥成功出逃，用自己的死彻底断了楚兵捉拿伍子胥的线索。因为伍子胥时来运转以后出任吴国相国，率军伐楚，掘墓鞭尸，报了血海深仇，为他殉死的渔丈人也随之名垂史册，而渔丈人则成了这位旷世高人的代名词。

为伸张正义而轻掷性命的渔丈人，不知被古往今来多少饱读诗书的士大夫引为人生楷模，但真正到了生死关头，十之八九所看重的却还是自家性命，尽管一个个嘴上说的义无反顾慷慨激昂。

据《明鉴易知录》卷四载：在燕王朱棣渡江之前，南京城中解缙、胡广、周是修三位大臣相约，城破之日一同死难。分别后，解缙派人前去窥探胡广动静。回报说胡广回到府上以后，先问家人喂猪了没有。解缙听后苦笑着说道：“一猪尚不肯舍，况肯舍性命乎？”朱棣称帝之后，胡广果然没有为建文帝殉身，而解缙也同样没有为建文帝死难，两人均非常识时务地委身于胜利者朱棣麾下，只有周是修一人实践了自己的诺言。

明洪武三十一年（1398）太祖朱元璋死后，皇太孙朱允炆即位，史称建文帝。过了不到三年，乃叔燕王朱棣便打着“清君侧”的旗号发动了靖难之役，旋即打跑了侄儿建文帝朱允炆，自己黄袍加身做了明成祖。上述掌故即发生在朱棣大军渡江前夕。高官解缙、胡广、周是修，皆是太祖朱元璋悉心栽培且深信不疑的满腹经纶的治国干才，在建文帝政权摇摇欲坠的危急关头，三个有心杀贼却无力回天的文臣碰在一起，除开徒唤奈何而外，个个信誓旦旦地表示，待到城破之日，决心以死为建文帝尽忠。解缙嘴里这样说，心里却另有盘算。三人分手后，解缙便派人跟踪胡广，窥探动静。通过胡广回到府上以后，先问家人喂猪了没有这一细节，解缙当即断定，胡广不会为建文帝殉命。拿准了胡广心思后的解缙自己同样自食其言，在朱棣大军攻陷南京城后，非但不肯慨然赴难，反而主动投到成祖朱棣的麾下，转而为新君效力。尽管他俩心知无颜面对死于地下的真烈士周是修。

解缙、胡广在生死关头的一转念，虽然足以说明他们在大节来临之际心底之阴暗，在心理层面上印证了人心难测这一古老的格言，在道德层面上无法逃脱谴责，但在政治层面上却表现出了一种识时达务的绝顶聪明。对于游走于官场上的名利客们来说，这种关键时刻的识时达务，则属于只可意会不可言传的官场绝学。故而，虽然没人公开肯定其行为的正当性，暗中效仿的却比比皆是。于此，不禁想到《水浒传》里的一个人物——青面兽杨志。

按照《水浒传》的说法，杨志出身将门，是北宋名将金刀令公杨业之孙。因仕途不顺，辗转流落到北京大名府，受梁中书赏识而负责护送十万贯金银财宝到汴梁，为梁中书的岳父太师蔡京祝贺生辰。行至黄泥冈上时，误中晁盖吴用等人奸计，喝了蒙汗药酒，悉数丢失了生辰纲。杨志首先清醒过来以后，转瞬之际，生死之念头发生了反复变化：

> 原来杨志吃的酒少，便醒得快，爬将起来，兀自捉脚不住。看那十四个人时，口角流涎，都动不得。……杨志愤闷道：“不争你把了生辰纲去，教俺如何回去见得梁中书！这纸领状须缴不得！”就扯破了。“如今闪得俺有家难奔，有国难投，待到那里去？不如就这冈子上寻个死处！”……却待望着黄泥冈下跃身一跳，猛可醒悟，拽住了脚，寻思道：“爹娘生下洒家，堂堂仪表，凛凛一躯，自小学成十八般武艺在身，终不成只这般休了！比及今日寻个死处，不如日后等他拿得着时，却再理会。”回身再看那十四个人时，只是眼睁睁地看着杨志，没个挣扎得起。杨志指着骂道：“都是你这厮们不听我言语，因此做将出来，连累了洒家！”树根头拿了朴刀，挂了腰刀，周围看时，别无物件。杨志叹了口气，一直下冈子去了。（《水浒传》第十六至十七回）

生辰纲被劫之后，传统观念深重的杨志首先想到的是无颜面对其恩师梁中书，天下之大，无处容身，只能以死谢罪；接着在将要往黄泥冈下纵身一跳结束性命之际，心念突然一转，想起了保全自家生命的理由：“爹娘生下洒家，堂堂仪表，凛凛一躯，自小学成十八般武艺在身，终不成只这般休了！比及今日寻个死处，不如日后等他拿得着时，却再理会。”随后痛骂了老都管等十四个同行的人一通，便回头一直下冈子去了。

显而易见，如果没有死到临头时的一转念，青面兽杨志便会和古人渔丈人一样无谓地了结了自己的性命；换位思考，春秋时那个站立在大江边上的渔丈人覆舟沉江之际，头脑中为什么没有宋人杨志走到黄泥冈悬崖前的那一念头？诸如此类的问题，如同为明人周是修没有解缙、胡广思维灵光一样，是永远也不会有标准答案的。心理上的问题，信仰上的问题，总是看起来简单却复杂多变，碍难琢磨。“直如弦，曲如钩。易见难识，老倒赵州。世事但将公道断，人心难似水长流。”常道人心似流水，流水更似知人心。呜呼！

山居可选择　祸福不由己

放眼看去，古往今来活跃于政坛上典籍中的大鱼小虾，总也摆脱不了名缰利锁的羁绊，“名缰利锁浓于酒，醉得人心死不醒”，固然不能说是放之四海而皆准，却委实精准地点准了一茬又一茬飞蛾扑火名利客的软肋。然而官场上鱼龙混杂，各色人等应有尽有五花八门，很难一言以蔽之。在污浊不堪醉生梦死的名利客的浩荡人群中，从来都不缺头脑清醒特立独行卓尔不群、“连玺曜前庭，比之犹浮云”的另类。自古物以稀为贵，这类少见的大写的人物恰恰是历代史家所精心宣扬的对象。故而，许由、巢父、微子、箕子、比干、伯夷、叔齐、介之推、柳下惠、范蠡、延陵季子、张良、颜斶、严光、王霸、陶潜等相继为世人所熟知。

本文所谈论的，则是南北朝时期的陶弘景和明朝初年的刘伯温。他们都曾是辉煌一时的风云人物，又都参透了人生厌倦了官场，主动退步抽身选择归隐山居，而结局却大相径庭迥然不同，一个以优哉游哉闲云野鹤之身做了名副其实的“山中宰相”，一个谨小慎微谨言慎行却含冤蒙垢死于非命。决定他们之不同归宿的，究竟是所谓自古高深难测的天意命运，还是由于他们遇上了不同的主子？看似一目了然的问题，却耐人寻味。愈是思索，愈感惘然，真个有几许“此中有真意，欲辨已忘言”的味道。

陶弘景字通明，丹阳秣陵人，自号隐居先生，又称华阳隐居。出身于世家大族，祖父陶隆，担任过王府参军。父亲陶真，做过孝昌县令。活跃于南朝宋、齐、梁时期的陶弘景，是道教茅山宗的开山宗师，著名博物学家、医药家、炼丹家、文学家，又是南梁王朝极为器重的座上客，时称“山中宰相”。《南史》《梁书》有传。可谓是南北朝时期不可复制的特殊人物。

《南史·隐逸列传下》载，陶弘景生有异兆，不同凡庸。“初，弘景母郝氏梦两天人手执香炉来至其所，已而有娠。以宋孝建三年景申岁夏至日生。”更富传奇色彩的是，陶弘景“幼有异操”，聪颖好学的他尤其喜好道家的神仙之说。“年四五岁，恒以荻为笔，画灰中学书。至十岁，得葛洪《神仙传》，昼夜研寻，便有养生之志。谓人曰：‘仰青云，睹白日，不觉为远矣。’”陶弘景长大成人后仪表堂堂，神仪明秀，朗目疏眉，酷爱学习，博览群书，“读书万余卷，一事不知，以为深耻。”且兴趣广泛，善琴棋，工草隶。15岁时作《寻山志》，道出了对隐逸生活的倾慕向往。17岁即以才学闻名，与当时的知名才子江斅、褚炫、刘俣合称升明四友。

《南史·隐逸列传下》《梁书·处士列传》均说陶弘景出仕较早：“未弱冠，齐高帝作相，引为诸王侍读，除奉朝请。”而据《资治通鉴·宋纪十六》所载，南朝宋元徽四年（476），萧道成（后来的南齐高帝）始迁升尚书左仆射（宰相）。这年陶弘景已经21岁，甫过弱冠之年。《礼记·曲礼上》云：“（男子）二十曰弱冠”。即便已过弱冠年龄，陶弘景投身仕途也是很早并且非常顺利的。

次年，萧道成即发动兵变，除宋后废帝刘昱，将朝政牢牢地控制在其手上。二年后萧道成公然称帝，建立了南齐王朝，史称齐高帝。萧道成及其子萧赜在位时，陶弘景曾先后出任巴陵王、安成王、宜都王等诸王侍读；兼管诸王室牒疏章奏等文书事务的书记职务，但直到36岁时，仍然没有获得重用，还是个六品文官“奉朝请”，请求外放做个县令也未获允准。于是，陶弘景心甚怏怏，“虽在朱门，闭影不交外物，唯以披阅为务。朝仪故事，多所取焉”。(《南史·隐逸列传下》)

“人生在世不如意，明朝散发弄扁舟。”在许多人那里，不过是发发牢骚而已，但陶弘景却审时度势，毅然决然地选择了辞官归隐。南齐永明十年（492），正当盛年（刚刚37岁）的陶弘景上表辞官，挂朝服于神武门，退隐江苏句容句曲山，不与世交。《南史·隐逸列传下》载：“永明十年，脱朝服挂神武门，上表辞禄。”《梁书·处士列传》所载略同：“永明十年，上表辞禄，诏许之，赐以束帛。”

辞官后的陶弘景定居于句容之句曲山，并将曲山称为茅山。在山中立馆，自号华阳隐居。遍历名山，寻访仙药，过上了神仙般逍遥自在的生活。陶弘景辞官归隐12年后，南齐政权灰飞烟灭，为南梁所取代。隐居山中的陶弘景尽管其乐融融，却没有完全与世隔绝，而总是敏锐地关注着政局的动荡变迁。在萧衍兴兵进攻南齐都城建康、即将禅代之际，陶弘景不失时机地派遣弟子前去，为萧衍登基称帝贡献了新的国号：

> 义师平建康，闻议禅代，弘景援引图谶，数处皆成“梁”字，令弟子进之。(《梁书·处士列传》)

梁武帝萧衍即位后，也没有忘记陶弘景这位早年的至交，曾屡次派人前往茅山，延请陶弘景出山为官。陶弘景却不为所动，屡请不出。萧衍更加感念，于是乎“恩礼愈笃，书问不绝，冠盖相望”。(《南史·隐逸列传下》)史载隐士陶弘景巧妙地谢却武帝萧衍的延请：

帝手敕招之，锡以鹿皮巾。后屡加礼聘，并不出，唯画作两牛，一牛散放水草之间，一牛着金笼头，有人执绳，以杖驱之。武帝笑曰："此人无所不作，欲学曳尾之龟，岂有可致之理。"

后人则发挥想象力，附会演绎说陶弘景在画上题诗明志：

眼前流水自悠悠，歇卧偷闲恋绿畴。

笑看金笼牵鼻去，等闲落得用鞭抽。

萧衍心知老友心志已决，便不再勉强，却继续和陶弘景保持着密切联系：国家每有吉凶征讨大事，无不前以咨询。月中常有数信，时人谓为山中宰相。（同上书）这就是陶弘景被时人称为"山中宰相"的由来。

陶弘景有一首诗作《诏问山中何所有赋诗以答》，言简意赅地道出了他的隐居情怀：

山中何所有，岭上多白云。

只可自怡悦，不堪持赠君。

史称，陶弘景"隐居茅山达四十五年之久，享年八十一岁。梁武帝诏赠中散大夫，谥贞白先生"。可谓是矢志不移，求仁得仁，生荣死哀。

明眼人一看便知，陶弘景之所以能够成为南朝时期的一个例外，潜心道家的神仙学问固然是一个重要原因，能够在国事方面做到帮忙不添乱，主动以在野之身为梁武帝萧衍出谋献策，则是尤为重要的原因。众所周知，梁武帝萧衍笃信佛法，是中国古代最有名的虔诚的佛教徒，曾经三次舍身侍佛，而陶弘景则是南朝时期著名的道教大师。两个人犹如两股道上跑的车，居然能够和平共处相安无事，很大程度上取决于陶弘景高深的政治智慧与和光同尘的处世哲学。为了迎合梁武帝的佛教雅号，茅山道士陶弘景竟然下山去阿育王塔受戒，佛道兼修。只有看到这些，方能真正深刻地理解梁武帝萧衍和茅山道士陶弘景之间牢不可破的所谓交谊。沈约是南梁的高官，和陶弘景有着很深的友谊。沈约去世后，在一首悼念老友的诗作中，陶弘景含蓄地表达了自己内心深处的彷徨和无奈：

我有数行泪，不落十余年。
今日为君尽，并洒秋风前。

大自然没有完全相同的两片树叶，人世间也没有完全重合的两则故事。明朝初叶的刘伯温和陶弘景一样，有过出仕做官的经历，并先后两次选择辞官山居，意欲躲避乱世，归老林泉，独善其身。讵料事与愿违，落了个与陶弘景截然不同的悲惨结局。

刘基字伯温，浙江青田人。其曾祖父刘濠在南宋末做过翰林掌书。刘伯温天资聪慧，从小由父亲启蒙识字，12 岁考中秀才，被人们称为“神童”。元泰定元年（1324），14 岁的刘伯温入郡庠（即府学）读书。泰定四年（1327），17 岁的刘伯温师从处州名士郑复初学程朱理学，大受郑复初赏识，曾对刘伯温的父亲刘爚说：“君祖德厚，此子必大君之门矣。”

作为元朝子民，刘伯温怀揣着“学成文武艺，售与帝王家”的信念，经过科考步入了仕途。元至顺间，举进士，除高安丞，有廉直声。(《明史 · 刘基列传》)

高安丞虽然是个不起眼的小官，但刘伯温能戴上这顶帽子也不容易。元统元年（1333），刘伯温便考中了进士，三年之后，元朝廷才任命他担任这个小官。刘伯温在这个小小的平台上清廉为官，正直为人，虽然获得了人们的赞誉，却开罪了地方豪绅。

幸亏上司呵护，才得以辞官返乡。

起为江浙儒学副提举，论御史失职，为台臣所阻，再投劾归。（同上书）

至正三年（1343），朝廷征召他出任江浙儒学副提举。他在这一职位上仅干了一年，后因检举监察御史失职，受到朝中官员责难，只好请求辞职。

大约从这时起到至正六年（1346），刘基在丹徒一面教学授徒，一面潜心学问，博览群书，诸子百家无一不窥，尤其对天文地理、兵法、奇门术数，更有特殊爱好，潜心钻研揣摩，融汇精通。和他相处的文人名士对他十分钦佩，认为他有诸葛孔明之才。“基博通经史，于书无不窥，尤精象纬之学。西蜀赵天泽论江左人物，首称基，以为诸葛孔明俦也。”（同上书）

直到此时，赋闲在家的刘伯温对行将就木的元王朝依旧心存幻想。至正十二年（1352），元王朝已然风雨飘摇，南方各地义军纷纷揭竿而起，朝廷被迫围剿招安并用，却依旧疲于奔命。于是，想到了起用赋闲乡居的刘伯温。很快，人在家乡青田的刘伯温收到朝廷的一纸公文，起用他为江浙省元帅府都事，辅佐当地官员平定浙东一带以方国珍为首的盗贼。刘伯温到任后，立即提出相应的建言对策。但元左丞帖里帖木儿却一心想要招安方国珍，刘伯温坚持认为方氏兄弟为首犯，不诛无以惩后。而方国珍重赂官府，终被招安，并授以官职，反过来谴责刘伯温擅威福。朝廷如此是非颠倒腐败昏聩，令刘伯温彻底绝望，遂于一怒之下辞官隐居，避祸于浙江青田老家，并在此期间写下了著名的《郁离子》一书。

刘伯温这次愤而辞官归隐，既有与当政者政见不同的因素，也有他自己独到的远见卓识。在元王朝和各地义军征战正酣胜负尚且未见分晓之际，书生本色的刘伯温能够高举远遁，离开元朝政坛，起决定作用的因素是他看出腐朽的元王朝业已病入膏肓，不可救药，所以才断然与之切割，以求“苟全性命于乱世”。不言而喻，刘伯温的这次抉择，使得他侥幸未成为元王朝的殉葬品，进而将自己的有用之身聪明智慧，投入到建立朱明王朝之中。

至正二十年（1360），雄心万丈求贤若渴的朱元璋攻下浙江金华、平定苍括后，闻悉刘伯温、宋濂的大名，遂使人前去重金礼聘。刘伯温起初并未应聘，经朱元璋属下总制孙炎再次修书恳切相邀，方才答应出山。

刘伯温应邀来到应天（今南京）后，针对当时天下群雄并起、而元朝尚在进行垂死挣扎的形势，向朱元璋提出避免两线作战、各个击破的建议对策，史称“陈时务十八策”，为朱元璋所采纳。此后，刘伯温不断以谋臣身份为朱元璋出谋划策，迭有建树。一方面辅佐朱元璋集中兵力先后消灭了强大的竞争对手陈友谅、张士诚等势力，另方面建议朱元璋既要脱离“小明王”韩林儿谋求自立，又要以“大明”为国号来招揽天下义师的民心。至正二十七年（1367），刘伯温参与制定朱元璋的灭元方略，此后大军北伐节节胜利，“略如基谋”。

在戎马倥偬的征战生涯中，刘伯温与朱元璋君臣相得，结下了深厚的情谊。朱元璋公开称刘伯温为辅佐他的张良张子房：“帝察其至诚，任以心膂。每召基，辄屏人密语移时。基亦自谓不世遇，知无不言。……帝每恭己以听，常呼为老先生而不名，曰‘吾子房也’。”（同上书）

在世人看来，一介布衣朱元璋能够在元末群雄逐鹿中逐个歼灭诸多竞争对手，北伐中原，推翻元朝，底定天下，建立大明王朝，刘伯温在其中发挥了至关重要的作用。于是，人们便经常将他和三国时期的诸葛亮、秦汉时期的张良、萧何等人相提并论，提出了“三分天下诸葛亮，一统江山刘伯温”，甚至认为，刘伯温的才干智慧功业远超张良、萧何、诸葛亮等人：论成就，刘伯温远在诸葛亮之上；论军事才能，刘伯温远超萧何，助力朱元璋拿下大元天下；论治国才能，刘伯温更强于张良，一举定下大明帝国后世两百年的盛世格局。如此溢美之词，固然说明了刘伯温在国人心目中的崇高地位，但实际上，刘伯温在朱元璋麾下的地位官职，却远没有张良、萧何、诸葛亮显赫。

张良是汉高祖刘邦身边的第一谋臣，西汉王朝建立伊始，刘邦分封功臣时，首先想到的便是大功臣张良，要他“自择齐三万户”，因为张良坚持不肯要，最后才如其所请，封为留侯；萧何、诸葛亮更不待说，都是实权在握的当朝丞相；而刘伯温虽是朱元璋称帝前言听计从的重要谋臣，但官职并不高，只是个太史令。明王朝建立后，担任御史中丞兼太史令，洪武三年（1370）十一月，明太祖大封功臣，授刘伯温为开国翊运守正文臣、资善大夫、上护军，封诚意伯，食禄240石。较诸对众多开国功臣的封赏，居功至伟的刘伯温实在显得有些寒碜。

明朝立国之初，太祖朱元璋对刘伯温信任有加，可以由以下几件事看出来：一是修改税量，参考宋代的制度每亩加征五合，唯有青田不加税。朱元璋解释说，这样做是为了“令伯温乡里世世为美谈也”。二是追赠刘伯温的祖父和父亲皆为永嘉郡公，这无疑是莫大的恩典。朱元璋还几次“欲进基爵”，因刘基“固辞不受”而作罢。三是朱元璋曾打算免去重臣李善长的丞相之职，改让刘伯温做丞相。小心谨慎的刘伯温坚辞不就，并一再进言说李善长是国家勋旧，善于调和文臣武将。朱元璋为刘基鸣不平说：“他数次想害你，你为何要再三为他说好话呢？我一定要让你担任丞相。”刘伯温则婉言劝说道：“更换丞相，好比更换柱子，应当用大木来代替。如果使用一根小木头顶替，大厦就会面临倾塌的危险。”因为刘伯温坚决不肯做丞相，太祖才退而求其次，罢免李善长后改任杨宪为相；接着又罢黜杨宪，改任汪广洋为相；随后又罢黜汪广洋，改任胡惟庸为相。朱元璋曾先后就几个丞相候用人选征求刘伯温意见，刘伯温表示杨宪、汪广洋、胡惟庸均不是合适人选，这一预言均不幸而言中。

历史屡屡证明，只有能够在名利权位面前把持得住不动心的人，才称得上是真正的高人。刘伯温显然就是明初开国功臣中罕见的淡泊名利的高人。他并不是没有机会做丞相，而是在功名利禄面前，不像别人那样趋之若鹜，而是避之犹恐不及，辞爵位、辞相位的举止，绝非一般人所能做得到。

刘伯温坚决推辞相位，首先表现出一种难得的自知之明。《明史·刘基列传》称：“基佐定天下，料事如神。性刚嫉恶，与物多忤。”“性刚嫉恶，与物多忤”寥寥八字，已然道出了智者刘伯温的性格特点和致命弱点，与春秋时期齐国名臣鲍叔牙“善善恶恶”的性格特点和缺陷约略相同。具有这一性格特点和弱点的刘伯温长期深得太祖朱元璋信任，任御史中丞，督察文武百官，自然少不了得罪人，招致同僚猜忌，甚至成为他们非议攻讦的目标。

其次，还在于刘伯温深知太祖朱元璋刚愎雄猜的秉性特质，对朱皇帝难以言传的过河拆桥的阴暗心理洞若观火。他心里明白，朱元璋一再想让他担当大任，既有大才大用的念想在，也有权力制衡的用意在。自己一再推辞，很难使朱元璋不心生疑窦。作为朱皇帝手中的一个玩偶，出任丞相表面上风光无限，实际上风险更大变数更多。

于是他决心主动辞官，退出朝廷这个是非肮脏之地，以求安度余年，独善其身。刘伯温以体弱多病为由再三恳请，朱皇帝欣然允准，洪武四年（1371）春天，“诚意伯刘基致仕”。这年刘伯温刚刚60岁。

获准辞官归隐后，刘伯温的欢喜之情溢于言表，遂写了一首诗作《辞职自遣》抒发其心志：

买条黄牛学种田，结间茅屋傍林泉。
因思老去无多日，且向山中过几年。
为吏为官皆是梦，能诗能酒总神仙。
世间万事都增价，老了文章不值钱。

仔细品味这首诗作，不难体味出刘伯温心中是何等的五味杂陈。

刘伯温梦醒辞官后，回到老家青田，隐姓埋名，绝口不谈政事，言行举止格外注意，没有说过任何居功自傲藐视法度的话，没有做过任何违反朝廷制度的事情。“至是还隐山中，惟饮酒弈棋，口不言功。邑令求见不得，微服为野人谒基。基方濯足，令从子引入茆舍，炊黍饭令。令告曰：‘某青田知县也。’基惊起称民，谢去，终不复见。”（《明史·刘基列传》）

刘伯温退休后的言行举止，在明初国家重臣当中，不论从哪个角度来看，都称得上是鹤立鸡群，堪称人臣楷模。但即便是如此谨言慎行，还是没能躲过杀身之祸。

《明史》将刘伯温含冤而死的账，一股脑地记在了权奸胡惟庸身上。刘伯温老家有个与福建接壤的地方叫谈洋，盐盗、逃兵交相为患，百姓苦不堪言，地方官却为逃避责任而故意隐瞒真相，不予呈报。赋闲在家的刘伯温获悉后，当即让其子刘琏据实呈报洪武皇帝，而越过了中书省，由此引起以左丞掌中书省事的政坛宿敌胡惟庸的不满。胡唆使他人举报刘伯温心怀叵测，想在风水胜地谈洋建自家墓地，而和当地百姓发生纠纷，“民弗与，则请立巡检逐民。”朱元璋随即以此为由，下令停发了刘伯温的俸禄。“基惧入谢，乃留京，不敢归。”没过多久，倍受皇帝宠信的胡惟庸正式拜相，刘伯温则忧愤疾作。

洪武八年（1375）春天，刘伯温在京病重时，“惟庸以医来，饮其药，有物积腹中如拳石”。是年五月，抱病还乡的刘伯温死于青田，享年65岁。后胡惟庸案发，“中丞涂节首惟庸逆谋，并谓其毒基致死云”。

《明史》的说辞虽然煞有介事，可信度却不高。刘伯温的功业、名望、影响力和在太祖朱元璋心目中的地位，足以令胡惟庸不敢贸然加害于他。如果没有朱皇帝的暗中唆使或默许，胡惟庸尽管身居相位，也绝不敢肆意妄为。刘伯温之死，显然与主子朱元璋始终对他放心不下，有着说不清的关系。

陶弘景和刘伯温同样名满天下智慧超群，同样绝不留恋仕途选择归隐矢志终老林泉，却走上了两条全然不同的归途。究其主要原因，不能不承认，决定权操在左右主宰着他们命运的主子手上。

陶弘景和梁武帝萧衍很早便相识相知，在萧衍取代南齐建立南梁帝国后，延请在10多年前即已辞官归隐的道士陶弘景重新出山辅佐朝政，自是出于至诚。当陶弘景表明决意终老林泉的心迹后，老友萧衍理解并尊重他的选择，没有强人所难。陶弘景也没有因为自己醉心于闲云野鹤自由自在的生活，而与朝廷政治完全隔绝，相反，却以在野之身自觉关注政事，经常为梁武帝出谋划策，故而才有了“山中宰相”的绰号。由于萧衍深知陶弘景没有任何政治野心，不会对他的南梁王朝构成任何威胁，而对陶弘景绝对信任绝对放心，所以尽管他们一个是佛教信徒，一个是道教宗师，却让彼此之间的友谊与日俱增，而使陶弘景得遂所愿，风风光光地走完了其人生全程。倘若陶弘景所面对的不是梁武帝萧衍，他的余生或许就会完全不同。

元末天下大乱之际，一度在元朝官场上待过又辞官隐居的刘伯温被朱元璋延请入幕出谋划策，并将其比作秦汉之际辅佐刘邦争夺天下的谋士张良。大明王朝建立之初，朱皇帝对刘伯温更为倚重，想让他取代李善长担任宰相，做他的左膀右臂，刘伯温却一再推辞。此举极容易使朱元璋心生疑窦，君臣之间由此产生隔阂，警惕猜忌随之而来。在雄才大略又刚愎雄猜的朱皇帝眼里，任何旷世大才都必须为我所用，否则，就有可能成为潜在的对手和敌人。于是朱皇帝便一再给刘伯温出难题，逼其上套。看透了朱皇帝心机的刘伯温既然不想置身于权力斗争的漩涡之中，便只有“两害相衡取其轻”，一再乞求朱元璋恩准其归养而独善其身。朱皇帝虽然允准刘伯温辞官归隐，却没有轻易打消对他的戒心，既然刘伯温的旷世大才不肯为朝廷所用，那么，在朱元璋心中，归隐山居的他便是一种潜在的威胁，一桩挥之不去的心病。故而，饶是刘伯温足智多谋，韬光养晦，仍然避免不了成为宫廷政治权力角逐的牺牲品。

《明史》主笔张廷玉秉承为尊者讳的宗旨，把刘伯温的死因推到奸臣胡惟庸身上。但明眼人一看即知，刘伯温之死，与其说是死于权奸胡惟庸的中伤，不如说是死于圣君朱元璋的冷漠；与其说是死于自个鞍前马后为其奉献了一生的朱皇帝的阴暗心理，不如说是死于自己的旷世才华。

世界太大，人间太大，总有许多事说也说不清楚，糊里又糊涂。信奉“君行令、臣行意”的智者范蠡见好就收，携西子泛舟五湖经商致富，风流潇洒尽享人生；性情恬淡的张良功成身退，“愿弃人间事，欲从赤松子游”，安然淡出名利场，活到了自然死；南朝道士陶弘景竟然“熊掌与鱼”二者得兼，优哉游哉地做起了“山中宰相”；而清醒地意识到“为吏为官皆是梦”的智者刘伯温逆来顺受所求最低，一门心思“买条黄牛学种田，结间茅屋傍林泉，因知老去无多日，且向山中住几年”，却动辄得咎，含冤而死。读书读史读诗文至此，于扼腕长叹之余，无法不深长思之：决定人之生死祸福的，究竟是什么！

纵看过去，横看过来，陶弘景和刘伯温的不同结局似乎说明了一个浅显而又深刻的道理：书生从政归隐，结局好歹，不在于自个才干大小功业多少智商高低，甚至也不取决于自己如何抉择，而取决于遇上了一个什么样的主子！

圣之清者和无益之臣

《大般涅槃经》讲过一个寓言故事——盲人摸象：

“尔时大王，即唤众盲各各问言：‘汝见象耶？’众盲各言：‘我已得见。’王言：‘象为何类？’其触牙者即言象形如芦菔根，其触耳者言象如箕，其触头者言象如石，其触鼻者言象如杵，其触脚者言象如木臼，其触脊者言象如床，其触腹者言象如瓮，其触尾者言象如绳。”

从认识论的视角来看，这个寓言故事形象生动地诠释了什么是认识的片面性，惟妙惟肖地解释了以偏概全自以为是的成因和可笑。佛祖化用这一通俗易懂的典故，意在启发芸芸众生——心有窒碍，执着己见，难证菩提。

宋代大文豪苏东坡《题西林壁》是一首公认的绝佳哲理诗：“横看成岭侧成峰，远近高低各不同。不识庐山真面目，只缘身在此山中。”诗人即景生情，借景说理，奇思妙发，深入浅出地道出了人们何以会犯当局者迷这一常识性错误的认识论根源。

一年四季中，秋季是收获的季节，秋风秋景极容易使人生发遐想。近日独坐书斋读书，不时走思，恍然若失，又若有所悟。信马由缰的我，经由上述两则看似没有关联性的文字，而想到了一个历史人物评价的见仁见智问题。

伯夷、叔齐是我国古代两位才高行洁的隐士逸民，司马迁对他们景仰之至，在编撰《史记》时，独出心裁地将《伯夷列传》排在《列传》之首。根据司马迁介绍，伯夷、叔齐是古代孤竹国君的两个儿子，乃父生前想让叔齐继承大位，乃父死后，弟弟叔齐却想把国君之位让给兄长伯夷，伯夷不肯违背父亲的意志便逃走了，叔齐也不肯继位随之逃亡。伯夷、叔齐听说在西伯姬昌治下老人倍受敬重，便一起前去投奔他。他们到达之后，西伯姬昌已死，其子武王率军东征，讨伐无道昏君商纣王。伯夷、叔齐拉住武王的马进行劝阻，却没有产生任何效果。“伯夷、叔齐叩马而谏曰：‘父死不葬，爰及干戈，可谓孝乎？以臣弑君，可谓仁乎？’左右欲兵之。太公曰：‘此义人也。’扶而去之。”武王很快便推翻了腐朽的商纣王朝，建立了周王朝。尽管天下人都归顺了新朝，但“伯夷、叔齐耻之，义不食周粟，隐于首阳山，采薇而食之”。被饥饿逼上绝路前夕，他们作了一首歌，歌词说：“登彼西山兮，采其薇矣。以暴易暴兮，不知其非矣。神农、虞、夏忽焉没兮，我安适归矣？于嗟徂兮，命之衰矣！”随后，坚决不食周粟的伯夷、叔齐便活活饿死在了首阳山上。

《史记》关于伯夷、叔齐生平事迹的叙述虽然极其简约，伯夷、叔齐却因此而成了世人心中永远的精神偶像。自孔子以降，不知有多少帝王将相文人墨客对之推崇备至，当然，也出现过些完全不同的非议之声。

生活在春秋末期的大思想家教育家孔子非常推崇伯夷、叔齐的人品气节，对他们的志向、追求、品德、生死抉择褒奖有加。《论语》至少有四处提及伯夷、叔齐。一是在《公冶长篇》：“子曰：‘伯夷、叔齐不念旧恶，怨用是希。’”一是在《述而篇》：子贡问道：“‘伯夷、叔齐何人也？’曰：‘古之贤人也。’曰：‘怨乎？’曰：‘求仁得仁，又何怨？’”一是在《微子篇》：“逸民：伯夷、叔齐、虞仲、夷逸、朱张、柳下惠、少连。子曰：'不降其志，不辱其身，伯夷、叔齐与！'”一是在《季氏篇》：“齐景公有马千驷，死之日，民无德而称焉。伯夷、叔齐饿于首阳之下，民到于今称之。其斯之谓与？”

战国时期，儒家亚圣孟轲将伯夷誉为“圣之清者”，对其正面评价颇多。诸如：

> 孟子曰：“圣人，百世之师也，伯夷、柳下惠是也。故闻伯夷之风者，顽夫廉，懦夫有立志。”（《孟子·尽心章句下》）
>
> 孟子曰：“居下位，不以贤事不肖者，伯夷也；五就汤，五就桀者，伊尹也；不恶污君，不辞小官者，柳下惠也。三子者不同道，其趋一也。一者何也？曰：仁也。君子亦仁而已矣，何必同？”（《孟子·告子章句下》）
>
> 孟子曰：“伯夷，非其君不事，非其友不友。不立于恶人之朝，不与恶人言。立于恶人之朝，与恶人言，如以朝衣朝冠坐于涂炭。推恶恶之心，思与乡人立，其冠不正，望望然去之，若将浼焉。是故诸侯虽有善其辞命而至者，不受也。不受也者，是亦不屑就已。”（《孟子·公孙丑章句上》）

在不同场合和不同对象评价伯夷的上述言论，说明孟子对伯夷其人进行了多方位的思考。尽管孟子也曾对伯夷的不足提出过批评，譬如谈到过伯夷器量狭隘：“伯夷隘，柳下惠不恭。”但总体上却是予以充分肯定的。

孔子、孟子的大力称赞，使得逸民伯夷、叔齐在死了数百年之后，影响力迅速扩大，乃至成为古代仁人志士的精神楷模。诚

如司马迁所言："君子疾没世而名不称焉。……伯夷、叔齐虽贤，得夫子而名益彰。"（《史记·伯夷列传》）

经过孔子的褒扬，伯夷、叔齐兄弟不仅成了古代有气节的士大夫的精神寄托，而且成了许多仕途失意之人牢骚感慨抒发胸中块垒的话题由头。姑且透过历代文人骚客留下的文字窥测一二。

战国时楚国伟大的爱国诗人、三闾大夫屈原把伯夷、叔齐视为自己做人的榜样："年岁虽少，可师长兮。行比伯夷，置以为像兮。"（《楚辞·九章·橘颂》）

东晋、南朝刘宋时期的著名田园诗人陶渊明，满怀深情地讴歌伯夷、叔齐争相让国，宁肯采薇而食也不肯对周天子俯首称臣曰：

二子让国，相将海隅。天人革命，绝景穷居。
采薇高歌，慨想黄虞。贞风凌俗，爰感懦夫。

唐代大诗人白居易对伯夷、叔齐的崇高气节仰慕不已，赋诗歌咏曰：

朝采山上薇，暮采山上薇。
岁晏薇已尽，饥来何所为？
坐饮白石水，手把青松枝。
击节独长歌，其声清且悲。
枥马非不肥，所苦长絷维。
豢豕非不饱，所忧竟为牺。
行行歌此曲，以慰常苦饥。

唐代诗人胡曾歌颂伯夷、叔齐永垂不朽曰：

孤竹夷齐耻战争，望尘遮道请休兵。
首阳山倒为平地，应始无人说姓名。

北宋名臣司马光作《夷齐庙》曰：

夷齐双骨已成灰，独有清名日日新，

饿死沟中人不识，可怜今古几多人。

宋末民族英雄文天祥作《和夷齐西山歌》曰：

小雅尽废兮，出车采薇矣。戎有中国兮，人类熄矣。明王不兴兮，吾谁与归矣。抱春秋以没世兮，甚矣吾衰矣。彼美人兮，西山之薇矣。北方之人兮，为吾是非矣。异域长绝兮，不复归矣。凤不至兮，德之衰矣。

元末明初辅佐太祖朱元璋一统江山的谋臣刘伯温赋诗抒怀：

伯夷清节太公功，非处非邪岂必同？

不是云台兴帝业，桐江无用一丝风。

吟诵上述诗作，不难体味，经过孔圣人登高一呼，伯夷、叔齐的信仰价值人格追求已经融入国人代代传承的民族精神当中，而成为其不可或缺的一部分。

古人对伯夷、叔齐的评价，并非是清一色的高度肯定，也有旗帜鲜明的批评非议之声。

和孟轲同时的庄周是先秦道家的主要代表人物，与儒家领袖孔子、孟子的政治理想迥然不同。浏览汪洋恣肆博大精深的《庄子》一书，不难发现，在伯夷、叔齐评价方面，庄子和孔子、孟子存在明显的差异。因《庄子》并非庄周一人所作，其外篇、杂篇多出自其门徒和后人之手，其文字便代表了集结在庄子旗下之人的观点。

《庄子》认可伯夷、叔齐是世人所公认的贤士："世之所谓贤士，莫若伯夷叔齐。"（《庄子·杂篇·盗跖》）并用文学语言复述了伯夷、叔齐言行事迹，足以和《史记·伯夷叔齐列传》的相关介绍互为补充：

昔周之兴，有士二人处于孤竹，曰伯夷、叔齐。二人相谓曰："吾闻西方有人，似有道者，试往观焉。"至于岐阳，武王闻之，使叔旦往见之，与盟曰："加富二等，就官一列。"血牲而埋之。

二人相视而笑曰："嘻，异哉！此非吾所谓道也。昔者神农之有天下也，时祀尽敬而不祈喜；其于人也，忠信尽治而无求焉。乐与政为政，乐与治为治，不以人之坏自成也，不以人之卑自高也，不以遭时自利也。今周见殷之乱而遽为政，上谋而下行货，阻兵而保威，割牲而盟以为信，扬行以说众，杀伐以要利，是推乱以易暴也。吾闻古之士，遭治世不避其任，遇乱世不为苟存。今天下闇，周德衰，其并乎周以涂吾身也，不如避之以絜吾行。"

二子北至于首阳之山，遂饿而死焉。若伯夷、叔齐者，其于富贵也，苟可得已，则必不赖。高节戾行，独乐其志，不事于世，此二士之节也。（《庄子·杂篇·让王》）

《庄子》进而剖析伯夷、叔齐浓郁的求名心理，批评他们为了赢得好名声而不珍惜自己的生命，致使和为追求财利而丢了性命的盗跖殊途同归。"伯夷死名于首阳之下，盗跖死利于东陵之上，二人者，所死不同，其于残生伤性均也，奚必伯夷之是而盗跖之非乎！"（《庄子·外篇·骈拇》）

他还将伯夷、叔齐和贤士鲍焦、申徒狄、介子推、尾生的悲惨结局联系起来，痛切地指出："此六子者，无异于磔犬流豕、操瓢而乞者，皆离名轻死，不念本养寿命者也。"（《庄子·杂

篇·盗跖》)

《庄子》对伯夷、叔齐的非议，并非是怀有成见，而只是为了反复说明道之为道。有道是“隔靴搔痒赞何益，入木三分骂亦精”，从某种意义上说，《庄子》对伯夷、叔齐兄弟俩的非议，虽然近乎苛求，但也确实击中了他们的软肋。相形之下，战国时期法家韩非子对于伯夷、叔齐的非难，则主要是出于政治上的考量。是站在最高统治者的立场上思考利弊的。

韩非子并不抽象地否定古人伯夷、叔齐的品行高洁，却从法家倡导的法、术、势的政治主张出发，强调即便是品行高尚的圣人也必须获得相应的地位平台，才能有所作为成就功名：“圣人德若尧、舜，行若伯夷，而位不载于势，则功不立，名不遂。”(《韩非子·功名》)

在韩非子眼里，高风亮节的伯夷、叔齐属于不能被人主所用之人，因而对人主而言，他们便不过是“无益之臣”，而“无益之臣”是根本不值得君主尊重推崇孜孜以求的：

> 古有伯夷、叔齐者，武王让以天下而弗受，二人饿死首阳之陵。若此臣，不畏重诛，不利重赏，不可以罚禁也，不可以赏使也，此之谓无益之臣也。吾所少而去也，而世主之所多而求也。(《韩非子·奸劫弑臣》)

在他看来，人主应当赏罚严明，摈弃徒有虚名的“仁义爱惠”，敬重和任用伊尹、管仲、商鞅那样的能让国家强盛起来的“足贵之臣”：

> 治国之有法术赏罚，犹若陆行之有犀车良马也，水行之有轻舟便楫也，乘之者遂得其成。伊尹得之，汤以王；管仲得之，齐以霸；商君得之，秦以强。此三人

者，皆明于霸王之术，察于治强之数，而不以牵于世俗之言；适当世明主之意，则有直任布衣之士，立为卿相之处；处位治国，则有尊主广地之实：此之谓足贵之臣。汤得伊尹，以百里之地立为天子；桓公得管仲，立为五霸主，九合诸侯，一匡天下；孝公得商君，地以广，兵以强。(《韩非子·奸劫弑臣》)

《韩非子·说疑》援引了诸多历史人物和历史事件，讲述人主为何必须谙熟使用法术赏罚驾驭臣下之道。在讲到绝不能重用连先古圣王都无法驾驭使用的几类人时，再次提到了“无益之臣”伯夷、叔齐，只不过更换了一下称谓，名之曰“不令之民”：

若夫许由、续牙、晋伯阳、秦颠颉、卫侨如、狐不稽、重明、董不识、卞随、务光、伯夷、叔齐，此十二者，皆上见利不喜，下临难不恐，或与之天下而不取，有萃辱之名，则不乐食谷之利。夫见利不喜，上虽厚赏，无以劝之；临难不恐，上虽严刑，无以威之：此之谓不令之民也。此十二人者，或伏死于窟穴，或槁死于草木，或饥饿于山谷，或沉溺于水泉。有民如此，先古圣王皆不能臣，当今之世，将安用之？

韩非子是在竭尽心智为封建君主出谋划策时讲述这番“高见”的，实用化功利化的倾向十分突出。所谓“无益之臣”（或“不令之民”）一说，自然是指伯夷、叔齐一类人“不畏重诛，不利重赏，不可以罚禁也，不可以赏使也”，“上见利不喜，下临难不恐，或与之天下而不取，有萃辱之名，则不乐食谷之利。夫见利不喜，上虽厚赏，无以劝之；临难不恐，上虽严刑，无以威之”，谁都拿他们没办法，“先古圣王皆不能臣，当今之世，将安用之”？于是，韩非子直截了当地要求人主不要在他们身上瞎耽误功夫，无须刻意访求这类人才，而要忽略和鄙视他们的存在。

冷眼旁观，法家韩非子把逸民伯夷、叔齐称为“无益之臣”，并非没有一点道理。从伯夷、叔齐及其后世仰慕追随者们享有好名声却不肯为人主所用这一点来看，他们的存在确实对封建帝王管理天下治国安邦没有什么用处。人主延揽人才的目的无非是看中了他们的卓越才干，才会想方设法地将他们网罗到自己麾下，给他们提供充分发挥其聪明才智的平台，让他们辅佐自己治国安邦。如果人主把有限的精力都耗费在访求伯夷、叔齐这样的人身上，则会事与愿违劳而无功。韩非子批评伯夷、叔齐徒有虚名而无实用的说法，对于那些困惑于仁义惠爱说教无法自拔，痴迷于在伯夷、叔齐一类人士身上下功夫做表面文章的人主而言，可谓是当头棒喝石破天惊振聋发聩。事实上，后来的封建帝王们，无论口头上说得如何冠冕堂皇，但在实际上却程度不等地采纳了韩非子的观点，而把能否为我所用作为选拔使用官吏的重要标准。

只要认真浏览中国古代历史就不难发现，经由伯夷、叔齐开拓出来的隐士逸民之路，行走于其中的人群时而庞大时而稀疏，总的来看这条路径却似乎越来越狭窄。这无疑取决于极为复杂的各种因素，很难用简单的一两句话总结概括。但就统治者方面的主观努力而言，是与后世人主通过韩非子的上述点拨而心有灵犀一点通，进而心照不宣地采用了多种手段伎俩息息相关。就隐士逸民方面的演变趋势来看，上古乃至春秋战国甚至秦汉时期的隐士逸民，譬如许由、伯夷、叔齐、介子推、黔娄子、接舆、严光、王霸等人，其身上天子不能臣的隐士风骨灿然可鉴，堪称是永垂史册的真隐士；而到了后世，隐士队伍鱼龙混杂，每况愈下，隐居山泉待价而沽被普遍视为做官捷径（终南捷径），混迹于这一人群中的名利客不胜枚举，其中不乏被统治者特意安排做隐士装门面的，东晋末年窃国大盗桓玄便特意安排冒牌隐士皇甫希，来证明他篡逆属于天意，皇甫希因此被人奚落为“充隐”。到了清代，康雍乾三朝在百余年里，通过变换手法，将许多不肯和清王朝合作的隐士挖了出来。竟至有人写诗挖苦这些隐士们说：一队夷齐下首阳，几年观望好凄凉。早知薇蕨终难饱，悔煞无端谏武王。由此可知，隐士一旦肯丧失气节改变初衷，甘于为改朝换代后的人主所用，便不再是韩非子所鞭笞的“无益之臣”，便可以告别清贫，腰紫衣金，过体面风光的生活。但如此一来，隐士之为隐士的价值意义便随之荡然无存了。

稍微转换视角便可以看出，法家韩非子仅是关注实用性而漠视道德教化作用的论断，具有明显的片面性。在漫长的封建社会中，那些高高在上的人主们，不仅需要众多甘愿为自己所用的学有专长的官吏，从各个方面辅佐自己发展经济，治理国家，健全法律，实现长治久安，而且需要树立大量人格化的道德典型，通过历史和现实的道德榜样，引导人们弃恶向善净化心灵，弘扬社会的主旋律。在某种意义上可以说，这二者如同车之两轮鸟之两翼，相辅相成，缺一不可。从这个角度看问题，伯夷、叔齐所代表的那些隐士逸民，虽然被韩非子视为“无益之臣”“不令之民”，却并非真的没有任何积极的价值意义。相反，在民族精神的层面和道德教化的意义上，他们作为重要的甚至是不可替代的文化符号，而表现出了难以估量的生命活力。就此而言，儒家领袖孔子、孟子毕竟要比法家头脑人物韩非子更具长远眼光，看得更深更远。

走笔至此，不禁哑然失笑：从孔孟口中的“圣之清者”，到为庄子嗤笑的“离名轻死”之徒，再到韩非子所鄙视的“无益之臣”“不令之民”，伯夷、叔齐兄弟居然在不同的人眼中，留下了很不同的印象。究竟孰是孰非？抑或此亦一是非，彼亦一是非？俗云：“当局者迷，旁观者清。”然而时至今日，我们这些个名副其实的旁观者，在闲暇之余，真的可以看清楚个中缘由吗？

不为忠臣为良臣　说来容易行来难

人们常说中华文化源远流长博大精深，从遥远的上古氏族部落社会一路走来的炎黄子孙，自然而然地让中华传统文化打上了深深的时代的印迹，故而“孝”便成了核心的核心，逐渐形成了“以孝治天下”的传统理念；随着国家的出现，“忠”被渐渐提到了最显眼的位置，“移孝作忠”“居家为孝子，受事为忠臣”便成了最重要的道德行为规范；而随着封建大一统制度的定形，“忠、孝、仁、义、礼、智、信”等一整套严格的纲常伦理规范便不知不觉地成了人们头上的精神枷锁，“天、地、君、亲、师”被归结为人之五伦，“君要臣死，臣不死不忠；父要子亡，子不亡不孝”被看成是天经地义，形成了两张疏而不漏的巨网，将人世间的所有生命个体统统网罗于其中，不仅人们有形的躯体无法游离于尘世之外，人们无形的精神思想也无法逃离封建主流意识形态的严密掌控。

在如此社会背景下讨生活的芸芸众生，尤其是仕途中人以及想要投身仕途的广大人群，便注定会被许多重要的道德词汇所左右，“忠”“忠君”“忠诚”便是伴随人们一生乃至不可须臾或缺的字眼。

提到“忠”这个词汇，无法不惊诧于这个形声意象字的独特魅力。《说文解字》曰：“忠，敬也，从心。中声。”古人造这个字匠心独用，存心居中，正直不偏，古以不懈于心为敬，故忠从心；又以中有不偏不倚之意，忠为正直之德，故从中声。显然是包含了要人尽心竭力竭诚尽责的含义在内。即便我们不去理会这些，单凭用一竖将“口”和“心”串在一起，也可以领悟到何谓“言者心之声”，领悟到唯有心口如一才称得上“忠”。东汉经学家马融所撰《忠经》云：

天之所覆，地之所载，人之所覆，莫大乎忠。忠者，中也，至公无私。天无私，四时行；地无私，万物生；人无私，大亨贞。忠也者，一其心之谓矣。为国之本，何莫由忠。忠能固君臣，安社稷，感天地，动神明。（忠经·天地神明章》）

大哉忠之为道也，施之于迩，则可以保家邦，施之于远，则可以极天地。（《忠经·辨忠章》）

“忠”和仕途中的官员们联系在一起，便成了一个特定的政治概念，“忠臣”一词既包含了君主对臣下所给予的希望要求，更包含了世人对官员应具备的政治品质修养人格的理解。孔子认为，忠臣可以采用五种方法劝谏君主，并明确表示自己欣赏和赞同“风谏”（即含蓄地采用婉言隐语进行劝谏）：“忠臣之谏君，有五义焉：一曰谲谏，二曰戆谏，三曰降谏，四曰直谏，五曰风谏。唯度主而行之，吾从其风谏乎！”（《孔子家语·辩政》）关于五谏的具体名目，不同时代的人们说法各有不同。西汉刘向认为：“谏有五：一曰正谏，二曰降谏，三曰忠谏，四曰戆谏，五曰讽谏。”（《说苑·正谏》）东汉班固则云：“人怀五常，故有五谏。谓讽谏、顺谏、窥谏、指谏、陷谏。”（《白虎通·谏诤》）

春秋时期齐国著名政治家思想家晏婴，对何谓“忠臣”做了令人耳目一新的诠释：

景公问于晏子曰:“忠臣之事君也,何若?”晏子对曰:“有难不死,出亡不送。”公不说,曰:“君裂地而封之,疏爵而贵之,君有难不死,出亡不送,可谓忠乎?”对曰:“言而见用,终身无难,臣奚死焉;谋而见从,终身不出,臣奚送焉。若言不用,有难而死之,是妄死也;谋而不从,出亡而送之,是诈伪也。故忠臣也者,能纳善于君,不能与君陷于难。”(《晏子春秋·内篇问上》)

景公问晏子曰:“忠臣之行何如?”对曰:“不掩君过,谏乎前,不华乎外;进贤选能,不私乎内;称身就位,计能定禄;睹贤不居其上,受禄不过其量;不权居以为行,不称位以为忠;不揜贤以隐长,不刻下以谀上;君在不事太子,国危不交诸侯;顺则进,否则退,不与君行邪也。”(《晏子春秋·内篇问上》)

晏婴的上述诠释,旗帜鲜明地界定了忠臣和君主的关系,清晰地规范了忠臣的行为,无疑代表了那个时代最有水准的“忠臣”观念。

“良臣”成为一个特定词汇,或许和孔子的一段话有关:《左传·哀公十一年》载:

孔文子之将攻大叔也,访于仲尼。仲尼:“胡簋之事,则尝学之矣;甲兵之事,未之闻也。”退,命驾而行,曰:“鸟则择木,木岂能择鸟?”文子遽止之,曰:“圉岂敢度其私,访卫国之难也。”将止,鲁人以币召之,乃归。

时人挂在嘴边上的“良禽择木而栖,良臣择主而事”,显然是在重复孔子“鸟则择木,木岂能择鸟”。“良臣”所具有的这种选择性自由，是和孔子一贯主张的出仕原则——“邦有道则仕，无道则隐”相契合的。

《管子·八观》在论述如何考察国家安危时谈到了“良臣”：

豪杰不安其位，则良臣出，积劳之人不怀其禄，则兵士不用。民偷处而不事积聚，则囷仓空虚，如是而君不为变，然则攘夺窃盗残贼进取之人起矣。内者廷无良臣，兵士不用，囷仓空虚，而外有强敌之忧，则国居而自毁矣。

由此可见，在先秦诸子那里，虽然“良臣”已经作为一个政治术语而独自存在，却并不是和“忠臣”相同对待的概念，在许多时候，“良臣”和“忠臣”属于同一序列的概念，区分并不明显。至少在孔子那里，“忠臣”这一词汇是包含了后人所讲的“良臣”的基本特点的。

在先秦诸子的著述中，可以经常看到关于“忠臣”理解诠释方面的歧义。与儒家大力褒扬“忠臣”不同，道家却认为“忠臣”是社会混乱人心不古的产物，其中最著名的当属老子的那句警世格言：“大道废，有仁义；慧智出，有大伪；六亲不和，有孝慈；国家昏乱，有忠臣。”（《道德经》第十八章）

庄子则使用其特有的语言，辛辣地嘲讽了儒家所赞扬的愚忠，并提出了自己的主张：“世之所谓忠臣者，莫若王子比干、伍子胥。子胥沉江，比干剖心。此二子者，世谓忠臣也，然卒为天下笑。”（《庄子·盗跖》）“人主莫不欲其臣之忠，而忠未必信，故伍员流于江，苌弘死于蜀，藏其血三十年而化为碧。”（《庄子·外物》）“孝子不谀其亲，忠臣不谄其君，臣子之盛也。”（《庄子·天地》）

在先秦诸子中，韩非子的忠臣观最具实用性。他将能使国富民强的伊尹、管仲、商鞅誉为忠臣，却鄙视贬抑儒家所推崇的豫让、伯夷、叔齐，宣称不必称誉尧、舜、汤、武，而要提倡专心事主：

> 汤得伊尹，以百里之地立为天子；桓公得管仲，立为五霸主，九合诸侯，一匡天下；孝公得商君，地以广，兵以强。故有忠臣者，外无敌国之患，内无乱臣之忧，长安于天下，而名垂后世，所谓忠臣也。(《韩非子·奸劫弑臣》)

> 故人臣毋称尧舜之贤，毋誉汤、武之伐，毋言烈士之高，尽力守法，专心于事主者为忠臣。(《韩非子·忠孝》)

韩非子进而否定关龙逄、比干、伍子胥是忠臣之楷模的习见，认为他们算不上忠臣：

> 若夫关龙逄、王子比干、随季梁、陈泄冶、楚申胥、吴子胥，此六人者，皆疾争强谏以胜其君。言听事行，则如师徒之势；一言而不听，一事而不行，则陵其主以语，待之以其身，虽身死家破，要领不属，手足异处，不难为也。如此臣者，先古圣王皆不能忍也，当今之时，将安用之？（《韩非子·说疑》）

荀子曾潜心研究君臣关系，他将人臣划分为四大类型，而把“忠臣”列入功臣一类：

> 人臣之论：有态臣者，有篡臣者，有功臣者，有圣臣者。内不足使一民，外不足使距难，百姓不亲，诸侯不信，然而巧敏佞说，善取宠乎上，是态臣者也。上不忠乎君，下善取誉乎民，不恤公道通义，朋党比周，以

环主图私为务，是篡臣者也。内足使以一民，外足使以距难，民亲之，士信之，上忠乎君，下爱百姓而不倦，是功臣者也。上则能尊君，下则能爱民，政令教化，刑下如影，应卒遇变，齐给如响，推类接誉，以待无方，曲成制象，是圣臣者也。(《荀子·臣道》)

对于“忠臣”，荀子又作了详细的区分：

有大忠者，有次忠者，有下忠者，有国贼者：以德復君而化之，大忠也；以德调君而辅之，次忠也；以是谏非而怒之，下忠也；不恤君之荣辱，不恤国之臧否，偷合苟容，以之持禄养交而已耳，国贼也。若周公之于成王也，可谓大忠矣；若管仲之于桓公，可谓次忠矣；若子胥之于夫差，可谓下忠矣；若曹触龙之于纣者，可谓国贼矣。(同上书)

伍子胥是孔子所反复称赞肯定的忠臣烈士，而在荀子眼里则只能算作是“下忠”。斗转星移之际，儒家阵营对“忠臣”的评价标准便发生了变化。

伴随着春秋战国乃至秦汉之际礼崩乐坏战乱频仍，“忠臣”的成分越来越复杂，人们对“忠臣”的研究越来越深入，“忠臣”和“良臣”这两个原本属于同一序列可以混淆使用的词汇，也渐渐地分离开来，而拥有了不同的内涵。西汉史家刘向在《说苑·臣术》中，便明确地将“良臣”“忠臣”区分开来，而将“良臣”置诸“忠臣”之上：

故人臣之行有六正六邪……：一曰萌芽未动，形兆未见，昭然独见存亡之几，得失之要，预禁乎不然之前，使主超然立乎显荣之处，天下称孝焉，如此者圣臣也。二曰虚心白意，进善信道，勉主以体谊，谕主以长策，将顺其美，匡救其恶，功成事立，归善于君，不敢独伐其劳，如此者良臣也。三曰卑身贱体，夙兴夜寐，进贤不解，数称于往古之德行事以厉主意，庶几有益，以安国家社稷宗庙，如此者忠臣也。四曰明察幽，见成败早，防而救之，引而复之，塞其间，绝其源，转祸以为福，使君终以无忧，如此者智臣也。五曰守文奉法，任官职事，辞禄让赐，不受赠遗，衣服端齐，饮食节俭，如此者贞臣也。六曰国家昏乱，所为不道，然而敢犯主之颜面，言君之过失，不辞其诛，身死国安，不悔所行，如此者直臣也，是为六正也。

东汉史家荀悦则将正邪糅合在一起，在《汉纪·前汉昭孝皇帝纪》中对人臣做了六种区分，其类别中列有“良臣”，却没有“忠臣”：

臣有六：有王臣，有良臣，有直臣，有具臣，有嬖臣，有佞臣。以道事君，匪躬之故，达节通方，立功兴化，是谓王臣；忠顺不失，夙夜匪懈，循理爱和，以辅上德，是谓良臣；犯颜拂意，砥矢弗挠，直谏遏非，不避死罪，是为直臣；奉法守职，无能往来，是谓具臣；便僻苟容，顺意从谀，是谓嬖臣；倾险谗回，诬上惑下，专权擅宠，惟利是务，是谓佞臣。或有君而无臣，或有臣而无君。用善则治，用恶则乱，难则交争，故明主慎所用焉。（见《太平御览·治道部》卷二）

荀悦的“六臣论”是和“六主论”相呼应的，即所谓国有“六主”：王主、治主、存主、哀主、危主、亡主；臣有“六臣”：王臣、良臣、直臣、具臣、嬖臣、佞臣。荀悦是东汉知名学者，他对鱼龙混杂的人臣队伍所做的分类中，居然没有“忠臣”这个类别，显然不会是主观上的疏忽，而自有其深意在，值得人们深长思之。不过，真正让“良臣”“忠臣”作为两个不同的政治词汇深入人心的，并非是汉代学者刘向、荀悦，而是唐初著名政治家史学家思想家魏征。

魏征是知名度很高的历史伟人，大凡对中国历史稍有了解的人，都可以信口道出魏征的几件奇闻轶事，“忠臣良臣说”便是其中之一。魏征早先辅佐前太子李建成，官居太子东宫洗马，曾多次劝李建成痛下杀手除掉李世民。玄武门兵变之后，魏征非但未被治罪，反而很快迁任尚书左丞，其政治立场由此迅速转变。不久，有人揭发魏征阿党亲戚，御史大夫温彦博随即着手调查，虽然查无证据，但温彦博向唐太宗汇报时还是说：“征为人臣，须存形迹，不能远避嫌疑，遂招此谤。虽情在无私，亦有可责。”唐太宗遂让温彦博对魏征进行诫勉谈话。而后魏征入宫，就“行迹”问题向李世民陈述己见，并讲述了自己思索已久的“忠臣良臣说”。魏征郑重地对李世民提出：“愿陛下使臣为良臣，勿使臣为忠臣。”李世民问“忠臣”“良臣”有何差异，魏征遂侃侃而谈：

> 良臣，稷、契、咎陶是也；忠臣，龙逄、比干是也。良臣使身获美名，君受显号，子孙传世，福禄无疆；忠臣身受诛夷，君陷大恶，家国并丧，空有其名。以此而言，相去远矣。(《旧唐书·魏征列传》)

关于“良臣”，魏征以上古时稷、契、咎陶三人为例。稷即后稷。后稷出生后一度被家长所弃，故名弃。舜帝时，弃主管农事，负责教习百姓耕种，业绩卓著，被后人尊称为后稷。契是帝喾之子，被舜帝任命为司徒，负责教化工作。后辅佐大禹治水，颇有成绩。相传契工作能力强，工作方法高明，教化工作很有成效。咎陶即皋陶，也作咎繇。咎陶在舜帝时掌管刑法，执法刚正不阿。大禹在位时曾把咎陶定为帝位继承人选，因咎陶早死而未能实现。稷、契、咎陶在世时与帝舜、帝禹同心勠力，励精图治，君主圣明，臣下贤良，广受称道。契的后人建立了商朝，稷的后人建立了周朝，咎陶的后人也做了几个小国诸侯。他们个个“身获美名，君受显号，子孙传世，福禄无疆”，是名副其实的良臣。

关于“忠臣”，魏征讲了两个代表人物：关龙逢和比干。关龙逢生不逢时，未遇上明主圣君，却碰上了夏朝最后一位暴君桀。关龙逢不惧生死再三劝谏，却被桀囚禁而后诛杀。比干则赶上了商朝末位暴君纣王。比干是纣王的叔父，官居少师，忠心耿耿的比干在纣王面前一次次披肝沥胆，直言劝谏，竟然被纣王剖腹剜心而死。关龙逢和比干无疑是名副其实的忠臣，其悲剧则印证了魏征关于忠臣的定语：“忠臣身受诛夷，君陷大恶，家国并丧，空有其名。”

魏征没有从动机出发谈论问题，乃是因为在对国家对君主的忠诚度上，良臣和忠臣是相同的；而是从动机效果是否统一的视角来审视忠臣和良臣的分野：忠臣的动机与效果总是相互背离南辕北辙，而良臣则往往能将动机和效果统一起来。如此进行比较，便容易让人分辨出忠臣和良臣的水准高下。

按照魏征的说法，良臣显然比忠臣的智商更高，更谙熟劝谏对象的喜恶爱憎，更懂得通权达变，劝谏方法表达方式显然比忠臣要高明。同样一件事体，忠臣劝谏便不予采信，良臣劝谏便欣然接受，其中既有一个方法水准问题，又有一个表达能力艺术问题，说到底是一个能否办成事的问题，毕竟动辄两败俱伤不应成为智者的第一选择。如果说良臣仅仅是因为比忠臣多绕了几弯子，多了几分变通，便保住了性命，办成了事情，实现了君臣双赢的话，那么，忠臣的确应当从良臣身上学习自己所缺乏的这些东西。

在世人的认识依旧停留在明辨忠奸善恶水准上的时候，精明的政治家思想家已经与时俱进，不满足滞留于忠臣奸臣的区分，而对庞大的官吏队伍进行了深入的梳理分类，从刘向《说苑 · 臣术》中的“六正六邪”说，荀悦《汉纪 · 前汉昭孝皇帝纪》中的“六主六臣论”，已经说明了人们对有别于“忠臣”的“良臣”的重视程度。经过魏征的一番论说，“良臣”作为比“忠臣”高出一个层次的概念，更加得到了普遍的认可，为古代投身仕途的官员们树立了一个新的标杆——辅明主，为良臣，君臣相得，身获美名，君受显号，子孙传世，福禄无疆。尽管在魏征眼里属于“良臣”的特质，原来便包含在古人对“忠臣”的诠释注解当中——譬如孔子所赞誉的忠臣五谏之“风谏”，便是魏征口中所讲的“良臣”的最大优势；而马融的《忠经》，更是将“良臣”的全部要义都囊括了进去。由于魏征的“忠臣良臣说”得到了唐太宗李世民的首肯，故而其后不同朝代的君臣们便对“良臣”给予了更多的关注。记述唐代贞观之治的《贞观政要 · 择官》，全文收录了《说苑》的“人臣六正六邪说”，作为封建君主选择官吏的依据。成书于宋代的《册府元龟》，更是突出强调了“良臣”的特殊重要性：“良臣之于君也，有股肱之喻，有心腹之寄，故存则倚任，没而追思。此哲王之所同也。”（《册府元龟 · 帝王部》卷 141）这一提法非同寻常：良臣是君主的股肱心腹，是真正的社稷之臣，这是一般的忠臣难以望其项背的。

因为魏征是从敌对阵营中走过来的，一方面备受太宗李世民器重，另一方面又被诫勉谈话，故而，“忠臣良臣说”显然包含有魏征在被动中求主动的成分，企图通过向李世民表明愿做良臣的心迹，而不再被猜忌，君臣之间可以推心置腹坦诚相见，知无不言言无不尽，君臣勠力同心共创贞观盛世。就此而言，“忠臣良臣说”足以说明魏征作为一代杰出政治家思想家的无与伦比的聪明智慧。因为大唐代名相魏征和唐太宗李世民确实创造了封建社会里君臣相得共创贞观之治的千古佳话，故而这一主张便潜移默化般地深入了古代士大夫的骨髓，成了他们的共同梦想。

但是，封建专制体制的本质决定了君臣之间的矛盾悲剧难以逆转，是不会容许君臣长期坦诚相见了无猜忌的。故而说来可笑，“伴君如伴虎”“鸟尽弓藏，兔死狗烹”“雷霆雨露，皆是君恩”才是封建官场中的常态现象，而李世民和魏征之间的君臣相得却成了稍纵即逝的个别偶然现象。回望历史，封建政坛上所遗留下来的，除开往来滚动密密麻麻的奸臣佞臣幸臣叛臣现象，和前赴后继血迹斑斑的忠臣悲剧而外，便是为数寥寥功成身退侥幸自我保全的智谋之士，而魏征所褒扬的良臣则犹如凤毛麟角，极其罕见。西汉宣帝时，盖宽饶、韩延寿、杨恽三人为官刚正清廉，士君子们视为人生楷模，誉之为“三良臣”：“三良臣，谓盖宽饶、韩延寿、杨恽也。”（《闻见后录》卷十六）但只要稍加留意一下史料便会发现，这三位良臣既未能做到君臣相得，也没有做到自我保全，反而相继丢了性命。盖宽饶历任太中大夫、司隶校尉，神爵二年辛酉（前 60）九月，因上书言事，宣帝信谗不纳，于激愤莫名中竟引佩刀自杀。韩延寿历任颍川太守、左冯翊，于五凤元年（前 57）被害。司马迁的外甥杨恽曾经官运亨通，封平通侯，历任中郎将、光禄勋，位列九卿，后因一封《报孙会宗书》，而被腰斩于市。仔细思量，古人口中的这三位西汉良臣，倒更像是魏征贬抑的“身受诛夷，君陷大恶，家国并丧，空有其名”的所谓忠臣。

极目眺望出没于二十五史当中诸多君臣的忙碌身影，上古时代帝舜、帝禹和稷、契、咎陶之间的君臣相得仅是传言，真实存在于历史中的李世民和魏征那样的明君良臣，也属凤毛麟角绝无仅有。即便是李世民和魏征之间，也并没有完全做到肝胆相照绝对信任。史载，因魏征生前曾密荐中书侍郎杜正伦和吏部尚书侯君集任宰相，魏征去世后，“正伦以罪黜，军集坐逆诛”，太宗由此开始怀疑魏征阿党。而魏征晚年又过分看重名声，为了沽名钓誉，曾经“自录前后诤谏言辞往复以示史官起居郎褚遂良”，日后为李世民所知，引起了他的强烈不满，竟下诏停止了两家的儿女婚事，而圣眷也随之衰减。（见《旧唐书·魏征列传》）如果魏征和李世民的生命更长久些，君臣合作共事的时光更多些，将会出现怎样的不测之变，是否仍能保持既往君臣相得的明主良臣关系，高明的读者自是不难想见。对于这一问题，欧阳修和宋祁在《新唐书·魏征列传》“赞曰”里所感慨的一番话，颇具拨云见雾使人恍然大悟之功效：

> 君臣之际，顾不难哉！以征之忠，而太宗之睿，身殁未几，猜谮遽行。始，征之谏，累数十余万言，至君子小人，未尝不反复为帝言之，以佞邪之乱忠也。久犹不免。故曰：“皓皓者易污，峣峣者难全”，自古所叹云。

魏征的“忠臣良臣说”，勾勒了一幅和谐美好的君臣相得图景，使人为之神往。但和人们许多善良美好的愿望一样，在封建时代里不为忠臣为良臣，实在是说来容易行来难呀。其慨也夫！

遇和不遇

“学得文武艺，售与帝王家。”寥寥十字，几乎道出了古人的梦想追求价值观，凸显了古人的思维定式。由于不论文韬还是武略，所能出售的对象都是帝王家，诚所谓买家只此一家，别无分店，故而，“遇”和“不遇”不仅构成了一道道川流不息的特定的社会景观，而且成为古人反复感慨喟叹而又徒唤奈何的永恒话题。鲁迅先生有言，一部二十四史实际上是为帝王将相作家谱的。换个角度来看，在煌煌正史当中占据大量篇幅的传记文字，其实就是在叙述古代读书人在仕宦旅途中遇和不遇的花样不断翻新的历史掌故。

何谓仕途上的遇和不遇？东汉杰出思想家王充的扛鼎之作《论衡》，开篇便讨论这个问题，所言颇具理论水准。在《论衡·逢遇》中，王充首先把仕途中的遇和不遇现象，归结为一个时机问题：“操行有常贤，仕宦无常遇。贤不贤，才也；遇不遇，时也。”进而，他高屋建瓴地分析解释了官场上千奇百怪的病态现象：

> 才高行洁，不可保以必尊贵；能薄操浊，不可保以必卑贱。或高才洁行，不遇退在下流；薄能浊操，遇在众上。世各自有以取士，士亦各自得以进。进在遇，退在不遇。处尊居显，未必贤，遇也；位卑在下，未必愚，不遇也。故遇，或抱洿行，尊于桀之朝；不遇，或持洁

节，卑于尧之廷。所以遇不遇，非一也：或时贤而辅恶；或以大才从于小才；或俱大才，道有清浊；或无道德而以技合；或无技能而以色幸。

关于仕途上的遇和不遇，王充也给出了自己的解释。在他看来，遇是一种非常难得的君臣缘分："且夫遇也，能不预设，说不宿具，邂逅逢喜，遭触上意，故谓之遇。"是一种自然而然的天作之合："不求自至，不作自成，是名为遇。犹拾遗于涂，摭弃于野，若天授地生，鬼助神辅，禽息之精阴庆，鲍叔之魂默举，若是者，乃遇耳。"而凡是精心揣摩和刻意追求的有心之举，都不能称之为遇："如准主调说，以取尊贵，是名为揣，不名曰遇。春种谷生，秋刈谷收，求物物得，作事事成，不名为遇。"

按照王充的诠释界定，仕宦之遇的标准非常之高，似乎只有商朝末年耄耋老翁垂钓者姜子牙（太公吕望）和率人狩猎的周文王相遇于渭河之滨，以及秦末天下大乱时智者张良"道遇沛公"刘邦，方能与之相吻合。但实际上，许多读书人心里所想的君臣之遇却远远低于这个标准。不仅被秦穆公用五张羊皮捡来的百里奚成了君臣知遇的楷模，不仅"得附骥尾而致千里"的萧何、樊哙等广为世人所艳羡，不仅道德污点严重的陈平因主子刘邦委以重任而史不绝书，不仅刘备三顾茅庐请来诸葛亮被视为君臣知遇的典范，不仅依靠三寸不烂之舌获得君王青睐的苏秦、张仪、范雎、李斯等吸引了无数士人的眼球，而且多如过江之鲫的通过科考投身仕途的文人士子，也不约而同地将做官视为莫大的荣耀。仕途之遇在世间名利客心中的标杆不断降低，客观上反映了旧官场供求关系的变化状况，含蓄地说明了士人在封建体制下人格尊严的不断贬值。"人乞祭余骄妾妇，士甘焚死不公侯。贤愚千载知谁是，满眼蓬蒿共一丘。"宋人黄庭坚的诗句，冷峻地写出了古代独立人格日渐萎缩的窘境。

放眼看去，在古代官场上，不论任何时候，想挤进去担当角色表演节目的人总是太多，而可供表演者侧身立足的场合舞台却又太小，于是乎始终有太多的人们找不到用武之地。而漫长的古代官场却不曾致力于开拓供士人自由发展的路径，而刻意灌输“万般皆下品，唯有读书高”的陈腐观念，将读书人引导到一条越走越拥挤狭窄的羊肠小道上，形成了所谓的“自古华山一条路”。故而在芸芸众生的眼里，所谓仕宦之遇，便被理解为不过是幸运者在官场上立定了脚跟，找到了开眉展眼施展本领的机会和平台。至于获得这种机遇的途径、方法、手段，则被人们有意无意地加以忽略，似乎通过何种途径、方法、手段都无关紧要，把握并抓住机遇才是一切。于是，便出现了古代官场上不择手段不要尊严罔顾廉耻投机钻营的一幕一幕。

相形于那些官场上的幸运儿，被挤出局外的不遇者则是一个远为广大的群体。“夫物芸芸，不平则鸣。”在这个望不到边际的人群中，不知有多少人牢骚满腹恨意难平，不知有多少人孤注一掷铤而走险，不知有多少人飞蛾扑火至死方休，不知有多少人心灰意冷终老林泉，不知有多少人疾呼呐喊望眼欲穿，而许多振聋发聩的传世名言不平之鸣，便经由历代文人雅士之口而响彻人世间。

世溷浊而不清，蝉翼为重，千钧为轻；黄钟毁弃，瓦釜雷鸣；谗人高张，贤士无名。（屈原《楚辞·卜居》）

时运不齐，命途多舛。冯唐易老，李广难封。屈贾谊于长沙，非无圣主；窜梁鸿于海曲，岂乏明时？所赖君子见机，达人知命。老当益壮，宁移白首之心？穷且

益坚，不坠青云之志。酌贪泉而觉爽，处涸辙以犹欢。北海虽赊，扶摇可接；东隅已逝，桑榆非晚。（王勃《滕王阁序》）

郁郁涧底松，离离山上苗。以彼径寸茎，荫此百尺条。世胄蹑高位，英俊沉下僚。地势使之然，由来非一朝。金张藉旧业，七叶珥汉貂。冯公岂不伟，白首不见招。（左思《咏史》）

单是围绕读书人不遇伤感而作之“赋”，便有三大名篇，即西汉董仲舒的《士不遇赋》，司马迁的《悲士不遇赋》和南朝刘宋时陶渊明的《感士不遇赋》。由于董仲舒、司马迁、陶渊明在读书人心目中拥有不可取代的特殊地位，他们咏叹读书人仕宦不遇的三篇赋作便产生了深远的社会影响力。

董仲舒是一个永远说不完的话题人物，他不仅是西汉乃至整个中国古代历史上屈指可数的大儒纯儒，而且将儒术提高到了无以复加的高度，他的许多学说诸如天人感应、人副天数、君权神授、三纲五常、三统三正、罢黜百家、独尊儒术等，都在很大程度上变成了封建帝王的统治意志，儒家学说就是通过他而被汉武帝刘彻采纳，方才从诸子百家中脱颖而出一枝独秀，成为封建社会占主导地位的统治思想。但尽管董仲舒是公认的旷世大儒，思想理论建树颇丰，且赶上了所谓的好时代，却未能在仕途上大展怀抱，只是在景帝时做过博士，武帝时先后做过江都相、胶西相，历经坎坷后心灰意冷，托病辞官返乡，著书立说，享年75岁。故而，读书人缘何怀才不遇的问题，一直是长期萦绕在他心中挥之不去的疑团。

在《士不遇赋》中，董仲舒首先感叹读书人建功立业、把握机遇之艰难："呜呼嗟乎，遐哉邈矣。时来曷迟，去之速矣。"紧接着便谈"士"的两难处境和心中进退失据的忧愁焦虑："屈意从人，悲吾族矣；正身俟时，将就木矣。悠悠偕时，岂能觉矣。心之忧欤，不期禄矣。遑遑匪宁，只增辱矣。努力触藩，徒摧角矣。不出户庭，庶无过矣。"接着抒发"士"因生不逢时而怀才不遇的沉重感慨："生不丁三代之盛隆兮，而丁三季之末俗。末俗以辩诈而期通兮，贞士耿介而自束，虽日三省于吾身，繇怀进退之惟谷。彼实繁之有徒兮，指其白以为黑。目信嫮而言眇兮，口信辩而言讷。鬼神不能正人事之变戾兮，圣贤亦不能开愚夫之违惑。出门则不可与偕往兮，藏器又蚩其不容。退洗心而内讼兮，亦未知其所从也。"

随后援引殷汤时代的卞随、务光，商末周初时的伯夷、叔齐，春秋战国年间的伍子胥、屈原的不幸遭遇，喟叹不论任何时代，都有才高行洁之人迭遭坎坷。最后，则道出了自己安于书斋独善其身努力做道德完人的心志："孰若返身于素业兮，莫随世而轮转。虽矫情而获百利兮，复不如正心而归一善。纷既迫而后动兮，岂云禀性之惟褊。昭同人而大有兮，明谦光而务展。遵幽昧于默足兮，岂舒采而蕲显。苟肝胆之可同兮，奚须发之足辨也。"

《士不遇赋》不长，所言既有理有据，又不失儒家一贯倡导的中庸之道，故而引发了许多读书人的感慨联想和思考。对于这篇文字的价值和影响力，鲁迅先生的评价颇耐玩味：虽为粹然儒者之言，而牢愁狷狭之意尽矣。

司马迁在汉武帝时担任太史令，以撰写《史记》，"究天人之际，通古今之变，成一家之言"名世。同样是生逢盛世，比起董仲舒来，司马迁则承受了更大的难以忍受的人生苦楚。在汉武帝天汉二年（前99），将军李陵率领五千步兵和匈奴军队作战时，因敌众我寡，援兵又迟迟不到，粮尽矢绝之后，不得已选择了投降。司马迁因在朝中为李陵开脱，而被处以腐刑。此后，司马迁在坚忍与屈辱中，写完了不朽的名著《史记》。《悲士不遇赋》当系司马迁被处以腐刑后所作，是他生平八篇重要赋作中唯一留存至今的赋作。此赋极为洗练，姑且援引于下：

悲夫！士生之不辰，愧顾影而独存。恒克己而复礼，惧志行而无闻。谅才韪而世戾，将逮死而长勤。虽有形而不彰，徒有能而不陈。何穷达之易惑，信美恶之难分。时悠悠而荡荡，将遂屈而不伸。

使公于公者，彼我同兮；私于私者，自相悲兮。天道微哉，吁嗟阔兮；人理显然，相倾夺兮。好生恶死，才之鄙也；好贵夷贱，哲之乱也。炤炤洞达，胸中豁也；昏昏罔觉，内生毒也。

我之心矣，哲已能忖；我之言矣，哲已能选。没世无闻，古人唯耻；朝闻夕死，孰云其否！逆顺还周，乍没乍起。理不可据，智不可恃。无造福先，无触祸始。委之自然，终归一矣！

这篇赋作的意思非常明确，一是喟叹“士生之不辰”，二是不甘于“没世无闻”。不惟和西汉初期文人喟叹不遇的不满情绪相呼应，而且与他在《报任安书》中所流露的心绪一脉相通。因此，只要联系承受腐刑对他造成的屈辱和创伤，便很容易理解司马迁所流露出来的难以抑制的悲愤情结。

生不逢时令读书人找不到用武之地：“悲夫！士生之不辰，愧顾影而独存。”尘世间官场上的相互倾轧和道德沦丧，则是士不遇的政治和社会根源：“私于私者，自相悲兮。天道微哉，吁嗟阔兮；人理显然，相倾夺兮。好生恶死，才之鄙也；好贵夷贱，哲之乱也。”在不期而至的厄运面前，作者依旧抱有坚定清醒的人生信念：“我之心矣，哲已能忖；我之言矣，哲已能选。没世无闻，古人唯耻；朝闻夕死，孰云其否！”深知自己根本无法和强大的恶势力相抗争，司马迁内心存满了矛盾和痛苦，只能无助地进行自我麻醉：“逆顺还周，乍没乍起。理不可据，智不可恃。无造福先，无触祸始，委之自然，终归一矣！”

岁月悠悠，转眼过去500年，到晋宋易代之际，以“不为五斗米折腰”闻名于世的有骨气的文人陶渊明，又写了一篇可与《士不遇赋》《悲士不遇赋》齐名的《感士不遇赋》。撰写此赋前，陶渊明特意作序，陈述了写作是赋的缘由：

> 昔董仲舒作《士不遇赋》，司马子长又为之。余尝于三余之日，讲习之暇，读其文，慨然惆怅。夫履信思顺，生人之善行，抱朴守静，君子之笃素。自真风告逝，大伪斯兴，闾阎懈廉退之节，市朝驱易进之心。怀正志道之士，或潜玉于当年；洁己清操之人，或没世以徒勤。故夷皓有“安归”之叹，三闾发“已矣”之哀。悲夫！寓形百年，而瞬息已尽，立行之难，而一城莫赏。此古人所以染翰慷慨，屡伸而不能已者也。夫导达意气，其惟文乎？抚卷踌躇，遂感而赋之。

《感士不遇赋》的主旨是抒发对历代士不遇现象的感慨，抨击人心不古世风日下道德风气败坏和社会政治现实的昏暗冷酷，致使许多正直善良的读书人怀才不遇，不是被埋没就是遭遇陷害，竟至处于进退两难之际。其文字水准，要比董仲舒、司马迁更为扣人心弦，更具表达艺术。赋中如此痛快淋漓地抨击政治昏暗世风败坏：世流浪而遂徂，物群分以相形。密网裁而鱼骇，宏罗制而鸟惊。……嗟乎，雷同毁异，物恶其上。妙算者谓迷，直道者云妄。坦至公而无猜，卒蒙耻以受谤。虽怀琼而握兰，徒芳洁而谁亮？

赋中历数伯夷、叔齐、孔子、颜回、贾谊、董仲舒、张释之、冯唐、李广、王商等人的不幸遭遇，反复陈说士人不遇受制于方方面面复杂因素的左右制约：

> 无爰生之晤言，念张季之终蔽。悯冯叟于郎署，赖魏守以纳计。……悼贾傅之秀朗，纡远辔于促界。悲董相之渊致，屡乘危而幸济。感哲人之无偶，泪淋浪以洒袂。……夷投老以长饥，回早夭而又贫。伤请车以备椁，悲茹薇而殒身。虽好学与行义，何死生之苦辛！……广结发以从政，不愧赏于万邑。屈雄志于戚竖，竟尺土之莫及。留诚信于身后，恸众人之悲泣。商尽规以拯弊，言始顺而患入。奚良辰之易倾，胡害胜其乃急。

基于上述认识，审时度势，陶渊明坦然陈说自己的心志：“苍旻遐缅，人事无已。有感有昧，畴测其理。宁固穷以济意，不委曲而累己。既轩冕之非荣，岂缊袍之为耻？诚谬会以取拙，且欣然而归止。拥孤襟以毕岁，谢良价于朝市。”公开表示自己宁肯固穷归隐，也不会为了虚幻的名利而出卖自己的灵魂。

三篇赋作都在谈论士不遇问题，抒发各自的观点见解悲伤感慨，可谓是春兰秋菊，各擅胜场。尽管这三篇赋作均触及了士人何以会有遇有不遇，都多少触及了问题的本质根源。但笔者三读之下，却总觉得陶赋比董赋、司马赋更解渴也更具吸引力。或许乃是因为董仲舒和司马迁毕竟没有和仕途进行彻底切割，始终还属于官场中人，而陶渊明则毅然决然地与之彻底决裂，义无反顾地归隐山林。换言之，虽然他们都曾经为爱伤透了心，但不为五斗米折腰的陶渊明已用快刀斩断红尘，故得以超然置身于遇和不遇之外，而董仲舒和司马迁却兀自藕断丝连，心中依旧愤愤不平！

平戎策和种树书

辛弃疾是南宋著名的抗金将领，更是一位名满天下的豪放派词人，于是，身兼两种身份的辛弃疾于各个时期撰写的词作，便真实地记录了他的人生足迹、爱国情怀和感慨忧愤。其中，最能表达大英雄辛弃疾在迟暮之年依旧情系国家壮心不已，却又报国无门只能徒唤奈何之悲伤失落心态的，当属那首尽人皆知的《鹧鸪天·有客慨然谈功名，因追念少年时事，戏作》：

壮岁旌旗拥万夫，锦襜突骑渡江初。燕兵夜娖银胡簶，汉箭朝飞金仆姑。　追往事，叹今吾，春风不染白髭须。却将万字平戎策，换得东家种树书。

辛弃疾是山东济南历城县人，公元1840年他出生时，震惊天下的靖康之变已然发生，北宋王朝也沦陷十多年了，山东济南业已归金国管辖，故而也可以说辛弃疾是金国人。公元1161年，身在北方年方22岁的辛弃疾不忘故国，毅然参加了由爱国义士耿京领导的抗金起义队伍，并奉命南下与南宋王朝联络。《宋史·辛弃疾列传》载：

绍兴三十二年，京令弃疾奉表归宋，高宗劳师建康，召见，嘉纳之，授承务郎、天平节度掌书记，并以节使印告召京。会张安国、邵进已杀京降金，弃疾还至海州，与众谋曰："我缘主帅来归朝，不期事变，何以复命？”乃约统制王世隆及忠义人马全福等径趋金营，安国方与金将酣饮，即众中缚之以归，金将追之不及。献俘行在，斩安国于市。仍授前官，改差江阴佥判。弃疾时年二十三。

前述词作之上半阕“壮岁旌旗拥万夫，锦襜突骑渡江初。燕兵夜娖银胡簶，汉箭朝飞金仆姑”，写的便是词人当年有我无敌的神勇气概。

归宋之后，辛弃疾一腔热血矢志报国，相继上《美芹十论》《九议》《应问》等，条陈抗金复国战守之策。史称：

乾道四年，通判建康府。六年，孝宗召对延和殿。时虞允文当国，帝锐意恢复，弃疾因论南北形势及三国、晋、汉人才，持论劲直，不为迎合。作《九议》并《应问》三篇、《美芹十论》献于朝，言逆顺之理，消长之势，技之长短，地之要害，甚备。以讲和方定，议不行。迁司农寺主簿，出知滁州。（同上书）

在南宋政权里，辛弃疾历任建康府通判、滁州知州、江东安抚司参议官、提点江西刑狱、京西转运判官、江陵知府兼湖北安抚、隆兴知府兼江西安抚、大理少卿、湖北转运副使、潭州知州兼湖南安抚、福建提点刑狱、福州知州兼福建安抚使、绍兴知府兼浙东安抚使等职。作为旗帜鲜明的主战派，因与实际把持朝政的主和派政见不合，辛弃疾屡遭弹劾，数次落职，报国无门的他因寻找不到用武之地，曾不得已退隐山居。前引词作之下半阕“追往事，叹今吾，春风不染白髭须。却将万字平戎策，换得东家种树书”，则是抒发归依南宋以后报国无门英雄苦无用武之地的无尽悲伤忧愤。

辛词中类似的牢骚忧愤随处可见。譬如，他与另一位爱国诗人陈亮相唱和的《破阵子 · 为陈同甫赋壮词以寄之》：

醉里挑灯看剑，梦回吹角连营。八百里分麾下炙，五十弦翻塞外声，沙场秋点兵。　　马作的卢飞快，弓如霹雳弦惊。了却君王天下事，赢得生前身后名，可怜白发生。

又譬如，在辛弃疾进入生命倒计时的嘉泰四年（1204），时任镇江知府的他登临镇江北固山凌云亭，因忧从中来，而写下了旷世名作《永遇乐 · 京口北固亭怀古》：

千古江山，英雄无觅孙仲谋处。舞榭歌台，风流总被，雨打风吹去。斜阳草树，寻常巷陌，人道寄奴曾住。想当年，金戈铁马，气吞万里如虎。　　元嘉草草，封狼居胥，赢得仓皇北顾。四十三年，望中犹记，烽火扬州路。可堪回首，佛狸祠下，一片神鸦社鼓。凭谁问，廉颇老矣，尚能饭否？

这里不想过多地关注辛弃疾的爱国情怀忠臣忧愤，也不准备过多地陈述分析词人所处的那个特定时代的政治经济军事社会人文背景，只想以辛词中“却将万字平戎策，换得东家种树书”为由头，引申发挥，窥探古人意识深处的思维定式价值偏见。

辛弃疾号稼轩，他自己曾诠释其含意说：“人生在勤，当以力田为先。北方之人，养生之具不求于人，是以无甚富甚贫之家。南方多末作以病农，而兼并之患兴，贫富斯不侔矣。”故以“稼”名轩。（同上书）由这段话可知，允文允武的辛弃疾是很重视辛勤耕作的农人的。比起当年孔夫子鄙视门徒樊迟学稼来，辛弃疾的境界似乎要宽广许多。

在《论语·子路篇》中，老师孔子对学生樊迟请教种庄稼和种菜的知识而表示不屑，并说了几句话，对后来的读书人影响极大：

樊迟请学稼。子曰："吾不如老农。"请学为圃。曰："吾不如老圃。"樊迟出。子曰："小人哉，樊须也！上好礼，则民莫敢不敬；上好义，则民莫敢不服；上好信，则民莫敢不用情。夫如是，则四方之民襁负其子而至矣，焉用稼？"

一望即知，孔子鄙视门徒樊迟，是他认为这个学生没有高远志向，不用心学习礼、义、信这些为人为官不可或缺的大道理，却热衷于学种庄稼和种菜这些农人们都能做的事情。从孔子的感慨中，不难看出他内心深处的好恶取舍。俗话说："万般皆下品，唯有读书高。"并不是意味着所有读书人都高高在上，还必须看你学些什么，是醉心于道，学习治国安邦为人为官的大道理大学问，还是胸无大志，把心思用在学习某种谋生的技艺上面。因为孔子是天下读书人的老师，儒术自汉代以降长期占据封建社会主流意识形态的地位，故而，他对门徒樊迟的批评，随着他死后地位越来越崇高，客观上便对后世读书人产生了莫大的误导。

但是，饱经坎坷忧患的辛弃疾似乎对孔子的看法有所保留。被迫辞官归隐后，心中兀自念念不忘收复山河"了却君王天下事，赢得生前身后名"的他白发苍苍，顾影自怜，也许是出于自我调侃，在另一首词作《踏莎行·赋稼轩集经句》中，词人这样写道：

进退存亡，行藏用舍。小人请学樊须稼。衡门之下可栖迟，日之夕矣牛羊下。　　去卫灵公，遭桓司马。

东西南北之人也。长沮桀溺耦而耕，丘何为是栖栖者。

从字面上看，辛弃疾似在赞赏历代隐居者的田园乐，而不肯苟同孔夫子的执着坚持，与孔圣人鄙视种田种菜的观念正相反。实际上则是正话反说，透过调侃讪笑圣人孔子，来抒发自己怀才不遇、报国无门的惆怅忧愤。联想起词人“不恨古人吾不见，恨古人不见吾狂耳”的词句，不难想见他其时心中五味杂陈欲言还止的痛苦滋味！

从心理价值学的视角来审视，辛弃疾之所以将心头淤积已久的愤懑转化为文字，而发出“却将万字平戎策，换得东家种树书”的呼喊，从根本上说，他乃是一个不折不扣的儒家弟子使然。辛弃疾和古代无数正统读书人一样，血管里奔流着的全是儒家文化的血液。儒家强调道器之分，主张“君子不器”，“士志于道”，倡导“修齐治平”，宣扬“万般皆下品，唯有读书高”，而将各种专门技艺（包括从事科学研究）划归为“器”，视之为士大夫阶层所不屑为之的末流。说来好笑复可叹，历朝历代孔孟之徒浩浩荡荡，放眼望去看不到尽头，尽管鲜有几人真正光大发展了儒学，但精于拾人牙慧鄙视研究技艺的人却多如过江之鲫。于是，不论是方技类的书籍，还是关于养殖业种植业的书籍，即便是很有价值，也无法和士大夫们的坐而论道相提并论，更无法进入这些腐儒们的法眼。辛弃疾虽然是一位允文允武出类拔萃的学问大家，但在这个关节点上同样未能跳出传统的窠臼，“却将万字平戎策，换得东家种树书”，即真实地道出了他的这一根深蒂固的价值偏见。在其内心里，他上陈朝廷的所谓“万字平戎策”，即《美芹十论》《九议》《应问》等，乃是凝结着其真知灼见的政治建言书，谈论的是有关天下国家政治军事走向的重大问题，一旦付诸施行，便能发挥巨大的社会效益，乃至于“了却君王天下事”，重新实现国家的统一。只是由于当政者有眼无珠，这些金玉之言被弃之不用，才变得不值一文，只能拿来和邻居撰写的种树书互相交换阅读，实在是天底下最令人啼笑皆非最伤心不过的事体。

长期郁郁不得志的辛弃疾撰写上述词作时的心绪之苦涩复杂不难想见，但是他把自己撰写的“万字平戎策”与邻居家的“种树书”相交换，视为莫大的失落和不堪忍受的伤心事体，则让人不敢苟同。斗转星移，时光已经过去800多年，用现在的目光冷眼旁观，辛弃疾所写的《美芹十论》《九议》《应问》等属于现实性极强的政治军事策论，而东邻的《种树书》则是一本专业性实用性很强的书籍，两者之间原本没有多少可比性，就像《黄帝内经》和《孙子兵法》之间很难进行价值比较判断一样。自然，人们不能轻易否定辛弃疾呕心沥血上陈朝廷所提策论的价值意义，设若偏安一隅的南宋当政者能高度重视他的建言，将收复失地作为第一要务，并对文武全才的辛弃疾委以重任，那么，辛弃疾之《美芹十论》《九议》《应问》的真正价值便会随之展现出来，乃至在改变苟且偷安的南宋小朝廷之命运中发挥重要作用，而不会被世人熟视无睹束之高阁。就此而言，《美芹十论》《九议》《应问》等文字便和南宋王朝的前途命运息息相关。而辛弃疾本人更是数十年如一日枕戈待旦，期盼着朝廷能采纳他的建言，命他率师北上，大展宏图，了却君王天下事。从这个角度来看，他的那些文字比起种树书之类的专业书籍来，无疑更具有重大的现实性。但即便如此，也不能轻易贬低种树书的独特价值。该种树书的具体内容虽不得而知，但肯定汇聚了人们的实践经验，涉及种植技术的推广普及，对于处在风雨飘摇之中的南宋小朝廷来说虽然并非急需，但也绝不是可有可无的文字，况且从长远的观点看问题，专业技术类的书籍同样为社会所必需。在这个意义上可以说，这种看似可有可无无关紧要的书籍，实际上不仅有其问世的理由，而且有其长久存在的独特价值。即便学问渊博如辛弃疾，在辞官山居之际，也选择读种树书打发光阴，便是一个很有力的证明。或许从官员变成平民的辛弃疾要在山中植树，而允文允武的他却缺少这方面的知识，故而需要沉下心来阅读种树书。这恰正好说明，此类书籍即便是对于辛弃疾这位志存高远的官员，也同样具有其实用性的优长。

本文写到此处时，正值己亥冬至之夜，这是一年当中最漫长的一个长夜。由于笔者心中总在思索隐藏在辛弃疾“却将万字平戎策，换得东家种树书”字面背后的内涵，竟至在这个难得的长夜里辗转反侧不能成眠。在似醒非醒、似睡非睡之际，笔者恍惚想到，人世上许多事物的价值，不仅需要看一时，而且需要看长久，只有善于使用时间这把尺子，才能真正看明白。随着时间的流逝时代的进步科技的发展，许多原本很重要的事物，慢慢地变得不那么重要甚至变得无足轻重了，而原先看似不关痛痒的事物，也许会咸鱼翻身般地变得越来越重要。譬如，秦砖汉瓦，冷兵器时代的作战器具，乃至古代的陶瓷等，在古代并非什么珍贵物品，却没有因为时代的进步而被漠视，相反，却成了今人非常喜爱的稀罕物件。又譬如，我们生活于其间最近几十年中，收音机、录音机、CD、VCD、DVD、小灵通、磁带、唱片等电子产品样样都曾经是抢手货，却个个昙花一现，相继退出了市场，连黑白电视机、老式彩色电视机、摄像机甚至数码照相机等，也于转瞬之间成了过期货，被年轻人弃之如敝屣。至于各种款式的手机，更是不知更换了多少款，淘汰了多少款。前几天整理旧物，发现有几盘尚未开封的录像带，居然白送人都没人要；如果退回若干年，这可都是年轻人心目中的宝贝呀！“三十年河东，三十年河西”，如今这一切变化之迅速，简直令人目瞪口呆不可思议。电子类器物的命运是如此，凝结着不同时代作者心血智慧的文字书籍也不例外。“李杜诗篇万古传，至今已觉不新鲜。”许多曾经振聋发聩的政论性的文字，因为适应了特定时代的特殊需要，而显得特别有价值，在当时颇受待见；随着时间的流逝，随着呼唤他们问世的主客观因素的消失，便逐渐淡出了人们的视野，充其量只能成为人们茶余饭后闲聊的话题。以辛弃疾特别看重的万字平戎策（《美芹十论》《九议》《应问》）为例，随着南宋的灭亡，谁还会有时间和兴趣去关注这些文字呢？即便是在《宋史·辛弃疾列传》里面，也只是提了一下《美芹十论》《九议》《应问》的名字，并没有引述其原文。换个角度来看，不入辛弃疾等士大夫法眼的种树书（在辛词中，种树书只是一种代称，并非特指），尽管问世之初不那么显眼，但由于其内容本身的实用价值不会因特定王朝的兴亡而兴亡，故而在《美芹十论》《九议》《应问》等政治色彩过于鲜明的文字成为陈迹之后，种树书依旧是特定人群的阅读书目。如果充分考虑到时间这个试金石，则辛弃疾呕心沥血而写出来的万字平戎策，还未必能和东家种树书等价交换呢！

辛弃疾以超凡脱俗自负甚高名世，“不恨古人吾不见，恨古人，不见吾狂耳！”倘若他获知后世有人对他直抒胸臆的“却将万字平戎策，换得东家种树书”一语作如此苛求，想必他也了然不以为意，绝不会和我们一般见识，至多是认为我们并不了解他的内心苦楚而已。是的，放眼古往今来古今中外，每个人都是特定时代的产儿，不论是怎样的天才人物都难以超越特定时代的制约，都会带有特定时代的痕迹与缺陷。自孔子以降，中国的读书人或者说知识分子士大夫阶层，便在长期的传统文化的教育熏陶中不知不觉地形成了一种明显的思维定式和思维缺憾，即片面性地强调修齐治平，强调铁肩担道义，而轻视对器物的研究，鄙视钻研科学技术。在一个延续了几千年的官本位体制下生活的读书人，想要真正挣脱这种思维定式和思维缺憾谈何容易！且不说南宋时代的古人辛弃疾，即便是从20世纪上半叶有关救亡图存和科学救国、实业救国的论证历史中，在一些伟岸人物身上，依旧可以隐隐约约地看到当年辛弃疾式的缺憾。如果把历史上有限的生命个体的价值观念转换成一部无限延续的历史动画片，便会发现，还是词家辛弃疾富于远见：

少年不识愁滋味，爱上层楼。爱上层楼，为赋新词强说愁。　　如今识尽愁滋味，欲说还休。欲说还休，却道天凉好个秋。

文人的冲动和君主的逆鳞

战国时期的杰出思想家韩非子对专制君主的畸形心理做过独到的研究剖析，“逆鳞说”便是他研究帝王心术的一大成果：“夫龙之为虫也，柔可狎而骑也；然其喉下有逆鳞径尺，若人有婴之者，则必杀之。人主也有逆鳞，说者能无婴人主之逆鳞，则几矣。”（《韩非子·说难》）

韩非子的这一见解对于古代仕人来说，无疑具有如雷灌顶石破天惊的警示意义，因为他涉及大小官吏安身立命的生存哲学。不过，人世间的事情是复杂的，君臣之间的关系亦然。故而凡事都不能绝对化，帝王家的逆鳞也不是稍有触动便注定必死，让帝王不忍动杀心的因素也不少。或许是感触颇深，北宋政治家改革家文学家王安石才赋诗感慨：“意气未直轻感慨，文章尤忌数悲哀。”但王安石的识见又走上了另一个极端。过于绝对化不足取，过于神秘化同样也不可取。事实上，过往的交情和可能的利害，都有可能左右君主是否动杀心。古代著名文人高官触动过主子逆鳞的事例在所多有，诸如杨修和魏武帝曹操，张昭和东吴大帝孙权，孙权和陆逊，李泌和唐德宗李适，袁凯和明太祖朱元璋等等。他们的经历告诉世人，触动主子的逆鳞并不重要，最为重要的是与主子过往的交情还有潜在的利害。

杨修字德祖，出身名门，是东汉名臣杨震的玄孙，祖父杨赐、父亲杨彪均官居东汉太尉。杨修步入仕途后，本应做汉王朝的忠臣，却审时度势，转而投靠权臣曹操，担任丞相府仓曹属主簿，做了曹操的幕僚。依仗着主子的倚重，聪明绝顶的杨修居然不知深浅地介入丞相府的家事，掺和到了曹丕、曹植兄弟争储当中，公然为曹植出谋划策。当曹操最终决定立曹丕为太子后，站在曹植一方的谋士杨修便成了曹操念念在兹的心头之患。为了消除后患，曹操不露声色地将诛杀杨修提上了日程，杨修自己却浑然不知。在曹操率军与刘备争夺汉中时，杨修根据曹操信口说出的夜间口号“鸡肋”，而断定曹操萌生了退兵之意，后来的事实证明，杨修的这个判断确有先见之明。设若杨修老于世故，擅长揣着明白装糊涂，就不会给曹操提供对自己下手的口实。但一向喜欢自我炫耀的杨修却不肯放过这个显摆的机会，遂冲动地吩咐随行军士提前收拾行装，准备归程。曹操获悉后勃然大怒，借口杨修“造言生事、惑乱军心”，而将其斩首在斜谷军前。杨修扬才露己数犯奸雄曹操忌讳的掌故人们耳熟能详，于此仅抄录《三国演义》感叹杨修之死的一首诗作：

聪明杨德祖，世代继簪缨。
笔下龙蛇走，胸中锦绣成。
慨叹惊四座，捷对冠群英。
身死因才误，非关欲退兵。

在曹操尚未想好立哪个儿子为太子时，杨修主动介入，为曹植出过许多主意，尚在观察中的曹操却没有训斥一声。在明确立曹丕为太子以后，杨修已经成了曹操的眼中钉肉中刺，即便他没有揣测出曹操想要退兵一事，也难逃一死。曹操号称“治世之能臣，乱世之奸雄”，借刀杀人对他来说乃是轻车熟路，以此为由诛杀杨修，自是连眉头都不待皱一下。显而易见，杨修之死，并不是死于由夜间口号“鸡肋”揣测出了曹操想要退兵，乃是因为他深陷曹氏兄弟太子纷争中间，而他的过人才干又让一代雄猜之主曹操寝食难安。在杨修和曹操的交往当中，两个人的高智商或许曾经使他们惺惺相惜，但因杨修站错了队，不但失去了利用价值，反而让曹操产生养痈遗患之虞。到了这个地步，他们之间的那点交情便不足轻重了。为了减少太子曹丕潜在的祸患，杀人不眨眼的曹操自然会寻找借口将杨修送上西天。

相形于同时代的一介文人杨修，张昭在孙权心目中的影响力绝非等闲人物可比。

张昭字子布，是小霸王孙策遗命辅佐乃弟孙权之人。早在孙策主政江南时，张昭便被委以重任，担任长史、抚军中郎将。孙策死后，年轻的孙权沉浸在乃兄亡故的巨大悲痛之中，终日痛哭未能视事。受命辅佐新主的张昭见状，马上把一直在孙策灵柩前哀伤的孙权拉了起来，告诉他眼下不是啼哭的时候，最紧要的事体乃是继承乃兄遗志，收拾江东人心。孙权随即离开灵堂，换上军服，上马巡军，很快便将浮动的人心安定下来。但奇怪的是，在孙权主政江东时期，不论是称王还是称帝，始终不肯让张昭担任丞相一职。最初孙权任命孙邵为相，其后任命顾雍为相，再后则任命陆逊接任丞相。大凡稍微熟悉三国历史的读者都明白，这是由于当年曹军屯兵江北意欲吞并江南时，张昭力主求和，与孙权貌合神离，令孙权刻骨铭心而造成的隔阂所致。

虽然如此，为人耿介的张昭并未改变自己耿直冲动的性格，而孙权也没有怀疑过张昭的忠诚。史称：张昭每次朝见，皆“辞气壮厉，义形于色，曾以直言逆旨，中不进见”。他们君臣二人闹别扭最厉害的一次，当属围绕是否接受辽东将军公孙渊称藩之请而发生的争论。孙权想接受公孙渊的称藩之请，借此扩大自己的影响力，进而谋求问鼎天下，张昭则认为公孙渊“背魏惧讨，远来求援”，居心叵测，如果贸然接受公孙渊所请，弄不好就会被天下人嗤笑。二人在朝堂上越说越僵，各不相让。孙权无法忍受，竟至冲动起来，案刀而怒，斥责张昭道：“吴国士人入宫则拜孤，出宫则拜君，孤之敬君，亦为至矣，而数于众折孤，孤尝恐失计。”张昭则看着孙权说道：“臣虽知言不用，每竭愚忠者，诚以太后临朝，呼老臣于床下，遗诏顾命之言故在耳。”话语未尽而老泪横流。孙权也掷刀于地，与张昭相对而泣。随后，孙权我行我素，依旧派使臣出使辽东分封公孙渊。“昭忿言之不用，称疾不朝。权恨之，土塞其门。昭又于内以土封之。”(《三国志·吴书·张顾诸葛步传》)

事情的发展被张昭不幸言中，派往辽东的使臣被公孙渊所杀，令孙权在世人面前栽了一个大跟头。这时，孙权才想到了张昭。“权数慰谢昭，昭固不起，权因出过其门呼昭，昭辞疾笃。权烧其门，欲以恐之，昭更闭户。权使人灭火，住门良久，昭诸子共扶昭起，权载以还宫，深自克责。昭不得已，然后朝会。”(同上书)君臣意气用事，一至于斯，实属古今罕见。

君臣之间意见不合竟至案刀相向又相对而泣，随后又都把一腔怒气洒在张昭府门口，一个从外面塞土，一个从里面塞土，冲动任性一至于斯，千古罕见！更为罕见的是，尽管使气任性到如此程度，君臣之间居然可以相安无事，重归于好。遇上了张昭，主公孙权似乎没了逆鳞！不待说，乃是因为当年兄长孙策死后，受命托孤的张昭殚精竭虑辅佐幼主的往事，令孙权终生难忘起作用的缘故。正是由于他们之间有过这样的交情，才使得张昭即便触动了孙权的逆鳞，孙权也只能是发一通脾气，而不忍动杀心。

倘若换成是别人，则又当别论。

江东名士虞翻也是孙策的故人，曾经救过孙策的性命。虞翻对孙权忠心耿耿，但恃才傲物，性情疏直，说话处事过于任性，用他自己的话说就是“自恨疏节，骨体不媚”。孙权曾几次宽恕过虞翻的大不敬言行，后来却和总爱使气任性的虞翻公然反目。有天孙权和张昭在朝堂上闲话神仙之事，谈得甚是投机。虞翻见状，心里有气，遂冲动地上前大声呵斥：“彼皆死人，而语神仙，世岂有仙人邪？”孙权怒发冲冠，当即下令将虞翻贬黜到了当时的荒蛮之地交州。从此，虞翻再也没能回到朝中，而在交州一直待到老死。

由此可知，较有涵养的东吴大帝孙权颇有人情味，多少讲点交情，但也掂量交情的轻重厚薄，予以区别对待。张昭和虞翻都曾触动了主子的逆鳞，境遇却迥然不同，即是最有说服力的佐证。

与东吴元老张昭、虞翻不同，陆逊是小字辈的传奇人物。孙权很早便看中陆逊，让陆逊做了兄长孙策之女的东床快婿。陆逊则于建安二十四年（219），辅佐吕蒙偷袭荆州，大获成功；又在黄初二年（221）临危受命大败蜀军，火烧连营七百里，取得彝陵之战的全胜；黄武七年（228），陆逊率军大破魏军。赤乌七年（244），孙权诏命陆逊为丞相，君臣亲密无间无以复加。其后，东吴太子孙休和鲁王孙霸公然争宠且愈演愈烈，身在外地的陆逊为此忧心如焚，一连几次上疏，陈说利害，提出建议：“太子正统，宜有磐石之固；鲁王藩臣，当使宠秩有差；彼此得所，上下获安。”却不知主公孙权已经对太子产生了偏见。因孙权没有明确表态，陆逊便急切地提出回京面见主公，匡正得失。孙权因此而对陆逊产生了戒心，非但没有听从陆逊的建议，反而将朝中几位大臣（其中包括陆逊的外甥）以“亲附太子”的罪名流徙边陲。太子太傅吾粲曾为太子的事和陆逊通了几次书信，也被孙权下令逮捕入狱致死。孙权还不依不饶地再三派遣使者上门谴责陆逊。陆逊忠而获谴，愤恚难平，竟死于气愤交加之中，享年63岁。

或许在孙权眼里，陆逊所为不仅是一个颜面问题，而是公开干预帝王的“家事”，深深地触动了其逆鳞，性质要比张昭当初和自己政见纷争严重得多，是他绝对不能容忍的。于是，他才会一手促成了陆逊的悲剧。

倘若有人从陆逊的悲剧中得出结论，认为储君废立之事是帝王家绝对不容触动的逆鳞，则恐难逃一叶障目以偏概全之讥。唐代李泌和德宗李适之间的一段掌故，便是一个截然相反的证明。

李泌字长源，从小聪慧过人，七岁时便受到唐玄宗李隆基当面夸奖，被朝中权贵名流视为神童。从少年时代起即酷好道家学说，纵情于名山大川，以隐居修道自娱。天宝末年安史之乱发生后，李泌毅然下山相助临危受命的太子李亨征讨叛乱，却不肯接受宰相之职，被人称为“白衣宰相”。在肃宗、代宗年代，正当盛年的李泌不为权位所动，曾多次婉辞宰相一职。到了德宗李适时期，因国家多难，朝中矛盾重重积重难返，德宗一再延请，已步入迟暮之年的李泌才不得已出任宰相。尽管德宗对李泌信任有加，只任命他一人为相，在许多重大问题上对他言听计从，但终究还是发生了尖锐的分歧和矛盾。因为一桩案件牵涉到了太子李诵，而让德宗对太子产生了偏见，多次严词斥责，并受人蛊惑，打算废黜李诵的太子之位，改立其侄儿舒王李谊为太子。德宗征询李泌意见时，李泌大惊失色，只能犯颜直谏。君臣二人因此而吵得一塌糊涂，双方都说了气话，德宗甚至以“卿不爱家族乎？”相威胁，李泌则从容回答说：“臣惟爱其家族，故不敢不尽言。若畏陛下盛怒而为曲从，陛下明日悔之，必尤臣云：‘吾独任汝为相，不力谏，使至此，必复杀而子。’臣老矣，余年不足惜，若冤杀臣子，使臣以侄为嗣，臣未知得歆其祀乎！”德宗理屈词穷，遂搬出帝王家的杀手锏“家事说”，反问说：“废立太子，乃朕家事，何豫于卿，而力争如此？”李泌几乎使出了全部智慧，德宗才有所松动，答应考虑李泌的建议。心神交疲的李泌回到家里后对家人说：“吾本不乐富贵，而命与愿违，今累汝曹矣。”（《资治通鉴》卷二百三十三）

此后，经过李泌反复劝谏，德宗才打消了废立太子的念头。

毋庸讳言，李泌劝阻德宗李适废黜太子，不仅忤逆了德宗的心思，而且深深地触动了他的逆鳞，几乎让德宗起了杀心。如果不是他们君臣二人之间相知甚深，如果不是李泌苦口婆心地晓之以理动之以情，如果不是德宗心知李泌赤诚一片没有异心，那么，李泌的项上人头就将不保。但事情的发展毕竟是德宗最后让理智战胜了情绪，而宽宏大量地没有计较李泌触犯逆鳞之罪。

生活在封建专制体制下，李泌、张昭的有惊无险毕竟是罕见的侥幸，更多不胜枚举的事例则是莫名其妙便上了断头台的悲剧。明代才子袁凯便经历了悲惨的一幕，尽管他也侥幸地没有丢掉脑袋。

袁凯字景文，松江华亭人。在元末做过府吏，以博学善辩而知名。明洪武三年（1370），袁凯被荐授为御史，成了明太祖朱元璋的近臣。因为精明干练能说会道，袁凯颇受太祖器重。他看到恃功骄纵的武将功臣经常出言不当激怒皇上，为此而遭到杀戮的功臣日渐增多，便试图让功臣们学会做臣子的礼节艺术，于是委婉上言："诸将习兵事，未悉君臣礼，请于都督府延通经阅古之士，令诸武臣赴都堂听讲，庶得保族全身之道。"太祖朱元璋欣然采纳了他的建言。

朱元璋是历史上罕见的"刚愎雄猜"之主，服侍这么一个狠主子，袁凯虽然颇受器重，却丝毫不敢大意，在言语应答方面更是绞尽脑汁小心谨慎。他怎么也不会想到，能言善辩长于观察精于表达的自己居然也会因言获罪，并差点丢掉性命。

事情的经过很简单：朱元璋为了历练懿文太子朱标，便让他参与处理朝政。一日，帝虑囚毕，命凯送皇太子覆讯，多所矜减。凯还报，帝问"朕与太子孰是？"凯顿首言："陛下法之正，东宫心之慈。"如此回话，意在既恭维太祖，又称赞太子，左右逢源，两边讨好。讵料却引起了朱元璋的强烈反感，帝以凯老猾持两端，恶之。(《明史 · 文苑传二》)随即将袁凯投入狱中。转瞬之际，无限风光的袁凯锒铛入狱，命悬一线，此余生艰难。囚徒袁凯深知主子歹毒凶狠，故而心生恐惧，随即佯狂，装疯卖傻，吃尽苦头，方才骗过了奸猾残忍的太祖朱元璋，好歹保住了一条性命。《明史 · 文苑传一》极其简洁地交代了袁凯的结局："凯惧，佯狂告免归，久之以寿终。"

单就朱元璋所问而论，袁凯的回答似颇得体，至少没有什么错误。太祖铁面无情，主张犯法重判，太子仁慈为怀，倾向于从轻发落，袁凯所言近乎公允。如此"油炸豆腐两面光"式的说辞何以会惹恼主子朱元璋呢？

朱元璋创立明王朝后之所以大开杀戒，屠戮功臣，一个很重要的原因就是怀疑下属的忠诚度。所谓"疑心生暗鬼"，袁凯所言恰恰触动了朱元璋那根绷得很紧很紧的神经，于是乎认定袁凯心存狡诈，刻意打太极拳，“老猾持两端”。朱元璋之所以不肯轻易放过袁凯，目的无非是杀鸡给猴看，警告朝廷中心理阴暗首鼠两端的官员们好自为之。袁凯的人生际遇似乎令人感慨系之，但天意自古高难问，自古伴君如伴虎，说来说去，只能归咎于封建专制。

上述几桩陈年往事让人忍俊不禁：杨修、张昭、虞翻、陆逊、李泌、袁凯个个学富五车足智多谋，均以文人的冲动触动过主子的逆鳞，又均被其主子恣意地玩弄于股掌之间：过于张扬的杨修聪明反被聪明误，恃才傲物的虞翻摔了一跤又一跤，耿介犯上的张昭安然终老，竭诚谋国的陆逊愤恚而死，信奉道家学说的李泌心有余悸，八面玲珑的袁凯因言获罪。古代文人的赤诚、激情和冲动，与难以言传阴暗叵测的帝王心理君主逆鳞之间，相互交织而衍生的故事，隐身其后的动因，留给后人的遐想启示等等，都是一个个永远的话题。

心有不甘和视死如归

万物有生必有死，作为万物之灵长的人类也不例外，于是乎在生死问题上，古往今来人们交出了各种答卷，悟出了许多传世名言。诸如：司马迁说："人固有一死，或重于泰山，或轻于鸿毛。"

毛泽东说："为人民利益而死，就比泰山还重；替法西斯卖力，替剥削人民和压迫人民的人去死，就比鸿毛还轻。"

孟轲说："生，亦我所欲也；义，亦我所欲也。二者不可得兼，舍生而取义者也。"

秋瑾说："生当为人杰，死亦为鬼雄。"

文天祥说："人生自古谁无死，留取丹心照汗青。"

林则徐说："苟利国家生死以，岂因祸福避趋之？"

这些颠扑不破的格言隽语，皆是围绕人生的价值意义这一主题而展开的；如果要考察古人直面死亡时的不同心态，眼前毫无疑问会呈现出一幅特殊的历史画卷。本文仅是从浩瀚如海的历史典籍历史人物历史掌故中遴选一鳞半爪，力求从具象进到抽象，从个别进到一般，欣赏体味感悟古人在死神面前兀自心有不甘和视死如归两种迥然不同的心态。

壮志未酬憾恨终天是古来无数仁人志士无法抚平的永远的痛，杨业、宗泽、岳飞、陆游便是其中为世人所熟悉的悲剧英雄。由于小说《杨家将演义》的惊人影响力，北宋抗辽名将杨业和杨家将的故事人尽皆知。但真实的云州观察使杨业却不是碰死于李陵碑，而是兵败被俘后悲愤莫名，绝食而死。《宋史·杨业列传》载，雍熙三年（986），杨业在担任主将潘美的副手一同北伐时，为监军王侁威逼而率兵出征，在陈家谷口一带遭遇辽军重重围困，力竭后被契丹所擒，杨业因此而太息曰："上遇我厚，期讨贼捍边以报，而反为奸臣所迫，致王师败绩，何面目求活耶！"乃不食，三日死。可想而知，一代名将因受制于监军王侁而窝囊地打败仗做俘虏受凌辱，最后选择绝食三日而死，在其生命的最后时刻，该是何等的悲愤莫名死不甘心！

生活在两宋之际的抗金英雄宗泽亲历了震惊天下的靖康之耻，并在报仇雪耻收复失地迎还徽、钦二帝重振大宋雄风的信念支撑下走完了他的余生岁月。康王赵构建立南宋小朝廷后，宗泽长期率军战斗在东京汴梁，打得金军闻风丧胆，被称为"宗爷爷"。但是，大义凛然的主战派宗泽却拧不过朝中围在高宗赵构身边使坏水出阴招的主和派们，无法将新君接回东京号召天下收复河山。《宋史·宗泽列传》载，建炎初年，宗泽先后上了20多道奏章，请求高宗回京，却总是被奸臣黄潜善等所阻碍，因此忧愤成疾，疽发于背。

> 诸将入问疾，泽矍然曰："吾以二帝蒙尘，积愤至此。汝等能歼敌，则我死无恨。"众皆流涕曰："敢不尽力！"诸将出，泽叹曰："'出师未捷身先死，长使英雄泪满襟。'"翌日，风雨昼晦。泽无一语及家事，但连呼"过河"者三而薨。都人号恸。

不难想见，壮志未酬身先死的抗金名将宗泽是怀着怎样的不舍之情离开了人世！

南宋精忠报国的民族英雄岳飞的名字如雷贯耳，一首浩荡壮烈的词作《满江红》无人不晓，因为有小说《说岳全传》传世，岳飞便成了民族英雄民族精神的同义语。因此之故，岳飞被奸臣陷害含冤入狱后，怒发冲冠而发出的吼声：“天日昭昭！天日昭昭！”世人更是耳熟能详。透过饱含英雄心酸血泪的“天日昭昭”等语，世人都可以准确地聆听到这位大英雄壮志未酬身陷囹圄命悬一线满腔热血不甘于被命运捉弄的心跳脉搏。

南宋爱国诗人陆游以存世诗作多著称于世，自诩“六十年间万首诗”。他临死前所写的绝笔诗《示儿》，真实地道出了其忧国忧民收复失地壮志未酬抱憾终天的最后心声：死后原知万事空，但悲不见九州同。王师北定中原日，家祭无忘告乃翁。但凡对陆游的生平事迹稍有了解的人，但凡是读过他的另一首名诗“早岁那知世事艰，中原北望气如山”（《书愤五首・其一》），便不难通过他的绝笔诗作，而体味他人生最后念兹在兹的悲怆心境。

同样是壮志未酬时乖运蹇身临绝境生死须臾，有的人却表现出了惊人的坚定从容视死如归，田横五百壮士、关羽、文天祥、谭嗣同等人，堪称是这类人群中的翘楚。

田横五百壮士是我国古代历史上罕见的杀身成仁惊天地而泣鬼神的群体壮举，经司马迁《史记・田儋列传》记载而名垂青史。这一悲剧的由来牵涉到秦朝末年天下大乱群雄逐鹿楚汉相争，郦食其奉命招降齐王田广，韩信听从蒯通蛊惑率军袭齐，齐王烹杀郦生，韩信平定齐地，齐王田广死后田横自立为王抵抗汉军失败而投奔彭越，西汉王朝底定天下后田横率五百部属孤悬海岛，汉高祖刘邦派人前来招降田横等诸多情节。高祖刘邦送来的诏书杀气腾腾：“田横来，大者王，小者乃侯耳；不来，且举兵加诛焉。”田横权衡利弊，只得接受招降。到达距离洛阳不到30里时，不甘心向刘邦屈膝称臣的田横死志已决，遂对随从说道：“横始与汉王俱南面称孤，今汉王为天子，而横乃为亡虏而北面事之，其耻固已甚矣。”随后便拔剑自刭了。毫无疑问，田横是要用自己的死来换取海岛上五百兄弟的生命，但他却万万没有想到，这五百兄弟是真正的不求同年同月同日生、但求同年同月同日死的壮士：五百人在海中，使使召之。至则闻田横死，亦皆自杀，于是乃知田横兄弟能得士也。五百人集体自杀以殉田横之难，绝非是一时热血沸腾所导致的慷慨赴死，而彰显了古人宁死不受辱的高尚气节，诠释了“威武不能屈”“士为知己者死”的人生信念，演绎了什么叫做视死如归从容不迫。

武圣关羽文韬武略智勇兼备，早年和刘备、张飞桃园三结义，不仅是三国时期的风云人物，而且被后来的封建统治者美化为忠义的化身，地位不断拔高，“侯而王，王而帝，帝而圣，圣而天”，竟至和文圣孔子齐名，道教则把他尊为“关帝圣君”。《三国志·蜀书·关羽传》未记载他败走麦城被孙权擒获后的详细情形，只是说孙权将他斩首于临沮。《三国演义》却绘声绘色地描述说，败走麦城后，面对东吴派来劝降的说客诸葛瑾，关公正色而言曰：“吾乃解良一武夫，蒙吾主以手足相待，安肯背义投敌国乎？城若破，有死而已。玉可碎而不可改其白，竹可焚而不可毁其节，身虽殒，名可垂于竹帛也。汝勿多言，速请出城，吾欲与孙权决一死战！”因为《三国演义》在国人心目中具有无可替代的地位，大丈夫关羽忠义双全视死如归的英雄形象，便不可动摇地耸立在世人的心中。

南宋状元丞相文天祥被后人称作大宋王朝最后的风骨，如同近代文人蔡树藩所云：明知南宋大势已去，却仍然坚持救亡图存，

“六合全覆而争之一隅，城守不能而争之海岛，明知无益事，翻作有情痴”。因为生不逢时，“辛苦遭逢起一经”的文天祥目睹了南宋王朝山河破碎沉沦灭亡，却知其不可为而为之，在抗元兵败被俘后坚贞不屈英勇抗争，不论是大义凛然的《过零丁洋》《为或人赋》，还是令人荡气回肠的《正气歌》，都写状了文天祥无怨无悔的信念追求。元朝的软化利诱未能奏效，世祖忽必烈亲自劝降未能动摇，昔日同僚后来的元朝高官被他嗤之以鼻，囚牢中的水、土、日、火、米、人、秽七气使他意志更坚。“自古艰难唯一死”，而在文天祥那里，最大的和最后的志愿却是唯求一死以保全名节：“人生自古谁无死，留取丹心照汗青。”“孔曰成仁，孟云取义。惟其义尽，所以仁至。读圣贤书，所学所事？而今而后，庶几无愧。”

晚清维新志士谭嗣同在戊戌变法失败后，没有和他的同志康有为、梁启超一样选择亡命天涯，而是出人意表地选择了赴死，力图用自己的热血和生命来唤醒国人。1898 年 9 月 21 日慈禧太后发动政变，谭嗣同闻讯后不顾自身安危，而筹谋营救光绪皇帝。营救计划落空后，他决心以自己的生命来殉变法维新大业。有人劝他赶快离开京城，他却说：“各国变法无不从流血而成，今日中国未闻有因变法而流血者，此国之所以不昌也。有之，请自嗣同始。”是年 9 月 28 日，谭嗣同在北京宣武门外菜市口刑场英勇就义，年仅 33 岁。谭嗣同虽然没有像他的许多变法同仁一样留得青山在，却以其迎着屠刀行进的无畏大勇赢得了世人的敬重。逃亡海外的变法领袖康有为高度评价谭嗣同曰：挟高士之才，负万夫之勇，学奥博而文雄奇，思深远而仁质厚，以天下为己任，以救中国为事，气猛志锐。同样逃亡海外的梁启超，则赞许谭嗣同为“中国为国流血第一士”。

愧疚交加达到极点会让一个人彻底崩溃，然后拖着难以承受的心理重负走向彼岸世界，吴王夫差、改革家商鞅、文人贾谊、隋炀帝杨广、草莽枭雄刘黑闼等皆属于此类人物。吴王夫差早年为了竞争太子之位而求助于相国伍子胥，即位后又依靠伍子胥的谋划而将越王勾践团团围困于会稽山下，尔后却出于其称霸天下沽名钓誉的野心而放过勾践性命，让他重返越国，在率兵北上讨伐齐国之前，听信太宰伯嚭谗言蛊惑，赐伍子胥“属镂之剑”，令其自裁。此后越王勾践翻过手来，率军攻打形同强弩之末的吴国，将吴王夫差团团围困在姑苏山上。当夫差乞求越王勾践饶其一命时，勾践却不肯应允。吴王夫差这才如梦初醒，对自己当初不辨忠奸，杀害伍子胥悔恨不已，而选择了自杀。夫差临死前叫人用布蒙蔽上他的脸面，说道：“吾无面以见子胥也。”（《史记·越王勾践伯世家》）透过这句话，不难想见称雄一时的吴王夫差，临死前夕悔愧交加恨无地洞可钻的窘态。

“自古驱民在信诚，一言为重百金轻。今人未可轻商鞅，商鞅能令政必行。”战国时期著名改革家商鞅依靠秦孝公的强力支持在秦国变法，获得了巨大的成功，被秦孝公封为商君。孰料秦孝公一死，商鞅的厄运便立马降临。史称：“后五月而秦孝公卒，太子立。公子虔之徒告商君欲反，发吏捕商君。”商鞅在被迫逃亡途中，开始尝到了变法的苦涩。“商君亡至关下，欲舍客舍，客人不知其是商君也，曰：‘商君之法，舍人无验者坐之。’”至此，商鞅若有省悟，“喟然叹曰：‘嗟乎，为法之敝一至此哉！’”（《史记·商君列传》）旋即被官府捉拿归案，又被秦惠王下令：“车裂商君以徇。”

提到西汉文人贾谊，人们就会想起李商隐那首脍炙人口的诗作：宣室求贤访逐臣，贾生才调更绝伦。可怜夜半虚前室，不问苍生问鬼神。如果探究贾谊临死前的复杂心态，一代伟人毛泽东的那首诗作无疑句句点中了文人贾谊的命门：贾生才调世无伦，哭泣情怀吊屈文。梁王堕马寻常事，何用哀伤付一生。

贾谊身为杰出的文人政治家，生活在开明皇帝汉文帝时代，投身政坛出人头地很早，遭遇坎坷困顿不少，可惜书生气息太浓，抗击打能力不强，又过于伤感内疚，因而酿成了其人生悲剧。贾谊先是从太中大夫被贬徙到湖南做长沙王太傅，后被调回京城，改任梁怀王太傅。可惜好景不长，文帝十一年（前 169），刘揖入朝时意外坠马而死。身为梁怀王太傅，主子意外身亡，贾谊心里深感难辞其咎，于是终日在无尽的愧疚当中煎熬，并于文帝十二年（前 168），在极度哀伤忧郁之中结束了自己的人生之旅，那年他 33 岁。

隋炀帝杨广在位期间曾颇有作为，修建京杭大运河，改革官制，开创科考，营建东都洛阳，开疆拓土，都是他的杰作。但他同时更是一位历史上罕见的穷兵黩武滥用民力穷奢极欲荒淫无度的暴君，结果引发天下大乱，盗贼蜂起，致使隋朝迅速崩溃灭亡。大业十二年（616），杨广被各地起义大军赶到江都。心知天下大势已去，无力回天的杨广，终日沉醉在酒色之中以求自我麻醉。史称他曾数次引镜自照，对萧皇后哀叹："好头颅，谁当斫之？"并强打精神自我宽慰说："贵贱苦乐，更迭为之，亦复何伤！"（《资治通鉴》卷一百八十五）由此可知，杨广临死前心中是何等的五味杂陈徒唤奈何！

几近疯狂的乱世赌徒刘黑闼因为抵挡不住在刀尖上舔血的刺激和诱惑，而走出了一条追悔莫及的不归路。刘黑闼，贝州漳南人。隋末天下大乱，让不务正业的刘黑闼看到了出人头地的机会。他先后在李密、王世充、窦建德麾下效命，被窦建德封为汉东郡公。窦建德失败以后，刘黑闼潜回家乡漳南藏匿起来，“杜门不出”。不久，已经投降了唐军的窦建德部下范愿、高雅贤等决定起兵造反，专程前来登门相邀，不甘寂寞的刘黑闼遂重新出山，自号大将军，率部接连大败唐军，威震天下，迅速成为李唐王朝的劲敌。直到武德六年（623）早春，刘黑闼才在朝廷重兵围剿下节节败退，逃到饶阳时被擒，随即被朝廷在洺州斩首示众。临刑之际，刘黑闼回首前尘往事，懊丧莫及，仰天叹息道：“我幸在家锄菜，为高雅贤所误至此。”（《资治通鉴》卷一百九十）世间没有后悔药，刘黑闼只能饮恨而终。

“仁者不忧，智者不惑，勇者不惧。”求仁得仁则让人直面死亡而了无遗憾。介子推、范滂、高攀龙、杨继盛身上所焕发出来的，正是这种伟岸高贵的人性光辉。生活在春秋时期的古人介子推是一个常谈常新的话题。割股奉君、功成不言禄、归隐绵山、山火焚身、寒食清明等等，都可以让人们想起介子推，缅怀介子推，敬仰他们母子的心志相同视死如归。介子推的人生经历令历代文人墨客为之动容，随之留下了许多朗朗上口铭心刻骨的诗篇。与其赘述介子推的故事，不如重温大文人的诗作。屈原在其绝命之作《九章・惜往日》中，如是感慨介子推的“忠而立枯”：介子忠而立枯兮，文公寤而追求。封介山而为之禁兮，报大德之优游。思久故之亲身兮，因缟素而哭之。黄庭坚在《清明》诗作中，悲愤满腔地借介之推而喟叹人生：人乞祭余骄妾妇，士甘焚死不公侯。贤愚千载知谁是，满眼蓬蒿共一丘。卢象咏叹介子推的《寒食》诗如泣如诉：子推言避世，山火遂焚身。四海同寒食，千秋为一人。人们所讴歌喟叹的，乃是介子推的求仁得仁死而无憾。

因为和东汉时期的党锢之争紧紧联系在一起，范滂这个名字便成了不惜以热血和生命抗争邪恶势力的正直士大夫的代名词。范滂字孟博，东汉党人名士，与郭林宗、宗慈、巴肃、夏馥、尹勋、蔡衍、羊陟并称为“八顾”。又与刘表、陈翔、孔昱、范康、檀敷、张俭、岑晊并称为“江夏八俊”。在第一次党锢之祸中，范滂丢掉了官职，侥幸保住了性命。灵帝建宁二年（169），第二次党锢之祸又起，各地大规模搜查逮捕党人，范滂的名字赫然在目。在奉命缉拿他的官差到来时，范滂为了不让更多无辜者受到牵连，毅然选择了主动前往县衙投案。《后汉书·党锢列传》载，范滂对不忍心将他缉拿归案的县令说道：“滂死则祸塞，何敢以罪累君，又令老母流离乎！”在和其母亲诀别时，深明大义的老母亲则一句一顿地勉励他说：“汝今得与李、杜齐名，死亦何恨！既有令名，复求寿考，可兼得乎？”范滂死时，年仅33岁。历史记住了他的从容伟岸！

有道是“自古正邪不两立”，晚明时期宦官得志，正邪之间的争斗极为惨烈。直臣左都御史高攀龙和名臣赵南星等志同道合，竭尽全力与朝中的恶势力抗争，故而遭到了以宦官魏忠贤为首的阉党集团猖狂反扑。在魏忠贤、崔呈秀、游凤翔等的交相诬陷下，高攀龙被贬官、削夺官职，随后又面临着锒铛入狱的劫难。在大劫来临之际，饱读诗书的高攀龙自知必死，反倒更为从容，在对后事一一作了安排以后，坦然自尽。史载，当逮捕高攀龙的消息传来时，高攀龙了无畏惧，笑着说道：“吾视死如归，今果然矣。”“入与夫人语，如平时。出，书二纸告二孙曰：‘明日以付官校。’因遣之出，扃户。”然后写下遗表，从容自尽。遗表云：“臣虽削夺，旧为大臣，大臣受辱则辱国。谨北向叩头，从屈

平之遗则。”(《明史 · 高攀龙列传》)

世人皆知海瑞斗严嵩，殊不知，铁汉子杨继盛和权奸大恶严嵩之间的生死搏斗更为惨烈。读《明史 · 杨继盛列传》《纲鉴易知录 · 明纪》《杨继盛自书年谱》可知，杨继盛以一介员外郎的身份弹劾首辅大臣权奸严嵩，并非因和严嵩有什么私人过节，相反，杨继盛能够由刑部员外郎改任兵部武选司员外郎，还是因为严嵩的举荐（严嵩自然是出于拉拢收买的考量）。因为感激朝廷一年里四次迁升自己的官职，杨继盛出于一腔忠君爱国之赤诚，而勇敢地上书弹劾严嵩祸国殃民之“五奸十大罪”。被逮捕入狱后受尽各种酷刑，杨继盛依旧不屈不挠，斗志昂扬。廷杖一百是常人难以承受的酷刑，友人送给他一副蛇胆，告之“用此物可以止痛”。又有人送酒一壶，对他说“可以此吃蚺蛇胆”。但杨继盛却拒不接受：“椒山自有胆，何必蚺蛇哉！”在狱中创伤发作，杨继盛半夜苏醒过来后，以惊人的毅力摔碎瓷碗，用手拿碎片割腐肉。肉被割尽，筋挂膜，又用手截去。为他持灯的狱卒颤抖欲坠，杨继盛却意气自如。清顺治皇帝读到这些文字时曾经由衷地感叹说：“朕观明有二百七十年，忠谏之臣往往而有，至于不为强御，披膈犯颜，则无如杨继盛；而被祸惨烈，杀身成仁者，亦无如杨继盛。”长达3年的牢狱生涯没有让杨继盛向恶势力低头，早已将生死置之度外的他在押赴朝审途中，竟能满怀豪情地信口吟诗曰：风吹枷锁满城香，簇簇争看员外郎。……性癖从来归视死，此身原自不随杨。天下之大，硬骨头铁心肠如杨继盛者能有几人？

“哀莫大于心死”，历史上从来都不缺乏灵魂先于躯壳离开人世的行尸走肉们。因已经彻底绝望而不再企图苟且偷生，却又因彻底绝望而极度变态疯狂的货色比比皆是，南梁元帝萧绎、隋恭帝杨侑、明末左都御史刘宗周、明思宗朱由检等皆是其中的头面人物。

南朝梁元帝萧绎是武帝萧衍第七子，从小便酷爱书籍，长大后好学不倦，史称其“博总群书，下笔成章，出言为论，才辩敏速，冠绝一时”。萧绎虽然对书籍一往情深，对统兵打仗却茫然无知，又生活在多事之秋，于是注定只能做一个悲情帝王。南梁承圣三年（554）西魏军队大举南犯，很快兵临城下，情势万分险恶，萧绎心知败局难以挽回，但在巡视城防时居然还能随口吟出诗来。城破之日，萧绎躲进皇宫东阁竹殿，命人把自己多年珍藏的古今14万卷图书全部付之一炬。随后便下令投降。有人问爱书如命的萧绎为何要下令焚书，萧绎悲怆地回答说：“读书万卷，犹有今日，故焚之。”（《资治通鉴》卷一百六十五）显然，萧绎在城破国亡之际已经彻底绝望，因为无处发泄，急火攻心的他才骤然变态，而下令焚烧他所珍藏的14万卷图书，好让这些书籍陪伴着他一同离开这个不值得留恋的世界。

杨侑的父亲杨昭是隋炀帝杨广的嫡长子，杨昭被炀帝封为太子后短命早夭。隋大业十三年（617），炀帝命丧江都。次年五月，长孙越王杨侑在东都洛阳称帝，史称隋恭帝。恭帝杨侑从一开始就被权臣段达、元文都、王世充、李密等玩弄于股掌之上，待到手握兵权的王世充羽翼丰满后，便逼着杨侑禅位，应允保全其性命。王世充篡位称帝后，更改国号为郑。隋礼部尚书裴仁基、左辅大将军裴行俨等密谋诛杀王世充，辅佐杨侑复辟，被王世充诛杀。接着，王世充便命人前去毒杀杨侑，以消除隐患。杨侑彻底绝望，悲愤莫名，设席焚香礼佛祈祷道：“愿自今以往，不复生帝王家！”然后喝下毒药，未能气绝，王仁则便用帛勒死了

杨侑。（见《资治通鉴》卷一百八十七）

刘宗周字起东，别号念台，人称蕺山先生，是明代最后一位儒学大师。刘宗周在明末官场上沉浮多年，官居左都御史，数被罢黜，政治上郁郁不得意，学问上卓然大家。晚年致仕后心忧江山社稷，明朝败亡的不幸消息却接踵而至。当“潞王降，杭州亦失守”的噩耗传来时，对明王朝忠心耿耿的刘宗周终于彻底绝望：“北都之变，可以死，可以无死，以身在田里，尚有望于中兴也。南都之变，主上自弃其社稷，尚曰可以死，可以无死，以俟继起有人也。今吾越又降矣，老臣不死，尚何待乎？若曰身不在位，不当与城为存亡，独不当与土为存亡乎？此江万里所以死也。”（《明史·刘宗周列传》）刘宗周选择了不食。“绝食二十三日，始犹进茗饮，后勺水不下者十三日。”自古艰难唯一死，可以想见，用绝食23日来谋求一死的刘宗周，内心是何等的悲愤绝望！

“大厦将倾，一木难支。”明思宗朱由检做了17年皇帝，为挽救行将灭亡的朱明王朝使出了吃奶劲头，却依旧于事无补。京城陷落之日，朱由检一方面践行“国君死社稷”的信念，决心为朱明王朝殉葬，一方面表现出了歇斯底里的疯狂变态。《纲鉴易知录·明纪》卷十五载：闯王李自成兵临城下后，太监曹化淳献城投降，内城失陷，大小官员作鸟兽散，皇家卫队纷纷逃命，名副其实的孤家寡人朱由检在周皇后自尽后，召来他心爱的年仅15岁的小公主，叹息道：“尔何生我家？”接着便亲自砍断了小公主的左臂，又砍死袁贵妃，刺杀了几名嫔妃。随后在内城转了一夜，天明时又要办公，“帝御前殿，鸣钟集百官，无一至者。遂仍回南宫，登万岁山之寿皇亭自经”。崇祯皇帝朱由检临死前的荒唐一幕，凝结了他心中的多少绝望与不甘！

同样是心知必死无疑，孔融的一双小儿女、隋末乱世官员郑颋、南梁太子萧大器、唐代功臣李世勣，以及西方古代哲人苏格拉底，却表现出了别样的淡定从容。东汉末年，一代名儒孔融因与曹丞相政见不合，而死在曹操的屠刀之下。也许是孔融早有预感，为防不测而将他的一双尚在幼龄的小儿女寄养在友人家中。正在下棋的这双小儿女获悉父亲遇难的噩耗后，竟然安坐不动神色坦然，根本不考虑如何逃命。当别人问他们时，小孩子的回答既充满绝望，又气度从容："安有巢毁而卵不破乎！"主人有遗肉汁，男渴而饮之。女曰："今日之祸，岂得久活，何赖知肉味乎？"兄号泣而止。或言于曹操，遂尽杀之。及收至，谓兄曰："若死者有知，得见父母，岂非至愿！"乃延颈就刑，颜色不变，莫不伤之。(《后汉书·郑孔荀列传》) 孔融的这双小儿女心知无法逃脱死神的魔掌而坦然待死，既是家教使然，更体现了一种令人肃然起敬的生死观。

萧大器是南梁简文帝萧纲之子，太清三年（549）六月，萧纲甫一称帝，即宣布立萧大器为皇太子。但从梁武帝萧衍时起，手握兵权的权臣便牢牢地掌控了朝政。大宝二年（551）秋八月，野心勃勃的侯景加快了篡位步伐，而将太子萧大器作为第一个弑杀目标。对于国家随时都可能倾覆的险恶形势，萧大器心知肚明，更清楚逆贼会首先拿他开刀，但又苦于拿不出应对之策，只好准备以死来殉国家之难。他曾经对人说过，自己的死日必在贼前，"安能以必死之命为无益之愁乎！"当侯景的鹰犬们手提屠刀到来时，萧大器颜色不变，从容地说道："久知此事，嗟其晚耳！"刽子手们要用衣带绞死他，萧大器告诉他们："此不能见杀。"让他们用系帐幕的绳索绞死自己。(见《资治通鉴》卷

一百六十四）

郑颋在隋朝为官多年，隋炀帝被宇文化及杀害后，又在新君隋恭帝杨侑朝中任御史大夫。权臣王世充逼迫杨侑禅位，自己称帝后，改国号为郑，要郑颋继续在新朝做官。此时天下分崩离析，群雄并起，郑颋忧心如焚，加之鄙视王世充的为人，便以有病为借口躲避参与政事。武德四年（621）春，郑颋请求王世充允准他放弃官爵，削发为僧，被王世充断然拒绝。去意已决的郑颋对夫人说道："人生会有死，早晚何殊？姑从吾所好，死也无憾矣。"随即削发为僧。王世充闻讯后勃然大怒，当即下令将郑颋斩首示众。临刑之时，郑颋谈笑自如，并作了一首临刑诗：幻生还幻灭，大幻莫过身。安心自有处，求人无有人。

唐朝开国功臣李勣（即李世勣）留给几位皇帝的印象很好：高祖李渊认为他是纯臣，太宗李世民认为他的功绩远超韩信、白起、卫青、霍去病，肃宗李亨将他配享姜太公庙、誉为古代历史上的十大名将之一。这位大功臣临死前对待生死的态度，更是迥异于常人。《新唐书・李勣列传》云：自属疾，帝及皇太子赐药即服，家欲呼医巫，不许。诸子固以药进，辄曰："我山东田夫耳，位三公，年逾八十，非命乎！生死系天，宁就医求活耶？"《旧唐书・李勣列传》所云略有不同："修短必是有期，宁容浪就医人求活！"如此信命不信医，不许家人请医生，不服儿子们熬好的汤药，却不拒绝皇帝和皇太子赏赐的药物。李勣的官场病看似已深入骨髓，其实头却无比清醒理智。

重温一下西方先哲苏格拉底用学习来迎接死亡的故事吧。伟大的思想者苏格拉底晚年时被雅典统治者以藐视神明、腐蚀年轻人道德的罪名将他逮捕入狱，并被判处死刑。人们劝他逃跑，苏格拉底却说道："既然我不能永远活着，那又何必苟且偷生？活着不是目的，好好活着才是。”苏格拉底听见隔壁牢房里有个新来的犯人唱着一首自己以前没有听过的新歌，急忙请求唱歌的狱友教他。狱友们都知道苏格拉底很快就要上刑场了，听了他的请求后，吃惊地问道："您不知道自己马上就要被处决了吗？为什么还要学新歌呢？”苏格拉底平静地回答说："这样，我死的时候就多会一首歌。”（《苏格拉底轶事》）

世界之大，无奇不有。围绕生死而衍生的各种荒诞不羁的愚昧现象，即是其中的一大景观。万物有生必有死明明是再清楚不过的事体，却总有人幻想凭借外物（诸如权力金钱神通）希求得道成仙长生不老，做了皇帝想成仙的秦始皇、汉武帝便因此而成了人们口中的笑柄。审视古往今来百态纷呈的生死人生，还有为数不多的人们能够看淡生死，并坦然面对死亡。他们这样做并非是有高尚的情怀，而是因为他们精通天文历数，可以未卜先知预知未来。郭凤、郭璞、傅奕都是这种身怀特异功能的奇人异士。

《册府元龟·总录部·知亡日》选录了东汉术士郭凤预知死期的轶事："郭凤，勃海人，好图谶，善说灾异，吉凶占应。先自知死期，豫令子市棺殓具，至其日而终。”

东晋著名术士郭璞不幸生活在逆臣王敦的魔掌之下，故而注定了他的人生悲剧。《晋书·郭璞列传》载，王敦举兵篡逆前要郭璞祝筮，郭璞断言王敦必然失败，同时断定自己将命丧当日日中：

> 敦将举兵，又使璞筮。璞曰："无成。”敦固疑璞之劝峤、亮，又闻卦凶，乃问璞曰；"卿更筮吾寿几何？”答曰："思向卦，明公起事，必祸不久。若住武昌，寿不可测。”敦大怒曰："卿寿几何？”曰："命尽今日日中。”

敦怒，收璞，诣南冈斩之。璞临出，谓行刑者欲何之。曰："南冈头。"璞曰："必在双柏树下。"既至，果然。复云："此树应有大鹊巢。"众索之不得。璞更令寻觅，果于枝间得一大鹊巢，密叶蔽之。

唐初太史令傅奕活了85岁。他的死如同一个传奇。《旧唐书·傅奕列传》载：

> 奕生平遇患，未尝请医服药，虽究阴阳数术之书，而并不之信。又尝醉卧，蹶然起曰："吾其死矣！"因自为墓志曰："傅奕，青山白云人也。因酒醉死，呜呼哀哉！"其纵达皆此类。

在科学不发达的古代，许多自然和人事现象难以解释，故而迷信盛行，占卜祝筮大行其道，以至于连郭凤、郭璞、傅奕这样的大知识分子，也以研究图谶占卜之术为能事。品读上述文字，在惊奇于他们不可思议的先见之明的同时，恍惚看到，他们对其置身其中的复杂社会人事现象的透彻了解，直接左右了他们对自己死期的判断。

上述几位高人自知死期的轶事，让人很自然地联想到东汉术士折像。折像出生于富贵之家，乃父折国给他留下了巨额资产。《后汉书·方术列传上》载：

> 折像字伯式，广汉雒人也。其先张江者，封折侯，曾孙国为郁林太守，徙广汉，因封氏焉。国生像。国有赀财二亿，家僮八百人。像幼有仁心，不杀昆虫，不折萌牙。能通《京氏易》，好黄、老言。及国卒，感多藏厚亡之义，乃散金帛资产，周施亲疏。或谏像曰："君三男两女，孙息盈前，当增益产业，何为坐自殚竭乎？"像曰："昔斗子文有言：'我乃逃祸，非避富也。'吾门户

殖财日久，盈满之咎，道家所忌。今世将衰，子又不才。不仁而富，谓之不幸。墙隙而高，其崩必疾也。”智者闻之咸服焉。

自知亡日，召宾客九族饮食辞诀，忽然而终。时年八十四。家无余资，诸子衰劣如其言云。

仔细品鉴折像的言行便会发现，他岂止是一位精于相术莫测高深的术士，分明是一位洞悉世事看破红尘的大师。唯其真正通晓世间万物盛衰变化之理，才能真正做到视金钱财物如同粪土，才能坦然面对死亡。或许古代那些久享盛名的术士们，其实首先是深谙人事社会演变大趋势的大师。唯其如此，才会有惊世骇俗的预言传世。

走狗烹和狡兔死

《道德经》有言："人法地，地法天，天法道，道法自然。"按照这一说法，大自然当中蕴涵着人类的生存法则，人类必须倍加珍惜自然界无言的启示，有所领悟有所遵循有所规避。事实上，我国古代先哲大都擅长援引自然现象来况喻人事，解释社会现象，讲述人生哲理，而且每每恰到好处。"弱水三千，且取一瓢而饮。"本文所要谈论的话题，则围绕世人皆知的"鸟尽弓藏，兔死狗烹"一语而展开。

乡间有句老话说得好："三个屠夫就讲猪，三个秀才就讲书。"同样一桩事体，出自不同人之口，便会蹦出不一样的字眼。譬如，出自读书人口中的"鸟尽弓藏，兔死狗烹"，和大字不识几个的村夫村妇所说的"过河拆桥，卸磨杀驴"，指的都是一回事，分别不过在于各人脑子里有无墨水、墨水多少而已。

"鸟尽弓藏，兔死狗烹"这句话，首先出自春秋时期辅佐越王勾践战胜吴王夫差的谋士范蠡之口，后来又被西汉开国功臣韩信所借用说事，故而成了世人皆知的历史典故。春秋时期越国吞灭吴国后，谋臣范蠡不顾越王勾践劝阻，执意归隐江湖。行前修书一封，托人转交挚友文种，劝他当机立断，归隐江湖以求保全："蜚鸟尽，良弓藏；狡兔死，走狗烹。越王为人长颈鸟喙，可与共患难，不可与共乐。子何不去？"(《史记·越王勾践世家》)

文种看后却不以为然，依旧留在越王身边辅政，结果被越王勾践赐死，以生命的代价佐证了范蠡的先见之明。

辅佐刘邦在楚汉相争中胜出的大将军韩信，功高无二，略不世出。西汉王朝建立后，韩信由齐王徙封为楚王，没过多久，便被高祖刘邦“伪游云梦”骗捕。激愤之中韩信发出不平之鸣：“果若人言：‘狡兔死，良狗亨；高鸟尽，良弓藏；敌国破，谋臣亡。’天下已定，我固当烹！”（《史记·淮阴侯列传》）其后韩信被贬徙为淮阴侯，又被吕后诱捕并杀害于未央宫。和韩信、萧何同为汉初三杰的谋士张良，因在西汉立国之初便选择退出，“愿弃人间事，欲从赤松子游”，并得以终老天年，故而，范蠡、文种、张良、韩信便成了人们总是挂在嘴上的名字。

范蠡、文种、张良、韩信的不同结局，似乎已将官场上“伴君如伴虎”的潜在风险和脱身路径和盘托出，但人们的领悟却各有不同，于是乎差之毫厘失之千里，后世各种类型的官场悲剧非但没有减少，而且愈来愈多愈演愈烈。谈论研判个中缘由，自是见仁见智，不一而足。倘若有人肯跳出老框框，不为传统思维定式所左右，站在相对超然的位置进行逆向思维，或许反倒会看得明白清楚许多。

翻阅史籍不难发现，对“鸟尽弓藏，兔死狗烹”认识感触颇深的高明人士，大都认可这一论断入木三分地揭示了刻薄寡恩的帝王心性，都意识到与狼共舞决不可心存侥幸，都强调当断则断明哲保身，该离开时必须像范蠡那样义无反顾地选择离开，该退出时则应向张良那样毅然决然地退出，而不能像文种、韩信因那般恋栈而酿成千古遗恨。研读这些坐而论道的高谈阔论无疑是有益的，但总有几分隔靴搔痒不解渴的感觉，一时之间却又说不出个所以然来。闲来无事埋头故纸堆中，在诸多历史掌故中流连徜徉，不知不觉地有种恍然大悟的感觉：狡兔死固然会导致走狗烹，但烹走狗和狡兔死之间并不存在因果关系；狡兔从来没有绝迹过，走狗照样经常挨宰。只要生活在封建专制时代，帝王家不可言传的阴暗心性总要表现出来，不惟敌国破谋臣亡，即便战争还在进行时，即便自己还可以为主子继续效犬马之劳，照样也会被主子烹煮宰杀屠戮。列宁有句名言：“真理再往前走一步，就是谬误。”具有“鸟尽弓藏，兔死狗烹”的政治敏锐性是必不可少的，但倘若由此把鸟尽、兔死看成是藏弓、烹狗的必要前提，则是大谬特谬的。对于以延续其家天下为最高目的的帝王们来说，一切都是手段，屠戮功臣更是屡见不鲜的琐事一桩。为了需要，他们或许会延缓屠戮个别功勋卓著的文臣武将的时间，一旦在他们眼里有谁必须立马诛除，他们同样不会心慈手软。未必等待狡兔死，烹狗总在进行时。只有认识到这一层，才算是对帝王心性有了较为深刻全面的把握。

白起、元勰、檀道济、刘休仁，可谓是中国古代几位被主人恣意烹杀的历史名人。

“白起者，郿人也。善用兵，事秦昭王。”身为战国四大名将之首，从秦昭王丨三年起，白起多次统帅秦军进攻韩、魏、楚、赵等国，为秦国吞并列国，立下了赫赫战功。史称，秦昭王十三年，秦左庶长白起率军奔袭韩国新城。次年，左更白起率军攻打韩、魏于伊阙，“斩首二十四万，又虏其将公孙喜，拔五城。”秦昭王十五年，大良造白起率军攻打魏国，占领魏国城池大小合计61座。此后20余年里，战神白起兵锋所向披靡，韩、魏、赵、楚接连败北。秦昭王四十七年，白起率军攻打赵国，射杀赵军统帅赵括，40万赵卒被迫降秦。为防赵卒反悔，白起竟然泯灭人

性，“乃挟诈而尽坑杀之，遗其小者二百四十人归赵。前后斩首虏四十五万人。赵人大震。”（《史记·白起王翦列传》）

秦昭王意欲乘势吞并六国，命白起率秦军攻赵，首先吞灭赵国，进而兼并天下。白起则审时度势，担忧局势出现逆转，遂反复劝说秦昭王不要急于攻赵。劝阻无效，白起便以身体有病为由拒绝受命。秦昭王先后派王陵、王齿乞为将围攻邯郸，久攻不克。称病在家的白起喟叹道：“秦昭王不听老臣之计，以致出现了骑虎难下的局势，如今能怎么做呢？”秦昭王闻悉后十分震怒，强令白起带病前往军中。白起以病势沉重为由，坚辞不就。白起与秦昭王的关系因此而日趋恶化。随着前方战事吃紧，昭王转而迁怒于白起，“乃使人遣白起，不得留咸阳中。”白起离开咸阳后，秦昭王更加不放心，对人说道：“白起之迁，其意尚怏怏不服，有余言。”于是，秦昭王便派使者前去赐白起一把宝剑，令其自尽。引剑自刭前，武安君白起仰天长叹道：“我何罪于天而至此哉？”随后忏悔道：“我固当死。长平之战，赵卒降者数十万人，我诈而尽坑之，是足以死。”（同上书）说完，便挥剑自尽而死。

司马迁对白起充满同情，认为白起“死而非其罪”。作为不世出的战国名将，白起死得委实冤枉。不是死于对敌我情势的误判，不是死于战场上，而是死于真知灼见，死于自己的说话过于率直，行事过于任性而不懂政治。换个视角来看，对于秦昭王而言，当时正急需白起这样的得力鹰犬为他卖命，为何会出人意料地诛杀他呢？或许白起也正是看到了这一点，以为秦昭王不会加害自己，才恃才无恐，居功自傲，公然忤逆主子的心意。殊不知，凶残歹毒的秦昭王固然需要白起为他效命疆场，却不能容忍他和自己离心离德。权衡利钝得失之后，尽管战事方酣，东方列国尚待翦灭，秦昭王还是毫不留情地结果了白起的性命。

历史有惊人的相似之处。北魏权臣元勰之死，和白起之死一样催人泪下。元勰字彦和，本名拓跋勰，北魏献文帝拓跋弘第六子，孝文帝元宏之弟。太和九年（485）封始平王，加侍中，拜征西大将军。后为中书令，改封彭城王，司徒、太子太傅。孝文帝死前，遗命元勰辅佐皇太子元恪继位，并手诏元恪曰："汝第六叔父勰，清规懋赏，与白云俱洁；厌荣舍绂，以松竹为心。吾少与绸缪，提携道趣。每请解朝缨，恬真丘壑，吾以长兄之重，未忍离远。何容仍屈素业，长婴世网。吾百年之后，其听勰辞蝉舍冕，遂其冲挹之性。无使成王之朝，翻疑姬旦之圣，不亦善乎。汝为孝子，勿违吾敕。"（《魏书·献文六王列传第九下》）

太和二十三年（499）元恪继位登基，史称宣武帝。元勰被任命侍中、都督冀定幽瀛营安平州诸军事、骠骑大将军、开府、定州刺史，后迁为太师。元勰先后辅佐孝文帝、宣武帝两位国君，允文允武，功勋显赫，深得民心，又明哲保身，从不争权恋位，多次辞让宰臣之职。饶是如此行事谨慎，却照样躲不过飞短流长。在国戚、尚书令高肇等人的不断诋毁谗构下，宣武帝果然对元勰产生了难以言传的猜忌。永平元年（508），经宣武帝默许，一代忠臣元勰为权奸高肇毒死。史家不惜笔墨，记录了元勰遇害的悲惨一幕：

> 戊戌，召勰及高阳王雍、广阳王嘉、清河王怿、广平王怀、高肇俱入宴。勰妃李氏方产，固辞不赴。中使相继召之，不得已，与妃诀而登车，入东掖门，度小桥，牛不肯进，击之良久，更有使者责勰来迟，乃去牛，人挽而进。宴于禁中，至夜，皆醉，各就别所消息。俄而元珍引武士赍毒酒而至，勰曰："吾无罪，愿一见至尊，死无恨！"元珍曰："至尊何可复见！"勰曰：

"至尊圣明，不应无事杀我，乞与告者一对曲直！"武士以刀镮筑之，勰大言曰："冤哉，皇天！忠而见杀！"武士又筑之，勰乃饮毒酒，武士就杀之，向晨，以褥裹尸载归其第，云王因醉而薨。李妃号哭大言曰："高肇枉理杀人，天道有灵，汝安得良死！"魏主举哀于东堂，赠官、葬礼皆优厚加等。在朝贵贱，莫不丧气，行路士女皆流涕曰："高令公枉杀贤王！"由是中外恶之益甚。（《资治通鉴》卷一百四十七）

史家虽然将元勰遇害的罪责归咎于中书令高肇，但谁都清楚，真正的幕后元凶是宣武帝元恪。个中缘由，用时下流行的网络语言最贴切不过："你懂的！"因为嫌元勰碍事，恨元勰功高震主，忌妒元勰深得民心，害怕元勰他日会问鼎皇位，所以要提前下手，烹杀这条功狗。

和元勰生活在同一时代的南朝刘宋政权中的权臣檀道济，早于元勰走出了一条类似的人生轨迹。

檀道济，高平金乡人。早在东晋时期，檀道济便和胞兄檀韶一起投在太尉刘裕的帐下。待到刘裕做了刘宋王朝的开国之君，檀道济也水涨船高地成了刘宋王朝的开国功臣，先后任侍中、领世子中庶子、兖州大中正转护军，加散骑常侍、领石头戍事，听直入殿省，改封永修县公，监南徐兖之江北淮南诸郡军事、镇北将军、南兖州刺史。被刘裕视为忠诚可信之臣。在宋文帝时代，檀道济因屡建战功，迁任"都督江州、荆州之江夏豫州之西阳新蔡晋熙四郡诸军事、征南大将军、开府仪同三司、江州刺史，持节、常侍如故"。"进位司空，持节、常侍、都督、刺史并如故。还镇寻阳。"（《宋书·檀道济列传》）

元嘉十二年（435），宋文帝刘义隆因“寝疾累年，屡经危殆”，担忧自己死后，没人可以制约“立功前朝，威名甚重；左右腹心，并经百战，诸子又有才气”的元老重臣檀道济，便将檀道济从外地召回京城。次年春，身体有所好转的宋文帝又命檀道济返回任所。檀道济领命后上船启程之际，刘义隆的病情突然加剧，彭城王刘义康立刻假传圣旨召回檀道济，并将其收付廷尉。随后，文帝专门下诏，把本来无罪的大臣檀道济说成是一个罪不可赦之人：

> 檀道济……元嘉以来，猜阻滋结，不义不昵之心，附下罔上之事，固已暴之民听，彰于遐迩。谢灵运志凶辞丑，不臣显著，纳受邪说，每相容隐。又潜散金货，招诱剽猾，逋逃必至，实繁弥广，日夜伺隙，希冀非望。镇军将军仲德往年入朝，屡陈此迹。朕以其位居台铉，豫班河岳，弥缝容养，庶或能革。而长恶不悛，凶慝遂遘，因朕寝疾，规肆祸心。前南蛮行参军庞延祖具悉奸状，密以启闻。夫君亲无将，刑兹罔赦。况罪衅深重，若斯之甚。便可收付廷尉，肃正刑书。事止元恶，余无所问。（《宋书·檀道济列传》）

一望即知，这道诏书所使用的，就是典型的强盗逻辑，罪与非罪，不过是当权者口中一句话的事，事实反倒成了无关紧要的东西。

很快，檀道济父子等多人被送上了断头台。据《资治通鉴》卷一百二十三载：“道济见收，愤怒，目光如炬，脱帻投地曰：‘乃复坏汝万里之长城！’”元嘉二十八年（451）冬，北魏之军大举南犯，与领军北伐的宋文帝对峙于长江。面对强敌的进攻，宋文帝想起了檀道济，感慨万端地在石头城上说道：“檀道济若在，岂使胡马至此！”（《资治通鉴》卷一百二十五）这时，檀道济含冤而死已经过了15个年头了。

檀道济和元勰都是以皇叔之尊功高震主，而被当了皇帝的侄儿杀害的，刘休仁则因类似的原因，被其兄长宋明帝刘彧诛杀。

刘休仁是南朝宋文帝刘义隆第12子。元嘉二十九年（452），刚10岁的刘休仁便被封为建安王。孝武帝刘骏在位期间，刘休仁步入政坛中心，历任侍中、领右军将军、湘州刺史、平南将军、安南将军、江州刺史等要职。大明八年（464）前废帝刘子业即位后，迁刘休仁为领军将军、常侍如故，又迁使持节、都督雍梁，南北秦四州诸军事，安西将军、宋蛮校尉、雍州刺史。未上任，留为散骑常侍、护军将军，又加特进、左光禄大夫。是年，淮阳王刘彧发动宫廷政变，杀死了荒淫无道的前废帝刘子业，继位称帝，是为宋明帝。刘彧称帝之初，“四方逆命，兵至近畿”，刘休仁率军“亲当矢石，大勋克建，任总百揆，亲寄甚隆”，辅佐宋明帝平息叛军，安定了刘宋江山。因之官职日隆，先后被任命为司徒、尚书令、太子太傅，权倾朝野，史称“朝野四方，莫不辐凑”。娴于政治权术的刘休仁为避功高震主之嫌，主动请辞扬州刺史，暂时缓解了和主子的紧张关系。泰始六年（470），明帝迁刘休仁为太尉，领司法，刘休仁再三辞让，不许，“又加漆轮车、剑履。”（《宋书·刘休仁列传》）

宋明帝刘彧总共做了8年皇帝。晚年经常闹病的刘彧担心自己身后，几位手握兵权的王爷会篡权夺皇帝宝座，于是首先寻找了个借口杀害了晋平剌王刘休祐，随后又瞄中了刘休仁。刘休仁也意识到自己处在极度危险之中，心中日夜惶恐不安。不久，明帝的病情加重，朝廷上下都认为很快刘休仁就要主持朝政了，连主书以下的低级官吏，都纷纷前往东府拜访建安王刘休仁的左右亲信。明帝获悉后更加气愤，遂决意对刘休仁下手。

泰始七年（471）正月初一，明帝命刘休仁入宫晋见，随后又告诉他说，“今晚你别回府，在尚书下省安歇，明天早晨再来”。当晚命人送去毒药，强迫刘休仁吞服。刘休仁气得破口大骂：“皇上你能得到天下，究竟是依靠谁的力量！当年孝武帝因为诛杀兄弟手足，子孙灭绝，今天你又要诛杀兄弟，刘宋的统治岂能长久！”宋明帝担心引发变故，便强提精神到皇城端门坐镇，直到刘休仁服毒气绝，才返回宫中。年仅39岁的建安王刘休仁，就这样硬是被皇帝哥哥刘彧活生生地夺去了性命。

处死重臣刘休仁是一件惊天动地的大事，必须给人们一个解释。于是明帝下诏，给刘休仁扣上“谋为乱逆”的罪名。诏曰：

> 刘休仁地属密亲，位居台重，朕友寄特深，宠秩兼茂。不能弘赞国猷，裨宣政道，而自处相任，妄生猜嫌，侧纳群小之说，内怀不逞之志，晦景蔽迹，无事阳愚。因近疾患沉笃，内外忧悚，休仁规逼禁兵，谋为乱逆。朕曲推天伦，未忍明法，申诏诰砺，辨核事原。休仁惭恩惧罪，遽自引决。追寻悲痛，情不自胜，思屈法科，以申矜悼。可宥其二子，并全封爵。但家国多虞，衅起台辅，永寻既往，感慨追深。（《宋书·刘休仁列传》）

接着，明帝又颁发了一道诏书给朝中大臣及地方官员，叙述刘休仁的种种劣迹，陈说处死刘休仁的“事之本末”。诚所谓此地无银三百两，欲盖而弥彰，《宋书》编纂者一语道破个中玄机：“上与休仁素厚，至于相害，虑在后嗣不安。”（《宋书·刘休仁列传》）

在宋明帝刘彧心目中，皇位高于一切。为了让继位者能坐稳刘宋江山，不论何人，只要被怀疑有可能对皇位构成威胁的，就一定要将其置之死地。在宋明帝诛杀的一干重臣中，建安王刘休仁和他感情最深。诛杀刘休仁以后，刘彧尚未完全泯灭的良心深深为之不安。《宋书·刘休仁列传》称："休仁既死，痛悼甚至。谓人曰：'我与建安年时相邻，少便狎从。景和、泰始之间，勋诚实重。事计交切，不得不相除。痛念之至，不能自已。今有一事不如与诸侯共说，欢适之方，于今尽矣。'因流涕不自胜。"

在良心的折磨之下，宋明帝刘彧终于说了句大实话，他之所以要下狠心诛除刘休仁，并不是刘休仁有什么过失，更非是刘休仁想要谋反，而是他虑及身后之事，"事计交切，不得不相除"。

奇货可居与奇祸不期

在众多历史之谜中，吕不韦与秦始皇嬴政是否存在血缘关系，是一个诸说纷纭、扑朔迷离、莫衷一是的谜题。按照《史记·吕不韦列传》的说法，吕不韦就是嬴政的亲生父亲。尽管有人对司马迁的说辞不以为然，但吕不韦和秦王朝之间存在着剪不断、理还乱的关系，却是不争的事实。如果没有河南商人吕不韦自作多情式的主动介入，身为赵国人质的秦国公子异人（即公子子楚）是做梦也不会想到，自己能咸鱼翻身般地重返故国成为王位继承人的。设若公子异人不能重返秦国继承王位，他名义上的儿子嬴政就不会堂而皇之地在他死后登基继位，战国时期战乱频仍的乱局或许也不会结束于秦国的兼并。

吕不韦的精明是世所公认的。作为一名不世出的商人，河南人吕不韦前来赵国都城邯郸经商时，偶然认识了在赵国做人质的秦国公子异人。战国时期，各诸侯国之间既交战又结盟，既是敌国又互送子侄为人质。秦太子安国君的庶子公子异人被送到赵国做了人质。此后，秦国多次派大军攻打赵国，公子异人在赵国的境遇可想而知。赵国人由厌恶秦国而厌恶这个来自秦国的人质，谁也没有想到他还具有什么价值。公子异人同样自惭形秽，不仅连个夫人也找不着，更看不到自己有生还故国的希望。而吕不韦则不然，从不经意间见到公子异人起，就立刻联想到了此人难以估量的商业价值，并在他身上使用了一个经商术语："奇货可居"。

《战国策·秦策五》，如是刻画了吕不韦父子的生意经：

濮阳人吕不韦贾于邯郸，见秦质子异人，归而谓其父曰："耕田之利几倍？"曰："十倍。""珠玉之赢几倍？"曰："百倍。""立国家之主赢几倍？"曰："无数。"曰："今力田疾作不得暖衣余食；今建国立君，泽可以遗世。愿往事之。"

在《东周列国志》中，吕不韦发现公子异人后的亢奋则被大加渲染：

时有阳翟人姓吕，名不韦，父子为贾，平日往来各国，贩贱卖贵，家累千金。其时适在邯郸，偶于途中望见异人，生得面如傅粉，唇若涂朱，虽在落寞之中，不失贵介之气。不韦暗暗称奇，指问旁人曰："此何人也？"答曰："此乃秦王太子安国君之子，质于赵国，因秦兵屡次犯境，我王几欲杀之。今虽免死，拘留丛台，资用不给，无异穷人。"不韦私叹曰："此奇货可居也！"

乃归问其父曰："耕田之利几倍？"父曰："十倍。"又问："贩卖珠玉之利几倍？"父曰："百倍。"又问："若扶立一人为王，掌握山河，其利几倍？"父笑曰："安得王而立之？其利千万倍，不可计矣。"不韦乃以百金结交公孙乾。

《史记·吕不韦列传》没有记载吕不韦和乃父的商榷文字，却陈说了吕不韦为子楚（公子异人）而下的功夫：

吕不韦贾邯郸，见而怜之，曰"此奇货可居"。乃往见子楚，说曰："吾能大子之门。"子楚笑曰："且自大君之门，而乃大吾门！"吕不韦曰："子不知也，吾门待子门而大。”子楚心知所谓，乃引与坐，深语。吕不韦曰：“秦王老矣，安国君得为太子。窃闻安国君爱幸华阳夫人，华阳夫人无子，能立適嗣者独华阳夫人耳。今子兄弟二十馀人，子又居中，不甚见幸，久质诸侯。即大王薨，安国君立为王，则子毋几得与长子及诸子旦暮在前者争为太子矣。”子楚曰：“然。为之奈何？”吕不韦曰：“子贫，客于此，非有以奉献于亲及结宾客也。不韦虽贫，请以千金为子西游，事安国君及华阳夫人，立子为适嗣。”子楚乃顿首曰：“必如君策，请得分秦国与君共之。”

吕不韦乃以五百金与子楚，为进用，结宾客；而复以五百金买奇物玩好，自奉而西游秦，求见华阳夫人姊，而皆以其物献华阳夫人。因言子楚贤智，结诸侯宾客遍天下，常曰“楚也以夫人为天，日夜泣思太子及夫人”。夫人大喜。不韦因使其姊说夫人曰：“吾闻之，以色事人者，色衰而爱弛。今夫人事太子，甚爱而无子，不以此时蚤自结于诸子中贤孝者，举立以为適而子之，夫在则重尊，夫百岁之后，所子者为王，终不失势，此所谓一言而万世之利也。不以繁华时树本，即色衰爱弛后，虽欲开一语，尚可得乎？今子楚贤，而自知中男也，次不得为適，其母又不得幸，自附夫人，夫人诚以此时拔以为適，夫人则竟世有宠于秦矣。”华阳夫人以为然，承太子闲，从容言子楚质于赵者绝贤，来往者皆称誉之。乃因涕泣曰：“妾幸得充后宫，不幸无子，愿得子楚立以为適嗣，以托妾身。”安国君许之，乃与夫人刻玉符，约以为適嗣。安国君及夫人因厚馈遗子楚，而请吕不韦傅之，子楚以此名誉益盛于诸侯。

吕不韦取邯郸诸姬绝好善舞者与居，知有身。子楚从不韦饮，见而说之，因起为寿，请之。吕不韦怒，念业已破家为子楚，欲以钓奇，乃遂献其姬。姬自匿有身，至大期时，生子政。子楚遂立姬为夫人。

秦昭王五十年，使王龂围邯郸，急，赵欲杀子楚。子楚与吕不韦谋，行金六百斤予守者吏，得脱，亡赴秦军，遂以得归。赵欲杀子楚妻子，子楚夫人赵豪家女也，得匿，以故母子竟得活。秦昭王五十六年，薨，太子安国君立为王，华阳夫人为王后，子楚为太子。赵亦奉子楚夫人及子政归秦。

吕不韦不惜投入、不惜血本地对公子异人进行商业包装，替他打通上下左右的路径，竟然将一个几乎被人遗忘的人质公子异人运作成了秦国的王位继承人，并帮助其安然离开赵国都城邯郸而返回秦国都城咸阳，不论从哪个角度审视，都是一个成功的案例。然而，“福兮祸所伏，祸兮福所倚。”成功者吕不韦在此时已经犯了一个致命的错误：将怀上自己血脉的赵姬送给公子异人为妻，而这位赵姬偏偏又是一位性欲极其旺盛的女子。吕不韦这一招实在是太阴损了，竟然想在不知不觉中把秦王朝的家天下变成吕姓的家天下。“聪明反被聪明误”，吕不韦就是这样一个典型。

秦昭王五十六年（前251），秦昭王去世，太子安国君继位为王，是为秦孝文王，华阳夫人做了王后，子楚被立为太子。一年后，秦孝文王去世，子楚继位，是为秦庄襄王。“庄襄王元年，以吕不韦为丞相，封为文信侯，食河南雒阳十万户。”秦庄襄王在位三年便一命呜呼。太子嬴政继位为王，“尊吕不韦为相国，号称‘仲父’。”因秦王政年少，军国重事皆由吕不韦裁决。由商人而政治家的吕不韦一言九鼎，极盛一时，家僮竟多达万人。

吕不韦再次运用其商贾特有的聪明，效法“战国四公子”，广揽宾客，“亦招致士，厚遇之，至食客三千人。”接着，吕不韦又下令，“使其客人人著所闻，集论以为八览、六论、十二纪，二十余万言。以为备天地万物古今之事，号曰《吕氏春秋》。”为把这本书打造成绝世精品，他下令将所著之书“布咸阳市门，悬千金其上，延诸侯游士宾客有能增损一字者予千金”。“一字千金”的成语典故由此而诞生。

在中国历史上，吕不韦算得上是一位能赚会花敢下大注敢投入大本钱的顶级大玩家。商人而又对政治极为敏感的特质，使他精明地捕捉到了人质公子异人的巨大潜在价值。为了赚取无数倍的利益，他不惜孤注一掷，把自己多年经商所获之利用到经营人质公子异人上面。同样，为了赚取比孟尝君、平原君、信陵君、春申君更大的声誉，他动用自己高居相国之位的独特资源，广揽食客三千人，不仅假食客之手实现了著书立说的宏大愿望，把自己打扮成了一个文化人，而且还“一字千金”、出手豪绰请人纠错。沽名钓誉到了这个份上，着实令世人望尘莫及。

大富大贵的吕不韦也有其挥之不去的烦心事。俗话说：“种下苦瓜食恶果。”嬴政的生母赵姬原本是吕不韦转送给公子异人的，如今赵姬成了秦太后，年轻守寡、欲火中烧的秦太后不肯忍受寂寞，便经常与相国吕不韦私通。随着秦王嬴政的一天天长大，吕不韦心中的焦虑也与日俱增。为了解脱自己，他冥思苦想，终于想出了一条自以为高明的“万全之计”：

始皇帝益壮，太后淫不止。吕不韦恐觉祸及己，乃私求大阴人嫪毐以为舍人，时纵倡乐，使毒以其阴关桐轮而行，令太后闻之，以啗太后。太后闻，果欲私得之。吕不韦乃进嫪毐，诈令人以腐罪告之。不韦又阴谓太后曰："可事诈腐，则得给事中。"太后乃阴厚赐主腐者吏，诈论之，拔其须眉为宦者，遂得侍太后。太后私与通，绝爱之。(《史记·吕不韦列传》)

《东周列国志》绘声绘色地讲述了吕不韦的金蝉脱壳之计：

却说吕不韦以阳伟善战，得宠于庄襄后，出入宫闱，素无忌惮；及见秦王年长，英明过人，始有惧意。奈太后淫心愈炽，不时宣召入甘泉宫。不韦怕一旦事发，祸及于己，欲进一人以自代，想可以称太后之意者，而难其人。闻市人嫪大，其阳具有名，里中淫妇人争事之。秦语呼人之无士行者曰毒，因称为嫪毒，偶犯淫罪，不韦曲赦之，留为府中舍人。秦俗：农事毕，国中纵倡乐三日，以节其劳。凡百戏任人陈设，有一长一艺，人所不能者，全在此日施逞。吕不韦以桐木为车轮，使嫪毒以其阳具穿于桐轮之中，轮转而具不伤，市人皆掩口大笑。太后闻其事，私问于不韦，似有欣羡之意。不韦曰："太后欲见其人乎？臣请进之。"太后笑而不答，良久曰："君戏言耶？此外人，安得入内？"不韦曰："臣有一计在此。使人发其旧罪，下之腐刑，太后行重赂于行刑者，诈为阉割，然后以宦者给事宫中，乃可长久。"太后大悦曰："此计甚妙！"乃以百金授不韦，不韦密召嫪毒，告之以故。毒性淫，欣然自以为奇遇矣。不韦果使人发其他淫罪，论以腐刑。因以百金分赂主刑官吏，取驴阳具及他血，诈作阉割，拔其须眉。行刑者故意将驴阳传示左右，尽以为嫪毐之具。传闻者莫不骇异。

嫪毐既诈腐如宦者状，遂杂于内侍之中以进。太后留侍宫中。夜令侍寝，试之，大畅所欲，以为胜不韦十倍也。明日，厚赐不韦，以酬其功。不韦乃幸得自脱。

吕不韦的这个邪招竟然衍生出了连他自己也没有想到的变数：太后和嫪毐爱得如胶似漆，居然以半老徐娘之身为嫪毐生了两个儿子。随着两个儿子渐渐长大，嫪毐和太后竟然密谋：待秦王政死后立其中一子为王。当秦王嬴政从告密者那里获得这一讯息后，立即出手，“下吏治，具得情实，事连相国吕不韦。九月，夷嫪毐三族，杀太后所生两子，而遂迁太后于雍”。

秦王嬴政原本打算追究吕不韦的罪责，“为其奉先王功大，及宾客辩士为游说者众，王不忍致法。”到了次年 10 月，秦王下令免去吕不韦相国之职，命他离开都城前往封地河南就国。

至此，吕不韦本应深自收敛，韬光养晦，而过惯了“闻人”生活的吕不韦却不肯收敛自己越来越严重的虚荣心。罢相就国一年多里，“诸侯宾客使者相望于道，请文信侯”。吕不韦坦然接受奉请，不断地炫耀自己“宝刀未老”、余威犹在。吕不韦如此招摇地要人们知道他的存在，使嬴政意识到已被罢官的吕不韦仍然是一个不可小觑的潜在威胁，担心一旦有变，难以应对。于是，便亲赐一书给文信侯吕不韦：

君何功于秦？秦封君河南，食十万户。君何亲于秦？号称仲父。其与家属徙处蜀！（《史记·吕不韦列传》）

俗云“知子莫如父”，吕不韦深知自己的这个亲生儿子本性凶残，出手之狠辣，更知道自己罪孽深重，接了秦王的诏书以后，吕不韦权衡利弊，再一次以商人的精明做出了明智的选择，饮鸩自尽了。

成就吕不韦的，是他慧眼独具，发现了奇货可居；毁掉吕不韦的，是他恣意妄为，居然将怀上自己血脉的赵姬送给公子异人为妻，在后来为求脱身竟然给秦太后推荐嫪毐，最后连自己的身家性命也都赔了进去。令吕不韦丢掉性命的问题，大概就出在这里。

宋人徐钧曾写过一首评价吕不韦的诗作，堪称是直击吕不韦命门的传世名作。于此姑且引来为本文作结：

谋立储君诳孕姬，巨商贩鬻巧观时。

十年富贵谁轻覆，奇货元来祸更奇。

徒唤奈何话躺枪

天下之大，无奇不有，而没有道理不可思议不由分说之事，令人感慨系之徒唤奈何的历史悲剧，竟然又比比皆是，“躺枪”现象即是其中之一。翻看经史子集浏览《诗》云子曰，皆是教人向善行善忍让不争，“诸恶莫作，诸善奉行”。荟萃了儒释道诸子百家古圣先贤人生箴言的《增广贤文》，更是反复教人认命向善。“莫怨天来莫怨人，五行八字命生成。”“善恶随人作，祸福自己招。”“怕事忍事不生事自然无事，平心静心不欺心何等放心。”“岂能尽如人意，但求不愧吾心。”但是自古以来，偏偏就有许多无法解释的事体突兀而来，于是只好又说：“天有不测风云，人有旦夕祸福。”“人在家中坐，祸从天上落。”“万般皆是命，半点不由人。”由此可知，玄而又玄不可捉摸的“命运”二字，真的是相助古人逃脱窘境的救命稻草。只需将没法子解释没道理可讲的人生憾事归咎于命运，似乎便什么都讲透彻了。无怪乎宋代大政治家思想家王安石，在《李璋下第》一诗中，也用这一老套的说教，来平息书生李璋心中的不忿：“学如吾子何忧失，命属天公不可猜。”

切莫过于简单武断不加分析地嘲笑古人近乎智穷才尽的思维逻辑，古代官场上屡见不鲜的“躺枪”现象的确令人困扰。笔者在思索这一现象的时候，总能想起一个又一个颇耐端详的“躺枪”掌故，而首先浮现在眼帘的“躺枪”古人，则是春秋末年越国的大夫文种。

人尽皆知，文种和范蠡都是越王勾践手下首屈一指的智囊人物，都为辅佐勾践卧薪尝胆、东山再起作出了很大贡献。在越国吞灭吴国之初，范蠡即审时度势，决意归隐江湖，并于临行前托人转交文种一封书信，劝他当机立断，尽快退出政坛，以求自我保全：“蜚鸟尽，良弓藏；狡兔死，走狗烹。越王为人长颈鸟喙，可与共患难，不可与共乐。子何不去？”

这封书信无疑具有一语提醒梦中人的奇效，可惜此时的文种雄心万丈，意欲大展长才，继续为越国做事，加之对主子勾践心存侥幸，而没能抓住这次机会。范蠡去后没过多久，越王勾践借口有人告发文种将要造反，而赐给他一把剑，并说道：“子教寡人伐吴七术，寡人用其三而败吴，其四在子，子为我从先王试之。”至此，文种别无选择，只能被迫伏剑自刎。不待说，文种的悲剧，反过来印证了范蠡的先见之明。

由于范蠡的书信在先，文种政治识见上的迟钝便饱受后人诟病，似乎文种是咎由自取，死于“不听好友劝，吃亏在眼前”。这种看法有一定道理，但却是非常片面的。实际上，文种并没有任何过错，既没有对越王勾践大不敬，也没有违背国法，更没有任何政治野心，这是和历史上众多犯颜直谏触动了主子逆鳞的官员们截然不同的。文种之死，乃是典型的“君子匪罪，怀璧其罪”，因为自己功勋卓著德才兼备而为主子所不容，以至“躺枪”殒命。相形于和他同时期的杰出政治家军事家伍子胥，二人的下场同样悲惨，但文种无疑死得更冤枉，因为伍子胥死于犯颜直谏屡屡触犯吴王夫差的逆鳞，而文种却始终循规蹈矩，没有任何出格的言论。故而，文种之死则更为典型地诠释了什么叫作“君叫臣死，臣不得不死”。

文种“躺枪”不论多么冤枉，毕竟还是越国官场中的既得利益者，而明代才子唐寅“躺枪”时，却尚未步入官场的门槛。

唐寅字伯虎、子畏，号六如居士、桃花庵主、鲁国唐生、逃禅仙吏等。苏州府吴县人。明代著名书画家，文学家。唐寅出身于富裕的商人家庭，少有俊才，过目成诵，相传可“每夜尽一卷”，数岁即能为科举文字。他 14 岁时拜著名画家周东村为师，几年后，其山水、人物、仕女、花鸟画均出类拔萃，故而人称孺子狂童。后与文征明、祝允明、徐祯卿结交，时称“吴中四才子”。弘治十一年（1498），29 岁的唐寅因乡试第一而名声大噪，绰号唐解元。次年，唐寅信心满满地赴京会试，却不幸卷入了震惊天下的科场舞弊案即“会试泄题案”当中。《明史 · 文苑传二》载：

> 唐寅……举弘治十一年乡试第一，座主梁储奇其文，还朝示学士程敏政，敏政亦奇之。未几，敏政总裁会试，江阴富人徐经贿其家僮，得试题。事露，言者劾敏政，语连寅，下诏狱，谪为吏。寅耻不就，归家益放浪。

唐寅乡试时的座主梁储因很赏识唐寅的才华，返京后便将唐寅的试卷字呈给学士程敏政欣赏，唐寅因此在程敏政那里留下了深刻印象。翌年京城会试，程敏政和李东阳被任命为主考官。唐寅在赴京赶考途中，结识了江阴巨富之子徐经。徐经来到京城后投机钻营，通过暗中贿赂主考官程敏政的家童，而于事先得到了试题。程敏政和李东阳都是饱学之士，所出的会试考题颇为冷僻，很多考生不知所云，唯有两张试卷答题贴切文辞优雅。主考官程敏政闻悉后脱口说道："定是考生徐经、唐寅的试卷。"由于唐寅和徐经到京城后多次拜访过程敏政，在程敏政被钦定为主考官后，唐寅还请他为自己的诗集作序，言官遂上奏弹劾程敏政受贿泄题。明孝宗当即下旨不准程敏政阅卷，凡由程敏政阅过的卷子均由李东阳复阅，将程敏政、唐寅和徐经押入大理寺狱。徐经入狱后招认其行贿窃取试题属实，并说曾将试题泄露给了唐寅。徐经因有家人大把撒钱，故而在狱中没有承受皮肉之苦。唐寅因为没有阿堵物做铺垫，在狱中则饱尝了狱刑之苦。

这场会试泄题案是明代官场内部倾轧争斗的结果，发难者的目标是冲着主考官程敏政去的。程敏政平素怀才自负，"俯视侪偶，颇为人所疾"，得罪了不少人，这些人便以此为由头，联起手来攻讦弹劾程敏政。一介考生唐寅即因此而躺枪，做了当时官场倾轧算计争斗的牺牲品。

会试泄题案不仅令涉案人唐寅有口难辩，而且无情地彻底剥夺了士子唐寅的仕途前程。经由科举考试而平步青云进入官场，原本是唐寅梦寐以求的愿望，如今却因身陷会试泄题案而被革黜为小吏，从此与做官绝缘，这是心高气傲的才子唐寅所万万没有想到的。文人气质浓郁的唐寅将之视为人生的奇耻大辱，断然不能忍受，他向好友表明心迹："岁月不久，人命飞霜；何能自戮尘中，屈身低眉，以窃衣食！"于是，他坚拒小吏一职，愤然出走。自此性情大变，破罐破摔，狎妓聚饮，无所不为。晚年筑室桃花坞，仅活了54岁。唐寅自己无论如何都不会想到，才华横溢的他竟然会因"会试泄题案"而躺枪，被摈斥于仕途之外，而断送大好前程。

如果说唐寅"躺枪"毕竟和他自己交友不慎不拘小节有着说

不清的关系，那么，因谋求做官托关系走后门而掉了脑袋的唐人王沐的离奇遭遇，则更让人唏嘘不已。《资治通鉴》卷二百四十五载：

王涯有再从弟沐，家于江南，老且贫。闻涯为相，跨驴诣之，欲求一簿、尉。留长安二岁余，始得一见，涯待之殊落莫。久之，沐因嬖奴以道所欲，涯许以微官，自是旦夕造涯之门以俟命；及涯家被收，沐适在其第，与涯俱腰斩。

上述掌故发生在唐文宗时期。王沐原本没有功名，在家里无拘无束，只因为堂兄王涯贵为当朝宰相，王沐遂怦然心动，前来京城走兄长王涯的门子，意图寻顶官帽子戴戴。但来到长安足足等了两年多，才见了堂兄一面，人家却对他爱答不理，非常冷淡。好不容易疏通了相府仆人的关节，把话递了过去，王涯也亲口答应给他个小官做，不承想赶上了“甘露之变”，王涯被抄家时，王沐恰好在王涯的家中，于是糊里糊涂地丢了性命。

天下之大，想当官的人密密麻麻，跑官要官的人多如过江之鲫，但像王沐这般窝窝囊囊地“躺枪”，不明不白地死于非命的，却极其罕见。人们常说，偶然性的背后隐藏着必然性。那么，简单地将王沐之死归结为官欲旺盛使然，真能说得通吗？

文种、唐寅、王沐先后“躺枪”，表征各有不同，但均发生在当事人在世的时候。而北宋名将潘美“躺枪”，却是他已经长眠于地下之后的事情了。

潘美、杨业都是写入史书的北宋名将。潘美字仲询，大名府人。北宋王朝建立后，潘美深得太祖赵匡胤、太宗赵光义器重，参与平定南汉、南唐、北汉，屡立战功，先后任朗州团练使、岭南道转运使、宣徽北院使、北路都招讨制置使、判太原行府事、知幽州行府事、忠武军节度使等职，封代国公、进封韩国公。杨业字重贵，麟州新秦（今陕西神木市）人。原本是北汉名将，号称“无敌”将军。北汉灭亡后归顺宋王朝，任郑州刺史，授右领军卫大将军，迁云州观察使、代州刺史兼三交驻泊兵马都部署。太平兴国五年（980），杨业在雁门关大破辽军，威震契丹。

雍熙三年（986），宋军兵分三路伐辽，潘美受命为云、应、朔等州行营都部署，杨业担任其副将，率西路大军兵出雁门。后因大将军曹彬统领的东路军大败于岐沟关，潘美等受诏撤军班师，并护送寰、朔、云、应等四州百姓随军内迁。辽军乘势追来，寰州沦陷。杨业审时度势，主张不要贸然与辽军交战，但因监军王侁坚决反对，主帅潘美态度暧昧，杨业无奈出战，结果陷敌重围被俘而死。对此，《宋史·杨业列传》作了详细记载。

杨业战死的噩耗传来后，北宋朝廷为之震惊。太宗赵光义下诏曰：“执干戈而卫社稷，闻鼓鼙而思将帅。尽力死敌，立节迈伦，不有追崇，曷彰义烈！故云州观察使杨业诚坚金石，气激风云。挺陇上之雄才，本山西之茂族。自委戎乘，式资战功。方提貔虎之师，以效边陲之用。而群帅败约，援兵不前。独以孤军，陷于沙漠；劲果猋厉，有死不回。求之古人，何以加此！是用特举徽典，以旌遗忠。魂而有灵，知我深意。可赠太尉、大同军节度，赐其家布帛千匹、粟千石。大将军潘美降三官，监军王侁除名、隶金州，刘文裕除名、隶登州。”（《宋史·杨业列传》）

因为潘美一生戎马，战功显赫，朝廷并没有将之一棍子打死。在给予削秩三等，降为检校太保的严厉处分后，过了不久，又升迁了他的官职。“明年，复检校太师。知真定府，未几，改都部署、判并州。加同平章事，数月卒，年六十七。赠中书令，

谥武惠。咸平二年，配飨太宗庙庭。”（《宋史·潘美列传》）

公允地看，对于杨业之死，监军王侁负有不可推卸的责任，潘美身为主帅，也难辞其咎，他为此被问责降职，也说不上委屈。由宋太宗客观地看待他的历史功过，随后又迁升其职务，让其位极人臣可知，朝廷并没有把杨业的死全都看成是潘美的罪过。翻看史书也可以发现，史家也没有因杨业的死而将潘美视为罪不可赦的奸臣。不难想见，潘美生前对朝廷处置这桩公案不会心存不满。

但事情到此并没有完结。在杨业、潘美相继作古后，他们又成了百姓心中忠奸善恶的代名词。在人们都很熟悉的《杨家将演义》和相应戏曲中，杨业变成了金刀杨令公，潘美则变成了潘仁美，一个是红脸忠臣，一个是白脸奸臣，杨业之死则被说成是潘美处心积虑残害忠良的结果。长眠于地下的潘美绝对不会想到，自己死去以后依然会不明不白地“躺枪”，居然被牢牢地钉在历史的耻辱柱上，而且百口难辩。朝廷当时分明做了结论嘛！为何人们还是不依不饶地硬要把屎盆子扣在他的头上呢？悠悠众口，众口悠悠，除开忍气吞声徒唤奈何以外，潘美还能有什么办法呢？

出恭也有奇遇

“闲来无事不从容，睡觉东窗日已红。”行走在“奔七”的路上，得以闲散自在地浏览书籍，有一搭无一搭地联想遐思，打发时光，委实是人生莫大的幸事。近日来突发奇想，常常将先前读书印象较深的几桩掌故轶事联结在一起品味，聊以自得其乐。如此一来，竟然更加确信“天下之大，无奇不有”并非虚言。生活里的事，历史上的事，书本里的事，有的尽管让人瞠目结舌匪夷所思，或者让人眉头紧锁感慨系之，或者让人笑出泪珠子来，却不能不承认造化的奇妙。就连出恭小解这种人皆有之的琐屑事体，有时也有奇遇，也会诱发令人啼笑皆非的奇迹轶闻。

说到出恭小解也有奇遇，首先浮现在脑际前并忍俊不禁的，当是南宋抗金名将岳飞麾下的福将牛皋“连出恭都得了功劳”的趣事。《说岳全传》第 33 回载，岳飞屯兵藕塘关那天，正好是一年一度的中元节，即农历七月十五，俗称祭祖节、鬼节。是日，牛皋和吉青悄悄离开军营，到山中僻静之处做羹饭祭奠先人。书中的描述绘声绘色动感十足：

> 那牛皋悄悄对吉青道：“那营中万马千军，这些鬼魅如何敢来受祭？我和你不如到山上幽僻之处，去做一碗羹饭，岂不是好？”吉青道：“这句话讲得有理。”就叫家将把果盒抬到山上幽僻地方。牛皋道：“我就在此祭，

老哥你往那首去。各人祭完了祖，抬拢来吃酒。”吉青道：“有理。”牛皋叫军士躲过了。他想起母亲，放声大哭。吉青听得牛皋哭得苦楚，不觉打动他伤心之处，也大哭了一场。两个祭完了，化了纸钱，叫家将把两桌祭菜抬过来，摆在一堆吃酒。吃不得几杯酒，牛皋说道：“这闷酒吃不下，请教吉哥行个令。”吉青道：“牛兄弟，就是你来。”牛皋道：“若要我行令，你要遵我的。”吉青道：“这个自然。”牛皋想了想道：“就将这‘月亮’为题，吟诗一首。吟得来，便罢；吟不来，吃十大碗。”吉青道：“遵令了。”吃了一杯酒，吟诗道：“团团一轮月，或圆又或缺。安上头共尾，一个大白鳖。”

牛皋笑道：“那里会有这样大的白鳖，岂不是你诳我？罚酒，罚酒！”吉青道：“如此，吃了五碗罢。”牛皋道：“不相干，要罚十碗。”吉青道：“就吃十碗！你来，你来！”牛皋道：“你听我吟。”也斟了一杯酒，拿在手中，吟诗道：“酒满金樽月满轮，月移花影上金樽。诗人吟得口中渴，带酒连樽和月吞。”

吉青道：“你也来诳我了！月亮这样高，不必说他，你且把这酒杯儿吃了下去。”

牛皋道：“酒杯儿怎么叫我吃得下去？”吉青道：“你既吃不下去，也要罚十大碗。”

牛皋笑了笑道：“拿酒来我吃。”一连吃了五六碗，立起身来就走。吉青道：“你往那里去，敢是要赖我的酒吗？”牛皋道：“那个赖你的酒？我去小解一解就来。”

真个是无巧不巧，但谁也想不到，百年古罕见的奇巧事会让福将牛皋给赶上：

牛皋走到山坡边，解开裤子，向草里撒将去。那晓得有个人，恰躲在这草中。

牛皋正撒在那人的头上，把头一缩，却被牛皋看见了。忙将裤子紧好，一手把那人拎将起来，走到吉青面前叫道："吉哥，拿得一个奸细在此。"吉青道："牛兄弟，你好时运，连出恭都得了功劳！"忙叫家将收拾残肴物件，把那人绑了。二人上马，竟往大营前来候令。

也许是金国的那位细作是个晦气到了极点的倒霉蛋，也许是牛皋洪福齐天漫不经心地尿泡却尿对了地方，恰恰将一泡尿撒在了藏身于在草丛中的细作头上，于是乎轻轻松松地获得了这件奇功。虽然是小说家言认真不得，但其同事吉青的一句惊叹，却精准不过地道出了所有人的惊讶之情："牛兄弟，你好时运，连出恭都得了功劳！"

如果说南宋福将牛皋出恭小解活捉了金国细作纯属虚构，那么，秦末天下大乱群雄逐鹿时期，张耳乘陈馀如厕出恭的空隙解除其兵权，则是白纸黑字写入史书的不争的史实。

《史记·张耳陈馀列传》载，张耳和陈馀二人原本志同道合情同手足，是世人所艳羡不已的刎颈之交："张耳者，大梁人也。……陈馀者，亦大梁人也，好儒术，数游赵苦陉。……馀年少，父事张耳，两人相与为刎颈交。"

陈胜、吴广在大泽乡起义后，张耳、陈馀随即前去投奔，陈胜委任他们为校尉，分派在将军武臣麾下。雄心勃勃的张耳、陈馀唆使武臣自立为王，他们自己也水涨船高，张耳做了丞相，陈馀当了大将军。其后赵王武臣被杀，张耳、陈馀遂拥立赵氏后代赵歇为王，但实权却操在他们两个手中。接下来，秦军发动的巨鹿之战，直接导致了他们之间关系的迅速恶化：

章邯引兵至邯郸，皆徙其民河内，夷其城郭。张耳与赵王歇走入钜鹿城，王离围之。陈馀北收常山兵，得数万人，军钜鹿北。章邯军钜鹿南棘原，筑甬道属河，饷王离。王离兵食多，急攻钜鹿。钜鹿城中食尽兵少，张耳数使人召前陈馀，陈馀自度兵少，不敌秦，不敢前。数月，张耳大怒，怨陈馀，使张黡、陈泽往让陈馀曰："始吾与公为刎颈交，今王与耳旦暮且死，而公拥兵数万，不肯相救，安在其相为死！苟必信，胡不赴秦军俱死？且有十一二相全。"陈馀曰："吾度前终不能救赵，徒尽亡军。且馀所以不俱死，欲为赵王、张君报秦。今必俱死，如以肉委饿虎，何益？"张黡、陈泽曰："事已急，要以俱死立信，安知后虑！"陈馀曰："吾死顾以为无益。必如公言。"乃使五千人令张黡、陈泽先尝秦军，至皆没。

当是时，燕、齐、楚闻赵急，皆来救。张敖亦北收代兵，得万余人，来，皆壁馀旁，未敢击秦。项羽兵数绝章邯甬道，王离军乏食，项羽悉引兵渡河，遂破章邯。

待到战事结束，二人刚一见面，张耳便严厉责备陈馀不肯救赵，二人当即发生了激烈冲突：

张耳与陈馀相见，责让陈馀以不肯救赵，及问张黡、陈泽所在。陈馀怒曰："张黡、陈泽以必死责臣，臣使将五千人先尝秦军，皆没不出。"张耳不信，以为杀之，数问陈馀。陈馀怒曰："不意君之望臣深也！岂以臣为重去将哉？"乃脱解印绶，推予张耳。张耳亦愕不受。

怒不可遏的陈馀居然要撂挑子，完全出乎张耳的意料，惊愕莫名的张耳随即表示，不接受陈馀呈交的印绶。万万没想到，这场原本可以化解的口角之争，却因为陈馀内急如厕而变得不可收拾：

陈馀起如厕。客有说张耳曰："臣闻'天与不取，反受其咎'。今陈将军与君印，君不受，反天不祥。急取之！"张耳乃佩其印，收其麾下。而陈馀还，亦望张耳不让，遂趋出。张耳遂收其兵。陈馀独与麾下所善数百人之河上泽中渔猎。由此陈馀、张耳遂有郤。

虽然说苍蝇不叮无缝的鸡蛋，说客的挑唆之辞之所以能产生意想不到的作用，缘于一向情同父子的张耳和陈馀之间已经出现了严重的缝隙，但陈馀的内急如厕也实在太不是时候了！诚所谓细节决定成败，一泡尿的工夫，居然让陈馀丢失了手中的兵权，从此在充满对张耳的仇恨当中走完了自己的余生岁月。

与陈馀尿泡丢了兵权、牛皋出恭得了功劳不同，《水浒传》里的好汉豹子头林冲，则因为净手而知晓自己居然被高衙内和好友虞候陆谦所愚弄，进而搭救了已经陷入高衙内魔掌之中的夫人林张氏。

因为恶棍流氓高衙内盯上了自己年轻貌美的娘子林张氏，北宋徽宗年间，京师八十万禁军教头林冲从此被鬼魅般的厄运缠身：

且说这高衙内引了一班儿闲汉，自见了林冲娘子，又被他冲散了，心中好生着迷，怏怏不乐，回到府中纳闷。过了三两日，众多闲汉都来伺候，见衙内自焦，没撩没乱，众人散了。数内有一个帮闲的，唤作干鸟头富安，理会得高衙内意思，独自一个到府中伺候。见衙内在书房中闲坐，那富安走近前去道："衙内近日面色清减，心中少乐，必然有件不悦之事。”高衙内道：“你如何省得？”富安道：“小子一猜便着。”衙内道：“你猜我心中甚事不乐？”富安道：“衙内是思想那‘双木’的。这猜如何？”衙内笑道：“你猜得是。只没个道理得他。”富安道：“有何难哉！衙内怕林冲是个好汉，不敢欺他，这个无伤。他现在帐下听使唤，大请大受，怎敢恶了太尉？轻则便刺配了他，重则害了他性命。小闲寻思有一计，使衙内能勾得他。”高衙内听的，便道：“自见了多少好女娘，不知怎的只爱他，心中着迷，郁郁不乐。你有甚见识，能勾他时，我自重重的赏你。”富安道：“门下知心腹的陆虞候陆谦，他和林冲最好。明日衙内躲在陆虞候楼上深阁，摆下些酒食，却叫陆谦去请林冲出来吃酒。教他直去樊楼上深阁里吃酒，小闲便去他家对林冲娘子说道：‘你丈夫教头和陆谦吃酒，一时重气，闷倒在楼上，叫娘子快去看哩。’赚得他来到楼上。妇人家水性，见了衙内这般风流人物，再着些甜话儿调和他，不由他不肯。小闲这一计如何？”高衙内喝采道：“好条计！就今晚着人去唤陆虞候来分付了。”原来陆虞候家只在高太尉家隔壁巷内。次日，商量了计策，陆虞候一时听允，也没奈何，只要衙内欢喜，却顾不得朋友交情。

且说林冲连日闷闷不已，懒上街去，巳牌时，听得门首有人叫道：“教头在家么？”林冲出来看时，却是陆虞候，慌忙道：“陆兄何来？”陆谦道：“特来探望，兄何故连日街前不见？”林冲道：“心里闷，不曾出去。”陆谦道：“我同兄长去吃三杯解闷。”林冲道：“少坐拜茶。”两个吃了茶起身。陆虞候道：“阿嫂，我同兄长到家去吃三杯。”林冲娘子赶到布帘下，叫道：“大哥，少饮早归。”

林冲与陆谦出得门来，街上闲走了一回。陆虞候道：“兄长，我们休家去，只就樊楼内吃两杯。”当时两个上到樊楼内，占个阁儿，唤酒保分付，叫取两瓶上色好酒，希奇果子案酒。两个叙说闲话。林冲叹了一口气，陆虞候道：“兄长何故叹气？”林冲道：“贤弟不知，男子汉空有一身本事，不遇明主，屈沉在小人之下，受这般腌臜的气！”陆虞候道：“如今禁军中虽有几个教头，谁人及得兄长的本事，太尉又看承得好，却受谁的气？”林冲把前日高衙内的事告诉陆虞候一遍。陆虞候道：“衙内必不认的嫂子。如此也不打紧，兄长不必忍气，只顾饮酒。”林冲吃了八九杯酒，因要小遗，起身道：“我去净手了来。”

林冲下得楼来，出酒店门，投东小巷内去净了手。回身转出巷口，只见女使锦儿叫道：“官人，寻得我苦，却在这里！”林冲慌忙问道：“做甚么？”锦儿道：“官人和陆虞候出来，没半个时辰，只见一个汉子慌慌急急奔来家里，对娘子说道：‘我是陆虞候家邻舍。你家教头和陆谦吃酒，只见教头一口气不来，便重倒了！只叫娘子且快来看视。’娘子听得，连忙央间壁王婆看了家，和我跟那汉子去。直到太府前小巷内一家人家，上至楼上，只见桌子上摆着些酒食，不见官人。恰待下楼，只见前日岳庙里罗唣娘子的那后生出来道：‘娘子少坐，你丈夫来也。’锦儿慌慌下的楼时，只听得娘子在楼上叫：‘杀人！’因此，我一地里寻官人不见，正撞着卖药的张先生道：'我在樊楼前过，见教头和一个人入去吃酒。'因此特奔到这里。官人快去！"

林冲见说，吃了一惊，也不顾女使锦儿，三步做一步，跑到陆虞候家。抢到胡梯上，却关着楼门。只听得娘子叫道："清平世界，如何把我良人妻子关在这里！"又听得高衙内道："娘子，可怜见救俺！便是铁石人，也告的回转！"林冲立在胡梯上，叫道："大嫂开门！"那妇人听的是丈夫声音，只顾来开门。高衙内吃了一惊，斡开了楼窗，跳墙走了。林冲上的楼上，寻不见高衙内，问娘子道："不曾被这厮点污了？"娘子道："不曾。"林冲把陆虞候家打得粉碎，将娘子下楼。出得门外看时，邻舍两边都闭了门。女使锦儿接着，三个人一处归家去了。

林冲拿了一把解腕尖刀，径奔到樊楼前去寻陆虞候，也不见了。却回来他门前等了一晚，不见回家，林冲自归。娘子劝道："我又不曾被他骗了，你休得胡做。"林冲道："叵耐这陆谦畜生，我和你如兄若弟，你也来骗我！只怕不撞见高衙内，也照管着他头面。"娘子苦劝，那里肯放他出门。陆虞候只躲在太尉府内，亦不敢回家。林冲一连等了三日，并不见面。府前人见林冲面色不好，谁敢问他。(《水浒传》第七回)

一望即知，如果林冲和陆谦在一起饮酒的时候，没有因内急而离开酒楼外出净手，高衙内、陆谦事先精心设计的圈套就会变为既成事实，高衙内骗奸林冲娘子的罪恶阴谋就会如愿以偿。只是因为林冲有此一急，关键时刻外出净手，而遇上了前来找寻主人的女使锦儿，才从虎口之中救出了自家娘子。尽管"是祸躲不过”，随后林冲又中了高俅一伙的诡谋，误入白虎节堂，刺配沧州道，雪夜上梁山，其娘子也因不堪忍受难以言传的屈辱自缢而亡，但毕竟保住了自个儿的身子，未被禽兽不如的高衙内糟蹋。仅此而言，林冲的内急小解，又似乎来得正是时候。

一样父子情　别样价值观

“文章憎命达，愤怒出诗人。”文采卓绝才华冠世之人往往命运多舛，似乎注定要承受更多的人生苦难。古往今来这样的先例比比皆是，令人目不暇接，宋代大文豪苏东坡和明清之际的文人斗士吕留良都曾经经历了不堪回首的命运打击。常言说人是环境的产物，又可以转过来改造环境。面对命运之神的无情捉弄，同样是伤痕累累千疮百孔，却极有可能熏陶出两种全然不同的人生价值观。透过下述两首诗作——一首是苏东坡的《洗儿诗》，一首是《江湖奇侠传》里的“李才咏吕留良《养儿诗》”，不难从苏东坡和吕留良这两位大文人身上，清晰地看到这一点。

苏东坡是中国历史上罕见的大文豪，又是北宋历史上少有的倒霉蛋，他曾经用做官后三次贬徙之地来自况调侃其仕途生涯：“问汝平生功业，黄州惠州儋州。”其中，贬徙黄州是他第一次平生功业，也是他所经历的最为凶险的一次仕途坎坷。

北宋神宗元丰二年（1079）春三月，时乖运蹇的苏东坡奉调湖州知州后撰写了感谢皇恩的《湖州谢表》，却被言官交相弹劾而锒铛入狱，身陷“乌台诗案”，差点丢了性命。万念俱灰的苏东坡自料难逃一死。遂写下给弟弟苏辙的诀别诗两首，其一曰：

圣主如天万物春，小臣愚暗自亡身。

百年未满先偿债，十口无归更累人。

是处青山可埋骨，他年夜雨独伤神。

与君世世为兄弟，更结来生未了因。

……

因朝野上下众多人士的呼吁求情，加之神宗皇帝心存怜悯，命悬一线的囚徒苏东坡出乎意料地被从轻发落，贬徙为黄州团练副使。侥幸逃生的苏东坡在黄州一待就是5年，被迫品尝世态炎凉人情冷暖的苦涩，不唯对社会人生官场仕途有了真切的理解，而且在胸中积蓄了更多的不平愤懑和无奈。

元丰六年（1083），爱妾朝云生了一个儿子，起名叫遁儿。新生婴儿三日洗礼时，身为父亲的苏东坡浮想联翩百感于怀思绪奔涌，遂提笔写下了有名的《洗儿诗》：

人皆养子望聪明，我被聪明误一生。

惟愿孩儿愚且鲁，无灾无难到公卿。

才华横溢的苏东坡借助于自己的聪明智慧经科考步入仕途，虽然走出了一条典型的学而优则仕的读书做官之路，但因为无法逃脱封建时代“才高人共妒，过洁世同嫌”的铁律，而迭遭贬黜外放以至卷入震惊天下的“乌台诗案”当中，险些丧失性命。无怪乎方过不惑之年的他心有余悸，感慨自己几乎被聪明才智耽误一生。与此同时，他又看到太多的庸碌愚钝之徒，尽管没有真才实学，却因善于溜须拍马结党营私，而官运亨通，活得有滋有味，于是便萌生了儿子日后与其继承了自己聪颖过人的天赋而多灾多难，反倒不如像那些愚钝庸碌之辈一样百事顺遂，无灾无病，高官得做，骏马得骑，尽情地享受有限的人生。

短短四句诗，如泣如诉，正话反说，既道出了一位父亲对儿子的殷切期望，道出了苏东坡心中无法摆脱的惆怅纠结，道出了诗人对官场昏暗黄钟毁弃瓦釜雷鸣的强烈愤懑，也道出了已然融入其血脉挥之不去的读书做官建功立业，“了却君王天下事、赢得生前身后名”的传统人生价值观。

因为将对封建时代官场的腐败昏暗是非颠倒根本没道理可讲巧妙地诉诸笔端，道出了埋藏在天下读书人心底的不平愤懑，故而，苏东坡的这首打油诗不胫而走，广为传播，深受平头百姓喜爱。中国古代文学史上，类似抨击官场黑暗吏治腐败庸人当道的诗作不胜枚举，晋代诗人左思的《咏史》之二便非常有名：

郁郁涧底松，离离山上苗。
以彼径寸茎，荫此百尺条。
世胄蹑高位，英俊沉下僚。
地势使之然，由来非一朝。
金张藉旧业，七叶珥汉貂。
冯公岂不伟，白首不见招。

严格地说，左思的这首诗作远比苏东坡的《洗儿诗》更为深刻更具思想性，但却没有后者那么更加打动人心。

反复咀嚼苏东坡的《洗儿诗》，很容易联想起王安石针砭时弊的两句诗：“意气未值轻感慨，文章尤忌数悲哀。”苏东坡在短短四句诗中倾吐了无限的感慨悲哀，恰恰反映了他视野上的欠缺与不足。用一句通俗的话说就是，他是在儒家伦理的范畴中谈论问题的，故而非但无法冲破儒家思维的藩篱，且明显地被儒家的人生价值观所左右而无法超脱。不言而喻，苏东坡在《洗儿诗》所呻吟的这种陈旧价值观，很自然地对后人的人生价值取向产生了一定的影响作用。

斗转星移，到了20世纪末，一部以清初斗士吕留良、吕丝丝父女为主要人物的电视剧《江湖奇侠传》面世，其第八集中有一首“李才咏吕留良《养儿诗》”，公开和苏诗唱反调，以表达一种冲决儒教网罗束缚的人生价值观，而令人耳目一新。诗曰：

养儿须令极聪明，奸黠痴顽误后生。

总是聪明都未透，沾沾只为一公卿。

抛开李才其人不论，单是吕留良便足以让人仰慕不已。

吕留良（1629—1683）又名光轮，一作光纶，字庄生，一字用晦，号晚村，别号耻翁、南阳布衣、吕医山人等。浙江崇德县人。明末清初杰出学者、思想家、诗人和时文评论家、出版家。暮年做了僧人，法名耐可，字不昧，号何求老人。吕留良的人生不幸，始于其在生父吕元学去世 4 个月后降临人间。而更大的不幸则是生逢改朝换代之世，17 岁时便因难以承受明王朝倾覆的亡国之恨，而加入了保卫家乡抵御清军入侵的殊死抗争之中，兵败后辗转回到家乡。清顺治十年（1653），迫于当局的高压利诱，吕留良无奈参加科考并成为诸生。其后因绝意仕途拒不参加科举应试，而于康熙五年（1666）被革除诸生。从此吕留良提囊行医悬壶济世，并潜心学问设馆授徒。康熙十九年（1680），吕留良为躲避清王朝的一再征聘，毅然削发为僧，浪迹山林，隐居讲学，直至老死。

回望吕留良，不难发现，他和苏东坡有着截然不同的人生价值观。苏东坡在官场上历经坎坷而痴心不改，始终钟情于北宋官场；吕留良则不然，内心深处的亡国之痛从来没有淡漠过，虽曾一度失足误入清王朝体制内做了诸生，却于后来主动选择退出，甘愿做一名前明遗民，甚至宁可出家为僧，也不肯接受清王朝的征聘。在《耦耕诗》中，他曾如此表述长期郁结在自己胸中的无穷愤懑：

谁教失脚下渔矶，心迹年年处处违。

雅集图中衣帽改，党人碑里姓名非。
苟全始信谈何易，饿死今知事最微。
醒便行吟埋亦可，无惭尺布裹头归。

依据吕留良多年的为人行事，完全可以合乎逻辑地想象，他是绝不会教育儿子们走读书做官的所谓“正路”的。故而，他才会对苏东坡近乎不可救药的人生价值观进行批驳，才有可能得出绝不会为谋求一官半职，而让儿子绝圣弃智远离聪明而愚鲁迟钝的。在吕留良十分清醒的意识里，生为父亲是一定要希望自己儿子极其聪明智慧的，倘若狡黠痴顽，必定要耽误儿子的一生。儿子自有其光明远大的未来，但绝不仅仅是为了获取什么世俗的功名！

两首诗都在谈论父子情，却表现出了两种完全不同的人生价值观。苏东坡的《洗儿诗》牢骚太盛，但所宣泄的只是对科考制度下黄钟毁弃瓦釜雷鸣的不满，却依旧希望儿子仕途顺遂官至公卿；后一首诗则不然，既表达了对世俗功名的极度鄙视，又表达了对健全人生的深刻领会。愈是品味这首诗，愈能体会到诗人对苏诗误区所作纠正的积极意义。

熟视无睹和不知忌讳

历史是一面多棱镜，而名垂史册的诸多人物掌故事件犹如一个个特定的符号，浓缩了许多文字语言情景模式甚至是特定的时代变故。只要人们善于变换视角阅读，不断进行多维透视，便可以看到一些隐身在表象背后的深刻道理，挖掘出许多平时熟视无睹习焉不察而又必须予以关注的研究课题。毫无疑问，西汉时代有名的蹉跎老人冯唐，就是其中一位颇具代表性的历史人物。

冯唐，西汉代郡（今张家口蔚县）人，其祖父为战国时赵国人，乃父时移居于代地。冯唐以孝行著称于当时，被举荐做了中郎署长。在《史记·张释之冯唐列传》中，司马迁忙里抽闲，绘声绘色地介绍了郎官冯唐和汉文帝刘恒之间的一次会话，从而将不知忌讳的倔老头冯唐的形象定格在人们的心目中。

一次，汉文帝乘车经过郎署时，看见了年事已高的冯唐，觉得奇怪，便问冯唐说："老人家怎么还在做郎官？家在哪里？"冯唐均如实作答。因为文帝曾经做过代王，得知冯唐是代地人后便觉得有了共同语言，由赵国将领李齐而聊到了赵国名将廉颇、李牧。文帝不由得生发感慨，说道："嗟乎！吾独不得廉颇、李牧时为吾将，吾岂忧匈奴哉！"冯唐闻听之下，脱口回答说："主臣！陛下虽得廉颇、李牧，弗能用也。"一句话说得文帝无地自容，遂怒气勃勃地"起入禁中"。过了良久，又将冯唐召来责备道："公奈何众辱我，独无闲处乎？"冯唐一边谢罪，一边回答说："鄙人不知忌讳。"

查《资治通鉴》，他们君臣二人之间的上述对话，发生在汉文帝十四年（前166）。其时汉文帝38岁，正当盛年，而冯唐已经65岁，垂垂老矣。汉文帝向一位微不足道的中郎官抒发感慨，既是一时心血来潮，更是因北方匈奴屡屡入侵闹心所致。而生性耿介的冯唐由于时常留心国事，对朝廷吏治方面的赏罚失当现象心里有气，故而一经发问，便如同骨鲠在喉般一吐为快，批评文帝在使用将帅上"法太明、赏太轻、罚太重"，对边关守将魏尚赏罚不公，进而挖苦文帝"虽得廉颇、李牧，弗能用也"，而忽略了人臣回答君主问话应有所忌讳这一官场常识。

由于文帝刘恒是中国古代历史上屈指可数的好皇帝，消了火气以后又和冯唐会话，在诱导冯唐说明缘由以后，不仅没有怪罪他，反而委任他为朝廷钦差，持节前往云中赦免边关守将魏尚，恢复魏尚的云中太守职务，并对前方将士们进行安抚。随后，文帝又擢升冯唐为"车骑都尉，主中尉及郡国车士"。因此之故，冯唐这一短暂的风光，便被后来诸多怀才不遇的官员士子引为极大的荣幸："持节云中，何日遣冯唐？"

冯唐高寿，活了90多岁，因长期找不到用武之地而缺少闪光骄人的政治业绩，留给历史的主要就是这次挺直腰杆回答汉文帝的问话。但这次稍纵即逝的君臣际遇，却使得他们君臣双赢。冯唐持节云中升了官职，不仅因敢于当面顶撞皇帝留下了伟岸耿介的良好形象，而且成了古今怀才不遇的士人抒发牢骚感慨的代名词；汉文帝则因不计较冯唐的言辞、虚心采纳他的建议、起用他为钦差出使云中而被人津津乐道，为他的开明皇帝形象平添了许多分数。

掩卷沉思，不难发现，史书记载的这个掌故同时含蓄地揭示了下述几点。

其一，历经文帝、景帝、武帝三朝的冯唐，品德端正，颇具政治才干，其长期没有获得重用，主要责任在文帝身上。文帝刘恒从公元前180年即位，到公元前157年去世，在他当皇帝的第15个年头，郎官冯唐才偶然进入他的视野，而这过去的15年，正是官场另类冯唐其人精力较为充沛的大好时光。这固然与冯唐不懂得官场规矩、不知忌讳有关，但和汉文帝自己不喜欢冯唐的性格做派，也有说不清道不明的关系。等到文帝死后太子刘启继位，冯唐已经年逾古稀垂垂老矣。待到景帝去世太子刘彻继位，冯唐已经年过九旬。只要看到这一点，便不难明白，为什么对于官员冯唐的长期闲置，身为一代明君的文帝刘恒难辞其咎。

其二，在文帝时期，吏治方面“法太明、赏太轻、罚太重”的隐患已逐渐形成。在古人眼里，赏罚是君主治国理政驾驭官吏须臾不可或缺的两大权柄。战国著名思想家韩非子指出：“明主所导制其臣者，二柄而已矣。二柄者，刑德也。何谓刑德？曰：杀戮之谓刑，庆赏之谓德。”（《韩非子·二柄》）西晋名臣傅玄指出：“治国有二柄，一曰赏，二曰罚。赏者，政之大德也；罚者，政之大威也。”（《傅子·治体》）唐太宗李世民有言曰：“有善必赏，所以劝能；有罪必诛，所以惩恶。”北宋史学家司马光指出：“天下大务，莫过赏罚。赏一人使天下之人喜，罚一人使天下之人惧。苟二事不失，自然尽美。”（《资治通鉴·梁纪》）宋代名臣范仲淹曾经将赏罚归结为天下之衡鉴，清末政治活动家康有为则把爵赏刑罚看作是人主统御天下的不二秘诀。

俗语云：“前车之辙，后车之覆。”“前事不忘，后事之师。”

刘恒的父亲高祖刘邦之所以能在楚汉相争中最后胜出，在很大程度上就是沾了善于使用赏罚这两大权柄的光。刘邦原本不是项羽的对手，但因不吝赏赐善于用人，结果却打败了徒有妇人之仁却吝于赏赐不会用人的西楚霸王项羽，建立了西汉王朝。《史记·淮阴侯列传》载，刘邦拜韩信为大将时，韩信曾经对他分析过项羽用人缺点。韩信的分析鞭辟入里，堪称经典之论：

项王喑噁叱咤，千人皆废，然不能任属贤将，此特匹夫之勇耳。项王见人恭敬慈爱，言语呕呕，人有疾病，涕泣分食饮，至使人有功当封爵者，印刓敝，忍不能予，此所谓妇人之仁也。项王虽霸天下而臣诸侯，不居关中而都彭城。有背义帝之约，而以亲爱王，诸侯不平。诸侯之见项王迁逐义帝置江南，亦皆归逐其主而自王善地。项王所过无不残灭者，天下多怨，百姓不亲附，特劫于威强耳。名虽为霸，实失天下心。故曰其强易弱。今大王诚能反其道：任天下武勇，何所不诛！以天下城邑封功臣，何所不服！以义兵从思东归之士，何所不散！

《史记·高祖本纪》载，刘邦登基称帝后，曾和大臣们谈论何以能战胜强大的对手项羽，明确将善赏罚善用人作为其克敌制胜的根本原因：

高祖置酒雒阳南宫。高祖曰："列侯诸将无敢隐朕，皆言其情。吾所以有天下者何？项氏之所以失天下者何？"高起、王陵对曰："陛下慢而侮人，项羽仁而爱人。然陛下使人攻城略地，所降下者因以予之，与天下同利也。项羽妒贤嫉能，有功者害之，贤者疑之，战胜而不予人功，得地而不予人利，此所以失天下也。"高祖曰："公知其一，未知其二。夫运筹策帷帐之中，决胜于千里之外，吾不如子房。镇国家，抚百姓，给馈饷，不绝粮道，吾不如萧何。连百万之军，战必胜，攻必取，吾不如韩信。此三者，皆人杰也，吾能用之，此吾所以取天下也。项羽有一范增而不能用，此其所以为我擒也。"

作为一代明君，文帝自然很熟悉上述历史典故。浏览《史记·文帝本纪》，几乎通篇都在讲述推行无为而治的文帝之德政。对北方的匈奴，文帝坚持和亲国策，规避了出现大的战争。对内则不断颁布诏令，推行轻徭薄赋、与民休息、废除肉刑、厉行节俭等国策，赢得了人民的拥护。诸如，孝文帝元年（前 179）十二月，文帝下诏，废止"收帑诸相坐律令"。文帝十三年（前 167）五月，为缇萦救父所感动的文帝下诏废除肉刑。同年，文帝下诏倡导以农为本，"其除田之租税，赐天下孤寡布帛各有数。"

如此一位古代历史上罕见的体察民情，废止酷刑，与民休息的开明皇帝，怎么可能同时又是"法太明、赏太轻、罚太重"现象的始作俑者呢？看似尖锐冲突难以调和的矛盾现象，居然真实地集中出现在文帝身上。作为一位精通黄老无为而治之道的大政治家，文帝不仅会娴熟地使用赏和罚这两种手段和工具来驾驭群臣，而且懂得如何运用它们来服务于巩固自家政权这一根本目的。刘恒能够成为汉文帝，得益于吕后去世后，势力庞大的诸吕集团被周勃、陈平等朝中重臣合力迅速铲除。为了维系自家的荣华富贵，这些功臣们刻意想选择一位势单力薄容易控制的刘氏后裔称帝，而刘恒恰好符合这一条件。刘恒称帝后，首先重重酬谢周勃、陈平等功臣，随后便进行分化瓦解，逐步削弱这批重臣的权力，包括逼迫丞相周勃知难而退，将其赶回封地，接着又寻找借口，以莫须有的谋反罪名让周勃蹲了一回监狱，使得周勃于汉文帝十一年（前169）在惊恐不安中死去。对功臣周勃的严苛处罚，发生在冯唐和文帝会话之前，在官职卑微的郎官冯唐眼里，如此不由分说地处分功臣，无疑属于过河拆桥，比起对云中太守魏尚的处罚来，显然更加严重。帝王家为了巩固自家的政权，是什么事情都干得出来的。从这个角度来看待并理解文帝为何对百姓废止酷刑，同时又对官吏们“法太明、赏太轻、罚太重”，心中的疑团便迎刃而解了。“冰冻三尺，非一日之寒。”虽然从史书中找不出多少材料来支撑冯唐对文帝的批评，但“法太明、赏太轻、罚太重”肯定是由来已久，绝不会仅有对云中太守魏尚处分过重一例。

其三，文帝时期“法太明、赏太轻、罚太重”，可谓是秃子头上的虱子——摆在明面上，而朝中官员们所面对的又是一位富于宽容和自我批评精神的好皇帝，却为何对之熟视无睹置若罔闻，而让一介不知忌讳的倔郎中冯唐讲了出来，那些位高权重的朝廷要员都是干什么吃的？

透过史书冷眼看将过去，就会发现，并不是朝中大小官员智商低下都是酒囊饭袋看不出问题来，恰恰相反，乃是因为他们对汉文帝难以言传的帝王心结心知肚明，才会不约而同地选择揣着明白装糊涂。高祖刘邦建立西汉王朝后，首先分封了一批功勋卓著的异姓王，但随后又常年奔波于剿灭异姓王叛乱的战争当中，并为此白马盟誓，“非刘氏不得为王”。太后吕雉当权时，又大封自家兄弟子侄为王侯，等吕雉一咽气，吕氏家人马上被诛杀殆尽。刘恒称帝以后，对父亲在世时分封的藩王优礼有加，宗室王的权力则随之不断扩张。年轻的政治家贾谊高瞻远瞩，披肝沥胆上《陈政事疏》，建议及早采取措施削藩，以预防可能酿成新的战乱，文帝却没有意识到刘氏宗族的藩王们日后也会同室操戈，而依旧将主要心思花在如何制约提防异姓官员尾大不掉上面，结果养痈遗患，到了景帝时期，果然爆发了震惊天下的七王之乱。因为文帝一门心思想着制约官员尤其是手握兵权的武将手中的权力，故而才会出现该赏的不赏，该轻罚的重罚，以至形成“法太明、赏太轻、罚太重”的偏颇，对云中太守魏尚的惩罚不过是其中一例而已。

精明的官员们都晓得明哲保身，不肯触动文帝的逆鳞，时间长了，文帝便会认为，自己做出的错误的惩罚决定也是正确的。否则，他便不会在遭遇冯唐直言顶撞后怒不可遏，直到冯唐详细陈述了云中太守魏尚一案的经过后才恍然大悟。于此，不妨回头重新审视一下冯唐为魏尚所作的辩词：

> “今臣窃闻魏尚为云中守，其军市租尽以飨士卒，私养钱，五日一椎牛，飨宾客军吏舍人，是以匈奴远避，不近云中之塞。虏曾一入，尚率车骑击之，所杀其众。夫士卒尽家人子，起田中从军，安知尺籍伍符。终日力战，斩首捕虏，上功莫府，一言不相应，文吏以法绳之。其赏不行而吏奉法必用。臣愚，以为陛下法太明，赏太轻，罚太重。且云中守魏尚坐上功首虏差六级，陛下下之吏，削其爵，罚作之。由此言之，陛下虽得廉颇、李牧，弗能用也。臣诚愚，触忌讳，死罪死罪！”（《史记·张释之冯唐列传》）

愈是反复品味，愈能感觉到，冯唐并没有讲什么深奥的道理，不过是实话实说，不过是比其他缄口不言的官员们多了些许胆量、勇气和正义感而已。正是冯唐拥有做人做官不可须臾或缺的胆量、勇气和正义感，才使得他在西汉王朝一众官员中犹如鹤立鸡群般脱颖而出，彰显了他的人格伟岸。

对于冯唐和文帝刘恒之间的会话，史家司马迁赞赏不已，称之为：“冯公之论将率，有味哉！有味哉！”

遗憾的是，文帝刘恒尽管采纳了冯唐的逆耳之言，纠正了对云中太守魏尚过重的处罚，恢复了他的官职，却没有从根本上对朝中已经酿成的“法太明、赏太轻、罚太重”偏向进行彻底反思和纠正，至少，在史书中看不到这方面的文字记载。于是，冯唐对文帝的批评，便成了一个孤例，一个仅仅是说明直臣冯唐的胆略和不知忌讳的孤例，一个只是反衬明君文帝从谏如流勇于纠正错误的孤例。而历代史家和思想家，也没有循着冯唐批评朝廷当局“法太明、赏太轻、罚太重”的思路，对封建吏治围绕赏罚问题而出现的偏差进行深刻反思。至于历代封建帝王，虽然说起赏罚问题来口若悬河滔滔不绝，但却没人为冯唐谏言所警醒，进而深入地讨论赏罚问题，纠正在赏罚方面出现的政策偏差。

对于一个朝堂、一个国家、一个社会而言，能够包容不知忌讳实话实说之人诚属可敬，而大小官员明哲保身熟视无睹鸦雀无声却是最可怕的。时至今日，重温古人冯唐不知忌讳的掌故，如果只是把重点放在如何学习冯唐做官的品行胆略上面，或者再加上严厉责备那些熟视无睹三缄其口的庸官们，而不去思考那么多的大小官员何以缄口不言揣着明白装糊涂，不从制度层面探究隐藏在这个掌故背后的深刻原因，那么，势必永远也无法理解这个掌故的全部内涵和意义价值。

敢说实话和会说实话

不知何故，近来只要思索人际关系问题，脑海里总会浮现出马克思的那句名言："人是社会关系的总和。"人来到世间，既不能遗世而独立，又不能与鸟兽同群为伍，只能与各色人等打交道求生存，在诸多社会关系中实现自己的价值意义。故而，说话（即语言表达交流沟通）便和做事、做人一起，成了表现人之价值修养品行所不可或缺的三要素。故而，儒家倡导"修辞立其诚"；佛家要求"出家人不打诳语"；道家认为"信言不美，美言不信"；而百姓们闲来话长话短，喜欢援引孩童所言作为依据，因为"小孩嘴里吐实话"；古典小说里官员们升堂办案时，总是喜欢拍着惊堂木大喝："从实招来！"诸说纷纭，花样翻新，然而万变不离其宗，说白了无非是要求做人必须诚实，用大白话说就是："说老实话，办老实事，做老实人。"

人们常说"实话好说"，是因为说实话是一件再容易不过的事情：实话无需虚构，而是或者经由耳闻目睹或者是自己想要表达的真情实感，就像天真无邪的孩子们脱口而出的话语一样，根本用不着刻意编造，用不着欲言又止话到嘴边留半句。但是，人际关系的复杂性社会生活的复杂性却使得简单的问题复杂化，让说实话变成了一件十分困难的事体。

即便在上古时代，实话实说也不是那么轻松容易了无顾忌，而常常是实话不好说、实话说不得、说实话吃苦果子。回望历史，不知有多少学识高超品行卓异之士，因为不分场合不看对象不看颜色坚持说实话，而招来了始料不及的坎坷困顿，甚至赔上了自己的大好前程和身家性命。因此之故，过往数千年来无数终日在官场上摸爬滚打混前程的大小官员们，纷纷变得乖巧起来，一事当前不是恪尽职守实话实说，而是首先揣摩君上的心理，考虑他们的好恶喜怒，进而迎合倾听者的个人喜好，千方百计地规避触犯人家的逆鳞，以此来决定是否说实话讲实情，以求得趋利避害保全自己的身家性命。随着人们各怀趋利避害投机钻营之私心，慢慢地丧失了实话实说的胆量和勇气，原本简单的可以不假思索脱口说出来的大实话，便因诸多复杂的因素而遭遇巨大的表达困难。风气所及，竟然让说违心话说假话说空话说奉承话成了常态，使那些不看颜色不分场合不看对象坚持实话实说的官员们成了举世罕见的凤毛麟角，而被世人所反复咏唱。

翻阅史籍，历朝历代都不乏犯颜直谏以死劝谏的忠臣烈士，这些付出了生命的代价的人们，也因他们的勇气和坚持而被誉为中国的脊梁。透过那些饱含着古人血泪的文字记载不难看出，他们悲壮的死，无非是因为他们不肯放弃说实话的良知并具备说实话的勇气而已。

夏朝的关龙逄和商代的比干是见诸于文字记载最早的因为不肯放弃说实话的勇气坚持而舍弃生命的大忠臣。关龙逄被称为“死谏开先第一人”，命丧夏末昏君桀癸之手，死于惨不忍睹的炮烙之刑。《纲鉴易知录·夏纪》载：“关龙逄进谏曰：‘人君谦恭敬信，节用爱人，故天下安而社稷宗庙固。今王侈靡嗜杀，民唯恐君之后亡矣！人心已去，天命不祐，盍少悛乎？’不听。龙逢立而不去，桀怒，遂杀之。”《韩诗外传》卷四所载略详：“桀为酒池，可以运舟。糟丘，足以望十里。而牛饮者三千人。关龙逢进谏曰：‘古人之君，身行礼义，爱民节财，故国安而身寿。今君用财若无穷，杀人若恐弗胜，君若弗革，天殃必降，而诛必至矣。君其革之。’立而不去朝，桀囚而杀之。君子闻之曰：‘天之命矣。’”

商末的比干和微子、箕子都是皇族贵裔，官居要职，因为他们的主子商纣王倒行逆施，荒淫无道，且拒绝任何逆耳忠言，微子在三谏不听后选择了离去，箕子审时度势佯狂为奴以求自保，比干则毅然选择知其不可为而为之，竭尽忠诚以死劝谏。史称：“王子比干者，亦纣之亲戚也。见箕子谏不听而为奴，则曰：‘君有过而不以死争，则百姓何辜！’乃直言谏纣。纣怒曰：‘吾闻圣人之心有七窍，信有诸乎？’乃遂杀王子比干，刳视其心。”（《史记·宋微子世家》）《史记·殷本纪》云：“纣愈淫乱不止。微子数谏不听，乃与太师、少师谋，遂去。比干曰：‘为人臣者，不得不以死争。’乃强谏纣。纣怒曰：‘吾闻圣人心有七窍’，剖比干，观其心。箕子惧，乃详狂为奴，纣又囚之。”

关龙逢和比干的言行彰显了古代国家柱石大臣的精神风范，足以成为古今官员从政的楷模。用传统国学的标准来衡量，被夏桀炮烙而死的关龙逢和被商纣王剖腹剜心的比干，可谓是真正做到了“临大节而不苟”，“苟利国家生死以，岂因祸福避趋之”。

春秋时期饱经磨难的烈丈夫伍子胥和关龙逢、比干一样，怀有一颗老成谋国之心。区别在于，关龙逢、比干所遇到的都是荒淫无道的昏君，而伍子胥晚年面对的却是一位野心勃勃的主子吴王夫差。老吴王阖闾死于吴越交兵的战场后，相国伍子胥辅佐夫差做了吴王，并于次年大败越军，将越王勾践团团围困在会稽山上，君臣之间的政见分歧也由此而生。一心想做春秋霸主称雄天下的夫差在太宰伯嚭的蛊惑下，意图留下越王勾践性命而买取虚名，伍子胥则以一位老政治家的睿智看出越王勾践是吴国的心腹大患，力劝夫差当机立断除掉勾践。沉醉于霸主梦中的夫差不听伍子胥良言劝告而释放了勾践，由此而衍生了越王勾践卧薪尝胆吃吴王粪便等历史典故。在吴王认为勾践已经彻底臣服而要北向征讨齐国之际，伍子胥再一次向他陈说逆耳忠言："夫越，腹心之病，今信其浮辞诈伪而贪齐。破齐，譬犹石田，无所用之。……愿王释齐而先越；若不然，后将悔之无及。"而吴王不听，使子胥于齐。(《史记·伍子胥列传》)在佞臣伯嚭的恶意谗构中伤下，吴王夫差竟然派使臣赐伍子胥"属镂之剑"，令其自尽，由此结束了伍子胥的悲剧人生。不言而喻，伍子胥的悲剧收场是和他始终保持着实话实说的政治勇气、不计个人生死利钝反复向吴王夫差陈说其真知灼见分不开的。伍子胥并不反对吴王夫差争做天下霸主，只是想提醒他应分清何谓心腹大患，何谓癣疥之疾，劝告他必须首先除掉越王勾践这个心腹大患，结果却悲壮而又窝囊地被迫结束了自己的生命。

与关龙逄、比干、伍子胥不同，西汉初御史大夫周昌则表现出了别样的实话实说的精神风骨。《汉书·张周赵任申屠传》载：为人耿介正直说话有些口吃的周昌有次入宫奏事，汉高祖刘邦正拥抱着戚姬嬉笑，看到周昌，便不由分说骑到周昌脖子上，问曰："我何如主也？"周昌仰着脸说："陛下即桀纣之主也。"刘邦哈哈一笑作罢。所谓"言者心之声"，"陛下即桀纣之主也"一语，真实地道出了周昌其时的心里话，也表明了周昌是个敢说实话的老实人。周昌敢说实话的风骨不仅表现在这些细枝末节上，而且表现在废立太子这样的国家大事上面。俗云“爱屋及乌”，高祖刘邦因宠爱戚姬，总想废了太子刘盈，改立戚夫人所生之子刘如意为太子。当他提出太子废立之事后，文武大臣纷纷劝阻。刘邦点名征询周昌的意见，盛怒之下的周昌激动万分，面红耳赤地说道：“臣口不能言，然臣期期知其不可，陛下欲废太子，臣期期不奉诏。”此语一出，顿时引发哄堂大笑，刘邦也欣然而笑，停止了关于是否废立太子的议论。此后，“口吃”者周昌所说的“期期知其不可”“期期不奉诏”，便成了千古流传的两句名言。

享有“一诺千金”之美誉的西汉名士季布，曾在一个极其特殊的场合里不畏权贵犯颜抗辩陈实情讲真话，成功化解了西汉王朝和北方匈奴之间一触即发且极有可能是旷日持久的一场战争。汉孝惠帝时，朝中大权操在太后吕雉手中。因北方的匈奴单于遣使前来羞辱太后，吕雉怒不可遏，遂召集诸将商量对策，吕雉的妹夫、上将军樊哙抢先表态，说他愿意率领十万军队前去横扫匈奴。见樊哙居然如此轻率地曲意逢迎，中郎将季布马上站出来说道：“樊哙可斩也！夫高帝将兵四十余万众，困于平城，今哙奈何以十万众横行匈奴中，面欺！且秦以事于胡，陈胜等起。于今创痍未瘳，哙又面谀，欲摇动天下。”据《资治通鉴》卷十二所载，季布还宽慰吕太后说：“且夷狄譬如禽兽，得其善言不足喜，恶言不足怒也。”高后曰：“善！”令大谒者张释报书，深自谦逊以谢之，并遗以车二乘，马二驷。冒顿复使使来谢，曰：“未尝闻中国礼义，陛下幸而赦之。”因献马，遂和亲。

冯唐是汉文帝、景帝、武帝时期的一个不起眼的小官，但在历史上的知名度和影响力却不亚于任何人，其原因自然是因为他为官不知忌讳，敢于当面顶撞口含天宪的汉文帝刘恒。史载，冯唐因为谨守孝道而被举荐到朝中做郎官，但做了中郎署长后却长期没能升迁。有天，汉文帝乘车经过时，发现了年事已高的冯唐，觉得奇怪，便问冯唐说："老人家怎么还在做郎官？家在哪里？"冯唐均如实作答。因为文帝曾经做过代王，得知冯唐是代地人后便有了共同语言，由赵国将领李齐而聊到了赵国名将廉颇、李牧。文帝不由得生发感慨，说道："嗟乎！吾独不得廉颇、李牧时为吾将，吾岂忧匈奴哉！"冯唐年纪虽迈，直来直去的说话风格却丝毫没有改变，闻听之下，脱口回答说："主臣！陛下虽得廉颇、李牧，弗能用也。"文帝遂怒气勃勃地"起入禁中"。过了良久，又将冯唐召来责备道："公奈何众辱我，独无间处乎？"冯唐一边谢罪，一边回答说："鄙人不知忌讳。"冯唐之所以直言顶撞汉文帝其实是话里有话，意在责备文帝在使用将帅上"法太明、赏太轻、罚太重"。说话不知忌讳的冯唐能够活到自然死，实在是因为遇到了汉文帝这位历史上罕见的好皇帝。

在以关龙逄、比干、伍子胥为代表的敢于在权势面前犯颜劝谏的人们身上，固然彰显了一种令人叹为观止的大无畏的精气神，但倘若从动机效果相统一的视角来看，却又有着明显的缺憾。法家韩非便一针见血地指出了他们的软肋：

> 若夫关龙逄、王子比干、随季梁、陈泄冶、楚申胥、吴子胥，此六人者，皆疾争强谏以胜其君。言听事行，则如师徒之势；一言而不听，一事而不行，则陵其主以语，待之以其身，虽身死家破，要领不属，手足异处，不难为也。如此臣者，先古圣王皆不能忍也，当今之时，将安用之？"（《韩非子·说疑》）

虽然韩非是站在封建专制帝王的立场上抨击关龙逄、比干、伍子胥等人的，但对于人们认识如何说实话的问题却不无助益。

说实话不仅仅是为了直抒胸臆，不藏着掖着，而且是为了通过陈述事实说服倾听者，将自己的真知灼见变为可以期盼的行动，进而追求效益的最大化。由此可知，说实话不仅体现人品，而且是一门高深的学问。在许多时候，说实话固然需要有足够的勇气和胆量，但光凭勇气和胆量却远远不够，还需要学会擅长以时间地点和条件为转移，需要学会表达的艺术。孔子精辟地指出："夫子时然后言，人不厌其言。"(《论语.宪问篇》)"可与言而不与之言，失人；不可与言而与之言，失言。知者不失人，亦不失言。"(《论语·卫灵公篇》)汉代学问家牟融在《理惑论》中讲过一则有名的典故："公明仪为牛弹清角之操，伏食如故，非牛不闻，不合其耳矣。"宋代禅师惟白将之诠释为："对牛弹琴，不入牛耳。"看来，古人对于表达的学问和艺术，曾经做过深入的研究。古代混迹于官场上的众多士大夫们，更是精通其中三昧，各有其独到心得和不传之秘。

用世俗的功利的眼光来看，敢说实话标志着一个人的品质，会说实话才表现了一个人的智慧。而在人们无法不生存于其中的世俗社会里，光靠良好的品行或曰良知说话做事不惟远远不够，而且会给自己招来意想不到的灾祸，甚至白白地葬送自己的身家性命，故而古人才不厌其烦地教导后人牢记"祸从口出"，"是非只为多开口，烦恼皆因强出头"，教育人们一定要管住自己的嘴，"多言速穷，不如守中"。要想在世俗的社会中生存发展，而且坚守做人的人格底线，就必须有足够的生存智慧，明白时势，会看对象，善于表达，会说实话，用唐代善于诤谏的大政治家魏征的逻辑来说叫作：规避逆鳞，不做忠臣做良臣。这是因为，在魏征眼中，历史上的忠臣关龙逄、比干和良臣稷、契、咎陶都对君主忠心耿耿，都坚持说实话进诤言，结局却迥然不同："良臣，稷、契、咎陶是也；忠臣，龙逢、比干是也。良臣使身获美名，君受显号，子孙传世，福禄无疆；忠臣身受诛夷，君陷大恶，家国并丧，空有其名。”(《旧唐书·魏征列传》)

身为春秋五霸之一的楚庄王熊旅是一位传奇君主，史称他即位三年里沉迷于犬马声色，不听从任何劝谏，违者一律杀无赦。许多大臣犯颜直谏，均死在了他的屠刀之下。在人们皆束手无策之际，大夫武举带着疑惑前来向楚庄王请教说：“楚京有大鸟，栖上在朝堂，历时三年整，不鸣亦不翔。这究竟是什么鸟呢？”楚庄王幡然醒悟，回答说：“此非凡鸟，此鸟三年不飞，一飞冲天，三年不鸣，一鸣惊人。”其后，楚庄王痛改前非，励精图治，使楚国迅速强盛起来，称雄列国。这位聪明的大夫武举说的皆是实话，只不过变换了一下表达的方式，便收到了巨大的效果。《韩非子·喻老》援引这个典故说：

> 楚庄王莅政三年，无令发，无政为也。右司马御座而与王隐曰：“有鸟止南方之阜，三年不翅，不飞不鸣，嘿然无声，此为何名？”王曰：“三年不翅，将以长羽翼；不飞不鸣，将以观民则。虽无飞，飞必冲天；虽无鸣，鸣必惊人。子释之，不穀知之矣。”处半年，乃自听政。所废者十，所起者九，诛大臣五，举处士六，而邦大治。举兵诛齐，败之徐州，胜晋于河雍，合诸侯于宋，遂霸天下。

《史记·滑稽列传》中也有一则与之相类似的典故，只不过把楚庄王换成了齐威王，劝说者也成了著名的滑稽人士淳于髡：

> 齐威王之时喜隐，好为淫乐长夜之饮，沈湎不治，委政卿大夫。淳于髡说之以隐曰：“国中有大鸟，止王之

庭，三年不蜚又不鸣，王知此鸟何也？”王曰：“此鸟不飞则已，一飞冲天；不鸣则已，一鸣惊人。”

开创了历史上罕见的贞观之治的唐太宗李世民善于倾听不同声音，为他料理内宫的长孙皇后也是一位不可多得的语言大师。史载：有天在朝堂上，唐太宗和大臣魏征意见不合，谈得很僵，觉得有失尊严，遂怒气冲冲地回到了宫中，生气地说道：“会须杀此田舍翁！”长孙皇后忙问个中缘由。太宗说：“魏征几次在朝堂之上羞辱我！”长孙皇后见太宗正在气头上，便没说什么，而是穿上朝服毕恭毕敬地站在庭院里。李世民十分惊奇，问其缘故。长孙皇后说道：“妾闻主明臣直；今魏征直，由陛下之明故也，妾敢不贺！”于是，太宗转怒为喜。（见《资治通鉴》卷一百九十四）长孙皇后确实是一位善于表达会说实话的顶级高手：为了打动李世民，长孙皇后没有一般地进行劝说，而是采用极其郑重的方式，身穿朝服，祝贺主明臣直，以此来表达自己的真实态度，从而使李世民幡然醒悟。倘若长孙皇后在唐太宗心里非常窝火的当口再埋怨数落他，无异于火上浇油，触动他的逆鳞，势必适得其反。敢于表明态度和善于表明态度有机地结合在一起，自是事半功倍，妙不可言。

将上述几个典故和汉文帝埋怨冯唐的那句话——“公奈何众辱我，独无间处乎？”——联系起来进行比照，便容易看出：几乎所有的倾听者都要尊严面子或曰虚荣，在许多时候，全然不顾及对方的尊严面子虚荣而直言无忌，都会程度不等地触忤其逆鳞，从而南辕北辙事与愿违。反之，如果在陈述己见时能够顾及对方的心理承受力，多绕几个弯子，则往往容易收到事半功倍的效果。会说话和不会说话其实相差并不远。

北宋名臣范质亲历过五代乱世，做了北宋重臣后对昔日的同僚如今的太祖赵匡胤喜怒无常的心理拿捏得非常准确，故而有多次驾轻就熟地成功劝说宋太祖的典故名世。史称："帝尝怒翰林学士窦仪，欲杀之，范质入救之。帝望见，知其意，即起避之。质趋前伏地，叩头谏曰：'仪罪不至死，臣为宰相，致陛下枉杀近臣，罪皆在臣。'继之以泣。帝意解，乃释之。"（《资治通鉴》卷二百九十三）如果范质不是把过错全都揽在自己身上，主动为主子枉杀近臣承担责任，是断然无法让盛怒中的赵匡胤收回成命的。就此而言，救了翰林学士窦仪性命的，乃是范质天才般的语言艺术。

《论语 · 先进篇》记载了孔子和他最器重的学生颜回之间的几句对话，堪称言简意赅，回味无穷。"子畏于匡，颜渊后。子曰：'吾以女为死矣！'曰：'子在，回何敢死！'"经历过一场劫难后，师徒见面时，惊讶无比的孔子说的是心里话，而善于表达的颜渊的对答无疑让老师孔子非常受用。虽然后来颜渊不幸短命早夭，但他的这句话却广为流传，并为无数后来人所效仿。

明代丹徒人靳贵官居武英殿大学士，人称靳阁老。他的儿子却不争气，一直是白丁一个，因此之故，靳阁老总是责骂儿子没出息。等到儿子的儿子进士及第后，靳阁老更是以此为由头来羞辱其子。其子不堪其辱，终于想到了一句反驳乃父的大实话而被人记录下来，成为千古名言："丹徒靳阁老有子不肖，而其子之子却登第。阁老每督责之。曰：'翁父不如我父，翁子不如我子，我何不肖？'阁老大笑而止。"（《古今谭概 · 雅浪部》）儿子并没有因父亲喋喋不休的责难而任性冲动丧失理智，他反诘父亲靳阁老的乃是一个简单不过的事实："翁父不如我父，翁子不如我子"；靳阁老万万没有想到儿子会从这个角度思考问题，于是不怒反喜开怀大笑。显而易见，儿子之所以能轻而易举地化解父子之间的矛盾心结，就在于其表达事实的语言出乎乃父的想象力。

南齐豫章文献王萧嶷是齐武帝世祖萧赜的亲弟弟，在祝贺武帝萧赜寿辰时，学识渊博的萧嶷不想人云亦云地说什么“愿吾皇万岁万岁万万岁”，遂别出心裁地说道：“古来言愿陛下寿偕南山，或称万岁，此殆近貌言。如臣所怀，实愿陛下极寿百年亦足矣。”就是这句不落俗套的大实话，却让齐武帝萧赜听后特别受用，进一步密切了他们的骨肉亲情。

使用归谬法含蓄地陈述自己的真实看法，是智慧的古人乐此不疲的语言技巧之一。西汉著名的滑稽之士东方朔就是善于正话反说的个中翘楚。冯梦龙《古今谭概 · 塞语部》曾记载了他的这样一则趣事：

> 汉武帝对群臣云：“相书云：‘鼻下人中长一寸，年百岁。’”东方朔大笑。有司奏不敬。朔免冠云：“不敢笑陛下，实笑彭祖面长。”帝问之。朔曰：“彭祖年八百。果如陛下言，则彭祖人中长八寸，面长一丈余矣。”帝亦大笑。

倾听者的心理就是如此奇怪，引经据典一本正经地劝谏没有用处，几句看似荒诞不经的玩笑话，却能令其豁然醒悟。真个是“理通天下，事在人为”，“四两拨千斤”，拿捏到好处的正话反说以谬归谬，和简简单单的口不择言直言顶撞，根本不是一个水准，无法相提并论。

雍简是蜀汉先帝刘备忠心耿耿的老部下，《三国志》有传，虽然没有建立多大功绩，却因为用诙谐言语劝谏主公刘备而名垂史册。故事发生在刘备入主西川之后：

时天旱禁酒，酿者有刑。吏于人家索得酿具，论者欲令与作酒者同罚。雍与先主游观，见一男女行道，谓先主曰："彼人欲行淫，何以不缚？"先主曰："卿何以知之？"雍对曰："彼有其具，与欲酿者同。"先主大笑，而原欲酿者。(《三国志·蜀书·雍简传》)

事情的经过一目了然，用不着饶舌。雍简因对刘备颁布禁酒令殃及家中存有酿酒器具百姓的做法不满，又不肯正面反对，故而采用了上述匪夷所思的说辞，既委婉地指出了刘备的错误，又没有触动刘备的逆鳞，而巧妙地让刘备自己主动收回成命，顺利地达到了想要达到的目的。

雍简所采用的表达方式并非他自己的独创，春秋时期齐国贤相晏婴，便曾经使用这种方式成功地劝谏过齐景公。《韩非子·难二》载：

景公过晏子，曰："子宫小，近市，请徙子家豫章之圃。"晏子再拜而辞曰："且婴家贫，待市食，而朝暮趋之，不可以远。"景公笑曰："子家习市，识贵贱乎？"是时景公繁于刑。晏子对曰："踊贵而屦贱。"景公曰："何故？"对曰："刑多也。"景公造然变色曰："寡人其暴乎！"于是损刑五。

身为相国，晏婴显然早就清楚齐景公执意推行繁刑峻法的弊端，一直在等待最佳的劝谏时机来临，于是，借着齐景公询问市场货物贵贱的机会，径直回答说"踊贵而屦贱"，促使齐景公醒悟并下令纠正其过失，良苦用心跃然纸上。由于时机火候恰到好处，故而毫不费力地达到了预期的目的。

北宋改革家王安石生性固执，是有名的拗相公，大权在握时令行禁止，很难听得进不同意见，司马光、苏轼等都和他闹得水火不容，但有次却被史学家刘攽（字贡父）一句话便说得改弦易辙：

王介甫为相，大谋天下水利。刘贡父尝造之，值一客献策曰："梁山泊沃而涸之，可得良田万顷，但未择得利便之地储许水耳。"介甫倾首沉思。贡父抗声曰："此甚不难！"介甫欣然以为有策，遽问之。曰："别穿一梁山泊，则足以贮此水矣！"介甫大笑，遂止。(《古今谭概·微词部》)

《邵氏闻见录》的说法略同：

王荆公好言利，有小人谄曰："决梁山泊八百里水以为田，其利大矣。"荆公喜甚，徐曰："决水何地可容？"刘贡父曰："自其旁别凿八百里泊，则可容矣。"荆公笑而止。

有道是响鼓不用重锤，聪明人一点就透。经过刘贡父这么一点拨，王安石立马醒悟过来，随即中止了这种荒诞不羁的念头。由此可知，会说实话虽是嘴上功夫，倘若运用得法，同样能产生意想不到的积极效果。

古人常说盛名是一种碍难承受的负担，南朝宋齐时期的高官兼著名书法家王僧虔便遇到了这个麻烦。南齐高帝萧道成同样酷爱书法且略有成就，于是便和王僧虔有了争竞之心：

齐高帝尝与王僧虔书，毕，帝曰："谁为第一？"僧虔曰："臣书臣中第一，陛下书帝中第一。"帝大笑曰："卿善自谋。"(《古今谭概·微词部》)

《法书考·书谱》王僧虔条目下也记载了这桩轶事，不过和他争竞的不是南齐高帝萧道成，而是南朝宋文帝刘义隆：

宋文帝问曰："朕书与卿书孰优？"僧虔曰："帝书帝中第一，臣书臣中第一。"上笑曰："卿可谓善自谋矣。"

不管是刘义隆也好，萧道成也罢，王僧虔的回答都一样，都不肯违心地承认自己的书法在对方之下，而是巧妙地利用君臣之分，化解了这个难以化解的矛盾，既不肯屈居第二，又不触动主子的逆鳞；既维护了自己书法家的尊严，又给足了人家面子。如此智慧，虽系小数，亦足堪称道。

一个个地复述这些见诸典籍的历史掌故，似乎明白了许多道理，认识了何谓会说实话，何谓不会说实话，其实不然。世界上的事情是复杂的，人际交往语言交流的学问更是复杂得不能再复杂，仅仅凭借一知半解一鳞半爪，所获毕竟有限，充其量不过是一点皮毛而已。表达者和倾听者各自的品性脾气、学识修养、所处的地位和难以言传经常变幻碍难捉摸的心等等，都足以影响对于实话实说的价值判断。有句古话叫作"不能以成败论英雄"，在某种意义上同样适用于人们认识实话的表达技巧表达艺术问题。

《韩诗外传》卷七记载了孔子师徒绝粮陈蔡时，老夫子开导学生子路的一段话，有助于拓展人们的认识空间。兹节引如下：

贤不肖者，材也；遇不遇者，时也。……故虞舜耕于历山之阳，立为天子，其遇尧也；傅说负土而版筑，以为大夫，其遇武丁也；伊尹故有莘氏僮也，负鼎操俎，调五味，而立为相，其遇汤也；吕望行年五十，卖食棘津，年七十，屠于朝歌，九十乃为天子师，则遇文王也；管夷吾束缚自槛车，以为仲父，则遇齐桓公也；百里奚自卖五羊之皮，为秦伯牧牛，举为大夫，则遇秦缪公也；虞丘于天下以为令尹，让于孙叔敖，则遇楚庄王也；伍子胥前功多，后戮死，非知有盛衰也，前遇阖闾，后遇夫差也。

沿袭孔子的逻辑，会不会说实话，在很大程度上取决于倾听对象而不是表达者自身。后周殿前都点检赵匡胤是通过陈桥兵变黄袍加身而成为宋太祖的，因为担心前车之辙后车之覆，赵匡胤随后又演绎了一场杯酒释兵权的把戏，把兵权牢牢地掌控在自己手中。不久，赵匡胤又要委任他所信赖的大将符彦卿掌管兵权，宰相赵普坚决不同意，君臣之间争执不下。赵匡胤不耐烦地说道："朕待彦卿厚，彦卿岂负朕耶？"赵普于情急之下脱口说道："陛下何以能负周世宗？"赵匡胤无言以对，方才中止了对符彦卿的任命。赵普此言固然说的是大实话，但当面揭主子的疮疤无疑是犯了做臣子的大忌。因为他遇上的是赵匡胤，而他们君臣之间关系又特铁，故而不但平安无事，还被人们传为佳话。

三国时期吴国的高官虞翻则没有赵普这么幸运。有次朝会，虞翻见吴王孙权和元老重臣张昭在一起议论神仙之事，谈得津津有味，便忍不住站出来打横炮，冲动地指着张昭说道："彼皆死人，而语神仙，世岂有仙人也！"早对虞翻心存芥蒂的孙权顿时怒不可遏，当即下令，将虞翻流放到岭南蛮荒之地交州。其后，虞翻竟然老死于交州。虞翻说的当然是大实话，但不幸遇上了讨厌他的主子孙权，便只能到蛮荒之地交州体验人生的凄苦了。

唐朝武则天当权时代的地官尚书、校检纳言（相当于副宰相）魏玄同，是一位富有同情心的好官。河阳县令周兴被朝廷召回京师述职时，以为自己很快就会被提拔重用了，于是每天一大早便赶到朝门前等待好消息，但朝廷却不打算提拔他。那些参与朝会的官员们天天看见周兴傻乎乎地在那里"憨狗等羊蛋"，却没有一个人肯提醒他一声。魏玄同心中老大不忍，便上前对周兴说道："周县令可以回去了。"周兴这才知道自己升官的事已经泡了汤，同时认定是魏玄同从中作梗，遂在心里恨透了他。此后武则天重用酷吏，周兴因此而官运亨通，成了女皇面前的大红人。心底歹毒的周兴乘机快意恩仇，变着法子在武则天面前陷构中伤魏玄同，而把他送上了死路。作为知情人，魏玄同对官迷周兴所说的是一句大实话，但由于不幸对方是个心胸狭隘不分好歹的小人，不仅好心没有换来好报，反而白白断送了自己一条性命。

生活在五代至北宋初期的官员郑起知名度不高，却因为过于自负而遗恨终生。在后周官居殿前侍御史的郑起于北宋乾德初年奉命外放，出掌泗州市征。离京那天，家境贫寒的郑起乘着骡子上路。前来送行的检校司徒张延范客气地请郑起策马出发，郑起见张延范居然不辨骡子和马，便反唇相讥说："这是骡子，不应当称呼它为马呀。"（"此骡也，不当过呼耳。"）话虽然说得没错，却因此得罪了大权在握的检校司徒张延范。此后不久，郑起便被张延范捏造罪名，而丢掉了官帽子。不待说，郑起丢官实在是因为他当面讥笑的上司是张延范，而不是唐代的娄师德、五代的冯道或者北宋朝的范质，如果换成是后面的任何一位，他都可以好官照做。可惜历史只有如此，没有如果。

走笔至此，悠然想到，敢说实话和会说实话虽然是个小题目，却是一篇大文章，所触及的方面实在太多。或许正因为如此，古人关于这个话题的感悟心得才穿越时空，而凝结了某种适应扭曲了的社会扭曲了的人际交往的哲思睿智。譬如，过世不久依旧清晰地存活在人们心中的大师季羡林先生的那句警世格言：

假话全不说，真话不全说。

既要听其言　更要观其行

听其言而观其行，是孔夫子的谆谆教导。他老人家讲这句话，并非空穴来风，而是因他的学生宰予在大白天睡觉有感而发："始吾于人也，听其言而信其行；今吾于人也，听其言而观其行，于予与改是。"（《论语·公冶长》）

"君子疾末世而名不称"，故而孜孜以求人生三不朽——立德、立功、立言。古代将士倡导"武死战"，士大夫阶层则倡导"文死谏"，为劝谏君主采纳正确建言而不惜付出生命的代价，以此来诠释忠君爱国，彰显从政做官的志向气节。古代史籍渲染历史上前赴后继忠于职守直言切谏直言极谏犯颜苦谏以死劝谏的人物事迹，从来不吝惜笔墨。因此，只要提及这个话题，谁都会随口道出许多忠诚耿介之士的大名，因为他们一向被视为国家民族的脊梁。但即便是被后人交口称赞的伟人，也未必都能做到言行一致无怨无悔，有的也会言行不一，出现动摇反复变化。明代铁汉子杨继盛和唐代文坛领袖人物韩愈，便代表了两种不同类型的人物。他们二人在大节临头时都写过影响很大的诗作，但却走出了两条不同的路径。

韩愈字退之，河南河阳人，自称"郡望昌黎"，世称"韩昌黎""昌黎先生"，唐代杰出的文学家、思想家、政治家。韩愈名列唐宋八大家之首，在士大夫心目中地位崇高，苏轼对其推崇备至，誉之曰：“文起八代之衰，而道济天下之溺，忠犯人主之怒，而勇夺三军之帅。”

虽然后来成了一代文宗，韩愈步入仕途之路却不顺畅，曾四次参加科考，才于贞元八年（792）登进士第。接着又四次参加吏部博学宏词科考试，才通过铨选。后被任命为国子监四门博士。贞元十九年（803），晋升为监察御史。不久，韩愈即因为“上疏极论宫市，德宗怒，贬阳山令”。（《新唐书·韩愈列传》）

因为这次贬黜，韩愈被排斥在顺宗时代仅持续了百余日的“永贞革新”之外，使他对“永贞革新”的攻击不遗余力，对主持变革的头面人物王叔文、柳宗元、刘禹锡等的成见难以消除。

宪宗李纯称帝后，韩愈奉召回京，任国子博士，“改都官员外郎，即拜河南令。迁职方员外郎”。不久，又因轻率地为贪官华阴县令刘涧鸣不平，再度遭到贬黜，复为国子博士。这次遭受贬黜虽系咎由自取，年届不惑的韩愈却郁闷不平，因感叹不遇而自抒愤懑，写了传世名篇《进学解》。没想到这篇文字竟然被执政者所赏识，而使韩愈多舛的仕途出现转折，很快被提拔为考功郎中、知制诰，拜中书舍人。旋又改任为太子右庶子。

元和十四年（819），宪宗下令将存放在法门寺的佛指骨迎请到皇宫供养三日，引发了朝廷内外狂热的敬佛礼佛热潮。韩愈出于忧国忧民的赤诚和自己的人生信仰，毅然写了著名的《谏迎佛骨表》，公然反对崇佛礼佛。宪宗皇帝怒不可遏，下诏将韩愈贬黜为潮州刺史。

韩愈冒犯当今圣上遭贬徙，罪名很大，有司衙门遂乘机落井下石，“以罪人家不可留京师，迫遣之。女挐年十二，病在席。既惊痛与其父诀，又舆致走道撼顿，失食饮节，死于商南层峰驿。”（韩愈《女挐圹铭》）韩愈在前往潮州途中，获得小女儿去世的噩耗后，内心苦楚莫名，加之以为自己此行生还无望，而写下了著名诗作《左迁至蓝关示侄孙湘》：

一封朝奏九重天，夕贬潮州路八千。
欲为圣明除弊事，肯将衰朽惜残年！
云横秦岭家何在？雪拥蓝关马不前。
知汝远来应有意，好收吾骨瘴江边。

在诗中，韩愈历数奔腾在胸中的委屈愤懑悲哀，并公开表达了自己不避生死祸福犯颜劝谏无怨无悔的士大夫情怀，展现了可贵的风骨和伟岸，令人读来肃然起敬。“欲为圣明除弊事，肯将衰朽惜残年！”遂成为他的经典名言。

但韩愈到达潮州后，却立马将上述豪言壮语置诸脑后，转而想着如何取得宪宗皇帝的谅解。于是，他向宪宗写了一份言辞恳切的谢表，首先低头认罪，痛骂自己“狂妄戆愚，不识礼度，陈佛骨事，言涉不恭，正名定罪，万死莫塞”；接着感谢皇恩浩荡，将其从轻发落，贬为潮州刺史，“既免刑诛，又获禄食，圣恩宽大，天地莫量”；接着挖空心思往自己脸上贴金，“至于论述陛下功德，与《诗》《书》相表里，作为歌诗，荐之郊庙，纪太山之封，镂白玉之牒，铺张对天之宏休，扬厉无前之伟绩，编于《诗》《书》之策而无愧，措于天地之间而无亏，虽使古人复生，臣未肯让”（《新唐书·韩愈列传》）；最后不遗余力地吹捧宪宗的赫赫功德，可怜兮兮地哀求宪宗垂怜。宪宗李纯居然被韩愈表示忏悔的这篇文字所打动，顿时化解了淤积在胸中的怨气。未几，韩愈即被改授为袁州刺史，后又调回京城，任国子祭酒，转兵部侍郎，旋转“吏部侍郎，转京兆尹，兼御史大夫”。长庆四年（824），韩愈与世长辞，享年 57 岁。“赠礼部尚书，谥曰文。”世称“韩文公”。

由《谏迎佛骨表》《左迁至蓝关示侄孙湘》到《潮州谢表》，人们看到了两个不一样的韩愈：一个铁骨铮铮犯颜直谏无怨无悔，将古代士大夫“文死谏”的精神演绎到了极致；一个俯首请罪自我作践奴颜婢膝，活脱脱一副官场老油条嘴脸。

韩愈如此言行不一，自然难以逃脱后人的谴责诟病。宋人陈普在《咏史》系列诗中，便曾辛辣地挖苦嘲讽过一代文宗韩愈：

杨墨蛇龙本一区，大颠便是恶溪鱼。

退之也是无操守，一贬便陈封禅书。

应当承认，陈普所言一语中的，击中了韩愈的软肋。

相形于韩愈的言行不一，明人杨继盛称得上是一位言行一致不顾个人身家性命与恶势力抗争的忠烈之士。

杨继盛，字仲芳。明武宗正德十一年（1516）出生于容城县的一户世代耕读人家。七岁丧母，备受庶母虐待，童年生涯极为不幸。无助的杨继盛通过刻苦学习而成为有用之才，“嘉靖二十六年登进士。授南京吏部主事……召改兵部员外郎。”（《明史·杨继盛列传》）

嘉靖二十九年（1550），年轻气盛的兵部员外郎杨继盛（时年 35 岁）愤然上疏，弹劾临阵怯战、·心与敌军媾和互市的大将军仇鸾示弱辱国。结果反被仇鸾诬陷，贬黜为狄道典史。狄道（今甘肃临洮县）地区汉人与少数民族百姓杂居，文化相对落后。杨继盛到任后即创书院、置学田，开煤山、肃褐市、疏园圃、核户籍，时间不长，便深受当地各族百姓拥戴。

在杨继盛被贬徙为狄道典史期间，蒙古俺答军队多次背约扰边，马市全遭破坏，大将军仇鸾也在人们的恚骂声中死去。世宗朱厚熜决意重新起用杨继盛。“月余调南京户部主事，三日迁刑

部员外郎。当是时，严嵩最用事。恨鸾凌己，心善继盛首攻鸾，欲骤贵之，复改兵部武选司。”（同上书）

据杨继盛《自书年谱》，杨继盛一岁之内四次迁官，发生在嘉靖三十一年（1552）。沉浸在感激皇恩浩荡之中的杨继盛根本想不到，自己第四次迁官竟然是首辅大臣严嵩主动助力使然。他依据自己对朝廷大势的分析判断，认为奸臣严嵩弄权当道是万恶之源，于是便以一腔报国赤诚，在返京途中写就弹劾严嵩的奏章。嘉靖三十二年（1553），上任刚一个月的杨继盛上《请诛贼臣疏》弹劾严嵩，历数其“五奸十大罪”，罪不容诛。在奏章末尾，杨继盛慷慨陈词：陛下何不忍割一贼臣，顾忍百万苍生之涂炭乎！……内贼去，而后外贼可除也！（《纲鉴易知录·明纪》卷八）

杨继盛的奏折产生了强烈的震撼力，长期倦于政事式的世宗朱厚熜对严嵩擅权开始警觉。但奏章中“召问景、裕二王”（“二王”指裕王朱载垕、景王朱载圳）一语，又引起了世宗的猜忌，担心杨继盛与“二王”私下交结。惶恐万端的严嵩以此进行绝地反击，反诬杨继盛与景、裕二王私下勾结，居心叵测。受严嵩蛊惑，世宗下令逮捕了杨继盛。至此，一心想着为国除奸的政坛新秀杨继盛，非但没有扳倒权奸严嵩，反而于陡然之间锒铛入狱，生死难料。

杨继盛在狱中经受了人们难以想象的摧残折磨。据杨继盛自述，他于嘉靖三十二年春上疏弹劾权奸严嵩，之后即被逮至镇抚司杖刑。友人王西石托人送他一副蛇胆，告之“用此物可以止痛”。杨继盛慨然作答：“椒山自有胆，何必蚺蛇哉！”承受杖刑后的杨继盛遍体鳞伤，半夜里创伤发作苏醒后，自己摔碎瓷碗，拿着碎碗片割腐肉，筋挂膜，又用手截去。无怪乎清顺治皇帝为之喟叹："朕观明有二百七十年，忠谏之臣往往而有，至于不为强御，披膈犯颜，则无如杨继盛；而被祸惨烈，杀身成仁者，亦无如杨继盛。"

铁汉子杨继盛在狱中受尽百般酷刑而不屈不挠，不惜以死和恶势力相抗争，牵动了朝野上下之心。《纲鉴易知录·明纪》卷八载："继盛每出朝审，诸内臣士庶夹道拥视，共指曰：'此天下义士！'"杨继盛有感于赴朝审途中的感人场景，当即口吟一首诗作，即广为流传的《朝审途中口吟》：

风吹枷锁满城香，簇簇争看员外郎。

岂愿同声称义士，可怜长板见亲王。

圣明厚德如天地，廷尉称平过汉唐。

性癖从来归视死，此身原自不随杨。

三年多的炼狱煎熬不仅检验了杨继盛是个铁打的汉子，而且考验了杨继盛生死不移的坚贞信念。心知自己出狱无望、行将不久于人世的杨继盛，在狱中自书年谱，并分别写了给夫人张贞和应尾、应箕两个儿子的遗书，从容不迫地做好了离开人世间的各项事宜。嘉靖三十四年（1555）秋十月，杨继盛弃尸京城西市，时年仅 40 岁。临刑前，一代英豪杨继盛慨然写下了"铁肩担道义，辣手著文章"的警语。

杨继盛的悲剧在于他仅仅是旧官场上一头血气方刚的初生牛犊，尽管敢于不惧生死，与老奸巨猾的权奸大恶严嵩进行殊死决斗，却徒有一腔热血而疏于谋略，故而其结局不是鱼死网破，而是鱼死了网依旧完好。无论如何，这都是令人想起来就憋屈难耐之处。

杨继盛的过人之处在于他始终生活在坚定清醒的信念当中。因为秉持"性癖从来归视死，此身原自不随杨"的人生信念，杨继盛言行一致表里如一，不惜和恶势力搏斗到最后一刻，甘愿用自己的热血和生命书写自己的悲壮人生。杨继盛忠实践行“文死谏”的高大伟岸，不仅令一般凡庸之辈难以望其项背，也让吟唱着“欲为圣朝除弊事，肯将衰朽惜残年”的一代文宗韩愈为之汗颜。走笔至此，悠然想起了宋代文人黄庭坚歌咏介子推诗作《清明》中的诗句：“贤愚千载知谁是，满眼蓬蒿共一丘。”悲夫！

品味韩愈和杨继盛的两首诗作和两个掌故，眼前兀自浮现出北宋改革家王安石名作《李璋下第》中的两句隽语：“意气未宜轻感慨，文章尤忌数悲哀。”韩愈的《左迁至蓝关示侄孙湘》显然充盈着感慨悲哀的气息，杨继盛的《朝审途中口吟》则洋溢着一种视死如归的乐观情怀。有比较而后有鉴别，有鉴别而后有取舍，大哉斯言！

信然和惘然

三国时期曹植被其兄长魏文帝曹丕所逼迫，写过一首《七步诗》，世人耳熟能详：

煮豆燃豆萁，豆在釜中泣：

本是同根生，相煎何太急！

这首诗还有另外一个版本：

煮豆持作羹，漉菽以为汁。

萁在釜下燃，豆在釜中泣。

本是同根生，相煎何太急？

曹操在世时，他的儿子曹丕、曹植为争世子之位钩心斗角尔虞我诈使用了种种卑鄙伎俩，演绎了手足兄弟骨肉相争的惨烈一幕；曹操死后，胜出的曹丕继位，旋即篡汉自立，建立魏国。史称，心底狭隘的魏文帝曹丕为寻找杀害弟弟曹植的借口，而逼迫曹植以兄弟为题七步作诗，诗中不许有兄弟字样，却没有想到才华横溢悲怆莫名的曹植随口吟出了这首《七步诗》。因为有这首写状曹氏兄弟手足相残的《七步诗》存世，更因为古往今来兄弟转仇人相互屠戮比比皆是不堪入目，故而，“萁豆相煎”便成了表述这一畸形病态社会现象的一个特定的成语词汇。

得到世人一致认可的曹植的这首诗作，行云流水般地自然流淌，如泣如诉地写出了兄弟相争中弱势一方的痛苦无奈，道出了弱者的呻吟抗争。唯其如此，受害者曹植才赢得了世人的怜悯同情，施害者曹丕才不得不继续承受巨大的良心煎熬，“萁豆相煎”现象才受到世人的一致谴责。

在品味议论这首《七步诗》时，人们过多地将注意力和同情心放到了在釜中哭泣的受害者煮豆身上，而多少忽略了在釜下燃烧着的豆萁也是身不由己的受害者。豆萁燃烧自身熬煮豆子，并非出自本意，而是被人驱使无可奈何。豆萁何尝不知道，煮熟釜中的豆子，自己先得在大火中化为灰烬！“萁豆相煎”对豆萁而言是多么的不忍心，多么的不情愿！只是因为根本无力和操控自己的恶势力相抗衡，才不得已而在釜下自燃，用自己最后的热量杀死和自己同根生的豆子！倘若豆萁泉下有知，对于煮豆在釜中“本是同根生，相煎何太急”的呻吟抱怨，对于后人几乎是一边倒的价值判断，一定会欲哭无泪唯有惘然！

思想家鲁迅先生为声援北京女子师范大学学生驱逐段祺瑞政府派遣的校长杨荫榆的斗争，于1925年6月5日写了《咬文嚼字》一文，文中“活剥”曹植《七步诗》，创作了一首雅俗共赏战斗力极强的诗作，“替豆萁申冤”。其诗曰：

煮豆燃豆萁，萁在釜下泣——

我烬你熟了，正好办教席！

曹植的《七步诗》是透过煮豆在釜中的哭泣，来表达对“萁豆相煎”的愤懑无奈，而鲁迅先生则通过在釜下燃烧的豆萁的哭泣，来表达他对北京女子师范大学校长杨荫榆和帮闲汪懋祖教授等的强烈愤慨。煮豆在釜中哭泣，仅是为“本是同根生，相煎何太急”而哀伤不已；豆萁在釜下哭泣，意思显然更深一层，是为本自同根生，复被恶势力所捉弄，乃至“我烬你熟了”而伤感不已。冷眼旁观，煮豆在釜中的哭泣不平愤懑呐喊，充其量不过是一种无法遏制的非理性的情绪化的宣泄，仅是悲愤于自己竟然会被同根所生的豆萁相煎；而豆萁在釜下的哭泣则深沉许多，因为它意识到了自己和豆子都是被命运被恶势力所捉弄操控却只能徒唤奈何，最后的结局只能是“我烬你熟”供人享用。

唐代诗人李商隐的七言古诗《赠荷花》，是一首知名度很高的伤感诗作。其诗曰：

世间花叶不相伦，花入金盆叶作尘。

惟有绿荷红菡萏，卷舒开合任天真。

此花此叶常相映，翠减红衰愁杀人。

李商隐借自然界同根生同枝长的花叶之不相伦的命运而感慨人事，慨叹命运的不公平，借荷花、荷叶“卷舒开合任天真”始终不离不弃而抒发自己的思想情感，表达自己寻觅知己的心声，写花写叶写人性，堪称绝妙好诗。笔者于此既不想探讨诗翁李商隐的内心世界，也无意隔靴搔痒赘言该诗艺术水准如何高超，只想对起首两句“世间花叶不相伦，花入金盆叶作尘”略加引申分析。

“红花虽好，还需绿叶扶持。”生长在自然界里的花叶同根生同枝长，原本有着相同的命运，是自然生长自然凋零自然化作尘土的，只是因为人类的介入，才使得它们呈现出不一样的结局：那些奇花异卉，一旦被人看中而移栽金盆，便会倍受呵护；众多扶持红花的绿叶却无法享受这种待遇，因被人弃之不顾而飘零落地，在凄风苦雨中化作尘土。于是，花入盆，叶作尘，便成了古代文人眼中世间花叶迥然不同的命运。表面上看，李商隐这两句诗精准地道出了花叶的不同结局，但是只要稍加分析，便可以看出其中以偏概全的破绽。就花而言，有幸享受被人移入金盆之高规格待遇的，充其量不过是众多鲜花中的极少数，绝大多数花儿却怀才不遇，依旧和绿叶一样没能进入世人法眼，而随着时光推移飘落在地上，和泥土一起化作尘。在这里，大诗人李商隐无疑犯了把个别特殊混同于一般普遍的错误。

南宋诗词大家陆游的名作《卜算子·咏梅》，便真实地写出了“寂寞开无主”的梅花的悲哀凄苦：

驿外断桥边，寂寞开无主。已是黄昏独自愁，更着风和雨。　　无意苦争春，一任群芳妒。零落成泥碾作尘，只有香如故。

梅花是古人高度赞赏的花卉，但陆游词中的梅花，却因为生长在“驿外断桥边”而无缘移入金盆，便只能和数不清的绿叶一起“零落成泥碾作尘”，化为尘土。

常言说，经不住推敲的文字注定无法传诸久远。用逻辑思维的框架来衡量李商隐所说的“世间花叶不相伦，花入金盆叶作尘”，诗中显然存有明显的错误，但却获得了世人的一致首肯。这究竟是因为诗词之形象思维的特性使然，抑或是因为别的什么，一时之间，笔者顿感迷惘，久久不能自拔。

思绪悠然，又想到了北宋改革家文学家王安石的那首《北陂杏花》：

一陂春水绕花身，花影妖娆各占春。
纵被春风吹作雪，绝胜南陌碾作尘。

在这首诗里，王安石显然是借“北陂之花”和“南陌之花”来比喻隐逸之士和名利客的不同风骨气节的。但“北陂之花”只不过比“南陌之花”凋零晚些而已，迟早也会随风飘落化为尘土的。“五十步笑百步”这个古已有之的掌故，难道学富五车的思想者政坛失意的改革家王安石会不清楚？

《韩诗外传》卷七载有孔子开导学生子路的一大段话，折射出大圣人孔子也只能用难以捉摸的命运来诠释人世间的不公平，抚平心中的巨大创伤：

孔子困于陈蔡之间，即三经之席，七日不食，藜羹不糁，弟子有饥色，读书习礼乐不休。子路进谏曰："为善者，天报之以福；为不善者，天报之以贼。今夫子积德累仁，为善久矣，意者当遣行乎？奚居之隐也？"孔子曰："由来！汝小人也，未讲于论也。居，吾语汝：子以知者为无罪乎？则王子比干何为刳心而死；子以义者为听乎？则伍子胥何为抉目而悬吴东门；子以廉者为用乎？则伯夷、叔齐何为饿于首阳之山；子以忠者为用乎？则鲍叔何为而不用，叶公子高终身不仕，鲍焦抱木而泣，子推登山而燔。故君子博学深谋，不遇时者众矣，岂独丘哉！贤不肖者，材也；遇不遇者，时也。今无有时，贤安所用哉！"

列举王子比干、伍子胥、伯夷、叔齐、鲍叔、叶公子高、鲍焦、介子推等不遇时者的不幸之后，孔子又历数舜帝、傅说、伊尹、吕望、管仲、百里奚、孙叔敖等，因分别遇见尧帝、武丁、汤帝、周文工、齐桓公、秦穆公、楚庄王而得以大显身手，以及伍子胥先立大功后遭屠戮，系因先遇吴王阖闾后遇吴王夫差所致：

故虞舜耕于历山之阳，立为天子，其遇尧也；傅说负土而版筑，以为大夫，其遇武丁也；伊尹故有莘氏僮也，负鼎操俎，调五味，而立为相，其遇汤也；吕望行年五十，卖食棘津，年七十，屠于朝歌，九十乃为天子师，则遇文王也；管夷吾束缚自槛车，以为仲父，则遇齐桓公也；百里奚自卖五羊之皮，为秦伯牧牛，举为大夫，则遇秦缪公也；虞丘于天下以为令尹，让于孙叔敖，则遇楚庄王也；伍子胥前功多，后戮死，非知有盛衰也，前遇阖闾，后遇夫差也。

孔子教育学生子路的这段话告诉人们：即便是古圣先贤，也只能用所谓“时也、运也、命也”来解释仕途官场诸多不可思议不可揣测想不通气不顺、却又比比皆是无可奈何的不合理现象。

战国时代楚国的三闾大夫屈原于迭遭贬徙途中，痴心不改，怨声不绝：蝉翼为重，千钧为轻；黄钟毁弃，瓦釜雷鸣；谗人高张，贤士无名。（《楚辞·卜居》）

位列战国四大名将之首的秦将白起杀人如麻，“料敌合变，出奇无穷，声震天下”，临了却被秦王赐剑自裁。将死之际，他用“因果报应”来安抚自己的不忿：“我何罪于天而至此哉？”“长平之战，赵卒降者数十万人，我诈而尽坑之，是足以死。”（《史记·白起王翦列传》）

“力拔山兮气盖世”不可一世的西楚霸王项羽在穷途末路四面楚歌乌江自刎前夕，纠结在心头挥之不去的是：“天亡我也，非战之罪也！”“天之亡我，我何渡为！”（《史记·项羽本纪》）

“功高无二，略不世出”的杰出军事家韩信在秦汉相争时辅佐刘邦居功至伟，而刘邦底定天下后却将之视为心腹大患，最后被皇后吕雉杀害于未央宫。含冤而死的韩信心有不甘，却又只能将自己的悲剧委之于天意：“吾悔不用蒯通之言，乃为儿女子所诈，岂非天哉！”（《史记·淮阴侯列传》）

此类掌故太多，无法逐一列举，还是信手拈来几条人们熟悉的喟叹文字，以便启发人们对命运问题做进一步的思考。

时运不济，命运多舛：冯唐易老，李广难封。屈贾

谊于长沙，非无圣主；窜梁鸿于海曲，岂乏明时？（王勃《滕王阁序》）

冯公岂不伟，白首不见招。（左思《咏史》之二）

学如吾子何忧失，命属天公不可猜。（王安石《李璋下第》）

才自清明志自高，生于末世运偏消。（曹雪芹《红楼梦》第五回）

万事不由人计较，一生都是命安排。……莫怨天来莫怨人，五行八字命生成。（《增广贤文》）

万般皆是命，半点不由人。（冯梦龙《警世通言》）

人的天性是追寻自由。“我有血总要流，有火总要喷，不论在任何方面，我都想要驰骋！”百年前郭沫若先生可谓是喊出了人们的共同心声。古往今来，人们都渴望能有思想的自由、表达的自由、出版的自由、行动的自由，但却无法离群索居，无法生活在真空中，只能生活在特定的社会关系当中，于是，“本来是想去这个房间的，结果却进了另一个房间”。人们所渴望得到的自由，也常常因为被特定的社会关系所制约所左右而变形走样。在专制制度下饱读诗书的士人官员们，想要直抒胸臆自由表达殊非易事，稍有不慎便会惹来大麻烦，甚至会掉脑袋。三国魏末“竹林七贤”之一的嵇康便因为“每非汤武而薄周孔”，而被一心算计着篡夺曹魏政权的司马昭寻找借口将之杀害。而早在汉武帝时期，大司农颜异根本没有张口非议朝政，只是在人们说长道短时稍微撇了一下嘴唇，便被当政者以“腹诽”的罪名处以极刑。故而，深谙明哲保身之道的士子官员们，为了保住自己的项上人头，只得将很大的精力花费在琢磨表达方式表达途径上面。借歌咏喟叹自然界的花草树木，含蓄委婉曲折地表达自己的真实思想，便是他们排遣心绪的方式之一。前面提到的魏国陈留王曹植，因为身份特殊，敢于发不平之鸣，公开表示对萁豆相煎的愤怒和抗争；而怀才不遇仕途坎坷的李商隐，则只能借歌咏花叶来表达自己心中的悲苦激愤。

那些大文人在托物言志迂回曲折地表达自己真实心思的时候，往往是“弱水三千，只取一瓢饮”，其为我所用的选择性非常明确，因此便难免存在以偏概全的缺憾，而忽略了那些被用来说事的花叶树木同时存在的其他特点。或许在创作者本人眼里，这些都是不言而喻的事体，根本就无需赘言。但是随着时光的流逝，其没有提及的应有之义又会让后人心生疑窦，为之惘然。世事如烟，其慨也夫！

学问和偏见

大千世界，芸芸众生，生死成毁，几乎每个生命都有自己的软肋，差别只是软肋生长的地方不同而已，生为万物之灵长的人类也不例外。拿别人的软肋说事奚落嘲讽挖苦伤害其自尊心，表现为一种人性的弱点与张狂，同时也反映出当事者的修养欠缺识见偏颇为人浅薄。至于如何维护自己的自尊心，化解被人奚落嘲讽挖苦的尴尬不堪，则不仅反映了被嘲弄者的心态修为，更反映出被嘲弄者的胸怀格局智慧学问语言表达艺术。

有件耳听目睹的往事虽已过去了 10 多年，在我脑海里却一直记忆犹新无法忘却：那是十几年前的伏天里在避暑胜地北戴河开会，晚上 10 点许被招呼到海滩叙话聊天喝酒吃大排档，因为主人请来了一位老领导，所以来了不少熟人朋友，笔者也忝在其列。对于在场诸君来说，参加这个场合既是一种难得的放松，也是一种碍难推却的应酬。因为是在海滩上侃大山放得开，因为主人特别热情，白酒红酒啤酒一股劲地招呼着，觥筹交错欢声笑语打诨插科不知不觉便临近午夜。有几位来客萌生去意，都盼着快点结束散席，只因主人兴致尚浓，领导尚未说话，也只得耐着性子等待。坐在我身边的仁兄某甲平素与主人关系融洽，此时便贸然出头劝说主人道：“别再劝酒了，少喝点吧。也该散场了。”正在兴头上的主人当即反呛回来：“你瞧你，满口家乡话，吐字都不清，谁也听不懂你说了些什么。还要唠唠叨叨一个劲儿说！”当着一干众人的面，某甲被主人如此奚落嘲讽挖苦，面子上自是挂不住。不过他并没有和主人反目，而是站起来微笑着说道：“不错，我是山里人，不会说普通话，不像你一口普通话，字正腔圆，我不如你；不过，这世上是先有方言俚语地方话，后有普通话。也就是说，普通话是晚辈，地方话是长者。你说普通话，你父亲可能说地方话，那么他和我是同一个水平；倘若你父亲也说普通话，那么你爷爷可能说地方话，我就和他老人家是一个水准；倘若你爷爷也说普通话，那么就再往上溯及你的曾祖高祖远祖，上辈中必定有人说地方话。如果上溯到尽头，也没人说地方话，那麻烦就大了去了，你可能是一个异数杂种。”话音甫落，举座哗然，喝彩叫好之声不绝，主人单位的人甚至高呼：“你今天可为我们出了一口恶气！”主人顿时面红耳赤，却又理屈词穷张口结舌无以应对。某甲见好便收，不疾不徐地说道：“你不用生气，在座的各位也不必喝彩，我不是反唇相讥，不想打口水仗，只是想和他讨论一个语言发展演变的学术问题，告诉他普通话不过是后来的现象，地方话才具有祖宗辈的资格，让他长长见识，顺带纠正一下他在语言问题上的陋见。”

事后和某甲闲聊，问他怎么会想出那个匪夷所思的招数来，某甲告诉我说：“人贵有自知之明，对于最容易受人奚落的软肋感受也远超他人，因而便会有多种应对预案。而凡是以奚落挖苦嘲讽他人缺点为能事的人，不仅表现出修养的缺失，同时也表现出见识的缺失。对付这种人最好的办法不是还以牙眼恶语相向，而是平心静气地和他讨论学问，让他长知识长见识。”我听了哈哈大笑，让他举个历史上的真实事例说明之。他毫不踌躇，随口告诉我不妨看看《资治通鉴》里记载刘邦被项羽封为汉王后，从一百个不情愿前往巴蜀到愉快赴任那一段，还有《清史稿》关于晚清时期海防和塞防之争的文字记载。

唐太宗李世民有言曰：“夫以铜为镜，可以正衣冠；以史为镜，可以知兴替；以人为镜，可以明得失。”果不其然，翻阅史籍可以让人明白什么叫作真正的学问，什么叫作无知浅薄偏见。

秦末无道民不聊生，陈胜吴广在大泽乡揭竿而起天下响应，刘邦和项羽等草莽英雄相继投身于楚怀王麾下，成为起义大军中的佼佼者。公元前206年夏，楚怀王挥师攻秦，约定谁先入关中，谁就是关中王。项羽统领的军队吸引了秦军主力，双方打得难解难分，刘邦则乘机钻空子首先进入关中，占领秦朝的首都咸阳，俘虏了秦王子婴。随后入关的项羽怒不可遏，于是上演了那场惊险无比的鸿门宴，虽然没有结果刘邦的性命，却罔顾楚怀王当初的约定，而徙封刘邦为汉王。虎口余生的刘邦心有不甘，意欲率军和项羽拼个鱼死网破。《资治通鉴·汉纪一》绘声绘色地记载了这一幕：

> 二月，羽分天下王诸将。羽自立为西楚霸王，王梁、楚地九郡，都彭城。羽与范增疑沛公，而业已讲解，又恶负约，乃阴谋曰：“巴、蜀道险，秦之迁人皆居之。”乃曰：“巴、蜀亦关中地也。”故立沛公为汉王，王巴、蜀、汉中，都南郑。而三分关中，王秦降将，以距塞汉路。章邯为雍王，王咸阳以西，都废丘。长史欣者，故为栎阳狱掾，尝有德于项梁；都尉董翳者，本劝章邯降楚。故立欣为塞王，王咸阳以东，至河，都栎阳；立翳为翟王，王上郡，都高奴。项羽欲自取梁地，乃徙魏王豹为西魏王，王河东，都平阳。瑕丘申阳

者，张耳嬖臣也，先下河南郡，迎楚河上，故立申阳为河南王，都洛阳。韩王成因故都，都阳翟。赵将司马卬定河内，数有功，故立卬为殷王，王河内，都朝歌。徙赵王歇为代王。赵相张耳素贤，又从入关，故立耳为常山王，王赵地，治襄国。当阳君黥布为楚将，常冠军，故立布为九江王，都六。番君吴芮率百越佐诸侯，又从入关，故立芮为衡山王，都邾。义帝柱国共敖将兵击南郡，功多，因立敖为临江王，都江陵。徙燕王韩广为辽东王，都无终。燕将臧荼从楚救赵，因从入关，故立荼为燕王，都蓟。徙齐王田市为胶东王，都即墨。齐将田都从楚救赵，因从入关，故立都为齐王，都临菑。项羽方渡河救赵，田安下济北数城，引其兵降项羽，故立安为济北王，都博阳。田荣数负项梁，又不肯将兵从楚击秦，以故不封。成安君陈馀弃将印去，不从入关，亦不封。客多说项羽曰："张耳、陈馀，一体有功于赵，今耳为王，馀不可以不封。"羽不得已，闻其在南皮，因环封之三县。番君将梅鋗功多，封十万户侯。

汉王怒，欲攻项羽，周勃、灌婴、樊哙皆劝之，萧何谏曰："虽王汉中之恶，不犹愈于死乎？"汉王曰："何为乃死也？"何曰："今众弗如，百战百败，不死何为！夫能诎于一人之下而信于万乘之上者，汤、武是也。臣愿大王王汉中，养其民以致贤人，收用巴、蜀，还定三秦，天下可图也。"汉王曰："善！"乃遂就国，以何为丞相。

品读上述文字，不由得对刘邦怒发冲冠萌生了几许理解和同情：按照起义军事先约定，捡了个便宜的刘邦侥幸首先入关，自然美滋滋地期盼着项羽践约，封他为关中王，孰料项羽在谋士们挑唆下差点在鸿门宴上结果其性命；好不容易逃过鸿门宴之劫，又在随后的封王中受尽凌辱，项羽不仅自封为西楚霸王，还恣意而为，按照自己的好恶分封诸王，把关中之地分为三块，分封降将章邯为雍王，司马欣为塞王，董翳为翟王，连不肯随大军入关的陈馀，也封给了南皮一带三个县的地盘；却把首先入关居功至伟的刘邦打发到荒凉闭塞的巴蜀之地，封为汉王。分封如此不公平，怎么能不让刘邦气爆肚皮！诚所谓“是可忍者，孰不可忍也”！于是乎遭受到莫大屈辱的他怒不可遏，而想到破罐子破摔，豁出身家性命来，率领汉军与项羽作生死之搏。

刘邦此刻显然是让耻辱和仇恨气昏了头脑，而情绪化地不顾生死利钝宣泄其心中急剧膨胀着的愤怒。冷眼旁观，历史上这样的事例比比皆是屡见不鲜，否则也不会让千载之下的苏东坡先生有感而发，写出《留侯论》中的那段传世名言：人情有所不能忍者，匹夫见辱，拔剑而起，挺身而斗，此不足为勇也。天下有大勇者，卒然临之而不惊，无故加之而不怒。此其所挟持者甚大，而其志甚远也。

关键时刻，头脑冷静的部属周勃、灌婴、樊哙和萧何审时度势，纷纷出面直言劝阻主公刘邦不可以卵击石自取灭亡，而以萧何的劝说最有力度。仔细思量，萧何劝阻刘邦不过是实话实说，劝他在前往巴蜀就任汉王和被兵力强盛的项羽大军彻底消灭之间进行生死抉择，并指出就任汉王绝非死路一条，还有东山再起的希望。一向善于倾听从谏如流的刘邦这才恍然大悟，随即纠正了自己的意气用事，而采纳萧何谏言，带领人马赶赴巴蜀。从认识论的视角来看，感性冲动意气用事往往会丧失应有的理智，陷于无知和偏见而浑然不觉。受项羽刻意排挤打压封为汉王时刘邦的思维，便被碍难忍受的仇恨所左右，几乎就会因以卵击石而导致万劫不复。不言而喻，萧何等人在关键时刻的直言劝谏晓以利害，诱导其恢复理智，对几乎滑向死亡边缘的刘邦影响至关重大。先有忍辱含垢前往巴蜀之地，才有刘邦后来在楚汉相争中最终胜出并建立西汉王朝。

19世纪下半叶，腐朽衰败的清王朝四面受敌内外交困捉襟见肘一筹莫展，于是乎围绕国防战略部署何去何从，在上层统治者内部发生了所谓的海防与塞防之争，代表人物是两位晚清重臣：直隶总督兼北洋通商事务大臣、文华殿大学士李鸿章和陕甘总督、东阁大学士左宗棠。李鸿章因力主海防而被称为海防派，左宗棠则因力主塞防而被称为塞防派。海防派认为天下急务莫过于海防，主张放弃新疆专注海防；塞防派则认为塞防重于一切，新疆一旦丢失，则蒙古、山西不保，蒙古、山西丢失，则京畿不保。

同治十年（1871），沙俄派兵强占伊犁，并以承认由英俄两国扶持的阿古柏政权为条件，对清政府进行勒索；谈判尚在进行中，沙俄便扬言要攻占乌鲁木齐。陕甘总督左宗棠审时度势，意识到中俄领土之争势必酿成战事，于是上书清廷，陈述应对方略，明确提出对新疆边事应该“从内布置，从新筹度”，强调“就兵事而言，欲杜俄人狡谋，必先定回部；欲收伊犁，必先克乌鲁木齐”。清廷随即让左宗棠着手新疆事务，筹划对新疆用兵。

同治十三年（1874）到光绪元年（1875），堪称是清王朝的噩梦，西北战事一触即发，东南台湾又遭受日本侵扰，浑浑噩噩的清廷大为震惊，于是引发了塞防、海防之争。李鸿章主张在塞防与海防之间进行取舍壮士断腕加强海防。《清史稿 · 李鸿章列传》载：

光绪元年，台湾事变，王大臣奏筹善后海防六策。鸿章议曰："历代备边多在西北，其强弱之事，主客之形，皆适相埒，且犹有中外界限。今则东南海疆万馀里，各国通商传教，往来自如。阳托和好，阴怀吞噬，一国生事，诸国构煽，实为数千年来未有之变局。轮船电报，瞬息千里，军火机器，工力百倍，又为数千年来未有之强敌。而环顾当世，饷力人才，实有未逮，虽欲振奋而莫由。易曰：'穷则变，变则通。'盖不变通，则战守皆不足恃，而和亦不可久也。近时拘谨之儒，多以交涉洋务为耻，巧者又以引避自便。若非朝廷力开风气，破拘挛之故习，求制胜之实际，天下危局，终不可支；日后乏才，且有甚于今日者。以中国之大，而无自强自立之时，非惟可忧，抑亦可耻。"

在《筹议海防折》中，李鸿章的言辞更为痛切：

历代备边多在西北，其强弱之势、客主之形皆适相埒，且犹有中外界限。今则东南海疆万馀里，各国通商传教，来往自如，聚集京师及各省腹地，阳托和好之名，阴怀吞噬之计，一国生事，诸国构煽，实为数千年来未有之变局。轮船电报之速，瞬息千里！军器机事之精，工力百倍；炮弹所到，无坚不摧，水陆关隘，不足限制，又为数千年来未有之强敌。外患之乘，变幻如此，而我犹欲以成法制之，譬如医者疗疾不问何症，概投之以古方，诚未见其效也。庚申以后，夷势骎骎内向，薄海冠带之伦，莫不发愤慷慨，争言驱逐。局外之訾议，既不悉局中之艰难；及询以自强何术？御侮何能？则茫然靡所依据。自古用兵未有不知己知彼而能决胜者，若彼之所长己之所短尚未探讨明白，但欲逞意气于孤注之掷，岂非视国事如儿戏耶！臣虽愚闷，从事军中十余年，向不敢畏缩，自甘贻忧君父。惟洋务涉历颇久，闻见稍广，于彼己长短相形之处，知之较深。而环愿当世饷力人才实有未逮，又多拘于成法，牵于众议，虽欲振奋而末由。易曰："穷则变，变则通。"盖不变通则战守皆不足恃，而和亦不可久也。……新疆不复，于肢体元气无伤，海疆不复则心腹大患愈棘。……新疆各城，乾隆年间始归版图，无论开辟之难，即无事时，岁需兵费三百余万，徒收数千里之旷地，而增千百年之漏卮，已为不值。

有道是屁股决定脑袋，时任陕甘总督的左宗棠断然不肯苟同海防派的论调。在《复陈海防塞防及关外剿抚粮运情形折》中，曾做过闽浙总督的左宗棠反复陈说绝不能偏重海防而放弃塞防：

窃维时事之宜筹、谟谋之宜定者，东则海防，西则塞防，二者并重。今之论海防者，以目前不遑专顾西域，且宜严守边界，不必急图进取，请以停撤之饷匀济海防；论塞防者，以俄人狡焉思逞，宜以全力注重西征，西北无虞，东南自固。此皆人臣谋国之忠，不以一己之私见自封者也。臣之愚昧，何能稍抒末议，上渎宸聪？顾闽浙承乏，稍知海国情形；及调督陕甘，虽拮据戎马之间，迄少成绩，而关塞征戍局势、地形亦尝留意。既蒙垂询及之，敢不必献其愚，以备圣明采择。

左宗棠逐一批驳海防派的基本主张，诸如："乃欲撤出塞之兵"，"以益海防之饷"，"议停撤出关之饷匀作海防"，"拟停撤出关兵饷”。进而呼吁：“无论乌鲁木齐未复，无撤兵之理；即乌鲁木齐已复，定议划地而守，以征兵作戍兵为固围计，而乘障防秋，星罗棋布，地可缩而兵不能减，兵既增而饷不能缺，非合东南财赋通融挹注，何以重边镇而严内外之防？是塞防可因时制宜，而兵饷仍难遽言裁减也。”

左宗棠的主张被当政者所采纳。《清史稿·左宗棠列传》载：

> 光绪元年，宗棠既平关陇，将出关，而海防议起。论者多言自高宗定新疆，岁糜数百万，此漏卮也。今至竭天下力赡西军，无以待不虞，尤失计。宜徇英人议，许帕夏自立为国称藩，罢西征，专力海防。鸿章言之尤力。宗棠曰：“关陇新平，不祼时规还国家旧所没地，而割弃使别为国，此坐自遗患。万一帕夏不能有，不西为英并，即北折而入俄耳。吾地坐缩，边要尽失，防边兵不可灭，糜饷自若。无益海防而挫国威，且长乱。此必不可。”军机大臣文祥独善宗棠议，遂决策出塞，不罢兵。授宗棠钦差大臣，督军事，金顺副之。

在清廷的支持下，左宗棠终于成功收复新疆，名垂史册。

以李鸿章、左宗棠为代表的海防派和塞防派之间的争论，是晚清历史上的重大事件，个中缘由既非三言两语所能交代清楚，更非盲人摸象那么简单地各执一端。实际上这些晚清重臣都非常清楚晚清王朝所面临的内忧外患，非常熟悉清王朝这个百足之虫的千疮百孔，之所以各执一词，争执不休，乃是因为钱的问题——中央财政捉襟见肘手中没钱。一如史家所言：“自咸丰同治以来，粤匪乱起，海疆滋事，中外用项日增月益，一岁所入不足供一岁所出。所谓国家岁入岁出自有常经，军兴以来供亿浩繁，以至京师及各省库储开支支绌，事平之后，帑藏仍未裕如。”说白了，晚清的塞防、海防之争就是被民生疲敝朝廷缺钱给逼出来的。好在哑巴吃黄连的晚清当局头脑并不糊涂，既要海防也要塞防，以塞防、海防两手抓终结了这场论争。于是，才有了成功收复新疆，组建北洋水师、南洋水师，才有了为应对积贫积弱谋求富强的洋务运动，以及紧随其后的甲午海战，北洋水师覆灭，直至清王朝成为陈迹。

仅是孤立静止地看待分析晚清时期的塞防、海防之争，不惟很难比较出孰是孰非，而且极容易重蹈“书生轻议冢中人，冢中笑尔书生气”的覆辙。只有跳出传统的窠臼，不为当事人的言辞所左右，而以更为宏观更为超脱的眼光来观察分析，才有可能真正看清楚左宗棠和李鸿章的塞防、海防之争，实际上不过是医生被动地给一具行将就木的活死人开药方，而所开出的药方看似对症，却于事无补。从事后诸葛亮的角度来看，不论塞防还是海防，都只是被动地防御，而没有将视野转变到唤醒全国民众上来。对于精疲力竭奄奄一息的晚清王朝来说，尽管也明白“兵来将挡，水来土掩”的常识，却已经不具有消极防御多面作战的经济实力，故而光是争论塞防海防哪个更重要实际上于事无补，只能是“眼睁睁把万事全抛，荡悠悠把芳魂消耗”。“最好的防守是进攻。”只有着眼于民众，设法把全国民众动员起来同仇敌忾团结御侮，才有可能真正挽狂澜于既倒，才是唯一切实可行的正确方略。就此而言，尽管李鸿章、左宗棠者流一个个位高显赫，却同样缺少学问，同样见识浅薄失之偏颇。是耶非耶？

利己和公道

回望历史，义利之辩从来都是古圣先贤高度重视的伦理话题。孔子将义利视为区分君子小人（即劳心者和劳力者）的尺度，曰："君子喻以义，小人喻以利。"（《论语·里仁》）

雄辩家孟子多次讲到义利（善利）问题，将之作为舜帝之徒和盗跖之徒的分野。"鸡鸣而起，孳孳为善者，舜之徒也。鸡鸣而起，孳孳为利者，跖之徒也。欲知舜与跖之分，无他，利与善之间也。"（《孟子·尽心章句上》）

孟子旗帜鲜明地提出了"舍生取义"的人生选择："鱼，我所欲也；熊掌，亦我所欲也，二者不可得兼，舍鱼而取熊掌者也。生，亦我所欲也；义，亦我所欲也，二者不可得兼，舍生而取义者也。生亦我所欲，所欲有甚于生者，故不为苟得也；死亦我所恶，所恶有甚于死者，故患有所不辟也。"（《孟子·告子章句上》）

在和梁惠王之间的会话中，孟子将义利问题尖锐对立起来：

> 孟子见梁惠王。王曰："叟！不远千里而来，亦将有以利吾国乎？"孟子对曰："王！何必曰利？亦有仁义而已矣。王曰，'何以利吾国？'大夫曰，'何以利吾家？'士庶人曰，'何以利吾身？'上下交征利而国危矣。万乘之国，弑其君者，必千乘之家；千乘之国，弑其君者，必百乘之家。万取千焉，千取百焉，不为不多矣。苟为

后义而先利，不夺不餍。未有仁而遗其亲者也，未有义而后其君者也。王亦曰仁义而已矣，何必曰利？”（《孟子·梁惠王章句上》）

西汉大儒董仲舒因应时势，曾力倡汉武帝“罢黜百家，独尊儒术”，为儒家学说成为此后封建统治者共同尊崇的主流意识形态贡献颇丰。董仲舒的义利观继承孔孟衣钵且有所发展，他认为：“天之生人也，使人生义与利。利以养其体，义以养其心。心不得义不能乐，体不得利不能安。”（《春秋繁露·身之养莫重于义》）在义利问题上，董仲舒对后世影响深远的著名格言是：“正其谊不谋其利，明其道不计其功。”（《汉书·董仲舒传》）

到了宋代理学家周、程、张、朱那里，义利问题又一次成为谈论的焦点。程颐把义利问题诠释为公私问题，指出：

义与利只是个公与私也。才出义，便以利言也。只那计较，便是为有利害，若无利害，何用计较？利害者，天下之常情也。人皆知趋利而避害，圣人则更不论利害，惟看义当为不当为，便是命在其中矣。（《二程遗书》卷十七）

与客观唯心论者程、朱不同，持主观唯心论立场的宋代理学家陆九渊径直将义利分野的根源归结为志向追求不同使然。他在应朱熹之邀在白鹿洞宣讲“义利之辨”时说：

人之所喻，由其所习；所习，由其所志。志乎义，则所习者必在于义；所习在义，斯喻于义矣。志乎利，则所习者必在于利；所习在利，斯喻于利矣。

纵览从孔圣人以降诸多先哲的相关论述可知，儒家的义利观经过了一个漫长的发展演变过程。孔子将义利作为君子小人分际的标志，却没有笼统地排斥否定利，而是明确地肯定应当大胆追求合理的利益。围绕他老人家所说的“君子喻于义，小人喻于利”，后人曾经开展过旷日持久的义利之辨，但笔者咀嚼这句话时，眼前却总是浮现出“惟上智与下愚不移”“君子怀德，小人怀土；君子怀刑，小人怀惠”“君子周而不比，小人比而不周”“劳心者治人，劳力者治于人”“君子坦荡荡，小人长戚戚”“三个秀才就讲书，三个屠夫就讲猪”等一大串格言短句，总觉得孔子用义利来分别君子小人，是对社会上劳心者和劳力者两大类人群的类别界定。他所说的小人，主要的是指处于社会底层受人统治的长年累月为衣食奔波劳碌的劳力者。在孔子那里，义利分属两个不同的层次，小人由于缺乏教养眼里只看见利，而不懂得义，只有受过良好教养的君子才懂得义，才能用义来规范约束自己，才不会见利忘义。孔子云：“富与贵，是人之所欲也。不以其道得之，不处也。贫与贱，是人之所恶也。不以其道得之，不去也。君子去仁，恶乎成名？君子无终食之间违仁，造次必于是，颠沛必于是。”（《论语·里仁篇》）“富而可求也，虽执鞭之士，吾亦为之。如不可求，从吾所好。”（《论语·述而篇》）

或许是因为战国时期“天下熙熙，皆为利来；天下攘攘，皆为利往”的生存环境比春秋时期更加恶劣，故而，孟子不仅和孔子当年周游列国一样反复向当政者宣传其政治主张，而且在继承孔子义利观的基础上，不遗余力地大声疾呼召唤仁义，强调义利对立，呼吁舍生取义，抨击见利忘义唯利是图，要求统治者“王亦曰仁义而已矣，何必曰利？”和孔子相比较，孟子的言论显然失之偏激。在他的影响之下，奉行仁义和追求利益成了尖锐对立的政治伦理概念。

宋代理学的一大贡献，便是通过义利之辨而将义和利等同为公与私。经过理学家周敦颐、二程、张载、朱熹、陆九渊等人的大力宣传，义理（仁义天理）一体，成了公道的别名，而利则和私欲联系在一起，成了为己的别名。于是，义利等同于公私，表现为为公或利己。程颐为了说明义利即公私，曾援引孟子分辨舜帝和盗跖的典故云：孟子辨舜跖之分，只在义利之间。言间者，谓相去不甚远，所争毫末尔。义与利只是个公与私也。清人张伯行在《近思录集解》中注解说：孟子本言利与善之间，程颐纳入义与利的范畴。义利、公私实则“同一事也，着那计较便是私心，为利害起见，而不循天理也”。按照他们的这个逻辑，利益—私心—贪欲便构成了一条环环相扣的链条，于是乎便要求人们必须在义利或曰天理人欲之间做出抉择，存天理而灭人欲。换言之，祛除利己观念先须从荡涤私心人欲开始。沿着这个逻辑回望我们这代人曾经经历的过往，顿时恍然大悟：原来在 20 世纪 60 年代“在灵魂深处爆发革命”“狠斗私字一闪念”等风行一时的标语口号，并非空穴来风，而是渊源有自，竟然和宋代理学家的主张一脉相承。

如果循着历史顺序图解这些古圣先贤关于义利的高谈阔论，则不难发现，他们的面目始于不温不火，继而越来越严肃冷峻，直到后来索性是严词厉色，令人望而生畏。所以孔子是伟大的教育家，是万世师表，而力主“存天理灭人欲”（换言之即奉行仁义道德祛除利己之心）的程朱理学则面目可憎，使人厌烦。

至此，我们至少可以厘清儒家关于义利之辨的大致脉络：义、善、仁义、天理是同一序列的概念，懂得仁义的是君子；只晓得利益的是小人。奉行仁义、天理即是公道、为公；利（利益、私欲、贪欲）是同一序列的概念，追求利益即是私欲、利己。前者为儒家所鼎力倡导，后者则为儒家所全力抨击。由于儒家自西汉以来长期为封建统治者所尊崇，是封建社会的主流意识形态，故而儒家的义利观在规范束缚禁锢人们的思想行为方面，发挥了难以想象的作用。

有趣的是，宋儒们把佛老等异端之学引入义利之辨当中，将之作为儒家学说的反衬。程颐在解答其门人赵景平利为何物的疑问时，不仅指出利既包括财利之利，也包括利心即利己之心，而且直截了当地指出佛教学说从利出发立论的致命缺陷：

> 赵景平问："'子罕言利'，所谓利者，何利？"曰："不独财利之利，凡有利心，便不可。如作一事，须寻自家稳便处，皆利心也。圣人以义为利，义安处便为利。如释氏之学，皆本于利，故便不是。"（《近思录》卷七）

显而易见，程颐是把释迦牟尼佛作为圣人孔子、孟子的对立面来看待的。孔孟以义为出发点，释迦牟尼佛则以利为出发点，两家学说的根本区别便在于此，诚所谓"失之毫厘，谬以千里"也。宋人叶采在《近思录集解》中为上述文字作注云：释氏恶死则欲无生，恶物欲之乱心则绝灭人伦，推其本心，惟欲利己而已，是贼义之大者。按照这一诠释，释家学说便被牢牢地划入利己贼义一类，而成了奉行仁义大公的儒家学说的对立面。

程颢对释氏的天堂地狱三界轮回说不屑一顾，并站在儒家立场上痛加驳斥道：

> 释氏本怖死生，为利岂是公道？唯务上达而无下学，然则其上达处，岂有是也？元不相连属，但有间断，非道也。孟子曰："尽其心者，知其性也。"彼所谓识心见性是也。若存心养性一段事，则无矣。彼固曰出

家独善，便于道体自不足。或曰："释氏地狱之类，皆是为下根之人设此怖，令为善。"先生曰："至诚贯天地。人尚有不化，岂有立伪教而人可化?"(《近思录》卷十三)

所以谓万物一体者，皆有此理。只为从那里来，"生生之谓易。"生则一时生，皆完此理。人则能推，物则气昏，推不得。不可道他物不与有也。人只为自私，将自家躯壳上头起意，故看得道理小了他底。放这身来，都在万物中一例看。大小大快活。释氏以不知此，去他身上起意思。奈何那身不得，故却厌恶。要得去尽根尘，为心源不定。故要得如枯木死灰。然没此理。要有此理，除是死也。释氏其实是爱身，放不得，故说许多。譬如负版之虫，已载不起，犹自更取物在身。又如抱石投河，以其重愈沉，终不道放下石头，惟嫌重也。(同上书)

应当说，程颢所言的确击中了佛教的软肋："释氏本怖死生，为利岂是公道?""人尚有不化，岂有立伪教而人可化?""释氏其实是爱身，放不得，故说许多。"愈是品味这些振聋发聩的话语，就愈是感到有分量耐咀嚼回味无穷。

程颢和张载相继分析了佛教的虚妄和严重危害性。程颢曰：

释氏之说，若欲穷其说而去取之，则其说未能穷，固已化而为佛矣。只且于迹上考之。其设教如是，则其心果如何? 固难为取其心，不取其迹。有是心则有是迹。(《二程遗书》卷十五)

张载指出：

浮图明鬼，谓有识之死，受生循环。遂厌苦求免，可谓知鬼乎？以人生为妄，可谓知人乎？天人一物，辄生取舍，可谓知天乎？孔孟所谓天，彼所谓道。惑者指“游魂为变”为轮回，未之思也。大学当先知天德，知天德则知圣人，知鬼神。今浮图极论要归，必谓死生流转，非得道不免。谓之悟道可乎？自其说炽传中国，儒者未容窥圣学门墙，已为引取。沦胥其间，指为大道。乃其俗达之天下，致善恶、知愚、男女、臧获，人人着信。使英才间气，生则溺耳目恬习之事，长则师世儒崇尚之言，遂冥然被驱，因谓圣人可不修而至，大道可不学而知。故未识圣人心，已谓不必求其迹；未见君子志，已谓不必事其文。此人伦所以不察，庶物所以不明，治所以忽，德所以乱，异言满耳，上无礼以防其伪，下无学以稽其蔽。自古诐、淫、邪、遁之辞，翕然并兴。一出于佛氏之门者，千五百年。（《正蒙·乾称篇》）

二程不唯毫不留情地痛斥佛教的荒谬，而且身体力行，带头抵制盛行一时的崇佛风气。“正叔云：‘某家治丧，不用浮图。在洛亦有一二人家化之。’”（《近思录》卷九）名儒程颢、程颐家中办理丧事不用僧徒，虽然没有产生多大影响，却足以表明他们对佛教的厌恶和批判是言行如一的。

众所周知，儒、释、道三家曾经三足鼎立于我国古代社会，对所谓的世道人心产生了深远广泛的影响。与外来宗教佛教不同，道家（道教）是中国本土自身的产物，源远流长，被世人尊崇为黄老之术，在历史变迁中先后演绎了多种不同的身份角色，诸如上古隐士、思想家、方技之士、真人、神仙、道士，不一而足。按照古人的说辞，道家并非后人想象中的形象，而首先和政治息息相关，其始祖黄帝乃是传说中上古时代最伟大的政治家，遗有《道德五千言》的老子则言简意赅地阐释了无为而治的政治理念，西汉初期更是将黄老的政治主张付诸实践，创造了文景时期无为而治的政治辉煌。由于孔子创立的儒家学说在汉武帝以降的政治舞台上独占鳌头，加之南北朝以后佛学东渐，在中土大行其道，尊奉不敢为天下先的道家才一步步沦为道教，而在儒释道三家争竞中忝居末位。于是后人一想到道家，眼前便会浮现出一个个视功名富贵如同粪土、不管人间善恶是非、长年累月遁世隐居、醉心于炼丹服饵辟谷养生、追求长生之术的飘飘然有神仙之概的道士形象。

宋代理学家们对释家火力全开，自然也不会放过追求长生的道家，程颢便将佛、老、杨、墨、申、韩诸说统统视为异端邪说，而将看似说得很有道理的佛家、道家（佛教、道教）视为对世道人心影响深远广泛的最大危害：

> 杨、墨之害，甚于申、韩；佛、老之害，甚于杨、墨。杨氏为我，疑于义；墨氏兼爱，疑于仁；申、韩则浅陋易见。故孟子只辟杨、墨，为其惑世之甚也。佛、老其言近理，又非杨、墨之比，此所以为害尤甚。杨、墨之害，亦经孟子辟之，所以廓如也。（《二程遗书》卷十三）

程颐更是对道家津津乐道的修炼成仙长生不老等荒诞不经的传说嗤之以鼻，视之为贼害世人的邪说。《二程遗书》卷十八记载的程颐批驳神仙之说的一段言论，虽然没有讲出多少深刻的道理来，却代表了宋儒对道家神仙方术的基本看法：

> 问：“神仙之说有诸？”曰：“若说白日飞升之类，则无。若言居山林间，保形炼气，以延年益寿，则有之。

譬如一炉火，置之风中则易过，置之密室则难过。有此理也。”又问：“杨子言‘圣人不师仙，厥术异也。’圣人能为此等事否？”曰：“此是天地间一贼。若非窃造化之机，安能延年？使圣人肯为，周、孔为之矣。”

在宋代理学家中，朱熹对老庄之学研究最深也最有心得，他沿袭二程的道家利己之见，指出：

老子之术，须自家占得十分稳便，方肯做；才有一毫于己不便，便不肯做。(《朱子语类》卷一百二十五)

老氏以保全其身底意思多。(《朱子语类》卷一百二十六)

老氏之失，出于自私之巧。……老氏只是要长生，节病易见。(同上书)

老子是个占便宜、不肯担当做事底人，自守在里，看你外面天翻地覆，都不管，此岂不是少恩？……老子著书立言，皆有这个底意思。(《朱子语类》卷一百三十七)

问：“人死时，是当初禀得许多气，气尽则无否？”曰：“是。”曰：“如此，则与天地造化不相干？”曰：“死生有命，当初禀得气时便定了，便是天地造化。只有许多气，能保之亦可延。且如我与人俱有十分，俱已用出二分。我才用出二分便收回，及收回二分时，那人已用出四分了，所以我便能稍延。此即老氏作福意。老氏惟见此理，一向自私其身。”(《朱子语类》卷三)

理学家们不仅将佛、老之说及其门徒信众归之于利己一类，而且言之凿凿地认为释、道两家同出一源，且互相模仿抄袭。朱熹再三强调：

老子说他一个道理甚缜密。老子之后有列子，……列子言语多与佛经相类，觉得是如此。疑得佛家初来中国，多是偷老子意去做经，如说空处是也。后来道家做《清静经》，又却偷佛家言语，全做得不好。佛经所谓“色即是空”处，他把色、受、想、行、识五个对一个“空”字说，故曰“空即是色。受、想、行、识，亦复如是”，谓是空也。而《清净经》中偷此句意思，却说“无无亦无”，只偷得他“色即是空”，却不曾理会得他“受、想、行、识亦复如是”之意，全无道理。佛家偷得老子好处，后来道家却只偷得佛家不好处。譬如道家有个宝藏，被佛家偷去；后来道家却只取得佛家瓦砾，殊可笑也。人说孟子只辟杨、墨，不辟老氏。却不知道家修养之说只是为己，独自一身便了，更不管别人，便是杨氏为我之学。（《朱子语类》卷一百二十六）

佛氏乘虚入中国。广大自胜之说，幻妄寂灭之论，自斋戒变为义学。如远法师支道林皆义学，然又只是盗袭庄子之说。……释氏书其初只有《四十二章经》，所言甚鄙俚。后来日添月益，皆是中华文士相助撰集。如晋宋间自立讲师，孰为释迦，孰为阿难，孰为迦叶，各相问难，笔之于书，转相欺诳。大抵多是剽窃老子列子意思，变换推衍以文其说。《大般若经》卷帙甚多，自觉支离，故节缩为《心经》一卷。（同上书）

杨朱即老子弟子。人言孟子不辟老氏，不知但辟杨、墨，则老、庄在其中矣。佛氏之学亦出于杨氏。其初如不爱身以济众生之说，虽近于墨氏，然此说最浅近，未是他深处。后来是达磨过来，初见梁武，武帝不晓其说，只从事于因果，遂去面壁九年。只说人心至善，即此便是，不用辛苦修行；又有人取庄、老之说从而附益之，所以其说愈精妙，然只是不是耳。（同上书）

在反复陈说佛教剽窃老子、庄子、杨朱、列子道家之说的同时，朱熹也不忘讥笑道教模仿佛教的皮毛：

道家有老、庄书，却不知看，尽为释氏窃而用之，却去仿效释氏经教之属。譬如巨室子弟，所有珍宝悉为人所盗去，却去收拾人家破瓮破釜！……佛书中多说“佛言”，道书中亦多云“道言”。佛是个人，道却如何会说话？然自晋来已有此说。……道家之学，出于老子。其所谓“三清”，盖仿释氏“三身”而为之尔。佛氏所谓“三身”：法身者，释迦之本性也；报身者，释迦之德业也；肉身者，释迦之真身，而实有之人也。今之宗其教者，遂分为三像而骈列之，则既失其指矣。而道家之徒欲仿其所为，遂尊老子为三清：元始天尊，太上道君，太上老君。而昊天上帝反坐其下。悖戾僭逆，莫此为甚！且玉清元始天尊既非老子之法身，上清太上道君又非老子之报身，设有二像，又非与老子为一，而老子又自为上清太上老君，盖仿释氏之失而又失之者也。况庄子明言老聃之死，则聃亦人鬼尔，岂可僭居昊天上帝之上哉？释老之学尽当毁废。假使不能尽去，则老氏之学但当自祀其老子关尹列庄子徒，以及安期生魏伯阳辈。而天地百祠自当领于天下之祠官，而不当使道家预之，庶乎其可也。（《朱子语类》卷一百二十五）

浮云苍狗，时过境迁，而今生活在网络信息时代的人们闲来品味宋代理学家抨击佛、老之说利己、揭露中国佛教和道教之间剪不断理还乱之蛛丝马迹妙语宏论，在时而哑然失笑时而捧腹大笑之余，又于不知不觉之中为之颔首，受到或深或浅的感悟启迪。

宋代理学家们从学理高度反复抨击佛老两家之说利己，绝不是书生空议论，而有其强烈的现实意义。贬斥佛、老两家，从根本上消除其影响力，显然是为了渲染儒家学说的正确高尚，提高和巩固儒家学说在意识形态中的指导地位。在宋代理学家口中，儒家的全部学说都体现为践行公道的政治理想："大道之行也，天下为公，选贤与能，讲信修睦。故人不独亲其亲，不独子其子，使老有所终，壮有所用，幼有所长，鳏寡孤独废疾者皆有所养，男有分，女有归。货恶其弃于地也，不必藏于己；力恶其不出于身也，不必为己。是故谋闭而不兴，盗窃乱贼而不作，故外户而不闭。是谓大同。"（《礼记·礼运篇》）

而天下儒生的毕生使命用张载的话来说便是："为天地立心，为生民立命，为往圣继绝学，为万世开太平。"历代读书人所高喊的"成仁取义""存天理，灭人欲""苟利国家生死以，岂因祸福避趋之""计利当计天下利，求名应求万世名"，都是教人或慷慨或从容地用生命去殉儒家学说"天下为公"的政治理想。

"隔靴搔痒赞何益，入木三分骂亦精。"宋代理学家异口同声地攻讦佛老之说利己，并非信口胡诌，而的确点中了佛、老之说的软肋。如上所述，宋代理学家对佛、老之徒的立场动机宗旨目的所做的分析，已然颇为雄辩地指出了其利己的实质。冷眼旁观，道教的利己色彩似乎比佛教更为明显，因为道教并不宣扬什么三世轮回，也没有更多地关注天下苍生疾苦，而是毫不掩饰地追求长生不老做神仙，企图逃脱生死劫。相形之下，佛教宣扬四大皆空三世轮回苦海无边因果报应，认为“一切众生皆具如来智慧德相，只因妄想执着，不能证得”，要求佛教徒弘扬佛法普度众生，似乎并不能简单地归结为利己，而多少具有某种普世价值。不知何故，阅读宋代理学家们对佛教口诛笔伐的言辞时，脑海里总是浮现出那位自愿在地狱里无私奉献、发誓“地狱未空，誓不成佛；众生度尽，方证菩提”的地藏王菩萨，以及循声问苦有求必应的大慈大悲观世音菩萨的高大形象。

笔者在这里不想循着宋儒们的思路而认同他们得出的结论，只想以闲来无事聊天的口吻，陈说几句自己对古代义利之辨的粗浅认知：

一是万丈高楼平地起，极其艰深的思想学说也不例外。历史悠久的儒、释、道三家之说无疑是古代无数贤哲呕心沥血的智慧结晶，不论是其中信手拈来通俗易懂开愚启蒙的妙说善誉，还是言简意赅玄而又玄深奥莫测回味无穷的微言大义，追根溯源，都是为天下芸芸众生说法，都建立在利己或曰为公这个简单平实的基点之上。

二是利己和为公可谓是衡量理论学说宗教流派的尺度。圣人设教，其对象无非是教化天下苍生，既然是教化，便有个利己还是为公的问题。只要学会用利己还是为公这把尺子来衡量儒释道诸家之说，便不难透过重重迷雾，由表入里，把握其实质。

三是只要不是满足于停留在浅表层次，而是由抽象深入到具体，便可以看出儒、释、道三家的区别之处和相同之点：主张积极入世的儒家学说确实要比主张消极避世的道家学说和宣扬遁世修行追求往生极乐世界的佛家学说更有益于经世致用，更具实用性可行性；虽然在形式上儒家学说明显高于释、道两家消沉颓废的利己哲学，却也绝不是什么纯而又纯的为公、公道学说，尽管儒家宣扬成仁取义存天理灭人欲，但只要将他们的言行略加比照，便可以发现孔门信徒也并非没有私心。他们不仅具有极其浓郁的功名心，“疾没世而名不称焉”，甚至毕生沉溺于名缰利锁当中不能自拔。谁个能说那些醉心于升官发财光宗耀祖博取浮名的名利客没有利己之心？且不要说那些寡廉鲜耻投机钻营沉浸于鸡虫之争的儒林败类了！就此而言，儒家的仁义天理之说绝不能笼统地冠之以为公，许多时候倒是和不掩饰以利己为出发点的释道两家互相重叠。

四是儒、释、道三家诚然泾渭分明，却没有不可逾越的门槛，即相互之间却并没有横亘着不可逾越的万里长城。回望历史，不仅有许多封建帝王为追求长生不老而笃信道术，或者崇信佛教遁入空门做了和尚，就是许多大名鼎鼎的硕学鸿儒，如韩愈、朱熹、苏东坡、王阳明等，也都多年穿行于儒、佛、道之间，既有研究的成分，更有祈求延年益寿的因素在。据云韩愈、苏东坡、王阳明等大儒皆死于服食道家丹药。看了这些史籍有载的文字，谁还好意思继续宣称，自称以天下为己任的儒生们就没有害怕短命早死而喜欢长生久住的道家的利己之心呢？

五是任何过于简单化绝对化的观点都必然失之偏颇。“是就是，非就非，除此之外，都是鬼话。”用这种形而上学的思维方式为某种源远流长的宗教学说下判断，所得出来的结论不仅会失之毫厘谬以千里，而且也无法令人信服。俗云“殊途同归”，儒、释、道三家即是如此。主张积极入世建功立业成仁取义为万世开太平的儒家学说诚然是苦心孤诣为封建统治者管理国家教化百姓建言献策，故而被封建帝王尊崇为那个时代的主流意识形态，而佛、老之说之所以能够在古代社会长期大行其道，与儒家学说鼎足而立，说穿了并不是因为他们主张消极避世遁世寻求福报，而是由于其追求长生普度众生的说教，实际上是在变换了一下角度帮助统治者化解天下苍生的怨气和对立情绪，麻痹人民与邪恶势力相抗争的斗志，客观上有助于统治者维持其摇摇欲坠的统治而已。人世间的事情奇怪得很，如同寓言故事“朝三暮四”一样不可思议，赤条条直来直去人谁都能分辨出来，换了个“马甲”就看走了眼！

用一篇小文字很难诠释清楚深奥的儒释道利己为公的话题，笔者自己也是越说越晕乎，竟至如同满脑子糨糊，此亦一事非，彼亦一是非，权且借用老子、如来、孔子的话为本文作结：

老子云：“智者不言，言者不智。”

如来云：“不可说，不可说。”

孔子云：“如之何，如之何？”

私德和官德

私德和官德，同属古代道德范畴的概念。前者指私人生活的道德或不道德行为，既包括官员也包括平民，后者则专指官员的道德或不道德行为。根据儒家“修齐治平”的传统说教，私德和官德应当是相互一致的，前者是后者的基石，由“居家为孝子，受事为忠臣”“从小偷针，长大偷金”这些古老的格言，不难体味出二者之间的内在关系。但私德和官德又毕竟是人之为人两个不同的侧面，在同一个做官的人身上，可能完全重合，可能相互交叉矛盾，也可能全然不同尖锐冲突，这似乎不难理解，因为人本身就是矛盾的统一体嘛。虽然明知私德和官德皆是道德范畴的概念，但笔者在关注理解讲述这两个词汇的时候，眼前却总是浮现出在我国古代历史上大名鼎鼎的管仲、陈平、冯道的身影，总是情不自禁地将他们迥然不同的私德和从政行为业绩相联系，时而串联，时而并联，纵横交错，浮想联翩，不能自已。于是借用这两个概念，写下了这篇文字。

从道德层面上审视，管仲堪称是我国古代一位影响力非常深远独特的人物。管仲字夷吾，名仲，颍上人。春秋初期著名政治家，其生平业绩是辅佐齐桓公推行改革，开创了周末诸侯霸主制衡的格局，齐桓公成为春秋五霸中的第一位霸主，管仲则成为霸主政治时期的首位名相。管仲死后百余年，孔夫子仍然对他的丰功伟绩敬佩有加，一再称赞其“九合诸侯，一匡天下”，“民到于今受其赐”，“微管仲，吾其被发左衽矣”。

然而，这么一位知名人士却因在出道之初品行上不检点，背负了一个不好的名声。和好朋友鲍叔牙在一起做生意，贩贾南阳，获利分红时，管仲总是多拿，给人以爱占小便宜的印象。更有甚者，管仲早年曾三次随军出征，“每至战阵，辄居后队；及还兵之日，又为先驱”，用大白话说就是在战场上多次做逃兵。这已经不仅仅是私德有亏，而是贪生怕死了。司马迁在《史记·管晏列传》中借管仲陈说他和鲍叔牙的交往，而道出了他的昔年糗事：

> 吾始困时，尝与鲍叔贾，分财利多自与，鲍叔不以我为贪，知我贫也。吾尝为鲍叔谋事而更穷困，鲍叔不以我为愚，知时有利不利也。吾尝三仕三见逐于君，鲍叔不以我为不肖，知我不遭时也。吾尝三战三走，鲍叔不以我怯，知我有老母也。公子纠败，召忽死之，吾幽囚受辱，鲍叔不以我为无耻，知我不羞小节而耻功名不显于天下也。生我者父母，知我者鲍子也。

不难想见，设若不是遇见了鲍叔牙这一位生性豁达慧眼识人大度包容的知心朋友，在私德方面劣迹斑斑的管仲便难以走出世人众口铄金积毁销骨千夫所指无疾而死的阴影，遑论他日东山再起，在春秋初期的政坛上施展抱负扬名立万了。

管仲不仅有幸遇上了鲍叔牙这么一位可遇而不可求的人生知己，而且有幸遇上了胸襟宽广、求才若渴的君主齐桓公。公子纠和公子小白（齐桓公）都是齐襄公的儿子，公子纠年长为兄，公子小白年幼为弟。齐襄公死后，因争夺国君之位，兄弟二人反目为仇。辅佐公子纠的管仲设计伏击并亲自射了公子小白一箭，差点要了人家的性命。主客易位之后，公子小白却采纳鲍叔牙的建言，对死囚管仲委之以重任。管仲拜相后，治国安邦的长才和他令世人刮目相看的政治品德（即官德）得以充分展现出来，在东周王朝日渐式微诸侯各自为政的大背景下，辅佐齐桓公做了春秋时代的首位霸主，成就了一代霸业。孔夫子对管仲的毕生功业给予了崇高的评价，称赞他辅佐春秋首霸齐桓公九合诸侯，一匡天下，在特定的政治背景下维系了东周王朝的统治，有效抵御了北方少数民族的入侵，使得“民到于今受其赐”。不言而喻，孔夫子所褒扬赞美的，既是管仲的千秋功业，同时也包含了他的高尚官德。

这里应特别提及管仲“忠于为国，不私其友”的优秀政治品德。管仲和鲍叔牙的交谊之深天下皆知，可以毫不夸张地说，是鲍叔牙相助管仲改变了其多舛的命运，把他推到了齐国相国的位置上。但管仲却始终没有利用其相国身份投桃报李，回馈鲍叔牙。在管仲病危齐桓公亲往探视，询问可否让鲍叔牙继任相位时，管仲却明确否定，并解释说：“鲍叔牙善恶过于分明。好善应当肯定，恶恶太甚，人谁堪之？”鲍叔牙见人之一恶，即终身不忘，是其性格的一大弱点。相国这个位置需要调和阴阳、调和文武百官的人才，当相国的人要有非凡的度量。”或许这一细节，更有助于人们看清楚私德和官德的区别，弄明白何谓“不以一眚掩大德”，进而认识管仲人格的伟岸。

比起春秋时期的管仲来，秦汉时期的陈平堪称亦步亦趋。管仲的私德让人耻笑，陈平的名声更是不佳，司马迁在《史记》中将陈平的劣迹概括为“盗嫂受金”。“盗嫂受金”寥寥四字，已然一针见血地道出了陈平令人不齿的品行污点。好色放纵到和自己的嫂子通奸乱伦的地步，足见其早年是何等的孟浪，简直不知人间尚有羞耻二字；而投身汉王刘邦麾下后竟然公开接受将领们的贿赂，则不仅表现出他的贪婪秉性，而且说明他根本没有把汉王府的纲纪放在眼里。如此劣迹斑斑之人，如果不是遇见善于用人所长的刘邦，是决然不会有远大的政治前途的。

汉王麾下的将领周勃、灌婴等对陈平的攻讦诋毁可谓不遗余力：

绛侯、灌婴等咸谗陈平曰："平虽美丈夫，如冠玉耳，其中未必有也。臣闻平居家时，盗其嫂；事魏不容，亡归楚；归楚不中，又亡归汉。今日大王尊官之，令护军。臣闻平受诸将金，金多者得善处，金少者得恶处。平，反覆乱臣也，愿王察之。"汉王疑之，召让魏无知。无知曰："臣所言者，能也；陛下所问者，行也。今有尾生、孝己之行而无益处于胜负之数，陛下何暇用之乎？楚汉相距，臣进奇谋之士，顾其计诚足以利国家不耳。且盗嫂受金又何足疑乎？"汉王召让平曰："先生事魏不中，遂事楚而去，今又从吾游，信者固多心乎？"平曰："臣事魏王，魏王不能用臣说，故去事项王。项王不能信人，其所任爱，非诸项即妻之昆弟，虽有奇士不能用，平乃去楚。闻汉王之能用人，故归大王。臣裸身来，不受金无以为资。诚臣计画有可采者，愿大王用之；使无可用者，金具在，请封输官，得请骸骨。"汉王乃谢，厚赐，拜为护军中尉，尽护诸将。诸将乃不敢复言。(《史记·陈丞相世家》)

上述文字中，陈平对受金之事的辩解振振有词，却没有涉及盗嫂之事。由此可知，陈平的私德确实有亏。由于急需人才辅佐自己与楚霸王项羽争夺天下的汉王刘邦敢于不拘一格重用陈平，才有了后来他在仕途上的风光与辉煌。

陈平对西汉政权的卓越贡献，不仅体现为后人所津津乐道的六出奇计，而且表现在孝惠帝刘盈死后，大权在握的太后吕雉恣意妄为，执意要“立诸吕为王”，生性耿直的右丞相王陵只身抗争，身为左丞相的陈平却审时度势，选择了和太后吕雉保持一致。此后，迁升为右丞相的陈平韬光养晦，待到吕雉死后与太尉周勃暗中联手，合谋诛除诸吕重安刘氏天下，建立了旷世功勋。如果说当年管仲辅佐齐桓公是君臣相知相得直到生命最后一息，那么，陈平在西汉初期的政坛之路则变幻不定，更加显现出了他过人的智慧韬略。俗语云：“识时务者为俊杰。”“抱大节者，不拘小谅；有远虑者，岂固近谋。”陈平称得上是一位深谋远虑而又深得韬光养晦逆来顺受之真谛的智慧能臣。当初陈平附和吕太后封诸吕为王之议时，肯定会招来一片非议之声，相形于王陵的耿直抗争，陈平更是显得没有骨气；而到了铲除诸吕、迎立汉文帝之后，陈平的智慧才又重新得到世人的首肯。

管仲、陈平早年的个人品行皆不怎么样，甚至可以说私德有亏，但这并没有妨碍他们可以在政坛上干出一番大业绩。只看到他们个人品行修养欠缺的问题，就断言他们在政治上在官场上也不是什么好鸟，则无疑是大错特错的。孟子曰：“大人者，言不必信，行不必果。”品鉴人物，要在持其大端而不被细枝末节所累。管仲和陈平都有尽人皆知的不检点之处，然而当其时来运转以后，其绝世的聪明才智便在特定的重要平台上得以施展，进而利国利民，造福天下苍生。金无足赤，人无完人，当着管仲、陈平完成了政治舞台的规定动作，成就了丰功伟业之后，他们身上原来的那些欠缺，顿时不光是变得无关紧要，而且让人觉得更加可爱可亲，似乎唯其如此，才是真实的有血有肉有欲望有追求的管仲和陈平。

与管仲、陈平不同，五代时的政坛不倒翁冯道私德无可挑剔指摘，官德却众说纷纭见仁见智饱受诟病。冯道是我国古代官场上一个不可多得的人物。《旧五代史》说他“事四朝，相六帝”；《新五代史》说他“事四姓十君”；《资治通鉴》说他“历五朝、八姓，若逆旅之视过客，朝为仇敌，暮为君臣”。他晚年曾写过一篇《长乐老自叙》，炫耀其平生业绩。与冯道在五代时一起共过事、后来又在北宋王朝做过宰相的范质对他赞赏有加，宋代名臣欧阳修、司马光则不齿其为人，对之大加抨击。

从瀛州景城（今衡水景县）走上仕途的冯道有着良好的个人私德。《旧五代史·周书·列传第六》载，冯道年少之时性情纯厚，“好学能文，不耻恶衣食，负米奉亲之外，唯以披诵吟讽为事，虽大雪拥户，凝尘满席，湛如也”。

《新五代史·杂传第四十二》载：“道为人能自刻苦为俭约，当晋与梁夹河而军，道居军中，为一茅庵，不设床席，卧一束刍而已。所得俸禄，与仆厮同器饮食，意恬如也。诸将有掠得人之美女者以遗道，道不能却，置之别室，访其主而还之。”在生灵涂炭弱肉强食的战乱年代，冯道能够清苦自守廉洁自律，不近女色不存淫欲，而且能体谅被掠之美女的苦楚，“访其主而还之”，委实难能可贵。

《旧五代史·周书·列传第六》载：“道在常山，见有中国士女为契丹所俘者，出橐装以赎之，皆寄于高尼精舍，后相次访其家以归之。”

综上可知，冯道的私德可圈可点史有定评。冯道的父亲去世后，已经做了官的他“居父丧于景城，遇岁饥，悉出所有以赒乡里，而退耕于野，躬自负薪。有荒其田不耕者，与力不能耕者，道夜往，潜为之耕。其人后来愧谢，道殊不以为德”。（《新五代史·杂传第四十二》）。

由此可见，冯道眼光远大心系乡亲，把钱财看得很淡，在家乡遭遇饥荒之年时，肯将自己的家产拿出来周济穷乡亲，并甘于为此而“退耕于野，躬自负薪”。《旧五代史·周书·列传第六》则云，冯道在丁忧期间，不仅肯把自家的钱财拿出来和乡亲们共度时艰，而且洁身自好：“凡牧宰馈遗，斗粟匹帛，无所受焉。”史称：“道历任四朝，三入中书，在相位二十余年，以持重镇俗为己任，未尝以片简扰于诸侯。”冯道能做到这一点，确实非常人所能望其项背。

由《五代史补》所载的一则逸事，可见冯道的涵养功夫之高深：

冯瀛王道之在中书也，有举子李导投贽所业，冯相见之，戏谓曰：“老夫名道，其来久矣，加以累居相府，秀才不可谓不知，然亦名道，于礼可乎？”李抗声对曰：“相公是无寸底道字，小子有寸底道字，何谓不可也！”公笑曰：“老夫不惟名无寸，诸事亦无寸，吾子可谓知人矣。”了无怒色。

举子李导的“导”字繁体为“導”，比冯道的道字多出一个寸字。年轻气盛的举子李导脱口说出自己名字与冯道名字的不同在于下面有无寸字，冯道听后不怒反笑，自嘲说自己“不惟名无寸，诸事亦无寸”，并夸奖年轻人有知人之明。这种涵养功夫，在封建社会的高官身上，确实如同凤毛麟角，非常罕见。

冯道混迹于五代乱世，并成为政坛不倒翁，并非浪得虚名，在许多重大政治问题上均表现出某种过人之处。诸如他提醒后唐明宗李嗣源应以民生为念，注意“谷贵饿农、谷贱伤农”；又如在契丹皇帝率军灭后晋入汴京后，冯道利用其独特的影响力，劝阻契丹皇帝不要滥行杀戮，“此时百姓，佛再出救不得，惟皇帝救得。”故而，《旧五代史》称誉：“其后衣冠不至伤夷，皆道与赵延寿阴护之所至也。”《新五代史》则云：“人皆以谓契丹不夷灭中国之人者，赖道一言之善也。”

由于冯道精于在夹缝中求生存，在乱世五代长袖善舞，朝秦暮楚，居然当了20多年宰相，于是又被人们认为他为臣不忠于君，大节有亏。主编《旧五代史》的薛居正指责他：“事四朝，相六帝，可得为忠乎！夫一女二夫，人之不幸，况于再三者哉！”主编《新五代史》的欧阳修更是不遗余力地抨击冯道是毫无礼义廉耻之徒。编纂《资治通鉴》的司马光则对冯道进行了无情鞭挞，认为冯道身为人臣不忠其君，大节亏空，“虽有小善，庸足称乎！”“忠臣忧公如家，见危致命，君有过则强谏力争，国败亡则竭节致死”，而冯道以丞相之尊，“国存则依违拱嘿，窃位素餐，国亡则图全苟免，迎谒劝进”，致使“君则兴亡接踵，道则富贵自如”。断然否定冯道是个贤者，“能全身远害于乱世”的说辞，并进而认为，冯道现象的出现，“非特道之愆，亦时君之责也！”明清之际的大思想家王夫之，在《读通鉴论》中入木三分地剖析了冯道其人的内心世界，而后感慨万端地指出：“呜呼！人知道之堕节以臣人，不知其挟小慧以媚主，国未亡而道已雠其卖主之术，非一日矣。此数主者，颠倒背乱于黼扆，道且尸位而待焉，不知其何以导谀也？然而不传者，摘小过以炫直，自饰而藏奸，世固未易察也。”

冯道其人因官德有亏而被宋代史家痛加批驳，既和其仕途言行被宋代理学视为严重背叛忠君观念有伤社会风化有关，也和他晚年写过一篇《长乐老自叙》自我吹嘘有关。故而，冯道的《长乐老自叙》，实为分析评价其私德和官德不可或缺的一篇妙文，不妨转引于下：

余世家宗族，本始平、长乐二郡，历代之名实，具载于国史家牒。余先自燕亡归晋，事庄宗、明宗、闵帝、清泰帝，又事晋高祖皇帝、少帝。契丹据汴京，为戎主所制。自镇州与文武臣僚、马步将士归汉朝，事高祖皇帝、今上。顾以久叨禄位，备历艰危，上显祖宗，下光亲戚。亡曾祖讳凑，累赠至太傅，亡曾祖母崔氏，追封梁国太夫人；亡祖讳炯，累赠至太师，亡祖母褚氏，追封吴国太夫人；亡父讳良建，秘书少监致仕，累赠至尚书令，母张氏，追封魏国太夫人。

余阶自将仕郎，转朝议郎、朝散大夫、银青光禄大夫、金紫光禄大夫、特进、开府仪同三司。职自幽州节度巡官、河东节度巡官、掌书记，再为翰林学士，改授端明殿学士、集贤殿大学士、太微宫使。再为弘文馆大学士，又充诸道盐铁转运使、南郊大礼使、明宗皇帝晋高祖皇帝山陵使，再授定国军节度、同州管内观察处置等使，一为长春宫使，又授武胜军节度，邓、随、均、房等州管内观察处置等使。官自摄幽府参军、试大理评事、检校尚书祠部郎中兼侍御史、检校吏部郎中兼御史中丞、检校太尉、同中书门下平章事、检校太师、兼侍中，又授检校太师、兼中书令。正官自行台中书舍人，再为户部侍郎，转兵部侍郎、中书侍郎，再为门下侍郎、刑部吏部尚书、右仆射，三为司空，两在中书，一守本官，又授司徒、兼侍中，赐私门十六戟，又授太尉、兼侍中，又授戎太傅，又授汉太师。爵自开国男至开国公、鲁国公，再封秦国公、梁国公、燕国公、齐国公。食邑自三百户至一万一千户，食实封自一百户至一千八百户。勋自柱国至上柱国。功臣自经邦致理翊赞功臣至守正崇德保邦致理功臣、安时处顺守义崇静功臣、崇仁保德宁邦翊圣功臣。

先娶故德州户掾褚讳溃女，早亡，后娶故景州弓高县孙明府讳师礼女，累封蜀国夫人。亡长子平，自秘书郎授右拾遗、工部度支员外郎；次子吉，自秘书省校书郎授膳部金部职方员外郎、屯田郎中；第三亡子可，自秘书省正字授殿中丞、工部户部员外郎；第四子幼亡；第五子义，自秘书郎改授银青光禄大夫、检校国子祭酒兼御史中丞，充定国军衙内都指挥使，职罢改授朝散大夫、左春坊太子司议郎，授太常丞；第六子正，自协律郎改授银青光禄大夫、检校国子祭酒兼御史中丞，充定国军节度使，职罢改授朝散大夫、太仆丞。长女适故兵部崔侍郎讳衍子太仆少卿名绚，封万年县君；三女子早亡。二孙幼亡。唐长兴二年敕，瀛州景城县庄来苏乡改为元辅乡，朝汉里改为孝行里。洛南庄贯河南府洛阳县三州乡灵台里，奉晋天福五年敕，三州乡改为上相乡，灵台里改为中台里，时守司徒、兼侍中；又奉八年敕，上相乡改为太尉乡，中台里改为侍中里，时守太尉、兼侍中。

静思本末，庆及存亡，盖自国恩，尽从家法，承训诲之旨，关教化之源，在孝于家，在忠于国，口无不道之言，门无不义之货。所愿者下不欺于地，中不欺于人，上不欺于天，以三不欺为素。贱如是，贵如是，长如是，老如是，事亲、事君、事长，临人之道，旷蒙天恕，累经难而获多福，曾陷蕃而归中华，非人之谋，是天之祐。六合之内有幸者，百岁之后有归所。无以珠玉含，当以时服敛，以蘧篨葬，及择不食之地而葬焉，以不及于古人故。祭以特羊，戒杀生也，当以不害命之物祭。无立神道碑，以三代坟前不获立碑故。无请谥号，以无德故。又念自宾佐至王佐及领藩镇时，或有微益于国之事节，皆形于公籍。所著文章篇咏，因多事散失外，收拾得者，编于家集，其间见其志，知之者，罪之者，未知众寡矣。有庄、有宅、有群书，有二子可以袭其业，于此日五盥，日三省，尚犹日知其所亡，月无忘其所能。为子、为弟、为人臣、为师长、为夫、为父，有子、有犹子、有孙，奉身即有馀矣。为时乃不足，不足者何？不能为大君致一统、定八方，诚有愧于历职历官，何以答乾坤之施。时开一卷，时饮一杯，食味、别声、被色，老安于当代耶！老而自乐，何乐如之！时乾祐三年朱明月长乐老序云。（《旧五代史·周书·列传第六》）

言者心之声。冯道的这篇自叙，字里行间充溢着对其生平仕宦生涯的自我欣赏赞许和肯定。其自诩为长乐老的理由有三：一是生逢乱世却20多年身居相位，“任凭风浪起，稳坐钓鱼台”；二是实现了光宗耀祖的愿望，为祖宗挣得了极高荣誉，为子孙铺垫了美好前程；三是晚年声望崇隆。冯道也随口讲了自己的一点儿不足：“不能为大君致一统、定八方，诚有愧于历职历官，何以答乾坤之施！”其实他似乎根本没有把这种愧憾当回事，你看他接下来便话锋一转，继续自鸣得意：“时开一卷，时饮一杯，食味、别声、被色，老安于当代耶！老而自乐，何乐如之！”“老而自乐，何乐如之！”如此言辞，的确画龙点睛般地道出了冯道的人生价值观。

比较史家薛居正、欧阳修、司马光，思想家王夫之对冯道官德的评价，以及冯道的自我评价，不难发现，泾渭分明的不同品评取决于评价者各自的立场和视角。薛居正、欧阳修、司马光甚至王夫之皆是站在传统的儒家忠君立场上，坚持用所谓的忠义气节去评判历史人物的，故而，生逢五代乱世之中压根不拿君主死活当回事的官场老油条冯道，自然难逃他们的口诛笔伐。只要不理会封建卫道士们的那套忠义气节模式，而回归到孔夫子当年评判管仲的民本观念上来，把能否在乱世中最大限度地减少杀戮、最大限度地拯救生民性命，作为评价官员政治品行的根本尺度，就会发现：冯道其人尽管不忠于他所服侍过的君主们，但在天下百姓遭逢生死劫难之际，还是发挥了重大作用的。倘若没有冯道在契丹皇帝面前委婉进言，不知多少无辜生民将遭涂炭。佛云“救人一命，胜造七级浮屠”，就此而言，冯道的功德即不容漠视。如果把减少百姓痛苦、保全生灵性命看成是做官之人最大的分内之事，围绕冯道评价的争执自会减少许多。至于《长乐老自叙》，非但没有给冯道增添什么光彩，反倒让人觉得此人失之浮浅，过于世俗，而这也许正如同他这个人根本就不是什么忠臣一样，后人也犯不上在这上面多费唇舌。

管仲、陈平、冯道的私德和官德，充其量不过是私德和官德评价中的几个实例，却多角度多侧面地揭示了这个问题的复杂性趣味性，为人们深入探究这个道德话题提供了有益的启迪和借鉴。

六经注我和我注六经

身为炎黄子孙，不可以数典忘祖；说到古代典籍，先须知晓“六经”。“六经”是《诗》《书》《礼》《易》《乐》《春秋》等六部先秦经典著作的合称，经过孔子的整理而传世。后因《乐》失传，故世称“五经”。后人挂在嘴上的“四书五经”，即是指《孔子》《中庸》《大学》《孟子》和这五部经典著作。尽管“六经”早已变成了“五经”，后人读的较多的也是“四书”，但“六经”这一约定俗成的称谓，却依旧被人们所经常提及。南宋时期颇有影响力的思想家陆九渊便借用“六经”这一称谓，提出了一个极具挑战性的著名观点：“六经注我，我注六经。”

陆九渊字子静，宋代理学中“心学”一派的开山鼻祖。晚年讲学于象山书院，自号象山翁，人称象山先生，学者尊称其为陆象山。有人劝他著书立说，引发了他的无穷思绪。《宋史·儒林列传四》载：或劝九渊著书，曰：“《六经》注我，我注《六经》。”又曰：“学苟知道，《六经》皆我注脚。”

《陆九渊集·年谱》云：尝闻或谓陆先生云：“胡不注六经？”先生云：“六经当注我，我何注六经。”

因为陆九渊是一位卓越的思想者，其“六经注我，我注六经”之说又如同佛教禅语，蕴义玄妙，尽管他自己并没有详加阐释，后世学者还是见仁见智，各执一词，做出了不尽相同的理解。

一种观点认为，“六经注我”和“我注六经”是说，陆九渊的思想主张皆出自“六经”，可与圣人之言互相发明。“六经注我”，就是把“六经”作为自己的注脚，即以主体自我为中心，借助“六经”来阐发自我的思想；“我注六经”，就是自己动手来为“六经”做传注，即围绕“六经”进行还原工作。按照这种解释，“六经注我”和“我注六经”，是两种相反的态度、方法和门径。

一种观点认为，陆九渊把真正的圣贤事业看作是自己发明本心的言行实践。这种本心，是人人固有的，是与圣人本心相同相通的。这种发自本心的言行实践既是圣贤事业的最高体现，也是对记载先圣言行的“六经”的最好传注。由于我与圣人同心，我的言行自然与圣人言行不悖，故而“六经”就是我的言行注脚，这就是“六经注我”；由于我的言行与圣人言行（即“六经”）相一致，亦即“我注六经”，故而无需再去为“六经”做字面上的注解诠释。按照这种观点，“六经注我”和“我注六经”便是一而二、二而一的关系，都是对发明本心后主体的自我肯定。

还有一种观点认为，“六经注我”和“我注六经”是读书的两种方式。所谓“我注六经”，即因循古代经典，亦步亦趋；所谓“六经注我”，即将古代经典为我所用，为时代所用。

“文章千古事，得失寸心知。”古人将“立言”与“立德”“立功”并列为人生三不朽，足以说明他们对著书立说的重视程度。但由于受孔子“述而不作”的影响，不重视个人著书立说，而将毕生精力用在为古书作注（包括集注、集解、注疏、正义、校勘、索隐、译解、译注等）上面的鸿儒比比皆是，而《诗》《书》

《礼》《易》《春秋》《孝经》《论语》《孟子》《尔雅》则是他们乐此不疲为之作注的典籍。除硕学通儒皓首穷经为儒家典籍作注而外，研究道家、法家、墨家等的高明人士也不甘落后，纷纷为《老子》《庄子》《韩非子》《墨子》等先秦诸子作注。实际上，无论注疏者本人主观意图如何，其注释文字和原著之间都必然会因注疏者材料占有的多寡不同、理解经文的角度站位不同，而或多或少带有某种偏见存有某种缝隙，于是接着便会再有人出来纠偏，重新为之作注。汉代的今文经学、古文经学见仁见智争执不休，宋儒、明儒、清儒也复各执一词互不相让。现代哲学大师张岱年先生曾一针见血地指出："对于孔子说过的话，汉儒有汉儒的解释，宋儒有宋儒的解释，清儒又有不同于汉宋的解释，议论纷纷，莫衷一是。"（《张岱年全集》第 8 卷第 351 页）

借用老百姓的话说，这就是一种典型的"水多了添面，面多了添水"的文化现象。而随着时间的推移，人们在阅读那些语焉不详的上古经典，理解其中所蕴含的微言大义时，又越来越离不开后人的注释文字，于是乎，便出现了"二手货"取代阅读原著的偏向。

我们知道，宋明理学由周敦颐、邵雍、张载、程颢、程颐等发端于北宋，进入南宋以后演变成两大派别，朱熹和陆九渊分别是其头面人物。朱熹承袭北宋周敦颐、邵雍、张载、二程之说，被人称为程朱理学；陆九渊不肯苟同程朱之说，自诩承继孟子道统，而开创了心学，后人将之与明代的王阳明一起称为陆王心学。

朱熹在宣传理学的实践中延续了古代儒生注疏"六经"的传统，自己在注疏方面花费了很大心血，其《四书章句集注》《太极图说解》《通书解说》《周易读本》《楚辞集注》等皆为传世之作，特别是《四书章句集注》，经元、明、清几代统治者推荐，而成了钦定的教科书。除了致力于为儒家经典作注外，朱熹留下的著作颇丰，堪称是一位著作等身的大思想家。不言而喻，朱熹所做的《集注》《集解》《解说》等，同样不可避免地带有其理学主张的价值导向性。

朱熹所做的这一切，陆九渊自然一清二楚，但是他却对朱熹之热衷于“我注六经”不屑一顾，而回之以“六经当注我，我何注六经”，这显然不是什么意气之争，而是根深蒂固的人生信念使然。

愈是走进陆九渊其人，愈能看清楚“六经当注我，我何注六经”一语，委实精准地道出了陆九渊的学术信念和价值追求。《宋史 · 儒林列传四》载：

> 陆九渊字子静。生三四岁，问其父天地何所穷际，父笑而不答。遂深思，至忘寝食。及总角，举止异凡儿，见者敬之。谓人曰：“闻人诵伊川语，自觉若伤我者。”又曰：“伊川之言，奚为与孔子、孟子之言不类？近见其间多有不是处。”初读《论语》，即疑有子之言支离。他日读古书，至“宇宙”二字，解者曰：“四方上下曰宇，往古来今曰宙”，忽大省曰：“宇宙内事乃己分内事，己分内事乃宇宙内事。”又尝曰：“东海有圣人出焉，此心同也，此理同也。至西海、南海、北海有圣人出，亦莫不然。千百世之上有圣人出焉，此心同也，此理同也。至于千百世之下有圣人出，此心此理，亦无不同也。”

《陆九渊集 · 年谱》沿用了这段话，且表述语言更为形象生动，不妨援引于下，以便有心的读者品味：

先生自三四岁时，思天地何所穷际不得，至于不食。宣教公呵之，遂姑置，而胸中之疑终在。后十余岁，因读古书至“宇宙”二字，解者曰：“四方上下曰宇，往古来今曰宙。”忽大省曰：“元来无穷。人与天地万物，皆在无穷之中也。”乃援笔书曰：“宇宙内事乃己分内事，己分内事乃宇宙内事。”又曰：“宇宙便是吾心，吾心便是宇宙。东海有圣人出焉，此心同也，此理同也；西海有圣人出焉，此心同也，此理同也；南海、北海有圣人出焉，此心同也，此理同也。千百世之上至千百世之下，有圣人出焉，此心此理，亦莫不同也。”

上述文字，对于理解陆九渊一以贯之的世界观价值观至为重要。作为一位主观唯心主义哲学大师，陆九渊不认同客观唯心论者朱熹的理学主张，而提出“心即是理”，并旗帜鲜明地提出：

心只是一个心，某之心，吾友之心，上而千百载圣贤之心，下而千百载复有一圣贤，其心亦只如此。心之体甚大，能尽我之心，便与天同。为学只是理会此。（《陆九渊集·语录》）

毫无疑义，这段话直截了当地说出了陆王心学的核心思想。愈是反复品味，愈是感到“六经当注我，我何注六经”不过是陆王心学的又一种形象生动的表述方式。

简略比较一下陆九渊和朱熹两位南宋理学大师的主要分歧点，或许有助于认识陆九渊自诩“六经注我”的丰富内涵。

陆九渊主张“心即是理”，朱熹主张“性即是理”。

陆九渊强调立场问题，朱熹强调方法问题。

陆九渊坚持“尊德性”，朱熹重视“道问学”。

朱熹和许多先贤一样投入了很大的精力注解儒家典籍，陆九渊则嗤之以鼻。或许是天分极高的他对圣人之言心有灵犀，故而将后人皓首穷经所作的注疏视为无用功。他辛辣地说道：

某读书只看古注，圣人之言自明白。且如“弟子入则孝，出则弟”，是分明说与你入便孝，出便弟，何须得传注？学者疲精神于此，是以担子越重。到某这里，只是与他减担，只此便是格物。（《陆九渊集·语录》）

几乎用不着思索便能想象到陆九渊的锋芒所向，是专门针对其对手朱熹讲的。陆九渊认为朱熹者流将主要精神用在为圣人之言作注上面，不仅徒劳无益，而且包袱越来越重，不做这种无用功，便是为之减轻负担，也是真正意义上的格物。据此，陆九渊何以不注“六经”的用心昭然若揭：非不能也，是不为也！

至于广为流传的“我注六经”之“我”是小我，“六经注我”之“我”是大我的说法，不过是后人自己的理解，陆九渊自己似乎并没有说过这个意思。从他鄙视“我注六经”的言辞中不难发现，他所批评的首先是朱熹者流将其精神用到了不该用的地方，而不是批评他们的注疏有多少错讹。反观中国古代学术思想史，皓首穷经确实误导了天下无数代读书人，让他们徒劳无益地耗费了自己的有限时光。就此而言，哲人陆九渊的确是高屋建瓴，要言不冗。

朱熹反复倡导“格物致知诚意正心修齐治平”，强调“即物穷理”。“今日格一物，明日格一物。”“一书不读，则缺了一书道理；一事不穷，则缺了一事道理；一物不格，则缺了一物道理。须著逐一件与他理会过。”（《朱子语类》卷十五）陆九渊深深不以为然，批评朱学“支离”，不如他所主张的心学“简易”，直截了当地用“简易”和“支离”来表述程朱理学和他的心学之间的差别。在“鹅湖之会”当面争论时，陆九渊曾经反诘朱熹：“尧舜读何书来？”尧、舜都是大圣人，但古代典籍却没有他们读过什么书的记载，在陆九渊看来，这恰恰从反面证明了他的心学主张。

陆九渊晚年对学者所说的几句话，对于人们理解他所说的“六经注我”的含义不无助益。陆九渊云：“汝耳自聪，目自明，事父自能孝，事兄自能弟，本无欠阙，不必它求，在乎自立而已。”（《宋史·儒林列传四》）

任继愈先生认为：“陆九渊自称继承孟子的道统，实际上他更多地接受了佛教禅宗的基本观点。”（《中国哲学史》第3卷第257页）

南怀瑾先生则径直称陆九渊为“佛化儒家”：“象山一脉，世称为佛化儒家，乃理学之禅者，但也只认得此心。”（《禅海蠡测》第266页）

无论是琢磨前引陆九渊关于“心即是理”“宇宙便是吾心，吾心便是宇宙”等哲思妙语，还是品味《陆九渊全集》中的有关说辞，诸如：收拾精神，自作主宰。万物皆备于我，有何欠阙？当恻隐时，自然恻隐；当羞恶时，自然羞恶；当宽裕温柔时，自然宽裕温柔；当发强刚毅时，自然发强刚毅。（《陆九渊全集》卷35）都会使人联想到诸多佛教掌故佛教格言，诸如释迦牟尼成佛时所言：天上天下，惟我独尊。诸如如来佛祖最精辟的感悟：一切众生，皆具如来智慧德相，只因妄想执着，不能证得。诸如禅宗神秀的四句偈：身是菩提树，心如明镜台。时时勤拂拭，莫使有尘埃。诸如禅宗六祖慧能的四句偈：菩提本无树，明镜亦非台。本来无一物，何处惹尘埃？诸如慧能禅师的著名禅语：不是幡动，不是风动，仁者心动。

陆九渊所说的心，是一颗没有妄想执着的圣人之心。按照他的理解，这颗包容了整个宇宙的大写的心，是和东海、西海、南海、北海的圣人之心，和他的朋友之心，和上而千百载圣贤之心以及下而千百载圣贤之心没有分别的。故而，“六经”当中圣人所言不过是对我心中之理的诠释。只有从“我就是佛”“万物皆备于我”的观念出发，来理解“六经当注我，我何注六经”，方能准确把握陆九渊这句话的真实内涵。因为万物皆备于我，因为我心中的理和古代圣人心中的理了无二致，故而记述圣人之言的“六经”，不过是道出了我要说的话，换言之不过是为我作注而已。陆九渊根本没有评判诸家注疏“六经”版本的对错问题，而是直接昭示人们，不明白“万物皆备于我”这个道理的人耗费精神为六经“作注”，根本就是在做无用功。至于让自己为“六经”作注，在陆九渊看来当然是浪费精神多此一举！故而，他才会发出“我何注六经”的诘问。

陆九渊“六经当注我，我何注六经”的观点固然有其见解独到之处，不失为攻讦程朱理学尤其是朱熹学说的利器，但同时也有其明显欠缺。这篇小文无意对此进行深入分析，只是想说，后人在提及“六经注我”和“我注六经”这一思辨意味浓郁的问题时，实际上大都没有将着力点放在把握陆九渊的本意上面，而是各取所需进行自己的诠释。至于借助“六经注我”和“我注六经”引申说事，认为“六经皆史也”，“六经注我”皆注我们所处的时代云云，虽是许多古人的强项，但和陆九渊所讲的“六经当注我，我何注六经”，已经是不同的命题。就此打住。

无住生心和大誓宏愿

佛门说教中不可思议之处颇多，人们无从去思考，只能去信仰。但佛教的本师如来佛祖即释迦牟尼佛却是一位真实的生命存在，其出生和涅槃皆有史有据可查。这位古印度加比罗卫国的王子乔达摩·悉达多舍弃富贵出家修行达成正果创立佛教，毕生弘扬佛法，为大千世界芸芸众生指出了一条解脱尘世痛苦到达彼岸世界的路径。佛学理论浩瀚如海博大精深，其要义却可以透过如来佛的下述两段话语而展现出来：

一切众生，皆具如来智慧德相，只因妄想执着，不能证得。

是故，须菩提，诸菩萨摩诃萨，应如是生清净心，不应住色生心，不应住声、香、味、触、法生心，应无所住而生其心。

品味来自《华严经》《金刚经》的这两段话语，不难领悟佛教的真谛在于让人祛除妄想执着，诸如是非心功名心利禄心好恶心争竞心等，不迷恋执着于色声香味触法，诸如酒色财气等，永远保持一颗超然物我的平常心，即所谓的无住生心。显而易见，这是人生修养的极高境界。在佛家看来，这同时是得道成佛的必要前提。闲来翻阅史籍和佛教典籍，回望古代无数出家修道者，尽管削发剃度，矢志不移苦苦修行数十载，到终了也未能彻底摆脱妄想执着的困扰，看似心如死灰，其实依旧未能彻底斩断情缘，与无住生心似乎只有咫尺之遥，却因未能彻底放下妄想执着而功亏一篑，始终没法顺利到达彼岸。

那么，究竟应该如何理解如来佛祖所讲的无住生心呢？这里，姑且不去谈论佛门一贯要求佛教徒及其信众皈依佛教一心向佛，是否含有让佛教徒及其信众将其心思全都集中在向佛祖看齐的意思，只是复述佛教界两位著名先师阿弥陀佛和地藏王菩萨的大誓宏愿，进而分析佛门之无住生心和大誓宏愿的关系。

凡是对佛教稍有接触的人，都知道阿弥陀佛的大名，寺庙里和尚们吟唱的最响亮的佛号便是“南无阿弥陀佛”。阿弥陀佛又名无量佛，无量光佛，无量寿佛等。《大乘无量寿庄严经》载，如来佛在法会圣众，回答弟子阿难提问时，讲述了阿弥陀佛成佛的经历：在过去久远劫时，有佛出世，名世间自在王如来。其时有大国主名世饶王弃国捐王，皈依佛门，做了沙门弟子，法号法藏，修菩萨道。此人即是后来的阿弥陀佛。法藏听闻世间自在王如来解说210亿净土相后福至心灵，遂发无上正觉之心，许下48大愿，取愿作佛。

其48大愿为：1. 国无恶道愿；2. 不堕恶趣愿；3. 身悉金色愿；4. 三十二相愿；5. 身无差别愿；6. 宿命通愿；7. 天眼通愿；8. 天耳通愿；9. 他心通愿；10. 神足通愿；11. 遍供诸佛愿；12. 定成正觉愿；13. 光明无量愿；14. 触光安乐愿；15. 寿命无量愿；16. 声闻无数愿；17. 诸佛称叹愿；18. 十念必生愿；19. 闻名发心愿；20. 临终接引愿；21. 悔过得生愿；22. 国无女人愿；23. 厌女转男愿；24. 莲华化生愿；25. 天人礼敬愿；26. 闻名得福愿；27. 修殊胜行愿；28. 国无不善愿；29. 住正定聚愿；30. 乐如漏尽愿；31. 不贪计身愿；32. 那罗延身愿；33. 光明慧辩愿；34. 善谈法要愿；35. 一生补处愿；36. 教化随意愿；

37. 衣食自至愿；38. 应念受供愿；39. 庄严无尽愿；40. 无量色树愿；41. 树现佛刹愿；42. 彻照十方愿；43. 宝香普熏愿；44. 普等三昧愿；45. 定中供佛愿；46. 获陀罗尼愿；47. 闻名得忍愿；48. 现证不退愿。

法藏比丘陈说 48 愿毕，高吟偈颂表达决心曰：

我建超上志，必至无上道。斯愿不满足，誓不成等觉。
复为大施主，普济诸穷苦。令彼诸群生，长夜无忧恼。
出生众善根，成就菩提果。我若成正觉，立名无量寿。
众生闻此号，具来我刹中。如佛金色身，妙相悉圆满。

亦以大悲心，利益诸群品。离欲深正念，净慧修梵行。
愿我智慧光，普照十方刹。消除三垢冥，明济众厄难。
悉舍三途苦，灭诸烦恼暗。开彼智慧眼，获得光明身。
闭塞诸恶道，通达善趣门。为众开法藏，广施功德宝。
如佛无碍智，所行慈愍行。常作天人师，得为三界雄。
说法师子吼，广度诸有情。圆满昔所愿，一切皆成佛。
斯愿若克果，大千应感动。虚空诸天神，当雨珍妙华。

法藏比丘高吟偈颂毕，天地为之感动，奇迹随之出现，“应时普地六种震动，天雨妙华，以散其上”。而后，法藏比丘修菩萨行，积功累德，无量无边，于一切法，而得自在，圆满成就，毕竟成佛，号阿弥陀。主持西方极乐世界，是为“光中极尊，佛中之王”。

西方极乐世界教主阿弥陀佛由大国主而弃国捐王皈依佛门，又由一名法藏比丘发大誓宏愿修菩萨行而成佛，其间既充满诸多不可思议，又说明了一个不争的事实，即阿弥陀佛之所以能由一名法藏比丘而成佛作祖，是和他立下 48 大愿分不开的。毫不夸张地说，48 大愿是他构建西方极乐世界的理想和宣言，内容包括了极乐世界的方方面面。为了实现这一大誓宏愿，他的那颗向佛之心显然是执着而坚持的，只不过其所执着坚持的不是寻常的妄想贪嗔痴酒色财气色声香味触法等，而是一个无限宏大的可以给所有人以希望信仰的美好理想。

显而易见，释迦牟尼佛所宣扬的无住生心碍难套用在阿弥陀佛身上。而还是一名法藏比丘的他在向世间观自在王如来面前发此大誓宏愿的时候，明确提出了一个令人匪夷所思的前提条件：如果让他速成无上正觉作佛，他便可以实现其无限宏大的誓愿，建立西方极乐世界。阿弥陀佛的这一要求，很自然地让人想起后世西方大思想家康德的那句名言：给我物质，我将用它创造一个宇宙。因为造物主无法给他无限多的物质，康德的豪言壮语便只能滞留于空想；而法藏比丘在世间观自在王如来面前许下的构建西方极乐世界的大誓宏愿，并不需要更多的物质，于是便不可思议地出现了奇迹，由一名法藏比丘而成了所有佛教信众的极乐世界教主——阿弥陀佛。

与阿弥陀佛取愿作佛且如愿以偿不同，地藏王菩萨所许立的是另外一种大誓宏愿。

《地藏菩萨本愿经》云，释迦牟尼佛在忉利天宫向文殊师利菩萨讲述了关于地藏王菩萨本身事迹的几种说法传奇。其一云：在过去久远不可说劫前，地藏菩萨原为大长者子。“彼世有佛名师子奋迅具足万行如来。长者子见佛相好，千福庄严，因问彼佛作何行愿，而得此相。时师子奋迅具足万幸如来告长者子：欲证此身，当须久远脱一切苦恼众生。”“长者子因发愿言：我今尽未来际，不可计劫，为是罪苦六道众生，广设方便，尽令解脱，而我自身方成佛道。”并在师子奋迅具足万行如来佛面前郑重立斯大愿。

其二云：地藏前世的身世为求母得脱地狱的婆罗门女。在过去不可思议阿僧祇劫，时世有佛，号曰觉华定自在王如来。其时有一婆罗门女，其母信邪，常轻三宝，修习邪道，死后堕入无间地狱受苦。此婆罗门女救母心切，遂卖掉家宅，广求香华，及诸供具，于先佛塔寺大兴供养。后受觉华定自在王如来指引，梦游地狱，见鬼王无毒，故而母亲得脱地狱，此婆罗门女遂在觉华定自在王如来佛像前立誓愿：“愿我尽未来劫，应有罪苦众生，广设方便，使令解脱。”释迦佛告诉文殊说：“婆罗门女者，即地藏菩萨是。”

其三云：地藏王菩萨早先是一位小国王。释迦牟尼佛告诉定自在王菩萨说：过去无量劫前，有佛号一切智成就如来，未出家时，为小国王，与邻国王为友，同行十善，饶益众生。其邻国内所有人民，多造众恶。二王计议，广设方便。一王发愿：早成佛道，当度是辈，令使无余。一王发愿：若不先度罪苦，令是安乐，得至菩提，我终未愿成佛。佛告定自在王菩萨：“一王发愿早成佛者，即一切智成就如来是。一王发愿永度罪苦众生，未愿成佛者，即地藏菩萨是。”

其四云：地藏菩萨于过去无量劫中是一位孝女，名叫光目。其母生前喜食鱼子，犯杀生重罪。光目女知母死后必堕恶道，乃请阿罗汉入定观察，果意其母在地狱中，受大苦难。经阿罗汉提示，光目女塑绘清静莲华目如来佛像，恭敬供养。为救其母离地狱苦，光目女啼泪号泣而白空界：“愿我之母，永脱地狱，毕十三岁，更无重罪，及历恶道。十方诸佛慈哀愍我，听我为母所发广大誓愿。若得我母永离三途及斯下贱，乃至女人之身永劫不受者。愿我自今日后，对清净莲华目如来像前，却后百千万亿劫中，应有世界，所有地狱及三恶道诸罪苦众生，誓愿救拔，令离地狱恶趣，畜生饿鬼等，如是罪报等人，尽成佛竟，我然后方成正觉。”光目女为母发如是大愿，感动清静莲华目如来，其母日后果脱离地狱，得成佛果。而光目女遂一直践行诺言，在地狱中广度众生脱离苦海。

释迦牟尼佛告定自在王如来曰：“光目女者，即地藏菩萨是。过去久远劫中，如是慈愍，发恒河沙愿，广度众生。未来世中，若有男子女人，不行善者行恶者，乃至不信因果者，邪淫妄语者，两舌恶口者，毁谤大乘者，如是诸业众生，必堕恶趣。若遇善知识，劝令一弹指间，皈依地藏菩萨，是诸众生，即得解脱三恶道报。若能志心归敬及瞻礼赞叹，香华衣服，种种珍宝，或复饮食，如是奉事者。未来百千万亿劫中，常在诸天受胜妙乐。若天福尽，下生人间，犹百千劫常为帝王，能忆宿命因果本末。”

上述关于地藏王菩萨前世今生的四种传说，皆出自佛祖释迦牟尼之口，见诸于《地藏王菩萨本愿经》。佛祖如来佛法无边，洞悉过去现在未来，讲述地藏王菩萨的由来，何以会道出四种不同的说辞来？或许只有从佛和菩萨身相众多以及诸相非相的佛门观念出发，方才可以赞同其中的奥妙。

不论地藏王菩萨先前是大长者子、婆罗门女、小国王，还是孝女光目，不论他所遇见的是师子奋迅具足万行如来佛、觉华定自在王如来佛、一切智成就如来佛，还是清静莲华目如来佛，也不论他是因钦慕佛祖妙相庄严，抑或是为解救其生母脱离苦海，还是出于对挣扎在地狱中的芸芸众生的慈悲情怀，他的大誓宏愿，皆足以感天动地充沛乎苍冥。在中国佛教的文殊、普贤、观世音和地藏王四大菩萨中，地藏王菩萨被尊称为大愿菩萨，九华山成了地藏王菩萨的道场，地藏王菩萨的大誓宏愿，则被人们精辟简约地表述为“地狱未空，誓不成佛；众生度尽，方证菩提”，并悬挂在九华山的山门上。因此之故，虽然肇始于印度的佛教在其诞生地已为陈迹，但却深深扎根在中国的土壤上，而地藏王菩萨的大誓宏愿也为国人所耳熟能详。

如同佛教世界里佛、菩萨多如河沙，佛教典籍中的感人典故也让人目不暇接，但阿弥陀佛和地藏王菩萨的大誓宏愿的故事却给人以无穷的信念和力量。佛教世界里的许多不可思不可议，属于信仰领域的问题，单纯运用逻辑思维碍难做出判断。尽管如此，我们还是可以从逻辑推理出发，多少看出一些端倪。

不言而喻，阿弥陀佛的大誓宏愿和地藏王菩萨的大誓宏愿，显示了当事人两种不同的信念、选择和结果。阿弥陀佛（包括一切智成就如来佛）的大誓宏愿是建立在对法力无边的佛绝对景仰崇拜的基础之上的，认为只有自己首先成佛具备了无限的法力，才能实现其大誓宏愿，建立极乐世界和超度天下罪苦众生脱离苦海，故而才会请求首先让其作佛。唯有佛才具有不可思议的神通和法力，才能使最宏大的誓愿变为现实，所以他们才会萌生首先成佛而后建立极乐世界超度天下罪苦众生的念想。首先使自身具备实现其大誓宏愿的能力（法力），随后再实现其宏大誓愿，这便是阿弥陀佛（包括一切智成就如来佛）的思维逻辑。分析的方法就是辩证的方法，由此可知，号称不可思议的佛祖在这里同样使用了普通逻辑的思维方式。

地藏王菩萨则不然，他的大誓宏愿首先体现为一种无比伟岸的决心和意志力。有了如此伟岸的决心和意志力，加之对自己的法力（能力）充满自信，地藏王菩萨才会毅然决然地选择首先拯救所有罪苦众生脱离地狱超升极乐，然后自己才成佛的漫长道路。“地狱未空，誓不成佛；众生度尽，方证菩提”的大誓宏愿，准确地道出了地藏王菩萨的着眼点和立足点，充分表现出了他的无疆大爱和献身精神。如果可以进行比较的话，地藏王菩萨的精神境界显然更高：对成佛一事看得很淡，而把超度天下罪苦众生看得最重要。这不能不让我们倍加感念精神的伟力。看来佛教世界中最有修为的修行者，并不是那些端坐在九忉天宫里的俗人叫上名字或叫不上名字来的佛祖，而是这位长年累月不知疲倦地在地狱中超度天下罪苦众生的地藏王菩萨！

用世俗的功利的眼光来看，地藏王菩萨的抉择未免太过不智，不去做无限风光众生仰慕的佛，却选择默默无闻地超度堕入地狱中的罪苦众生，结果是发愿成佛的法藏比丘早已成了众生景仰顶礼膜拜的阿弥陀佛，即便是昔日里的一同选择出家的那位同行，也成了一切智成就如来佛，而历经无数劫之后的他，却依旧是一名菩萨，依旧未能成佛，这一切皆出乎他当初的誓愿，皆是因为地狱尚未清空、众生尚未度尽使然。在地藏王菩萨无怨无悔地选择了那份苦差事以后，佛教世界里不知又多了多少名佛，连那个因大闹天宫而被如来佛压在五指山下的泼猴孙悟空，也成了什么斗战胜佛，而功德无量普度众生的地藏王的职级还是菩萨！思路决定出路。不仅尘世间是如此，连那至尊至高的佛教世界居然也是如此。思量起来未免叫人五味杂陈，感慨万千，如鲠在喉，不吐不快！

然则大千世界的事情绝不能用俗世的眼光到处妄加议论随口评判，真正皈依空门的佛和菩萨，早已彻底挣脱了俗人身上的名缰利锁，将佛和菩萨视为一介浮名一个符号，而根本不会放在心上的。用俗人的眼光为地藏王菩萨抱不平，只能是失之毫厘谬以千里。更何况佛教中成佛者不计其数，除开若干享有盛名者以外，太多的佛祖人们根本不认识，即便相逢也形同路人，而地藏王菩萨却仅有一位，且永远存活在人们心中。就此而言，地藏王菩萨虽然只是佛国里的一名菩萨，所赢得的敬重却不亚于别的佛祖。虽然这样的说辞充其量依旧是一种世俗的陈腐观念，却可以多少抚平世间许多不平者的心灵。

放下这些，回过头来重新审视地藏王菩萨的大誓宏愿，“地狱未空，誓不成佛；众生度尽，方证菩提”，极容易使人们生发联想，想起“我不入地狱，谁入地狱？”想起“无产者只有解放全人类，才能最后解放无产阶级自己”。比较《地藏王菩萨本愿经》和《共产党宣言》的相关叙述，除开地藏王菩萨以救世主自居，发誓要拯救罪苦众生脱离地狱，无产阶级则公开否定世界上存在什么救世主，人们只能自我解救这一根本性的不同点而外，其他方面居然惊人的相似！

思量释迦牟尼佛喋喋不休地褒扬阿弥陀佛和地藏王菩萨的大誓宏愿，不难想见如来佛并非绝对地否定执着坚持，而是坚定地主张清空障碍人们向善向好的妄想执着。阿弥陀佛也好，地藏王菩萨也好，其大誓宏愿皆不是为了一己之私，而是为了拯救天下罪苦众生。阿弥陀佛要求早日成佛，是为了充分发挥佛的无限法力能量，构建尽善尽美没有任何邪恶的西方极乐世界，给世人以追求和希望；地藏王菩萨发誓普度众生清空地狱而后成佛，更是着眼于以大慈悲心全力拯救所有众生。路径虽然不同，目的却完全一致，都是出于驱除邪恶罪恶拯救罪苦众生实现美好未来这个大公之心。由此可知，佛家所宣扬的无住生心和大誓宏愿，看似矛盾，其实不然。无住生心无非是点化人们看破红尘，祛除贪嗔痴酒色财气等私欲，不为色、声、香、味、触、法各种妄想执着所诱惑，进而实现心无窒碍，真正跳出三界外不在五行中。而大誓宏愿则更多地昭示了出家人无以宏大的责任使命，就其最低要求而言，是拯救天下罪苦众生，包括拯救那些堕入地狱的罪苦众生出地狱出苦海；就其最高理想而言，则是构建极乐世界，让所有生命都生活在尽善尽美的社会里。无论是最低要求还是最高理想，都需要佛教信众信心百倍百折不挠地努力向前推进。如此伟大的佛教之梦，自然少不了阿弥陀佛和地藏王菩萨这样的砥砺前行者。按照这种理解，佛教的无住生心便要有所界定，便要进行私心杂念和大公之心的区分。如此一来，出世的佛教和入世的儒家学说之间的相同之处便更多了，宋代程朱理学不是就要求人们保存天理之公剔除人欲之私吗？只要相互参照，便可以发现其中的共同之点。然而，这种理解诠释真的有其道理吗？

后 记

冬月和腊月是我国北方一年中最寒冷的月份，庚子年的冬月和腊月尤甚，除了提前到来的严寒，在世界各地肆虐疯狂了一年之久的新冠疫情居然为祸石家庄市藁城区，省城因此告急，各行各业迅速应对，居民居家抗疫，不能随意出入小区。习惯了外出忙碌的人们顿时感到很不适应，而我却没有更多的心理不适。《狭隘和包容》的校样来了，有活儿干有事做，心有所系自然无暇他顾。而这本书稿援引古文颇多，需要查核之处也多，于是，集中精力看校样，便成了我在庄里抗击疫情期间的主要任务。

前后将近 20 天光阴，我几近两耳不闻窗外事，一门心思看校样，除了在居所的楼下散步，便是待在书房里看校样查引文修改稿子，过得简单而充实，丝毫也没有无所事事的空虚，以及忐忑不安的恐惧。待到看完校样，打算写后记时，手机上显示出好消息：石家庄市政府决定居家防疫到 1 月 19 日 24 时。

必须感谢河北人民出版社如此精心的安排，让我以如此特别的方式度过这段难熬的时光。自然我也晓得他们并非未卜先知，只不过是赶巧了时间节点而已。既不能说这一切都是天意，更不愿说这一切皆是巧合，故而，此时此际，我想要说的，唯有感谢而已。作为一名人世间的匆匆过客，不能尽想好事，不能太过狭隘，必须学会适应，必须笑对生活，在承受自然界雷霆雨露的同时，尤其需要感恩大自然的宽厚包容。怎么突然走题了？也许没有，因为本书想要陈述的，就是这个主题。

在本书即将付印之际，我要感谢河北人民出版社的同仁们，特别要感谢责任编辑甄洁、美术编辑王婧、责任校对付敬华以及出版人员付出的辛勤劳动，向他们表示深深的敬意！

古人说：文章千古事，得失寸心知。如果用当下的眼光看待文章书籍，似乎不能说仅有作者方才知晓文章得失，高明的责任编辑也同样知晓一本书的优长和不足。如果再放宽眼界，则可以看到，作者和责任编辑或许也会犯当局者迷的错误，唯有高明的读者，才称得上是真正的旁观者清。真诚地期待着读者朋友的批评指教。

李保平

于庚子腊月初四